W0373276

Es ist ein Bilderbuchsommer auf Sullivan's Island. Doch trotz Sonne, Meer und Wind ist Dora verzweifelt. Nach all den Jahren, in denen sie bemüht war, die perfekte Ehefrau und Mutter zu sein, hat ihr Mann die Scheidung eingereicht. Nun ruht die Sorge um ihren autistischen Sohn allein auf ihren Schultern. Natürlich stehen die Großmutter, die Schwestern und die wunderbare Haushälterin Lucille Dora zur Seite, aber letztendlich kann nur sie selbst sich helfen. Zumal die Schwestern so ihre eigenen Probleme haben: Carson kommt aus Florida zurück und muss eine lebensverändernde Entscheidung treffen und ein unerwarteter Besucher lässt Harper ihr bisheriges Leben überdenken.

Mary Alice Monroe ist Autorin mehrerer New-York-Times-Bestseller. Sie ist studierte Japanologin und engagiert sich in verschiedenen Ehrenämtern für Tierschutz, die Erhaltung der Meere und unterstützt Kinder beim Lesen lernen. Sie lebt in Charleston in South Carolina.

Christine Heinzius hat in Saarbrücken, Leicester und Helsinki Anglistik, Romanistik und Skandinavistik studiert. Seit 2000 übersetzt sie freiberuflich Literatur vom Krimi bis zum Kunstbuch aus dem Englischen, Schwedischen und Dänischen.

Mary Alice Monroe im Berlin Verlag:
Sommermädchen (978-3-8270-1224-1)

Mary Alice Monroe

Schildkrötensommer

ROMAN

Deutsch von
Christine Heinzius

Berlin Verlag Taschenbuch

Mehr über unsere Bücher und Autoren:
www.berlinverlag.de

FSC
www.fsc.org
MIX
Papier aus verantwortungsvollen Quellen
FSC® C083411

ISBN 978-3-8333-1065-2
Juli 2016
Die Originalausgabe erschien 2014 unter dem Titel
The Summer Wind
© 2014 Mary Alice Monroe, Ltd.
Für die deutsche Ausgabe:
© Berlin Verlag in der Piper Verlag GmbH,
München/Berlin 2016
Alle Rechte vorbehalten
Umschlaggestaltung: ZERO Werbeagentur, München
Umschlagmotiv: Fred Hall/getty images,
Gesetzt aus der Dante von psb, Berlin
Druck und Bindung: CPI books GmbH, Leck
Printed in Germany

Für Kimberly Whalen und Robert Gottlieb

1

SEA BREEZE, SULLIVAN'S ISLAND, SOUTH CAROLINA

Man sagt, der Juli sei in Charleston der heißeste Monat des Jahres, und nachdem sie achtzig Sommer in den Südstaaten ertragen hatte, konnte Marietta Muir, oder Mamaw, wie ihre Familie sie liebevoll nannte, nur zustimmen. Sie tupfte elegant Oberlippe und Stirn mit ihrem Taschentuch ab, dann wedelte sie einen aufdringlichen Moskito weg. Sommer in den Südstaaten bedeutet Hitze, Feuchtigkeit und Krabbeltiere. Aber draußen auf Sullivan's Island im Schatten einer Lebenseiche zu sitzen, Eistee zu trinken und auf die gelegentliche Brise vom Meer zu warten, war für sie der Inbegriff von Sommer. Sie seufzte tief. Die alte Eiche breitete ihre mächtigen Zweige so weit aus, dass Marietta sich in ihrer schützenden Umarmung geborgen fühlte. Doch heute Morgen war die Luft besonders träge, so dick und schwer von Jasminduft, dass sie darum kämpfen musste, die Augenlider offen zu halten. Eine Windbö vom Ozean brachte süßen Grasduft und kühlte die feuchten Haare in ihrem Nacken.

Sie legte ihre Stickarbeit auf den Schoß, um die Brille abzunehmen und sich die Augen zu reiben. Sie verfluchte das Alter. Es wurde immer schwerer, die Stiche zu erkennen, dachte sie seufzend. Sie schaute zu Lucille, die neben ihr hinter dem Fliegengitter auf der Veranda des Gästehauses saß, das Lucilles Zuhause war. Sie sah ihre Freundin über das Gestell eines Mariengraskorbs gebeugt, ihre kräftigen Hände webten die zerbrechlichen Stränge zu einem Muster und beendeten jede Reihe mit robusten Palmwedeln. Ein kleiner Stapel Mariengras lag auf ihrem Schoß und ein großer Haufen in einer Plastiktüte zu ihren Füßen, neben einer Tüte mit langen Piniennadeln.

Als sie zuschaute, wie die Hände ihrer langjährigen Gefährtin liebevoll die so unterschiedlichen Gräser zu einem Objekt der Schönheit verwoben, erinnerte sich Marietta an die dringende Aufgabe ihres Sommers: ihre drei sehr unterschiedlichen Enkeltöchter wieder an Sea Breeze zu binden. Ihre *Sommermädchen.*

Mamaw seufzte leise. Sie waren ja nun keine Mädchen mehr. Dora war sechsunddreißig, Carson dreiunddreißig und Harper achtundzwanzig – Frauen allesamt. Damals, als sie junge Mädchen waren und die Sommer gemeinsam verbracht hatten, hatten sie einander so nahegestanden wie Schwestern. Über die Jahre waren sie sich jedoch zunehmend fremd geworden. Halbschwestern, korrigierte Marietta sich, der Unterton ließ sie schaudern. Als wären die Frauen einander weniger verbunden, weil sie sich nur den Vater teilten. Schwestern waren Schwestern und Blut dicker als Wasser. Sie hatte es geschafft, alle drei Frauen im Juni für den Sommer zusammenzutrommeln, aber jetzt war es erst Anfang Juli und Carson war bereits weg, in Florida, während Dora ihre Rückkehr nach Summerville vorbereitete. Und Harper … die New Yorkerin konzentrierte sich auf den Norden.

»Ich frage mich, ob Carson schon in Florida angekommen ist«, sagte Lucille, ohne aufzusehen. Ihre Finger bewegten sich unablässig, flochten Reihe um Reihe.

Mamaw lächelte leicht, als sie merkte, dass Lucilles Gedankengänge und ihre parallel liefen ... wieder mal. Lucille war vor gut fünfzig Jahren als Haushälterin angestellt worden, damals als Marietta eine junge Ehefrau in Charleston gewesen war. Sie hatten ein Leben voller Aufs und Abs, voller Geburten, Todesfälle, Skandale und Freuden geteilt. Jetzt, als alte Frauen, war Lucille von einer Angestellten mehr und mehr zu einer Vertrauten geworden. Tatsächlich war Lucille ihre engste Freundin.

»Ich habe mich gerade dasselbe gefragt«, erwiderte Mamaw. »Ich denke, sie ist angekommen und checkt gerade im Hotel ein. Ich hoffe, dass sie nicht allzu lange wegbleibt.«

»Das wird sie nicht. Carson weiß, wie wichtig dir dieser Sommer ist, und sie wird zurückkommen, sobald sie erfahren hat, was mit diesem Delfin geschehen wird«, sagte Lucille. Sie ließ ihren Korb auf den Schoß sinken und schaute Mamaw direkt in die Augen. »Carson wird dich nicht enttäuschen. Du musst nur daran glauben.«

»Das tue ich«, sagte Mamaw unbeirrt. »Aber ich bin alt genug, um zu wissen, dass das Leben einem gern die schönsten Pläne durchkreuzt. Ich meine, mal ehrlich«, sagte Mamaw und hob frustriert die Hände. »Wer hätte schon vorhersehen können, dass ein Delfin all meine Sommerpläne auf den Kopf stellen würde?«

Lucille kicherte, ein dunkles, kehliges Geräusch. »Ja, das hat sie auf jeden Fall. Diese Delphine ...« Lucilles Lächeln verschwand beim Klang des Namens. »Aber es war ja nicht ihre Schuld, stimmt's? Ich hoffe wirklich, dass sie der Armen in Florida helfen können.«

»Das hoffe ich auch. Für Delphine und für Carson.« Sie hielt inne. »Und für Nate.« Sie machte sich Sorgen, weil Doras Sohn sich den Unfall des Delfins so sehr zu Herzen nahm. Er war noch ein kleiner Junge und gab sich die ganze Schuld daran, den Delfin an ihren Bootssteg gelockt zu haben, wo sich das Tier in einer Angelleine verheddert hatte. In Wahrheit hatten sie alle Schuld. Niemand mehr als sie selbst.

»Für uns alle«, ergänzte sie.

»Amen«, stimmte Lucille trocken zu. Sie machte eine Pause, um Grasstückchen in den Wind zu fegen. »Mach dir keine Sorgen, Miz Marietta. Alles wird gut. Das spüre ich. Du wirst schon bald wieder all deine Sommermädchen in Sea Breeze haben.«

»Hi, Mamaw! Lucille!« Eine Stimme von der Auffahrt unterbrach das Gespräch der beiden alten Frauen.

»Da kommt schon eine«, murmelte Lucille und wandte sich wieder ihrem Korb zu.

Marietta drehte sich um und lächelte ihrer jüngsten Enkelin Harper zu, die auf sie zugelaufen kam, in einem dieser dünnen, hautengen Lauftrikots, die für Marietta wie eine zweite Haut aussahen. Ihre roten Haare waren zu einem Pferdeschwanz zusammengebunden, und Schweiß lief über ihr rotes Gesicht.

»Harper!«, rief Mamaw mit einem raschen Winken aus. »Meine Güte, Kind, du läufst um diese Uhrzeit? Nur Touristen sind dumm genug, in der prallen Sommersonne zu laufen. Du bekommst noch einen Hitzschlag! Dein Gesicht ist knallrot!«

Harper blieb unten an der Verandatreppe stehen und beugte sich mit den Händen in den Hüften vor, um Luft zu schnappen. »Ach, Mamaw, mir geht's gut«, sagte sie keuchend und wischte sich mit dem Unterarm den Schweiß von der Stirn. »Ich mache das jeden Tag.«

»Nun, du siehst aus, als würdest du gleich umkippen.«

»Es ist heute wirklich heiß«, gab Harper lächelnd zu. »Aber mein Gesicht wird immer rot. Das liegt an meiner hellen Haut. Ich habe Unmengen von Sonnencreme aufgetragen.«

Lucille schnalzte mit der Zunge. »Denk dran, Wasser zu trinken, hörst du?«

»Warum springst du nicht in den Pool und kühlst dich ein bisschen ab? Du siehst aus, als hättest du einen Badeanzug an ...« Mamaw verstummte, sie fächelte sich Luft zu, während sie sprach. Ihr wurde heiß vom bloßen Anblick von Harpers rotem Gesicht und dem Schweiß, der von ihrer Kleidung tropfte.

»Gute Idee«, erwiderte Harper, winkte kurz und ging zur Haustür. Sie drehte sich um und rief: »Hübscher Korb, Lucille!«, bevor sie im Haus verschwand.

Lucille kicherte und konzentrierte sich wieder aufs Flechten. »Nur Junge können so rennen.«

»Ich bin nie so gerannt, als *ich* jung war!«, sagte Mamaw.

»Ich auch nicht. Wer hatte dafür schon Zeit?«

»Keine Zeit und *ganz sicher* nicht so gekleidet. Wie die Mädchen heute herumlaufen. Dieser Aufzug lässt der Fantasie nicht mehr viel Spielraum.«

»Oh, ich wette, er regt die Fantasie der jungen Männer durchaus an«, sagte Lucille und kicherte wieder.

Mamaw schnaubte. »Welcher jungen Männer denn? Ich verstehe einfach nicht, warum niemand sie anruft. Ich habe mich darum gekümmert, dass man sie auf ein paar Partys in der Stadt eingeladen hat. Da war diese nette Schiffsfahrt in Sissys Yachtclub … Mehrere geeignete junge Männer waren da.« Mamaw schüttelte den Kopf. »Harper ist so ein hübsches Mädchen, mit guten Manieren.« Sie hielt inne. »Auch wenn ihre Mutter *Engländerin* ist.« Mamaw nahm ihre Stickerei zur Hand und fügte neckisch hinzu: »Ihr Vater stammte schließlich aus Charleston.«

»Oh, ich würde nicht sagen, dass es an Interessenten gemangelt hat …«, sagte Lucille und webte weiteres Gras in ihren Korb.

Mamaw kniff die Augen skeptisch zusammen. »Nicht?«

Lucilles Augen blitzten wissend. »Ich weiß zufällig, dass mehrere junge Männer nach unserer Miss Harper gefragt haben, seit sie hier ist.«

»Tatsächlich?« Mamaw kochte innerlich, sie fragte sich, warum ihr das niemand gesagt hatte. Sie mochte es nicht, als Letzte Bescheid zu wissen, ganz besonders, wenn es um ihre Enkelinnen ging. Sie griff nach der Zeitung *Island Eye* und fächelte sich damit Luft zu. »Man sollte meinen, dass mir das jemand erzählt hätte.«

Lucille zuckte mit den Schultern.

Mamaw ließ die Zeitung sinken. »Nun … warum hat sie dann keine Rendezvous? Ist sie schüchtern?«

»Unsere Harper ist vielleicht ein ruhiges, kleines Ding, aber sicher nicht schüchtern. Dieses Mädchen hat ein Rückgrat aus Stahl. Schau dir doch nur an, wie sie konsequent Fleisch, weißes Brot oder alles, was ich mit Bacon koche, vermeidet.«

Mamaws Mundwinkel bogen sich nach oben, sie erinnerte sich an den Streit beim ersten Abendessen mit Harper in Sea Breeze. Harpers strenge Diät hatte Dora fast in den Wahnsinn getrieben.

»Sie ist erst seit einem Monat hier«, fuhr Lucille fort. »Und sie bleibt nur noch zwei. Sie hat einfach kein Interesse, das ist alles. Ist das so verwunderlich? Bei all dem, was ihr durch den Kopf geht, nehme ich an, dass ein Rendezvous mit einem jungen Mann ganz unten auf ihrer Prioritätenliste steht.«

Mamaw schaukelte schweigend. Alles, was Lucille gesagt hatte, stimmte. Es schien, dass in diesem Sommer jeder in Sea Breeze etwas auf dem Herzen hatte – sie selbst auf jeden Fall. Der Sommer verging wie im Flug, und wenn sie keine Möglichkeit fand, wieder eine Beziehung zwischen ihren Enkeltöchtern herzustellen, dann würde Sea Breeze im September verkauft, die Mädchen wären wieder in alle Winde verstreut, und sie würde auf dem Steg sitzen und den Herbstmond anheulen.

Vorigen Mai hatte Mamaw ihre drei Enkelinnen, Dora, Carson und Harper, eingeladen, um ihren achtzigsten Geburtstag in Sea Breeze zu feiern. Sie hatte dabei jedoch einen Hintergedanken. Im Herbst würde Marietta Sea Breeze zum Verkauf anbieten und in ein Altenheim ziehen. Das Inselhaus war zu arbeitsintensiv, selbst mit Lucilles Hilfe konnte sie nicht mehr allein dort leben. Ihre Hoffnung war, dass alle drei Frauen, wenn sie erst einmal hier waren, zustimmen würden, den gesamten Sommer über zu bleiben. Sie wollte, dass sie in diesem letzten Sommer wieder ihre Sommermädchen würden – so wie damals als Kinder –, bevor Sea Breeze verkauft würde.

Zahllose frühere Einladungen waren über die Jahre von allen Mädchen mit x verschiedenen Entschuldigungen abgelehnt worden – *Ich würde so gerne kommen, aber ich habe viel zu tun, ich muss arbeiten, ich bin nicht da* –, jedes Mal komplett mit Bekundungen der Enttäuschung und vielen Ausrufezeichen.

Dieses Mal hatte Mamaw darauf vertraut, dass ihre Enkelinnen etwas Piratenblut von ihrem Urahn geerbt hatten und hatte sie mit dem Versprechen von Beute aus dem Hausrat zu sich gelockt. Und die kleinen Schätze waren gekommen, wenn auch nur für ein Partywochenende. Da Mamaw sie unbedingt auf der Insel behalten wollte, hatte sie ihnen mit Enterbung gedroht, sollten sie nicht für den gesamten Sommer bleiben. Sie gluckste vor Lachen, als sie an ihre geschockten Gesichter dachte.

Carson hatte gerade ihren Job verloren und war total begeistert, den Sommer mietfrei auf der Insel zu verbringen. Dora steckte mitten in ihrer Scheidung und war leicht zu überreden, mit Nate in Sea Breeze zu bleiben, während ihr Haus in Summerville repariert wurde. Harper jedoch hatte einen Wutanfall bekommen. Hatte von Erpressung gesprochen.

Mamaw rutschte entrüstet auf dem Stuhl hin und her. Erpressung, also wirklich. Harper konnte so theatralisch sein, dachte sie und verdrehte die Augen. Sicher gab es einen eleganteren, sanfteren Ausdruck für die Maßnahmen einer besorgten und liebenden Großmutter, die ihre Enkeltöchter zusammenbringen wollte? Ein zufriedenes Lächeln umspielte ihre Lippen. Sie hatten schließlich alle zugestimmt, den Sommer hier zu verbringen, nicht wahr?

Aber jetzt war erst Mittsommer und Carson war schon abgereist – auch wenn sie versprochen hatte, schnell zurückzukommen –, während Dora bereits einen Fuß aus der Tür setzte.

Mamaw schloss die Augen und genoss eine weitere, beruhigende Meeresbrise. Ihre Mission konnte nicht schiefgehen. Achtzig Jahre waren ein langes Leben. Sie hatte den Verlust ihres Ehemannes und ihres einzigen Kindes überlebt. Alles Wichtige, das ihr noch geblieben war, waren diese drei kostbaren Juwelen, ihre Enkelkinder. Mamaw ballte ihre Hände zu Fäusten zusammen. Und komme, was wolle – selbst Wutanfälle –, sie würde ihnen diesen einen, perfekten Sommer bieten. Ihre heimliche Angst war, dass die zerbrechliche Verbindung zwischen den Schwestern zerreißen würde, wenn Sea Breeze verkauft und sie selbst im Altenheim wäre und dass sie wie diese Mariengrasstückchen, die lose aus Lucilles Korb fielen, in alle Himmelsrichtungen verstreut würden.

»Da kommt die Nächste«, sagte Lucille leise und deutete mit dem Kinn auf Dora, die um die Hausecke bog.

Mamaw musterte ihre älteste Enkelin kritisch. Dora trug ein kakifarbenes Kostüm und eine Bluse im hellgelben Farbton ihrer Haare. Als Dora näher kam, bemerkte Mamaw, dass sie Nylonstrümpfe und Pumps trug. Bei dieser Hitze! Sie sah bereits Schweißperlen von Doras Gesicht tropfen, während sie einen Koffer hinter sich her über den Kies der Auffahrt zum silberfarbenen Lexus zog.

»Dora! Fährst du weg?«, rief Mamaw.

Als sie ihren Namen hörte, blieb Dora abrupt stehen und drehte sich zum Gästehaus um.

»Hallo, Ladies«, rief sie und winkte, als sie die zwei Frauen nebeneinander auf der Veranda sitzen sah. »Ja«, antwortete sie und legte ein Lächeln auf, das ihre Augen nicht erreichte. »Ich muss mich beeilen, um pünktlich bei meinem Anwalt zu sein. Es wird ein langer Morgen werden.«

Dora ließ ihren Koffer stehen und kam zu ihnen. »Seht euch nur an, ihr sitzt da wie zwei Vögel auf einer Stromleitung und zwitschert den ganzen Morgen.« Dora trat in den Schatten der Veranda.

Mamaw legte ihre Stickarbeit zur Seite und konzentrierte sich ganz auf Dora, sie betrachtete das Gesicht ihrer ältesten Enkeltochter. Dora war diejenige der drei, die ihre Gefühle am besten hinter falscher Fröhlichkeit verbergen konnte. Das hatte sie schon immer so gemacht, selbst als Kind. An ihrem Hochzeitstag war ihr Vater, Mamaws einziges Kind, Parker, völlig unverzeihlich betrunken in der Kirche aufgetaucht. Dora hatte gelächelt, als ihr Stiefvater anstelle ihres leiblichen Vaters sie zum Altar führte. Sie hatte gelächelt, während hinter vorgehaltener Hand getuschelt wurde, während Parker seine ausufernde Rede gehalten hatte, an deren Anschluss er von Freunden ins Hotel gebracht worden war, damit er seinen Rausch ausschlief.

Mamaw betrachtete jetzt das starre Lächeln. Sie wusste nur zu gut, welche Opfer Dora hatte bringen müssen, um die Fassade einer glücklichen Familie zu präsentieren. Diese Scheidung traf sie ins Mark, erschütterte ihr Innerstes. Doch selbst jetzt schien Dora den Eindruck erwecken zu wollen, dass sie alles unter Kontrolle hatte.

»Du siehst sehr … seriös aus«, sagte Mamaw, sie wählte ihre Worte mit Bedacht. »Aber ist es nicht ein bisschen zu schwül für dieses Kostüm und Nylonstrümpfe?«

Dora hob ihre blonden Haare aus dem Nacken, damit die Meeresbrise die Feuchtigkeit dort kühlte. »Gott, ja. Es ist so heiß, dass es zischt, wenn man auf den Boden spuckt. Aber ich muss vor Cals Anwälten einen guten Eindruck machen.«

Heilige Einfalt, dachte Mamaw. Dieses Kostüm war zu eng. Die arme Dora sah darin aus wie eine Wurst in der Pelle.

Dora ließ ihr Haar fallen und runzelte die Stirn. »Calhoun ist total unvernünftig.«

»Schon bei der Hochzeit wussten wir alle, dass er nicht der hellste Stern am Himmel ist.«

»Er muss nicht clever sein, Mamaw. Nur sein Anwalt. Und ich habe gehört, dass er sich einen echten Hai genommen hat.«

»Hast du die Kanzlei Rosen angerufen, die ich dir empfohlen habe?« Dora nickte. »Gut«, sagte Mamaw. »Robert wird diesen Hai an den Haken nehmen, keine Sorge.«

»Ich werde mich bemühen, ruhig zu bleiben«, erwiderte Dora und strich ihren Rock glatt. »Ich will aber trotzdem einen korrekten ersten Eindruck hinterlassen.«

Mamaw griff an den Kragen ihres Kleids und löste ihre Brosche. Es war eines ihrer Lieblingsschmuckstücke. Kleine Korallenstücke in Gold, die einen funkelnden Stern bildeten. Ihre Enkelin brauchte im Moment ein bisschen Sternenfunkeln in ihrem Leben.

»Komm mal her, mein Schatz«, sagte sie zu Dora.

Als Dora näher kam, machte Mamaw eine Handbewegung, damit sie sich zu ihr hinunterbeugte, dann steckte sie die große Brosche an Doras Kostümkragen.

»Bitte schön«, sagte sie, lehnte sich zurück und sah sich das Ergebnis an. »Ein bisschen Farbe wirkt Wunder, meine Liebe. Die Brosche gehörte meiner Mutter. Jetzt gehört sie dir.«

Dora machte große Augen, ihre stoische Fassade bröckelte kurzfristig. Sie umarmte ihre Großmutter schnell, drückte sie heftig. »Oh, Mamaw, danke. Damit habe ich nicht gerechnet … Das bedeutet mir sehr viel. Vor allem heute. Ich muss zugeben, ich bin nervös, Cal nach so langer Zeit wiederzusehen. Und seine Anwälte.«

»Sieh es als eine symbolische Rüstung«, erwiderte Mamaw lächelnd.

»Das werde ich«, antwortete Dora, richtete sich auf und zog ihre Jacke glatt. »Weißt du, ich bin ganz begeistert, weil ich wieder in dieses Kostüm passe. Dank Carson haben wir keinen Alkohol im Haus und Harper bringt uns dazu, all dieses Gesundheitszeug zu essen, da habe ich tatsächlich ein paar Pfund abgenommen! Wer hätte das gedacht?«

Ein ehrliches Lächeln ließ Doras Gesicht strahlen, und Mamaw sah plötzlich wieder die schöne, junge Frau, die einmal alle mit der Wärme ihres Lächelns verzaubert hatte. Über die letzten zehn Jahre in einer unglücklichen Ehe mit zusätzlicher Belastung durch ein autistisches Kind, hatte Dora die Todsünde einer Südstaatenfrau begangen: Sie hatte sich gehenlassen. Aber am schlimmsten war, dass ihre Traurigkeit alles Sonnenlicht aus ihrem Inneren vertrieben hatte. Mamaw war froh, an diesem Morgen wieder ein bisschen davon in ihren Augen glitzern zu sehen.

»Begleitet Nate dich?«, fragte Lucille.

Dora schüttelte den Kopf und verzog das Gesicht. »Leider

nicht. Ich komme gerade aus seinem Zimmer. Ich habe ihn gebeten, mitzukommen, aber ihr wisst, wie Nate ist, wenn er eine Entscheidung getroffen hat. Er hat kaum mehr als dieses eine Wort gesagt – *nein*. Ich glaube, er mag mich im Moment nicht besonders«, fügte Dora leiser hinzu. »Es war, als«, ihre Stimme klang ganz belegt, »als könne er es gar nicht erwarten, dass ich gehe.«

»Nein, Liebes, achte nicht darauf«, sagte Mamaw besänftigend. »Du weißt, dass das Kind immer noch darunter leidet, was mit dem Delfin passiert ist. Das war traumatisch für ihn. Für uns alle«, ergänzte sie.

»Carson wird sich bald mit neuen Informationen zu dem Tier melden«, sagte Lucille tröstend.

»Und ich bin mir ganz sicher, dass es gute Nachrichten sein werden«, stimmte Mamaw, die ewige Optimistin, zu. »Ich bin mir sicher, dass Nate dann wieder zu sich kommen wird.«

»Das hoffe ich sehr …«, antwortete Dora und wischte sich rasch die Augen, sie schien sich für ihre Tränen zu schämen.

Mamaw warf Lucille einen Blick zu. Es war untypisch für Dora, so emotional zu sein. Dora sah auf ihre Uhr und schnappte nach Luft. »Gott, ich muss jetzt wirklich los, sonst komme ich zu spät«, sagte sie, nun ganz geschäftsmäßig. »Seid ihr sicher, dass ihr es mit Nate schafft, während ich weg bin? Ihr wisst, dass er durchdrehen kann, wenn ich weg bin.«

»Ich glaube fest, dass drei erwachsene Frauen mit einem kleinen Jungen fertig werden. Egal, wie eigensinnig er ist«, sagte Mamaw und zog eine Augenbraue hoch.

Lucille lachte leise, während ihre Hände weiter den Korb flochten.

»Ja, natürlich«, murmelte Dora und suchte die Autoschlüssel in ihrer Tasche. »Es ist ja nur, weil er im Moment besonders schwierig ist, er ist wegen des Delfins so aufgeregt und weil ich seinen Vater treffe.«

Mamaw winkte Dora fort. »Fahr du nur und mach dir keine Sorgen wegen uns. Wir kommen schon klar. Du hast genug damit zu tun, dein Haus für den Verkauf in Ordnung zu bringen.«

Bei der Erwähnung des Hauses wurden Doras Augen schmaler. »Die Handwerker sollten lieber da sein, sonst mache ich ihnen die Hölle heiß.«

Mamaw und Lucille wechselten einen Blick. Das war die Dora, die sie kannten. Dora nahm die Schlüssel heraus und wandte sich zum Gehen.

»Dora?«, rief Mamaw. Dora blieb stehen, drehte sich um und sah Mamaw an. »Denk immer daran, wer du bist. Du bist eine Muir. Kapitän auf deinem eigenen Schiff.« Sie schnaubte und fügte hinzu: »Und lass dir von einem wie Calhoun Tupper nichts gefallen, hörst du?«

Das strahlende Muir-Blau blitzte in Doras Augen. »Ja, Ma'am«, entgegnete sie voller Überzeugung und straffte die Schultern.

Die zwei alten Frauen beobachteten, wie Dora rasch zu ihrem Auto ging, den Koffer in den Kofferraum packte und aus der Auffahrt brauste, dass die Räder den Kies aufspritzen ließen.

»Mmm – mmm – mmm«, murmelte Lucille, als sie sich wieder auf das Korbflechten konzentrierte. »Diese Frau ist wild entschlossen, ihren Zorn heute an allen Männern der Stadt auszulassen.«

Auf Mamaws Gesicht breitete sich jetzt das Grinsen aus, das bereits den ganzen Morgen um ihre Lippen spielte. »Ich weiß nicht, wer mir mehr leidtut«, sagte sie. »Die Handwerker im Haus oder Calhoun Tupper.«

2

CHARLESTON, SOUTH CAROLINA

Dora saß im Büro ihres Anwalts, die Hände fest verschränkt auf dem Schoß. Die Klimaanlage arbeitete wacker gegen die rekordverdächtige Hitze des Tages an, aber die beiden Anwälte und Cal hatten ihre Jacketts ausgezogen und die Hemdsärmel hochgerollt. Dora war die einzige Frau im Raum und trug immer noch ihre Kostümjacke. Sie war entschlossen, kein Stückchen ihrer Rüstung abzulegen. Und vor ihrem inneren Auge sah sie die Sicherheitsnadel, die ihren Rock zusammenhielt, weil sie den Knopf nicht ganz zubekommen hatte. Also saß sie mit ihrer Jacke da, schwitzte am Kragen und kochte vor Wut, während Cals Anwalt, Mr Harbison, erläuterte, warum die angebotene Abfindung außergewöhnlich fair war.

Sie konnte sich gerade noch zurückhalten, um vor Zorn und Frustration nicht vom Stuhl aufzuspringen. Fair? Von der angebotenen Summe könnte sie nicht leben, geschweige denn Nate und all seine Therapien finanzieren.

Sie warf ihrem Anwalt, Mr Rosen, einen Blick zu, wollte seine Aufmerksamkeit wecken. Er hatte ihr sehr deutlich gesagt, dass sie sich nicht einmischen, sondern nur auf direkte Fragen antworten sollte. Sein Blick war auf den Papierstapel neben seinem geöffneten Laptop geheftet, und er machte sich geschäftig Notizen, während weitere Einzelheiten besprochen wurden.

Frustriert schaute Dora über den langen Konferenztisch zu Cal und zog die Augenbrauen hoch. Ihr bald Exmann hatte ihr nicht in die Augen gesehen, als sie das Büro betreten hatte. Während des gesamten morgendlichen Treffens verlor er kein Wort oder auch nur einen Blick des Trostes oder der Sorge. Cal war nie ein emotionaler Mann gewesen, aber heute, im Anwaltsbüro, war er vollkommen gefühllos. Sie hatte Cal in den letzten Monaten nicht gesehen, auch wenn sie über die unvermeidlichen Dinge miteinander gesprochen hatten. Als er vorhin das Büro betreten hatte, war sie überrascht, dass er den Rettungsring um seinen Bauch verloren hatte und sich sorgfältiger kleidete. Er trug den klassischen Seersuckeranzug der Südstaaten, und sie hatte bei seiner eleganten Fliege zweimal hinschauen müssen.

Sie behielt ihre aufrechte Haltung und ihren gleichgültigen Gesichtsausdruck bei, aber unter dem Tisch wackelte ihr Fuß. Sie sah zur Wanduhr. Es war fast zwölf Uhr. Sie hatte einen furchtbaren Morgen verbracht und den kalten Aufzählungen der beiden Anwälte zugehört. Jetzt waren sie dabei, ihr und Cals Eigentum aufzulisten. Sie verfolgte die lange Liste, die der Anwalt monoton vorlas. Aber als Cals Anwalt begann, die Erbstücke der Muir-Familie aufzuteilen, richtete Dora sich in ihrem Stuhl auf und platzte heraus: »Nein!« Es wurde sofort still im Raum, und die drei Gentlemen drehten sich zu ihr um.

»Das muss ein Irrtum sein«, sagte sie. »Wir teilen die Familienerbstücke nicht auf. Cal und ich hatten uns schon darauf geeinigt, dass er die Möbel seiner Familie erhält und ich meine.«

Mr Harbison lächelte sie gütig an. »Ich befürchte, Mrs Tupper, das entspricht nicht der aktuellen Gesetzeslage.«

»Ich werde nicht …« Sie hielt inne, als Mr Rosen ihr eine Hand auf den Arm legte.

»Sehen Sie, all Ihr Eigentum gehört zur Zugewinngemeinschaft«, fuhr Mr Harbison fort.

»Nein, ganz sicher nicht«, blaffte sie ihn an und spürte, wie sie rot wurde. »Billigkeitsrecht, Zugewinngemeinschaft oder wie immer Sie es nennen, ist mir egal.« Sie wurde lauter. »Die Möbel meiner Familie gehören mir, und er bekommt sie nicht. Wir hatten das bereits besprochen und waren uns einig.«

Cals Gesicht bekam rote Flecken. »Dora, wir hatten das vielleicht besprochen, aber das war voreilig. Es ist klar, dass es nicht mehr gerecht ist.«

Doras Augen wurden schmäler. »Weil du jetzt weißt, wie viel einige meiner Stücke wert sind. Du hast die Möbel schätzen lassen. Ich habe das Gutachten gelesen.«

»Wenn es nur um ein paar hundert Dollar ginge …«, sagte er. Cal tippte auf die Papiere vor ihm, seine Wangen erröteten. »Aber die Chippendale-Stühle und das Sofa und die Empire-Kommoden … Die sind allein über einhunderttausend Dollar wert! Das Silber noch mal dreißigtausend.«

Dora hob zustimmend die Augenbrauen. Ihr Wert war eine angenehme Überraschung gewesen, aber sie ertrug den Gedanken nicht, ihre Erbstücke an den Meistbietenden zu verkaufen.

»Es geht hierbei nicht um das Geld. Ich will meine Möbel

nicht verkaufen. Sie sind seit Generationen in der Familie. Und nach mir werden sie Nate gehören. Wir sind nur die Verwalter für die nächste Generation. Wir verkaufen nicht.«

»Das werden wir, wenn wir müssen«, sagte Cal lapidar. »Und angesichts der Kosten von Nates Therapie und weil sich das Haus, das du unbedingt wolltest, zu einem Fass ohne Boden entwickelt hat, müssen wir das jetzt.«

»Diese Ausgaben sind nichts Neues«, schoss Dora zurück. »Und lass mich dich daran erinnern, dass du dieses Haus genauso sehr wolltest wie ich. Du hast den potenziellen Profit darin gesehen. Aber du hast nie daran gedacht, dass wir das Haus vorher reparieren lassen müssten. Du hast mich ja nie etwas machen lassen. Es war gut genug zum Wohnen für uns. Jetzt plötzlich brauchen wir das Geld, um all die Reparaturen und Erneuerungen machen zu lassen?«

Mr Harbison räusperte sich und stürzte sich ins Gefecht. »Mrs Tupper, mir ist klar, dass das ein emotionales Thema ist. Die Reparaturen sind minimal, gerade genug, um das Haus verkaufen zu können. Das Ziel ist doch, es zu einem besseren Preis zu verkaufen, zu Ihrer beider Wohl.«

Tränen drohten und Dora biss sich auf die Lippe, damit sie nicht fielen. Die Männer im Raum rutschten auf ihren Stühlen herum und tauschten Blicke aus, die zu sagen schienen, *was konnte man schon erwarten? Sie ist schließlich eine Frau. Sie kann das alles nicht ohne Gefühlsausbruch abhandeln.*

Natürlich war sie emotional! Diese Männer verteilten ihre persönlichen Besitztümer, als würden sie Kartoffeln aufteilen. Und noch dazu wurde sie über den Tisch gezogen. Dora fielen Mamaws Worte ein – *Du bist eine Muir. Kapitän auf deinem eigenen Schiff* –, sie riss sich zusammen und wandte sich entschlossen an Cals Anwalt. Sie akzeptierte Cals Ultimatum nicht.

Dora sah Mr Harbison fest an. »Lassen Sie mich meinen Standpunkt klarstellen. Es ist mir egal, wie viel das Haus einbringt. Der Wert meines Besitzes ist mir ebenfalls gleich«, sagte sie und bemühte sich, ruhig zu sprechen. »Ich werde mich nicht von meinen Familienerbstücken trennen. Sie gehören meiner Familie. Meine Großmutter wird das in einem Brief bezeugen. Sie alle kennen Marietta Muir gut genug, um zu wissen, dass sie darauf achten wird, dass nichts aus der Familie verschwinden wird.« Sie lehnte sich in ihrem Stuhl zurück und faltete die Hände im Schoß. »Mehr habe ich nicht zu sagen.«

Mr Harbisons Lippen wurden schmaler, er wusste, wie wahr diese Aussage war. Er warf Cal, der Dora mit kaum verhohlener Frustration ansah, einen Blick zu.

»Also gut, Mrs Tupper«, sagte Mr Rosen in einem versöhnlichen Tonfall. Er richtete seine Brille und wandte sich an Cals Anwalt. »Ich schlage vor, dass wir dieses Thema getrennt mit unseren Klienten besprechen und uns dann wieder treffen. Wir können in unseren Kalendern einen uns allen passenden Termin heraussuchen.«

Während der unangenehmen Zeit, in der die Anwälte letzte Details klärten, sah Dora stur auf ihre Hände. Sie fühlte sich wie erschlagen von dieser Tortur und weigerte sich, aufzusehen, aus Angst, Cals zornerfülltem Blick zu begegnen. Als die Männer schließlich aufstanden, schloss Dora sich ihnen an. Sie griff nach ihrer Tasche, murmelte etwas von Frischmachen und verließ den Raum schnell, bevor sie Cal noch einmal gegenübertreten musste.

SUMMERVILLE, SOUTH CAROLINA

Die Nachmittagssonne senkte sich, als Dora durch die schattigen Straßen von Summerville, South Carolina, fuhr. Sonnenlicht fiel durch das dichte Blätterdach und Sommerblumen strahlten überall in satten Farben. Dora fühlte sich immer zu Hause in dem historischen Viertel, wo sich geliebte Südstaatentraditionen im Straßenbild, in Parks und Gärten spiegelten. Sie bekam nie genug davon, träumerisch auf die charmanten weißen Cottages zu schauen, auf die klassischen Villen im griechischen Stil und die weitläufigen viktorianischen Häuser. Cals Familie lebte seit Generationen in Summerville, aber es war die zeitlose Qualität der historischen Häuser in diesem Viertel, deretwegen sie schließlich hier hatte wohnen wollen.

Dora hatte sich für so clever gehalten, vor zehn Jahren ihr großes viktorianisches Haus bei einer Versteigerung zu »erbeuten«. Die Lage im historischen Viertel war sehr begehrt und rundherum waren alle Häuser renoviert worden. Ein Haus einen Block von ihrem entfernt war für eine enorme Summe verkauft worden. Es hatte in der Gemeinde für Aufregung gesorgt und den Stolz auf ihr Eigentum vergrößert. Sie und Cal waren so jung gewesen, als sie in das Haus gezogen waren, so voller Hoffnung, so sicher, dass sie kurz vor einer Veränderung standen und sicher reich würden. Sie waren so naiv gewesen, dachte Dora traurig, während sie am Marktplatz vorbeifuhr, voller gemütlicher Läden, vor denen im Frühling die Azaleen blühten, was der Stadt ihren Spitznamen »Flowertown« eingebracht hatte. Sie passierte die St.-Paul's-Kirche, wo sie ehrenamtlich für die Women's

Mission gearbeitet hatte, an der altmodischen Timrod Library, die sie durch Spendenaktionen unterstützte und in der sie Nate stundenlang unterrichtet hatte. Das hier war ihre Gemeinde, ihr Zuhause ... und doch fühlte sie sich wie eine Fremde, als sie durch die kurvigen Straßen fuhr, die sie so gut kannte. Sie hatte ihr Netzwerk aus Freunden in der Kirche und der Nachbarschaft über Jahre hinweg aufgebaut. Menschen, von denen sie gedacht hatte, dass sie auf sie zählen könnte, wenn es hart auf hart kam. Doch als sie und Cal die Diagnose von Nates Autismus erhalten hatten, veränderte das die Art ihrer Freundschaften. Einer nach dem anderen bekamen ihre sogenannten Freunde Probleme mit Nates Verhalten. Die Kinder ignorierten ihn und die Mütter luden sie und Nate nicht mehr zum Spielen ein. Sie selbst versuchte es auch nicht mehr. Schließlich war sie einfach aus allem herausgerutscht – aus den Ehrenämtern, Schul- und Freizeitaktivitäten. Stattdessen stürzte sich Dora voll und ganz in die Therapie und den Unterricht ihres Sohnes. Nur Eltern eines Kindes mit einem Handicap konnten dieses Engagement verstehen.

Dora holte lang und tief Luft, konzentrierte sich auf die Gegenwart. Nichts davon ist wichtig, sagte sie sich. Niemand von *ihnen* ist wichtig. Sie hatte sich allein doch gut genug geschlagen, oder etwa nicht? Dora sah auf die Korallenbrosche an ihrem Kragen. Der Anblick tröstete sie wie eine Umarmung, erinnerte sie daran, dass es andere Menschen gab, die sich sorgten und die wichtig waren – Mamaw, Lucille, Carson und Harper. Sie spürte, wie sich ihre Schultern entspannten, als sie die Verletzung und Ablehnung, die sie immer noch tief in sich drin empfand, fahren ließ. Sie hatte sich eine unabhängige Existenz aufgebaut. Ihre Mutter, Cal, die Frauen, mit denen sie sich umgeben hatte, nahmen, gaben aber nicht. Als sie Hilfe gebraucht hatte, waren sie verschwunden. Aber vielleicht, dachte sie jetzt mit einem Hoffnungsschimmer, könnte sie – mit ihnen – eine Beziehung des Gebens und Nehmens aufbauen.

Sie bog in eine Straße ein, die vom Park weg und zur langen Auffahrt zu ihrem Haus führte. Vom Straßeneingang aus sah sie das Haus so, wie Fremde es wahrnahmen, wenn sie vorbeifuhren. Das weiße viktorianische Haus blitzte wie eine schüchterne Braut unter seinem Umhang aus grünen Blättern hervor, zauberhaft mit seinem charmanten roten Pyramidendach, verziert mit aufwendiger Schnitzerei. Leider stellte sich heraus, dass es dahinter eher der Dickens'schen Miss Havisham glich. Hinter dem Schleier der Entfernung und dem Vorhang der Blätter zeigte das Haus seine Schwäche und sein Alter. Farbe aus Jahrzehnten blätterte herunter, die Ziegelsteinmauern bröckelten, die Verandensäulen bogen sich unter dem Gewicht des kletternden Weines, all das konnte man sich nicht mit Tagträumen schönfärben. Sie fuhr vor das alte Haus und schaltete den Motor aus. Sie saß in der stickigen Hitze und starrte auf das große viktorianische Gebäude. Sie empfand nicht mal mehr den Hauch der früheren Begeisterung. Stattdessen breitete sich Verzweiflung in ihr aus. Dora sah nicht mehr, was sein könnte. Wo auch immer sie hinschaute, sah sie Verfall, der sich vom Fundament bis zum Dach ausbreitete, und ihr kam die Einsicht, dass sie ihn nicht aufhalten konnte, egal, wie sehr sie sich anstrengte. Die Parallele zu ihrer Ehe war zu offensichtlich und zu schmerzhaft, um weiter darüber nachzudenken.

Erschöpft griff sie nach der Tüte mit Lebensmitteln, der kalten Flasche Weißwein und der Schachtel mit frittiertem Huhn, die sie auf dem Weg vom Anwaltsbüro gekauft hatte. Dora fühlte sich erledigt und völlig ausgelaugt, kaum in der Lage, die Ziegelstufen bis zur Haustür hinaufzusteigen. Nach einem kurzen Kampf mit dem Schloss öffnete sie die Tür und stickige Hitze empfing sie wie eine Mauer. Ihr Herz wurde schwer und ihre Schultern sanken.

»Wie viele Katastrophen muss ich heute denn noch erleben?«, stöhnte sie und fügte ihrer explodierenden To-do-Liste noch *Klimaanlagenfirma anrufen* hinzu.

Das Haus war still wie ein Grab. Die Handwerker waren für heute gegangen, aber der schwere Geruch von Farbe und Lack lag in der Luft. Staubflocken schwebten in den Lichtstrahlen, während sie sich in den Zimmern umsah und die Arbeit der Handwerker kontrollierte. Die antiken Möbelstücke, die sie und Cal geerbt hatten, waren in der Zimmermitte zusammengeschoben. Tapete war abgekratzt worden und Reparaturen an den Gipskartonwänden hatten begonnen. Kaputte Fensterbänke waren entfernt worden. Es war noch viel zu tun, aber es war ein Anfang. Es hatte etwas Bittersüßes, die Renovierungsarbeiten zu sehen. Sie hatte immer davon geträumt, das Haus zu sanieren – ein neuer Anstrich, eine fröhliche Tapete, neu bezogene Polstermöbel, sogar schicke neue Armaturen. Sie hatte Ordner voller Ausschnitte aus Zeitschriften. Aber Cal hatte ihr immer gesagt, dass sie kein Geld für die Erneuerung von Rohren oder Armaturen hatten. Jetzt wurden die Arbeiten endlich erledigt, um die sie Cal jahrelang gebeten hatte, und sie würde das Ergebnis nicht mehr genießen können.

Die Anwälte hatten deutlich gesagt, dass das Haus so schnell wie möglich verkauft werden sollte. Sie musste packen und ausziehen. Dora hatte plötzlich das Gefühl, als würde das heiße und feuchte Haus um sie herum enger werden. Sie bekam keine Luft mehr. Sie zog die einengende Kostümjacke aus, ging dann rasch von der Küche zum Ess- und zum Wohnzimmer und öffnete die Fenster, da nur ein paar Küchenfenster einen Spaltbreit aufstanden. Das Holz war durch die Feuchtigkeit aufgedunsen, aber eine innere Wut, die sich in ihr aufgestaut hatte, seit sie hilflos im Anwaltsbüro gesessen hatte, verlieh ihr Kraft. Dora stöhnte, schwitzte und fluchte, schlug mit der offenen Hand auf die Fensterrahmen, bis die sturen Fenster endlich nachgaben. Sie öffnete jedes einzelne weit.

Eine Weile stand sie da, atmete die frische Luft ein und ließ ihren Herzschlag langsamer werden. Sie drehte sich um und betrachtete das Chaos in ihrem Haus. Der Nachmittag beim Anwalt hatte sie getroffen. Sie fühlte sich fast wie dieses alte Haus, dachte sie und lehnte sich gegen die Wand.

Hinter ihrem stets präsenten Lächeln brach sie innerlich zusammen. Dora war in dem Glauben großgezogen worden, wenn sie sich nur an die Verhaltensregeln einer Südstaatenschönheit hielt – einer wohlerzogenen Südstaatenfrau, besonders einer aus guter Familie –, dann würde auch das Märchen für sie wahr werden. Ihr Leben wäre eine glatte Fortsetzung des Lebens, das ihre Mutter geführt hatte und deren Mutter vor ihr. Diese Regeln waren nirgendwo aufgeschrieben, sondern wurden durch Vorbild und Abschreckung von der Mutter an die Tochter und die Enkelin weitergegeben, von Generation zu Generation.

Also hatte Dora nach den Regeln gelebt. Sie war ein braves Mädchen gewesen. Sie war zur Tanzschule gegangen, hatte pflichtschuldig Dankeskarten geschrieben, hatte ganz in Weiß auf dem St. Cecilia Ball debütiert und einen aufrechten Mann aus einer guten Südstaatenfamilie geheiratet. Als Ehefrau hatte sie die Karriere ihres Mannes unterstützt und ehrenamtlich für ihre Nachbarschaft und ihre Kirche gearbeitet. Und nach Jahren vergeblicher Versuche hatte sie endlich einen Sohn geboren. Dora hatte geglaubt, dass ein perfektes Leben vor ihr lag. Was für eine Närrin sie gewesen war, verfluchte sie sich und legte die Hände vors Gesicht. All ihre Erwartungen waren nicht mehr als Illusionen gewesen. Und die angeblichen Regeln … Sie verzog das Gesicht und ließ die Hände sinken. Was für eine Farce! Sollte sie Cal eine Dankeskarte schreiben für das Almosen, das er ihr anbot?

Sie betrachtete die Sammlung von Antiquitäten, die im Wohnzimmer unter einer Plastikplane standen. Ja, dieses Haus verfiel vielleicht um sie herum. Und ja, die Möbel müssten neu gepolstert werden. Aber diese Möbel, ihr Porzellan und Silber – das waren alles geschätzte Gegenstände, die eine große Bedeutung hatten. Sie stellten eine *Familienkontinuität* von einer Generation zur nächsten dar. Warum sollte sie sie jetzt aufgeben, wo sie sie am meisten brauchte? Außerdem war sie ja gar nicht diejenige, die die Ehe beendet hatte!

Emotional, dass ich nicht lache, dachte sie, während sie in die Küche ging. Sie nahm die Tüte mit dem Huhn, das sie gekauft hatte und riss sie auf. Fettiger, leckerer Duft stieg auf und ließ ihr das Wasser im Mund zusammenlaufen. Sie bekam ein schlechtes Gewissen, als sie ein frittiertes Beinchen heraus nahm. Harper und Carson bekämen einen Anfall, wenn sie sehen würden, wie sie das aß. Dora schüttelte die Vorstellung ihrer schimpfenden Schwestern ab. Lass sie böse sein. Und vergiss die Diät und deine Figur. Heute Abend durfte sie sich etwas gönnen. Sie schloss die Augen, biss in das kalorienreiche Essen und schluckte. Sie nahm noch einen Bissen, doch sie genoss den Geschmack nicht. Dora wusste, dass das Essen sie für den Moment sättigen würde, aber es brachte nichts gegen den wahren Hunger, der tief innen an ihr nagte.

Sie hatte erst ein paar Bissen gegessen, als es an der Tür klingelte. Dora wandte den Kopf zur Haustür und überlegte, ob sie öffnen wollte. Mit einem sehnsüchtigen Blick auf die Maccaroni- und Käsebeilage legte sie das Hühnerbein mit einem resignierten Seufzer auf den Teller. Dora gehörte zu den Menschen, die immer an die Türklingel oder das Telefon gingen. Sie wischte sich den Mund mit einer Papierserviette ab und ging schnell zur Tür.

Der allerletzte Mensch, den sie zu sehen erwartet hatte, war Cal. Doras Herz begann sofort zu pochen und ihre Hand berührte unwillkürlich ihre Haare. Cal hatte die Fliege und das Seersuckerjackett, das er im Anwaltsbüro getragen hatte, ausgezogen. Er stand in einer entspannten Haltung da, die weißen Hemdsärmel hochgerollt, eine Weinflasche in der Hand und ein verlegenes Lächeln im Gesicht.

»Cal! Was um alles in der Welt machst du denn hier?«

»Ich dachte, ich komme einfach mal vorbei. Mal sehen, wie's dir so geht. Nach heute Morgen, na ja … ich dachte, wir könnten uns ein bisschen unterhalten«, sagte er und hielt die Weinflasche als Friedensgabe vor sich.

Dora betrachtete ihn kühl, trotz ihres immer noch hämmernden Herzens. »Glaubst du nicht, wir haben heute Morgen genug geredet?«

Cal schüttelte den Kopf. »Heute haben nur die Anwälte geredet. Ich dachte, wir verdienen vielleicht auch eine Chance.«

Dora traute ihren Ohren nicht. Könnte sie ihn falsch verstanden haben? Sie zögerte noch, ihre Hand umklammerte die Türklinke.

»Ich weiß nicht, ob wir uns ohne unsere Anwälte unterhalten sollten«, gab sie zu bedenken.

»Das sagen sie uns nur, weil sie uns die Stunden, die sie für uns reden, in Rechnung stellen. Dora, wir wissen beide, dass es heute einfach nur hässlich war.«

Dora nickte bloß.

»Bei allem Auf und Ab«, fuhr Cal fort, »haben wir uns doch immer bemüht, fair und vernünftig zu sein. Warum nicht auch jetzt? Lass uns beide, du und ich, versuchen, das ganze Gerede beiseitezulassen und von Mensch zu Mensch zu sprechen.« Er lachte selbstironisch. »Und dabei gleich auch noch Tausende Dollar sparen. Außerdem«, fügte er hinzu und lächelte breiter, »ist es schon lange her, seit wir das letzte Mal miteinander geredet haben.« Als sie immer noch nicht antwortete, schob er hinterher: »Wir können es wenigstens probieren. Was meinst du?«

Dora sah ihren Ehemann lang und fest an. Calhoun Tupper war kein gutaussehender Mann gewesen, als sie ihn geheiratet hatte, aber seine früher einmal schlaksige Erscheinung alterte gut. Manche Männer hatten dieses Glück. Sein unleugbarer Südstaatencharme hatte ihr als Erstes gefallen. Und diesen Charme versuchte er auch jetzt einzusetzen.

»Ich frage mich unwillkürlich, wo wir jetzt wären, wenn du dieses Angebot vor einem Jahr gemacht hättest«, sagte sie sanfter. »Selbst vor sechs Monaten, anstatt einfach aus dieser Tür zu gehen.«

Cal besaß den Anstand, Scham zu zeigen. »Vielleicht hast du recht.«

Dora musterte den Mann, der vor ihr stand. Er schien ihr einen Olivenzweig zu reichen, und sie wünschte, sie könnte ihm glauben. Er war immer noch ihr Ehemann, der Vater ihres Kindes. Er sagte genau die richtigen Dinge. Aber im Anwaltsbüro hatte sie eine übergroße Kröte schlucken müssen, und die lag ihr schwer im Magen. Jetzt meldete sich ihre pragmatische Natur wieder und sie blieb wachsam. Sie öffnete die Tür weit und ließ ihn kühl in ihr Haus. Ihr *gemeinsames* Haus, dachte sie sich – jedenfalls so lange, bis der Richter etwas anderes entschied.

Als sie seiner so vertrauten Silhouette durch den Flur zur Küche folgte, dachte Dora an die unzähligen Male, die er diesen Weg in die Küche gegangen war, wenn er von der Arbeit nach Hause kam. Er hatte dann seinen Schlips gelockert, seine Aktentasche abgestellt, ihr einen Kuss auf die Wange gegeben und sich ein Bier aus dem Kühlschrank geholt. Heute Abend hatte er Wein mitgebracht, fiel ihr auf. Ein Getränk, das *sie* mochte. Während Cal sich ganz wie zu Hause verhielt und einen Korkenzieher aus einer Küchenschublade nahm, ging Dora zum Kühlschrank, um die Tüte kernloser grüner Trauben zu holen, die sie mitgebracht hatte. Während sie das Obst im Spülbecken wusch, beobachtete sie, wie Cal den Korken geschickt mit einem sanften Plopp herauszog.

Sie trugen den Wein und die Trauben ins Esszimmer, wo sie die Plastikfolie zur Seite schoben und sich an den Tisch setzten. Es wurde dunkel und Schatten huschten über die Wände. Dora schaltete ein paar Tischlampen an. Sanftes gelbes Licht ergoss sich auf den Fußboden, aber die Stimmung war so gar nicht romantisch, nicht einmal versöhnlich. Sie war merkwürdig verlegen. Sie setzte sich und dachte, wie seltsam es war, dass sie hier wie zwei Fremde saßen, obwohl sie mit diesem Mann so viele Jahre zusammengelebt hatte.

»Die Klimaanlage ist aus.« Cal sprach das Offensichtliche aus.

»Ja. Ich rufe den Techniker morgen an.«

»Na, hoffen wir nur, dass nicht die ganze Anlage ausgetauscht werden muss. Sie muss jetzt wohl über zwanzig Jahre alt sein.« Cal musste nicht sagen, *Schreib es auf die Liste*, weil sie beide wussten, dass ihr jeweiliges Gegenüber dasselbe dachte. Er lehnte sich im Stuhl zurück und ließ seinen Blick durch den Raum schweifen. »Na, sieht so aus, als hätten die Maler angefangen.«

»Keine Überraschungen. Noch nicht.«

»Gut zu sehen, dass die Dachdecker auch losgelegt haben.« Als sie nickte, fügte er hinzu: »Du musst hinter ihnen her sein, hörst du? Wenn du es zulässt, ziehen sie alles in die Länge und wir wollen das Haus doch so schnell wie möglich auf den Markt bringen.«

»Hhm – hhm.«

»Dann ist da der Garten«, fuhr er fort. »Der Immobilienmakler hat deutlich gesagt, dass er gepflegt werden muss. Ich weiß nicht, warum du diesen Schmetterlingsgarten angelegt hast. Das ist jetzt nur Unkraut.«

»Das war für Nate«, erwiderte sie, genervt, dass er sich nicht daran erinnerte. »Für seinen Biologieunterricht, erinnerst du dich?« Nate war ganz fasziniert von Raupen. Monarchfalter, Schwalbenschwänze, Dickkopffalter – sie hatten sie ins Haus gebracht und gezüchtet, hatten beobachtet, wie sie sich verpuppten und dann zu Schmetterlingen wurden. Cal schnaubte abschätzig. »Das war eine teure Lektion. Da draußen ist jetzt ein Dschungel. Du hast alles einfach sich selbst überlassen.«

»Ich habe hier keine Hilfe, Cal«, sagte Dora ruhig.

»Der Makler meinte, du musst etwas tun, damit es besser aussieht. Irgendwas Billiges. Bezahl jemanden, um es zu mähen.«

Dora umfasste ihr Glas, nippte an ihrem Wein und sagte nichts.

»Wie kommt Nate mit dem ganzen Krach der Handwerker klar?«

Sie war froh, dass er endlich daran dachte, nach ihrem Sohn zu fragen.

»Er ist nicht hier.«

Das überraschte Cal. »Wo ist er?«

»Draußen, in Sea Breeze, bei Mamaw. Wir bleiben den restlichen Sommer dort.«

»Den ganzen Sommer?«, fragte er ungläubig. »Wann hast du das denn beschlossen?«

»Letzten Monat. Ich habe dir erzählt, dass wir hinfahren.«

»Zum Geburtstag deiner Großmutter. Nicht für den ganzen Sommer.«

»Mamaw hat uns *eingeladen*«, sie hob ihre Finger, um das Wort in Anführungszeichen zu setzen, »den ganzen Sommer über zu bleiben. Tatsächlich«, fügte sie mit einem kurzen Lachen hinzu, »hat Mamaw uns gesagt, dass wir den ganzen Sommer bleiben müssen, sonst streicht sie uns aus ihrem Testament.«

Dora unterdrückte ein Lächeln, als sie seinen erstaunten Gesichtsausdruck sah, er erinnerte sie an denselben Ausdruck auf den Gesichtern ihrer Schwestern, als Mamaw die Bombe hatte platzen lassen.

»Die alte Xanthippe«, sagte Cal. »Das ist ziemlich egozentrisch. Selbst für sie. Wieso dachte sie, dass ihr alle einfach alles zusammenpacken und für den Sommer abhauen könntet, wie als kleine Mädchen? Deine Schwestern haben Jobs und du … du hast Verpflichtungen hier, wegen des Hauses. Was ist mit allem, was hier geschieht?« Er wedelte mit dem Arm, deutete auf die Reparaturen im Haus. »Du kannst jetzt nicht weg.«

Dora spürte, wie sich bei diesem unverschämten Befehl ihr Rücken anspannte. Zuerst beleidigte er ihre Arbeit mit Nate, und jetzt kommandierte er sie herum? Sie erinnerte sich an Mamaws Ermahnung, den Muir-Geist zu nutzen und hob ihr Kinn an.

»Du vergisst etwas, Cal. Ich *kann* einfach gehen, wenn ich das möchte. Ich muss mich nicht mehr mit dir absprechen oder um deine Erlaubnis fragen. Du hast die Dinge zwischen uns geändert.«

Sie machte eine Pause, nahm Rücksicht auf seine schmaler werdenden Lippen und sein rotes Gesicht. Seine Augen sahen aus, als würden sie gleich bersten, aber er riss sich zusammen.

Cal räusperte sich. »Dora, sei vernünftig …«

»Ich bin vernünftig«, sagte sie mit einem gezwungenen Lächeln, die Andeutung, dass sie mal wieder zu emotional sei, machte sie wütend. Sie richtete sich in ihrem Stuhl auf und begann, ihre Entscheidung zu erklären, bemühte sich, ruhig zu sprechen.

»Ich habe mir das genau überlegt. Es ist gut, wenn ich mit Nate in Sea Breeze bin, während die Reparaturen hier gemacht werden. Die Männer können rund um die Uhr arbeiten. Nate könnte das Hämmern, die komischen Gerüche, die Hitze nicht ertragen. Es würde ihm auch Angst einjagen, wenn den ganzen Tag Fremde um ihn herum sind. Wir haben Glück, dass wir nach Sea Breeze können! Natürlich kannst du während der Renovierung im Haus wohnen. Um alles im Auge zu behalten«, fügte sie mit einem süßen Lächeln hinzu. *Da, bitte, kein bisschen emotional*, dachte sie, zufrieden mit sich.

Cals Gesicht spannte sich an, aber er antwortete nicht.

»Außerdem möchte ich wieder Zeit mit Mamaw und meinen Schwestern verbringen. Mamaw will Sea Breeze verkaufen. Es ist unsere letzte Gelegenheit, zusammen zu sein.«

Cals Blick wurde schärfer. »Sie verkauft Sea Breeze?«

Dora war nicht überrascht, dass diese Information sein Interesse geweckt hatte. Sea Breeze war auf dem aktuellen Markt Millionen wert. »Ja.«

»Das sollte so einiges einbringen.«

Dora zuckte bloß mit den Schultern. Sie konnte fast sehen, wie die Zahlen in seinem Gehirn ratterten.

»Ich denke, ich begreife, wieso *du* dortgeblieben bist«, sagte er nachdenklich. »Du hast keine Arbeit. Jetzt reg dich nicht auf«, ergänzte er und hob beschwichtigend die Hände.

»Ich meine einen Job, einen Beruf. Was ich nicht verstehe, ist, wie deine Schwestern das schaffen. Ich meine, wer kann denn einfach für drei Monate abhauen? Selbst für sie …«

Cal hatte noch nie eine hohe Meinung von ihren Halbschwestern gehabt, obwohl er sie kaum kannte.

»Ich vermute mal, Timing ist alles. Carsons Fernsehserie wurde abgesetzt, sie ist also gerade zwischen zwei Jobs. Sie war ganz begeistert von der Idee, den Sommer mietfrei in Sea Breeze zu verbringen.«

»Was hat sie denn für Sorgen? Die Leute in Hollywood werden doch fürstlich bezahlt, oder nicht?«

»Das war der große Schocker. Carson hat kein Geld. Sie ist sogar komplett pleite.«

Er lachte kurz auf, überrascht und zufrieden. Cal hatte immer darunter gelitten, dass er bei Weitem nicht so viel verdiente wie viele seiner Kindheitsfreunde. Beförderungen und Gehaltserhöhungen erreichten ihn nur selten.

»Was ist mit Hadley? Zugegeben, *sie* muss nicht arbeiten.«

»Ihr Name ist *Harper*«, verbesserte Dora ihn, genervt von seinem Fehler. Sicher, sie hatten Harper all die Jahre über nicht nahegestanden, aber ihren Namen zu verwechseln war absolut lächerlich. »Erinnerst du dich denn nicht daran, dass Daddy jede von uns nach einer Lieblingsautorin aus dem Süden benannt hat?«

»Stimmt«, sagte er langgezogen, als erinnere er sich an einen Witz. »Mal sehen, da ist Harper Lee, Carson McCullers und«, er zeigte mit gespielter Galanterie auf Dora, »Eudora Welty.« Cal zupfte eine einzelne Traube ab und hielt sie einen Augenblick zwischen zwei Fingern. »Parker Muir, der große Schriftsteller. Angesichts der Tatsache, dass dein Vater nie ein Buch veröffentlicht hat, ist das schon ein bisschen hochgegriffen, oder?« Er steckte sich die Traube in den Mund.

Dora wurde rot, die Worte hatten sie getroffen. »Gar nicht«, sagte sie, um ihren Vater zu verteidigen. »Ich finde, es zeigt seinen Sinn für Kultur und einen gewissen Südstaatencharme.« Sie griff nach ihrem Weinglas, sie musste ihrem Selbstbewusstsein etwas auf die Sprünge helfen.

Cal zuckte bloß mit den Schultern.

Sie spürte, wie sich das Gefühl zwischen ihnen ein wenig veränderte. Eine neue Spannung brodelte unter der Oberfläche.

»Wie geht's Nate denn da draußen in Sea Breeze?«, fragte er schließlich. »Ich wundere mich, dass du ihn dortgelassen hast. Kein Theater?«

Sie wollte antworten, *Hättest du dir in den letzten Wochen die Mühe gemacht, anzurufen, würdest du es wissen.* Aber da sie weiter auf dem rechten Weg bleiben wollte, antwortete sie: »Ziemlich gut, angesichts der Umstände.«

»Welche Umstände? Verstehe ich nicht.«

»Das ist eine lange Geschichte.«

Cal seufzte ungeduldig.

Dora beschloss, ihm die Kurzversion zu erzählen. Sie wusste, dass seine Aufmerksamkeitsspanne begrenzt war, wenn es um ihre Familie ging, selbst wenn es seinen Sohn betraf. »Nate hat sich Hals über Kopf in einen Delfin am Steg verliebt. Du weißt ja, wie er ist, wenn er sich für etwas interessiert. Er hat alles über Delfine gelesen, ständig über sie geredet und ist viel mit Carson in der Bucht geschwommen.« Ein Lächeln breitete sich auf Doras Gesicht aus, als sie sich an Nates Gesicht erinnerte, so lebendig und strahlend im Wasser mit dem Delfin. »Ach Cal, ich wünschte, du hättest ihn schwimmen gesehen. Er ist so kräftig und braun geworden. So hübsch ... Er hat es einfach geliebt.«

»Das ist eine ganz schöne Veränderung. Es war immer ein Kampf, ihn ins Wasser zu bekommen.«

»Ich weiß.« Sie machte eine Pause vor dem schwierigen Teil. »Es hat ihm auch Spaß gemacht, Fische zu fangen, um Delphine zu füttern. Dadurch ist es dann zu dem Unfall gekommen. Der Delfin wurde an den Steg gelockt. Sie hat sich schrecklich in all den Angelschnüren verheddert. Oh Cal, es war furchtbar ...« Dora schloss die Augen, als sie daran dachte, wie tief diese Schnüre ins Fleisch des Delfins geschnitten hatten, jedes Mal, wenn er zum Atmen aufgetaucht war.

»Ist er tot?«, fragte er.

»Es ist noch zu früh, das zu sagen. Carson ist mit dem Delfin nach Florida in eine Delfinauffangstation.« Sie schüttelte den Kopf. »Ich mache mir Sorgen um Nate, sollte der Delfin sterben. Seit dem Unfall hält er sich nur noch in seinem Zimmer auf, mit diesen verdammten Videospielen. Er geht nicht mehr nach draußen und schwimmt nicht mehr in der Bucht. Ich befürchte, er steckt in einer seiner schlechten Phasen.«

»In diesen Momenten war ich nie eine große Hilfe«, gab Cal zu.

»Du hättest es ja mal versuchen können«, sagte Dora spitz.

Zu ihrem Erstaunen nickte Cal. »Ich gebe zu, dass ich manchmal mehr Geduld mit ihm hätte haben können«, sagte Cal.

Dora war überrascht. Cal hatte seine schlechte Behandlung von Nate bisher noch nie zugegeben. »Er ist erst neun. Du hast noch viel Zeit, um Brücken zu bauen.«

»Das stimmt.«

Einen Augenblick lang fühlte sich Dora fast hoffnungsvoll. Vielleicht gab es einen Weg, das alles zu lösen, wieder eine Familie zu sein. Sie waren es Nate schuldig, es zu versuchen. Sie wollte es gerade aussprechen, als Cal weiterredete, sein Tonfall war plötzlich geschäftsmäßig und angespannt, jeder Hinweis auf den reuigen Vater verschwunden.

»Na, jedenfalls, Dora«, sagte er, sein Blick auf eine Stelle knapp über ihrer Schulter fixiert, »ich bin nicht gekommen, um mit dir darüber zu sprechen.«

Dora spürte, wie sich ihr Magen zusammenzog und ihre Wangen glühten. Obwohl sie es eigentlich besser wusste, hatte sie einen Augenblick nicht aufgepasst, hatte gedacht, er hätte sich womöglich geändert. Und sie wusste, dass er ihre Gefühle jetzt wieder mit Füßen treten würde.

»Aha«, sagte sie in einem ruhigen, wohlüberlegten Tonfall. »Worüber wolltest du denn reden?«

Jetzt betrachtete Cal das Weinglas, als lägen darin die Geheimnisse des Universums. Nach einer Weile faltete er seine Hände auf dem Tisch und sah ihr in die Augen.

»Ich bin gekommen, um über eine freundschaftliche Scheidung zu sprechen.«

»Eine ›freundschaftliche Scheidung‹?«, wiederholte sie. Sie begriff nicht, was das bedeuten sollte.

»Ja.« Cal lehnte sich leicht vor und begann in einem kontrollierten und bedächtigen Tonfall zu reden, als hätte er jedes Wort auswendig gelernt. Es machte ihr mehr Angst, als wenn er gebrüllt hätte.

»Weißt du, eine Scheidung muss kein Kampf sein. Du hast selbst gesehen, wie viel Anspannung und Wut sich heute Morgen beim Anwalt aufgestaut hatte. Eine Scheidung kann freundschaftlich ablaufen, wenn die Ehegatten frei über ihre Bedürfnisse und Wünsche sprechen und die auftauchenden Probleme lösen.«

»*Die Ehegatten*«, wiederholte sie, ungläubig und wütend über sein Gehabe, seine Distanziertheit. »Herr im Himmel, Cal, du klingst, als wärst du in einem Werbespot. Die Ehegatten? Das sind nur du und ich.«

Cal lehnte sich, leicht beleidigt, zurück. »Stimmt«, sagte er. »Fahr fort. Ich höre zu.«

Er sprach weiter. »Im Grunde geht es darum, dass du und ich die Einzelheiten selbst regeln«, sagte er und ließ den übertriebenen Tonfall wieder sein. »Nicht die Anwälte. Wenn wir die Anwälte darum bitten, unsere Probleme zu lösen, kann es hässlich werden und sich ewig in die Länge ziehen und ein Vermögen kosten. Sieh doch nur, was heute passiert ist. Dein Anwalt hat meinen Anwalt angegriffen. Es hat sich hochgeschaukelt. Ich sehe es so, dass wir selbst einen Abfindungsplan ausarbeiten können, dann schauen unsere Anwälte sich ihn an und wir bleiben Freunde. Das würde mir gefallen, dir nicht? Es wäre auch besser für Nate, denkst du nicht?«

Jetzt, da Cal ihre Illusion zerstört hatte, konnte Dora seinen Worten lauschen und erkannte den Lack, den er dick darauf gestrichen hatte. *Ihr* Anwalt hatte angegriffen? Es war genau umgekehrt gewesen.

»Ich glaube nicht, Cal«, erwiderte sie gefasst. »Ich habe gehört, was du heute angeboten hast. Wenn das deine Vorstellung einer Lösung unserer Probleme ist, dann kannst du dir deine Abfindung dorthin stecken, wo die Sonne nicht scheint.« Sie lächelte süß.

Cals Gesicht wurde rot. »Du willst es also bis zum Ende durchziehen?«

»Ich gehe nur auf dem Weg weiter, den du eingeschlagen hast.«

»Ich dachte, na ja ...« Cal lehnte sich in seinem Stuhl zurück und schlug ungeduldig mit den Händen auf die Oberschenkel. »Ich weiß nicht, warum ich geglaubt hatte, du wärst vernünftig.«

»Du hast gedacht, ich würde mich brav hinsetzen und tun, was du mir sagst, wie ich das immer gemacht habe. Nicht wahr? Die gute alte Dora. Sie wird sicher spuren.« Dora zeigte mit dem Finger auf ihn. »*Du* bist gegangen, Cal. Du bist aus dieser Tür gegangen, hast nicht nur mich, sondern auch deinen Sohn verlassen. Ich erwarte von einem Mann, der so etwas getan hat, dass er sich ein bisschen schuldig fühlt. Ich erwarte von dir, großzügig zu sein. *Vernünftig.*« Sie lachte abschätzig. »Ich habe gesehen, wie vernünftig du warst. Nate und ich können von dem, was du angeboten hast, nicht leben.«

»Wenn ich mehr hätte, würde ich mehr anbieten!«

»Ich weiß genau, wie viel du verdienst, und ich weiß, wann ich über den Tisch gezogen werde. Du warst immer geizig, Cal. Aber ich spreche nicht nur von Geld. Wir haben immer gesagt, wenn einem von uns irgendetwas passieren sollte, dann würden die Antiquitäten, die du geerbt hast, an deine Familie zurückgehen und meine an meine. Aber jetzt willst du auch noch meine Familienerbstücke.«

»Alles, was uns gehört, inklusive die Möbel, wird als gemeinschaftliches Eigentum angesehen. Das haben die Anwälte erklärt. Wir müssen es gerecht aufteilen.«

»Müssen wir das? Wenn wir diese freundschaftliche Scheidung machen, können wir tun und lassen, was wir möchten. Das hast du selbst gerade gesagt.«

Cal stellte sein Glas ab und stand abrupt auf. Sein Stuhl kratzte über den Holzfußboden. »Ich sehe schon, dass man mit dir über nichts reden kann, wenn du in dieser Stimmung bist. Daher hat Nate es.«

Dora schnappte nach Luft und spürte einen tiefen Schmerz in der Brust. Sie hatte immer gewusst, dass er im tiefsten Inneren ihr die Schuld an Nates Autismus gab. Doras Herz begann schwer in ihrer Brust zu pochen und ihr Mund war so trocken, dass sie nicht antworten konnte.

»Ich gehe wohl lieber«, sagte er.

»Ja, geh. Das kannst du gut!«

Er verzog das Gesicht und drehte sich zum Gehen um.

»Du hast nicht nur mich verlassen, weißt du«, rief sie ihm hinterher. »Du hast Nate verlassen.«

Er drehte sich zu ihr um. Sein Gesicht entschlossen.

»Ja.«

Ihr Sohn tat ihr von Herzen leid, ihr trauriger, einsamer Junge. »Du hast ihn nicht angerufen oder besucht. Du bist ein miserabler Vater, weißt du das?« Sie spürte, wie die Gefühle in ihr hochkamen und war unfähig, sie aufzuhalten, wollte sie nicht aufhalten. »Du bist nicht mal mit Nate angeln gegangen!«

»Angeln? Was soll … Wo kommt das denn plötzlich her?«

»Er wollte angeln lernen. Welcher Junge will das nicht?

Mamaw hat es ihm beigebracht. Du nicht. Du hast ihm nie irgendetwas beigebracht. Er war für dich immer nur eine Enttäuschung.«

»Dora, wir kommen vom Thema ab. Warum gräbst du all diese Wut aus, wenn ich heute Abend nur aus dem einzigen Grund gekommen bin, eine friedliche Einigung zu finden? Das tust du immer. Du wirst so emotional.«

»Willst du Emotionen sehen? Ich zeige dir Emotionen!« Ihre Stimme schlug in ein Schreien um. »Warum hast du mich verlassen? Du hast es mir nie gesagt. Warum?«

Je lauter sie brüllte, umso mehr zog Cal sich zurück. Er pustete laut. »Ich habe mein Leben gehasst«, antwortete er schlicht.

Dora schwieg ganz erschlagen, ihr klappte die Kinnlade runter.

»Jeden Abend, wenn ich nach Hause kam, stand ich an der Tür und bereute, dass ich dieses Haus betreten musste.« Sein Blick schweifte durch den Raum. »Ich hasse dieses verdammte Haus«, sagte er kühl und tonlos. »Es war der Albatros um meinen Hals. Und in der Minute, in der ich es betrat, hast du angefangen, über Nates Probleme zu plappern oder die Probleme im Haus oder die Probleme im Garten. Immer gab es Probleme! Ich hatte nicht mal fünf Minuten, um mich hinzusetzen und mich zu entspannen, bevor du loslegtest, um mit mir irgendein welterschütterndes Problem, wie eine kaputte Mülltonne, zu besprechen.«

»Das hättest du mir sagen können! Ich hätte dir Luft gelassen!«

»Es war nicht nur das.«

»Was noch?«

»Wir.«

»Was ist mit uns?«

»Es gibt kein wir!«, explodierte Cal. »Schon seit Langem nicht mehr. Es gibt nur noch dich und Nate. Ich bin das fünfte Rad am Wagen. Sicher, ich verstehe, dass Nate viel deiner Zeit braucht. Das begreife ich. Aber nachdem du seine Diagnose bekommen hattest, warst du besessen. Du konntest nie genug tun. Du warst *über*engagiert. Unser gesamtes Leben drehte sich nur um ihn. Dora, du bist eine Helikoptermutter. Du verplanst jeden Augenblick seines Lebens.«

»Das ist meine Aufgabe«, schrie sie, fast in Tränen. »Ich bin seine Mutter!«

»Du warst auch meine Frau! Den Teil hast du vergessen. Ich wurde in diesem Haus zu einer Nebensache.«

»Eine Nebensache? Ich habe dein Essen gekocht, dein Haus geputzt, deine Wäsche gewaschen.«

»Ich will eine Frau, kein verdammtes Dienstmädchen!«

Dora atmete scharf ein. Mehr als all die Worte, die im Anwaltsbüro gesprochen worden waren, mehr als all die Listen in Bestandsbüchern, sagte ihr dieser Augenblick mit völliger Sicherheit, dass ihre Ehe vorbei war. Er liebte sie nicht, hatte sie schon lange nicht mehr geliebt. Würde sie nie wieder lieben.

»Ich ... ich wusste nicht, dass du dich so gefühlt hast.« Sie schluckte Tränen hinunter.

Cal schüttelte erschöpft den Kopf. Er war das Abbild eines Mannes, der das Handtuch warf. Er sprach sanfter. »Nicht weinen, Dora. Bitte ...«

Seine Worte brachten sie nur noch stärker zum Weinen. Sie schnappte nach Luft, bekam aber keine. Es fühlte sich an, als hätte er ihr Herz in die Hände genommen und quetschte es aus, fester und fester. Sie spürte Schmerzen unter den Rippen, griff sich an die Brust, krümmte sich.

»Dora, was ist los?«, fragte er und machte einen Schritt auf sie zu.

Ihr Herz pochte so stark, dass sie ihn durch das Donnern in ihren Ohren kaum hörte. Sie stolperte vor, ihre Knie gaben nach.

»Es ist mein Herz. Ich bekomme keine Luft.«

3

SARASOTA, FLORIDA

Eine schwüle, salzige Brise hob Carsons langes, dunkles Haar wie eine Seidenmatte von ihrer Schulter. Es war die einzige sichtbare Bewegung, während sie auf einem Metallstuhl saß, still wie eine Statue, vorgelehnt, das Kinn in der Hand. Sie hatte den Körper einer Sportlerin, stark und durchtrainiert. Sie konnte diese Haltung lange beibehalten, ihr Blick fokussiert wie ein Laser auf ein bestimmtes blaues Becken im Mote Marine Cetacean Hospital.

Dieser hintere Teil des Hospitals war praktischer ausgelegt als das größere, schöne Mote Aquarium. Eine große Wand wurde von einer hübschen meergrün und weißen Wandmalerei beherrscht, auf der Delfine abgebildet waren. Die Wandmalerei lenkte ihren Blick ab von den industriehaften grauen Betonwänden und den riesigen Wasserbecken im Außengelände hinter den Kulissen. Ein paar blaue Becken standen in einer Ecke. Alle bis auf eines waren leer, in diesem befand sich ein Delfin.

»Oh, Delphine«, murmelte Carson.

Carson hatte den wunderschönen, bezaubernden Delfin von Sullivan's Island kaum wiedererkannt. Der Delfin dort war ein kräftiges, schlankes Weibchen in ihren besten Jahren gewesen. Die Haut dieses Delfins hier war mattgrau, das

Tier war teilnahmslos und schwach und sein langer Körper war über und über mit Narben bedeckt.

Carson betrachtete den apathischen Delfin und konnte sich weder bewegen noch sprechen. Ihr Herz wurde von ihren Schuldgefühlen erdrückt. Carson saß in der prallen Sonne, spürte sie brennen und musste zugeben, dass es ihre Schuld war, dass dieser Delfin so schlimm verletzt worden war. Wie Blake behauptet hatte, war es ihr Egoismus gewesen, der dazu geführt hatte.

Blake Legare arbeitete für die National Oceanic and Atmospheric Administration in Charleston. Er war ihr Freund gewesen, ihr Liebhaber, aber die Tatsache, dass sie ihm verschwiegen hatte, dass sie am Steg von Sea Breeze Freundschaft mit einem Delfin geschlossen hatte, hatte einen Keil zwischen sie getrieben. Sie hatte gegen alles verstoßen, was er so mühsam der Öffentlichkeit beibringen wollte, und am Ende hatte sie all seinen Warnungen zuwidergehandelt. Sie hatte einen wilden Delfin gefüttert und jetzt war der Delfin verletzt. Und doch hatte Blake es für sie arrangiert, dass sie das Mote Marine Cetacean Hospital, wohin er Delphine zur Behandlung gebracht hatte, besuchen konnte. Carson war am Tag vorher von Sullivan's Island nach Sarasota gefahren. Müde und hungrig war sie spät in der Stadt angekommen und hatte in einem bescheidenen Motel eingecheckt, so nah dem Mote Marine Hospital, wie sie es sich leisten konnte. Sie hatte kaum geschlafen, sondern auf den Sonnenaufgang gewartet und vor den Türen des Hospitals gestanden, als es geöffnet hatte. Die Angestellten waren über ihre Ankunft benachrichtigt worden und recht freundlich, aber solange sie noch keine offizielle Zugangsberechtigung hatte, war es Carson nur erlaubt, das Hospitalgelände zu betreten, geduldig zu warten und zu beobachten. Sie saß schon seit über einer Stunde da, und das war mehr als genug Zeit, um zu bemerken, wie krank Delphine tatsächlich war. Selbst Blakes Warnung hatte sie nicht auf das Ausmaß der Verletzungen vorbereitet. Kurz darauf hörte Carson, wie ihr Name gerufen wurde. Sie drehte sich um und sah eine große, attraktive Frau in einem Badeanzug und knallblauem UV-Shirt, auf dem MOTE quer über die Brust stand. Ihre blonden Haare waren zu einem langen Pferdeschwanz zusammengefasst, und sie trug ein Klemmbrett bei sich. Carson sprang auf, wollte unbedingt mit jemandem über Delphine sprechen.

»Sie sind Carson Muir?«, fragte die Frau.

»Die bin ich«, antwortete Carson und streckte die Hand aus.

»Lynne Byrd«, entgegnete die Frau und schüttelte rasch Carsons Hand.

Lynne schaute auf ihr Klemmbrett, sie war ganz geschäftsmäßig. »Hier steht, dass Sie darum bitten, als Freiwillige beim Delfinrehabilitationsprogramm zu arbeiten.«

»Ja.«

»Okay. Dann schauen wir mal.« Sie sah auf ihre Notizen. »Dr. Blake Legare hat uns kontaktiert.« Sie blickte auf. »Kennen Sie Blake?«

Carson betrachtete die außergewöhnlich gutaussehende Frau und spürte einen Stich Eifersucht. »Er ist ein Freund.«

Sie lächelte. »Ja, Blake ist ein guter Kerl. Wir haben zusammengearbeitet«, sagte sie beiläufig, es klang nur nach einer beruflichen Beziehung. »Er bittet darum, dass Sie besonders mit dem Delfin Delphine arbeiten sollen.« Sie sah fragend auf. »Warum dieser Delfin?«

»Ich kenne ihn.«

»Sie *kennen* den Delfin?«

Carson hörte in Lynnes Stimme denselben kritischen Tonfall, der ihr bei Blake aufgefallen war, als er das erste Mal gehört hatte, dass Carson sich mit einem wilden Delfin angefreundet hatte.

Carson nickte. »Es ist eine lange Geschichte.«

»Ich würde sie gern hören.«

Carson verlagerte ihr Gewicht, sie hatte sich damit abgefunden, den schmerzhaften Zwischenfall noch einmal zu erzählen. Sie wusste, dass Lynne sehr genau zuhören würde, nicht nur bei dem, was sie sagte, sondern auch bei dem, was sie ungesagt ließ. Carson erinnerte sich an das erste Mal, als sie Delphine an diesem schicksalhaften Morgen im Atlantik gesehen hatte.

»Ich habe vor der Isle of Palms gesurft und ein Delfin hat mich vor einem Bullenhai gerettet, der sich für mich interessierte. Ich hatte schon darüber gelesen, dass so etwas geschieht, dass Delfine Menschen das Leben retten, aber ich habe es eigentlich nie wirklich geglaubt, wissen Sie. Aber dann ist es *mir* passiert«, sagte sie düster. »Ich glaube – ich weiß –, dass dieser Delfin mir das Leben gerettet hat.«

Lynne legte ihren Kopf schräg, was Carson zeigte, dass sie ihr Interesse geweckt hatte. »Ich kenne diese Geschichten auch. Und ich glaube sie«, räumte sie ein, »es gibt zu viele dokumentierte Fälle, um daran zu zweifeln.«

Carson mochte die Frau sofort. »Aber Delphine hat einen

Preis für ihre Heldentat bezahlt. Als sie wegschwimmen wollte, stürzte sich der Hai auf sie und biss ihr in die Flosse.«

»Wir haben uns schon gedacht, dass ein Angriff der Grund für das fehlende Stück in ihrer Flosse sein muss«, sagte Lynne.

Carson nickte. »Ein paar Tage später paddelte ich auf einem Board in der Bucht, das ist ein Gewässer hinter Sullivan's Island in South Carolina, da fing dieser Delfin an, mir zu folgen und mich zu mustern. Als ich den Biss in der Flosse sah, wusste ich, dass es derselbe Delfin war, der mich gerettet hatte. Ich konnte es nicht glauben.« Sie lachte kurz auf. »Der Delfin hatte mich wiedererkannt, bevor ich ihn erkannte.«

Lynne schüttelte den Kopf.

»Es amüsiert mich immer wieder, wenn Menschen überrascht sind, wie clever Delfine sind. Wir wissen, dass sie außergewöhnlich intelligente Wesen sind, aber wenn wir an ihnen Fähigkeiten entdecken, die wir als menschliche Merkmale und Fähigkeiten ansehen, können wir das nur schwer akzeptieren. In Wahrheit sind Delfine tatsächlich so klug.« Sie machte eine Pause, um sich etwas auf ihrem Klemmbrett zu notieren. »Und wie ist es dann dazu gekommen, dass sie sich in all diesen Angelleinen verheddert hat?«

»Ich schäme mich, diesen Teil zu erzählen«, sagte Carson. Sie konnte ihren Anteil daran nicht schönreden. »Ich glaube, es schmeichelte mir, dass der Delfin mich wiedererkannte. Sie schien sich mit mir anfreunden zu wollen, und ich wollte unbedingt eine Beziehung zu ihr aufbauen. Ich weiß jetzt, dass ich an dem Punkt hätte aufhören müssen. Aber das habe ich nicht. Ich dachte irgendwie, ich sei etwas Besonderes. Also habe ich sie ermuntert. Ich habe ihr einen Namen gegeben. Wir sind zusammen geschwommen und ich habe sie an den Steg gerufen.« Sie hielt inne, wand sich. »Wir haben sie mit Fisch gefüttert. Ich weiß, ich weiß …«, sagte sie schnell, als sie bemerkte, wie Lynnes Augen aufblitzten. »Das hätte ich nicht tun dürfen. Wir haben alles falsch gemacht.«

»Ja, das haben Sie«, sagte Lynne, aber in ihrer Stimme lag keine Verachtung.

Carson fuhr fort. »Eines Abends stellte mein Neffe Angelleinen auf, um Fische für Delphine zu fangen. Er ist erst neun und meinte es nur gut. Am nächsten Morgen habe ich Delphine in die Leinen verheddert entdeckt.«

Sie schloss die Augen. Carson würde das Geräusch von Delphines Schreien, die die morgendliche Stille durchschnitten, nie vergessen oder ihren Anblick, wie sie darum kämpfte, in dem bewegten Wasser Luft zu bekommen. Jedes Mal, wenn der Delfin auftauchte, um zu atmen, schnitten die rasiermesserscharfen Leinen tiefer in sein Fleisch.

»Ich habe Blake angerufen und das NOOA-Team hat sie gerettet. Meine Großmutter hat ein Flugzeug für den Transport hierher organisiert.« Sie sah auf ihre Füße. »Den Rest kennen Sie.«

Es entstand ein Augenblick der Stille, während Lynne über die Geschichte nachzudenken schien.

Carson räusperte sich. »Wie geht es Delphine jetzt?«

Lynne machte ein ernstes Gesicht. »Nun«, begann sie sachlich, konzentrierte sich wieder auf die Notizen auf ihrem Klemmbrett. »Dieser Delfin ist in einem kritischen Zustand. Sie hat mehrere Läsionen an ihren Seiten- und Rückenflossen erlitten und schwere Schnitte am Körper. Die Angelleine hat sich tief eingeschnitten und musste in einer Operation entfernt werden.«

Lynne blätterte um, las weiter und runzelte die Stirn. »Was wirklich schlimm war, waren die beiden Angelhaken, die in ihrem Gaumen steckten.« Lynne schüttelte den Kopf. »Das war ein grauenhafter Haken. Ich habe selten ein Säugetier gesehen, das dem Tod so nah war und es geschafft hat. Sie hatte das Maul offen und ihre Augen waren glasig. Ich dachte, sie wäre tot. Aber dieser Delfin hat einen starken Überlebenswillen. Sie bekommt Antibiotika und Flüssigkeit. Wir dachten, wir machen Fortschritte.«

»Dachten?«

Lynne schaute von ihrem Klemmbrett auf. »Sie hat aufgehört zu fressen. Delphine zeigt keinerlei Interesse an Futter. Das macht uns große Sorgen.«

Carsons Magen krampfte sich zusammen. »Was können Sie tun?«

Lynne legte plötzlich ihre geschäftsmäßige Haltung ab, lehnte sich zu Carson vor und berührte mitfühlend ihr Handgelenk. »Alles, was wir können. Im Moment steht es auf Messers Schneide. Delphine wird weiterhin rund um die Uhr von ausgebildeten Freiwilligen betreut, die sie genau im Auge behalten. Sie sind sehr engagiert. Ein paar von ihnen legen Nachtschichten ein. Wir sind ihnen sehr dankbar.«

»Das könnte ich doch machen«, sagte Carson automatisch.

Lynne machte eine Pause. »Ich will ganz ehrlich sein. Als ich gehört habe, dass Sie kommen, hat mich das geärgert. Ich dachte, das Letzte, was ich gebrauchen kann, ist jemand Unerfahrenes, der in meinem Becken Flipper spielen will.

Aber ich kenne Blake Legare. Ich vertraue ihm. Er hat gesagt, dass ich Ihnen eine Chance bei diesem Delfin geben solle.«

Carson schwieg.

Lynne fuhr fort. »Delphine ist schwach, aber sie schwimmt ab und zu kurz allein, und das aufrechter als zu dem Zeitpunkt ihrer Ankunft. Die Helfer arbeiten daran, sie dazu zu ermuntern, längere Zeit allein zu schwimmen.« Sie sah ins Becken zu Delphine und seufzte besorgt. »Sie ist einfach so teilnahmslos.«

Carson folgte Lynnes Blick. »Sie sieht deprimiert aus.«

»Ich mag es nicht, menschliche Ausdrücke zu benutzen, wenn es um Delfine geht, aber …« Lynne hob leicht die Schultern. »Ja, ich würde auch sagen, dass sie deprimiert aussieht.«

»Sie ist dort ganz allein.«

»Wir wollen sie nicht ermuntern, sich noch stärker auf Menschen einzulassen. Wir möchten nicht, dass sie Menschen mit Essen verbindet, je weiter wir uns von ihr fernhalten, umso besser ist das für sie auf lange Sicht.« Lynne ließ das Klemmbrett an die Seite sinken. »Aber … ich mache das hier jetzt schon seit über zwanzig Jahren. Alle Jubeljahre einmal treffe ich auf einen extrem sozialen Delfin. Ich glaube, Delphine ist einer dieser Delfine.« Ein kleines Lächeln erhellte bei einer Erinnerung ihr Gesicht. »Normalerweise berühren wir sie nicht. Einmal war ich bei ihr im Becken und berührte versehentlich ihre Haut mit meiner Hand. Sie pfiff und sah mich an. Ich meine, sie sah mich richtig an, genau so, wie Sie es erzählt haben. Ich schwöre, wäre sie eine Katze, hätte sie geschnurrt.«

Die Erinnerung an Delphine in der Bucht, den Kopf schräg

gelegt, die dunklen Augen strahlend, blitzte in Carson auf. »Ich kenne diesen Blick.«

Lynne dachte darüber nach und betrachtete Carsons Gesicht. »Falls dieser Delfin eine Verbindung zu Ihnen hat, falls sie Sie erkennt, dann könnte das die Wende bringen.«

»Ich habe eine Verbindung zu ihr aufgebaut. Ich weiß, dass sie mich wiedererkennen wird«, sagte Carson entschlossen.

Lynne nickte fest, dann schaute sie auf ihre Uhr. »Es ist Zeit, Delphine ihre Medikamente zu geben. Sie können mit in das Becken kommen. Mal sehen, wie Delphine auf Sie reagiert. Wir lassen sie entscheiden.«

»Danke schön«, sagte Carson.

»Danken Sie mir nicht«, erwiderte Lynne, wieder ruppiger. »Wir wollen beide nur das Beste für diesen Delfin.«

Carson wurde zu einer Umkleidekabine geführt, wo sie einen Badeanzug anzog. Ein Freiwilliger reichte ihr ein blaues Mote-UV-Shirt, dann führte er sie zu Lynne und einem weiteren Mote-Angestellten neben einem großen, blauen Becken. Die Sonne schien grell über ihnen und der Beton brannte unter ihren Füßen, während sie über den Platz gingen. Carsons Herz schlug schnell, sie wollte möglichst rasch zu Delphine und hatte gleichzeitig Angst, ihr wieder so nah zu kommen. Würde sie sie willkommen heißen? fragte sie sich. Oder ging es ihr bereits so schlecht, dass sie Carson nicht mal mehr wiedererkennen würde?

Lynne und die Veterinärtechnikerin kletterten die Leiter hoch, um in das Becken zu steigen und Carson folgte. Sie spähte über den Rand und sah Delphine auf der anderen

Seite des großen Wasserbeckens, ihr stockte der Atem. Von Nahem sah Carson deutlich die grellweißen Narben, die Delphines grauen Körper bedeckten und noch so frisch waren. Sie folgte den anderen beiden Frauen die Leiter nach unten, um in das kalte Wasser des Beckens zu tauchen. Das Wasser reichte ihr bis an die Taille. Lynne und die Technikerin standen bereits neben Delphine und stabilisierten sie. Carson hielt sich zurück, ihr Blick klebte an Delphine. Sie trieb senkrechter, als es für einen Delfin normal war. Ihre wunderschönen Augen waren geöffnet, aber bloß Schlitze in ihrem großen grauen Kopf. Sie sah leblos aus.

»Sie müssen ihren Kopf halten, damit wir ihr die Medikamente verabreichen können«, sagte Lynne und winkte Carson zu sich.

Carson ging mit langsamen Schritten auf Delphine zu.

Delphine, der jeder neue Mensch im Becken auffiel, drehte den Kopf in Richtung der neuen Person, die auf sie zukam. Carson schaute Delphine in die Augen. Plötzlich pfiff der Delfin laut und wand sich mit einer festen Flossenbewegung aus dem Griff der Technikerin.

»Delphine!«, rief Carson und breitete die Arme aus, als der Delfin direkt auf sie zuschwamm.

Delphine berührte Carson, als sie an ihr vorbeischwamm. Sie kreiste im Becken und pfiff vor Aufregung. Dann kehrte sie zu Carson zurück, ihre großen Augen weit geöffnet und neugierig. Carson streckte die Hand aus, aber bevor sie Delphine berührte, sah sie zu Lynne.

»Darf ich sie berühren?«

Lynne lächelte breit und nickte. »Machen Sie nur. Es ist offensichtlich, dass sie es möchte.«

Carson genoss das Gefühl von Delphines gummiartiger Haut unter ihren Händen, während sie ihren großen Kopf streichelte und dann sanfter ihre Seiten, wobei sie auf die Wunden achtete. Carson überkam ein Gefühl der Liebe für den Delfin und sie freute sich, dass es erwidert wurde. Als Delphine vor ihr stehen blieb, den Mund weit geöffnet wie zum Grinsen, schauderte Carson, als sie sah, wie schlimm die Haken ihr Maul verletzt hatten.

»Was haben wir dir nur angetan?«, murmelte sie.

In einer überraschenden Bewegung rollte sich Delphine zur Seite und bot ihren Bauch zum Streicheln dar. Carson hörte, wie Lynne nach Luft schnappte, angesichts dieses Beweises von Zuneigung und Vertrauen. Carson streichelte den schlanken, glatten Bauch, das Wasser strömte zwischen ihren Fingern. Die weißliche Haut des Delfins wurde vor Vergnügen rosig. Delphine drehte sich wieder um und blieb still im Wasser, Carson zugewandt.

Lynne kam näher und rieb Delphines großen Kopf. »Na, das nenne ich doch eine positive Reaktion«, sagte sie und lachte etwas. Die Veterinärtechnikerin lächelte zustimmend. »Das ist mehr Bewegung, als wir bisher bei ihr gesehen haben. Mal sehen, ob sie etwas Fisch annimmt.«

Lynne reichte Carson einen Eimer mit lebenden Fischen. »Werfen Sie ihr einen zu. Den Kopf voraus. Dann ist er leichter für sie zu fressen.«

Carson tat wie geheißen. Sie hatte Delphine viele Fische vom Steg zu Hause aus zugeworfen, sie wusste also, dass Delphine sie fangen konnte, wenn sie wollte.

»Delphine«, rief sie. Die dunklen Augen des Delfins beobachteten sie neugierig, sogar erwartungsvoll. Carson griff in den Eimer und nahm einen einzelnen, schmalen Fisch in die Hand.

»Delphine, hast du Hunger? Möchtest du einen schönen Hering?«, rief sie.

Delphine sah zu.

»Bitte schön«, rief Carson und warf einen Fisch. Im Nullkommanichts hatte Delphine ihn gefangen und verschluckt.

Die drei Frauen jubelten vor Erleichterung, während Delphine sich umsah und mehr wollte.

Carson verfütterte die restlichen Fische an Delphine und lobte sie für jeden Bissen, den sie fraß, bis der Eimer leer war.

»Das ist fantastisch«, sagte Lynne zu Carson. »Besser als ich gehofft hatte. Sie muss täglich ungefähr vier Kilo Hering und Kapelan fressen. Also«, sagte sie und lächelte breit, »wie lange können Sie als Freiwillige bleiben?«

»Eine Woche vielleicht. Ich habe keinen Job und keine Wohnung. Ich kann es mir nicht leisten, viel länger zu bleiben. Ist eine Woche lang genug für Delphine, um über den Berg zu kommen?«

»Ich glaube, es geht ihr schon besser. Allein, dass sie wieder frisst, ist ein Riesenfortschritt.« Sie schaute zu Delphine, die in langsamen, kleinen Kreisen durch das Becken schwamm. »Manchmal braucht es nur ein bisschen Liebe.«

Carson dachte an ihre Großmutter, ihre Schwestern, an Blake. Daran, wie die Liebe dieses Sommers sie bereits verändert hatte.

»Ich übertrage Ihnen die Fütterung von Delphine«, sagte Lynne. »Angela wird Ihnen zeigen, wie das Futter vorbereitet wird. Sie können sie noch eine Weile von Hand füttern, bis sie kräftiger geworden ist. Dann werden wir sie allein fressen lassen. Ich würde Delphine gern bald in das große Becken umsiedeln. Da hätte sie mehr Platz zum Schwimmen und wir können ihr die Fische einfach so hineinwerfen, anstatt sie von Hand zu füttern. Das ist ein wichtiger Schritt, sollten wir Delphine wieder auswildern. Je weiter wir uns von ihr entfernt halten, umso besser wird es für sie sein.«

»Auswildern?«, fragte Carson, überrascht von dieser Möglichkeit. »Ich dachte, Delphine käme in eine Einrichtung.«

»Das ist noch nicht sicher. Bis heute war ich mir nicht mal sicher, dass sie überlebt. Unser vorrangiges Ziel ist es immer, die Delfine wieder auszuwildern, sobald sie gesund sind. Aber sie hat noch einen langen Weg vor sich. Wir müssen einfach abwarten und sehen.«

»Wenn Sie sie auswildern, wo wäre das dann?«, fragte Carson besorgt.

»In ihrer Gemeinschaft. Delfine hängen sehr an ihren Schulen. Die Kommunikation innerhalb der Gemeinschaftsstruktur ist entscheidend für ihr Überleben.«

»Und falls sie nicht mehr in der Bucht ausgesetzt werden kann?«

Lynne machte eine Pause. »Nun, das ist natürlich unser Hauptziel.«

»Ich bin etwas verwirrt. Hat Blake Ihnen nicht erzählt, dass es Zweifel daran gab, dass sie Teil der Buchtgemeinschaft ist? Er hat Delphine noch nicht in seiner Datenbank gefunden. Er sucht noch.«

Lynne schüttelte den Kopf. »Das hat er nicht erwähnt. Das ist ein ernstes Problem. Wir treffen die endgültige Entscheidung noch nicht. Falls sie nicht wieder ausgewildert werden kann, werden wir eine passende Einrichtung für sie finden.«

»Blake hat das Dolphin Research Center erwähnt.«

»Eine hervorragende Einrichtung. Waren Sie schon mal dort?«

Carson schüttelte den Kopf.

»Sie sollten hingehen. Sehen Sie sich es an. Ihre Rückmeldung würde mich interessieren.«

»Ich habe noch die Hoffnung, dass Delphine es schaffen wird, wieder in die Bucht zu kommen.«

»Sie wissen aber, was das für Sie bedeutet, nicht wahr?«, fragte Lynne. »Sie könnten sie beobachten, aber sie dürften keinen Kontakt zu ihr aufnehmen. Es kann gut sein, dass Delphine gern zu Ihrem Steg zurückkommt, um ein gratis Essen zu schnorren. Das ist einfacher, als zu jagen.«

»Blake hat mir deswegen schon ordentlich die Leviten gelesen, das können Sie mir glauben.«

»Ja, das kann ich mir vorstellen. Er hat schon zu viel gesehen, um so etwas locker zu nehmen. Das geht uns allen so.« Lynne machte der anderen Mote-Angestellten ein Zeichen. »Sie können noch eine Weile hier drinbleiben. Ich werde ihre Spielzeuge herbringen und Sie können versuchen, sie zu beschäftigen. Falls sie müde wirkt, dann bleiben Sie einfach in ihrer Nähe und beobachten sie. Sagen Sie uns Bescheid, wenn Ihnen etwas Seltsames auffällt. Und hey, ich bin froh, dass Sie hier sind. Sie haben Gutes bewirkt.«

Carson wurde allein mit Delphine im Becken gelassen. Sie konnte die Hoffnung in ihrem Herzen, dass Delphine in die Bucht zurückkehren könnte, noch nicht aufgeben. Aber bis heute hatte sie nicht wirklich gesehen, wie schwer ihre Verletzungen waren, wie geschwächt sie tatsächlich war.

Delphine hielt wieder vor Carson an. Sie sahen einander einige Minuten lang in die Augen. Das Wasser schwankte sanft durch Delphines Bewegungen. Irgendwo in der Ferne kreischten Möwen.

Carson schloss die Augen und spürte zum ersten Mal seit langer Zeit Frieden. Es würde noch etwas dauern, all die heftigen Wahrheiten zu verarbeiten, die im letzten Monat ans Tageslicht gekommen waren: wie ihre Mutter zu Hause im Feuer umgekommen war, der Alkoholismus ihrer Eltern und die Wahrscheinlichkeit, dass auch sie an dieser Krankheit litt. Aber durch den Blick in Delphines Augen und die bedingungslose Vergebung und Liebe, die sie dort sah, fühlte Carson, wie ihr hartes Herz weicher wurde und wie der Prozess, sich von ihren Fehlern der Vergangenheit zu lösen, begann.

SULLIVAN'S ISLAND, SOUTH CAROLINA

Harper stand vor der Bibliothek und spähte in den schwach erleuchteten Raum. Drinnen saß Nate im Schneidersitz vor dem Fernseher auf dem Boden. Er war ein schmaler, blasser Junge, seine hellen Haare mussten dringend geschnitten werden. Er saß reglos, abgesehen von seinen geschickten Fingern, die schnell die Fernbedienung des Spiels bearbeiteten, das er gerade spielte. Er war extrem konzentriert und merkte überhaupt nicht, dass sie ihn beobachtete.

Nate in diesem Raum zu sehen, klein und allein, versunken in seiner eigenen Welt, erinnerte Harper an sich selbst in diesem Alter. Harper hatte sich oft in diesem Raum aufgehalten, nur dass sie sich damals nicht für Spiele interessiert hatte. Sie war in ihre Bücher geflüchtet. Sie schätzte die Bücher ihrer Kindheit immer noch, sie waren Freunde für sie: *Die Zeitfalte, Der König von Narnia* und alles von Judy Blume. So viele Bücher, so viele Stunden … Sie erinnerte sich daran, wie sie in Geschichten versunken war, völlig in den verzauberten Welten aufging. In diesen Momenten hatte sie sich nicht einsam gefühlt.

Wie Nate hatte sie in ihrer Kindheit viel Zeit allein verbracht. Harper war so aufgezogen worden wie Generationen von James-Kindern vor ihr. Die britische Familie der Upperclass gehörte der *Kinder-soll-man-sehen-aber-nicht-hören-*Erziehungsschule an. Eltern der James-Familie küssten und drückten ihre Kinder nicht. Emotionen wurden nicht gern gesehen. Man konnte nicht behaupten, dass Georgiana Harpers körperliche Bedürfnisse vernachlässigt hätte. Ganz im Gegenteil. Harper war immer gut gekleidet, hatte gut zu essen und wurde von einer ganzen Flotte von Nannys gut betreut. Vernachlässigung hat jedoch viele Gesichter.

Ihre Mutter schleppte sie zwischen ihren Häusern in Manhattan, den Hamptons und England hin und her, überließ sie einer Nanny, eine Frau, die gewöhnlich dasaß und Harper zusah, wie sie allein spielte, während ihre Mutter endlose Geschäftsmeetings leitete oder mit ihrem turbulenten Sozialleben zu tun hatte.

Als Harper sechs Jahre alt war, galt sie als alt genug, um ihre Sommerferien in Sea Breeze zu verbringen. Ihrer Mutter gefiel die Vorstellung, ihre Tochter für einen längeren Aufenthalt in den Süden, zur Muir-Familie zu schicken, nie, aber es war praktisch, wenn sie den Sommer über weg war, daher nahm sie Mamaws Einladung an.

Nur hier, in Sea Breeze, brach Harpers Isolation endlich auf. Als sie das erste Mal herkam, schien alles auf Sullivan's Island so merkwürdig, so fremd. Die riesigen Eichen, an denen das Moos herabhing, die rauschende Brandung, die fehlende Alltagsroutine. Mamaw erlaubte keine Nannys in Sea Breeze und ließ die Mädchen frei über die Insel laufen, sie mussten nur gewaschen und ordentlich zu den Mahlzeiten erscheinen.

Zuerst hatte Harper sich ohne strengen Stundenplan oder eine Nanny, die ihr sagte, was sie tun sollte, wie ein steuerloses Boot gefühlt. Die Freiheit machte einer einsamen Sechsjährigen Angst. Sie war auch schüchtern und verlegen gegenüber ihren zwei älteren Schwestern. Carson und Dora waren sich altersmäßig näher und fünf beziehungsweise acht Jahre älter als Harper. Sie kannten das Haus, die Landschaft, die Kultur. Sea Breeze war *ihr* Ort, und Harper fühlte sich wie ein Eindringling. Die ersten Wochen dieses ersten Sommers verbrachte sie viel Zeit versteckt in ihrem Zimmer und las.

Bis Mamaw einschritt. »Kind, du musst draußen spielen!«, sagte Mamaw. Ihre Großmutter teilte Harpers Liebe zu Büchern, aber Mamaw teilte auch ihre anderen Leidenschaften und weihte sie ins Angeln ein, ins Bootsfahren, Schwimmen und den gesamten Zauber des Lowcountrys. Mamaw lockte die Mädchen heraus. Sie packte Mittagessen ein und nahm sie mit, um die Insel und die Gewässer zu erforschen, dabei erzählte sie ihnen Geschichten von ihrem berüchtigten Vorfahren, dem schneidigen Captain Muir, einem furchterregenden Piraten. Sie weckte die Abenteuerlust, die in ihren Genen schlief und pflanzte in ihre jungen Herzen den Traum, den vergrabenen Schatz zu finden, der, wie sie behauptete, rechtmäßig ihnen gehörte.

Dora wurde in diesem Sommer zu einem Teenager und hatte ein Auge auf die örtlichen Jungs geworfen. Carson, die eine Freundin für den Sommer brauchte, wandte sich Harper zu. Sie entdeckten schon bald, dass sie geistesverwandt waren, beide Wesen aus Fantasie und Träumen. Die fünf Jahre Altersunterschied verschwanden durch Harpers Intelligenz und Carsons Abenteuerlust. Harpers Leseleidenschaft bot oft kreatives Futter für aufregende, neue Ideen, die sie in ihren Spielen ausleben konnten.

Ihre Sommer in Sea Breeze hatten sie als junges Mädchen gerettet. Sie war nicht allein mit ihren Büchern. Mit Carson hatte sie ihre Fantasie zum Leben erweckt. Sie hatte eine Freundin, mit der sie spielen konnte.

Harper lugte noch einmal zu dem kleinen Jungen hinein, der allein vor seiner Spielkonsole saß. Sie entfernte sich leise von der Tür, ein Lächeln umspielte ihre Lippen. Sie wusste, was sie als Nächstes tun musste.

4

CHARLESTON, SOUTH CAROLINA

Dora wachte in einem fremden Raum auf. Sie blinzelte träge, als ihr langsam klar wurde, wo sie sich befand und wie sie dorthin gekommen war. Sie erinnerte sich an die Schmerzen in ihrer Brust, die Kurzatmigkeit, dass Cal ihr in sein Auto geholfen und sie ins Krankenhaus gefahren hatte. Die Matratze war dünn und die Laken gestärkt, ebenso wie der grün-weiße Krankenhauskittel, der um ihre Hüften gelegt war. Sie fühlte sich ganz durcheinander, während sie weiter ins Licht blinzelte.

»Hi«, sagte Cal neben ihr. »Schön, dass du wach bist.«

Sie schaffte ein schwaches Lächeln. »Hi.« Sie sah sich schlapp im Zimmer um, gab ihren Augen Zeit, sich anzupassen. In einer Ecke sah sie Mamaw aufrecht in einem Metallstuhl sitzen. Sie sah in ihrer üblichen Tunika – heute in Aquamarinblau – und einer beigen Leinenhose sehr gut aus. Mamaw lächelte sie aufmunternd an, als ihre Blicke sich trafen. Eine Stimme erklang vom anderen Ende des Zimmers. »Herrgott, hast du uns einen Schrecken eingejagt! Ich habe fast selbst einen Herzinfarkt bekommen!«

Dora sah, wie Mamaw die Augen verdrehte, dann wandte sie den Kopf in die andere Richtung und entdeckte ihre Mutter, die an ihr Bett kam. Winifred Smythe trug ein glitzerndes weißes Top, das sich über einer schwarzen Stretchhose an ihre üppigen Kurven schmiegte, wie Schnee auf einem Berggipfel.

»Mama?«

Winifred lief an Doras Seite. Ihre früher einmal blonden Haare waren jetzt vor allem grau und zu einem praktischen Pagenschnitt mit Pony geschnitten, eine Frisur, die Cal »den Helm« nannte. Unter ihren blauen Augen schmückte eine Perlenkette ihren Hals und zarte Perlen hingen auch an ihren Ohrläppchen.

»Ja, ich bin's, Darling, ich bin hier!«, sagte sie und nahm Doras Hand.

»Wann bist du hergekommen?«

»Ich habe alles stehen und liegen lassen und bin sofort hergefahren, als Cal angerufen hat. Der Gute, er war so aufgeregt wegen dir, dass er vergessen hat, mir zu sagen, in welches Krankenhaus er dich gebracht hat.«

Dora versuchte sich vorzustellen, dass Cal sich wegen ihr solche Sorgen machte.

»Honey, du hast uns so einen Schrecken eingejagt«, fuhr Winifred fort und drückte ihre Hand. »Wenn ich nur daran denke, dass mein Baby einen Herzinfarkt hatte. Ich habe den ganzen Weg von Charlotte hierher geweint. Ich bin völlig fertig!«

Mamaw meldete sich. »Jetzt reg dich nicht künstlich auf, Winnie. Wir wissen nicht, ob es ein Herzinfarkt war.«

»Natürlich war es das«, entgegnete Winifred herablassend. Sie ließ Doras Hand mit einem kleinen Tätscheln los. »Ein schwacher, da bin ich mir sicher …«, fügte sie tröstend an Dora gewandt hinzu.

Cal trat an der anderen Seite näher ans Bett. Dora drehte ihren Kopf auf dem Kissen, um ihm ins Gesicht zu sehen. Dunkle Ringe lagen unter seinen Augen und sein normalerweise ordentlich gekämmtes Haar war durcheinander. Sein Gesichtsausdruck war besorgt, gar reumütig.

»Dora«, sagte er in einem leisen, gebrochenen Tonfall. »Ich wollte nicht, dass so etwas passiert. Als ich gesehen habe, wie du auf den Boden gefallen bist ...«

Er schüttelte den Kopf.

Winifred schnalzte mitfühlend mit der Zunge.

»Ich ... ich habe gedacht ...« Er zögerte. »Vielleicht sollten wir noch mal genauer über diese ganze Scheidungssache sprechen. Vielleicht überstürzen wir gerade alles.«

Dora hörte, wie ihre Mutter nach Luft schnappte.

Dann tauchte Mamaw rechts neben Cal auf. »Cal, du siehst erschöpft aus. Du hast dich furchtbar erschrocken und bist seitdem nicht mehr von Doras Seite gewichen. Es wird noch dauern, bis der Arzt kommt. Warum machst du nicht mal eine kleine Pause und trinkst einen Kaffee in der Cafeteria. Winnie und ich sind beide hier. Wir werden dich rufen, sobald der Arzt kommt.«

Cal sah Dora an, und sie nickte zustimmend.

»Okay«, sagte er. »Ich könnte schon eine Pause vertragen. Ich bin gleich wieder da.«

Kaum, dass die Tür hinter ihm zu war, griff Winifred wieder Doras Hand und drückte sie begeistert.

»Hast du das gehört, Honey?«, sprudelte es aus ihr hervor. Ihre Augen strahlten. »Cal will sich nicht mehr scheiden lassen!«

Dora sah sie teilnahmslos an. Sie fühlte keine Begeisterung wie ihre Mutter. Sie fühlte eigentlich gar nicht viel. Es war, als wären all die aufgestauten Gefühle, die in ihr getobt hatten, durch das, was auch immer ihr im Haus zugestoßen war, vertrieben worden.

»Das hat er nicht gesagt, Mama«, sagte sie gleichgültig. »Jedenfalls nicht exakt.«

Winifred wischte den Einwand beiseite. »Er hat dir eine Tür geöffnet und du solltest durchgehen. Es ist an der Zeit, die Unebenheiten glattzubügeln.«

Doras Kopf dröhnte bei all den widersprüchlichen Bildern, die ihre Mutter benutzte. Winifred hatte ihre Lieblingsausdrücke und setzte sie übertrieben oft ein.

Als Dora nicht antwortete, sagte Winifred geschockt: »Du willst dich doch nicht scheiden lassen, oder doch?«

»Und warum sollte sie nicht?«, fragte Mamaw scharf.

Winifred drehte sich mit einem verkniffenen Gesicht zu ihr um. Die beiden Frauen konnten sich nicht ausstehen, und das Letzte, was Dora jetzt gebrauchen konnte, war ein Machtkampf. Sie hatte immer das Gefühl gehabt, dass ihre Mutter ungerechterweise Mamaw für alle Fehler Parkers verantwortlich machte. Mamaw hatte alles getan, was sie konnte, um Winifred während ihrer Ehe mit Parker und während der Scheidung zu unterstützen. Schließlich hatte Mamaw die beiden einander vorgestellt, und sie waren bei der Heirat noch so jung gewesen. Parker hatte gerade erst das College abgeschlossen und Winifred hatte das College im zweiten Jahr abgebrochen und nie einen Abschluss gemacht. Mamaw hatte dem jungen Paar ein hübsches Haus in der schicken Colonial Lake Gegend von Charleston gekauft. Edward hatte Parker einen Job in seiner Bank besorgt. Dora hatte immer gefunden, dass Eltern nicht großzügiger hätten sein können. Zwei Jahre später, als herauskam, dass Parker eine Affäre mit Doras Nanny hatte, hatte Mamaw Winifred unterstützt und Parker gedroht, ihn nicht mehr mit Geld zu unterstützen, wenn er die Affäre mit der achtzehnjährigen Sophie nicht beendete. Das ganze Chaos war eine große Schande, über die Winifred jahrelang nicht hinweggekommen war. Charleston hatte ein gutes Gedächtnis. Aber das war auf keinen Fall Mamaws Schuld.

»Eine Scheidung ist sehr schmerzhaft«, sagte Winifred bestimmt. »Ich muss es wissen. Ganz zu schweigen von dem Skandal. Falls Cal seine Meinung ändern will, dann sollte Dora alles tun, um ihre Ehe zu retten.«

Das traf Dora ins Herz.

»Winnie«, sagte Mamaw und trat näher. Ihr Tonfall war jetzt versöhnlich. »Ich weiß, dass deine Scheidung von Parker schwierig war. Sie hat mir das Herz gebrochen. Ihr wart beide so jung und du hattest das Baby.« Sie schüttelte zerknirscht den Kopf. »Es war alles so traurig. Aber Parker hat sich nie geändert, nicht wahr? Er hätte dir immer und immer wieder das Herz gebrochen, wenn ihr zusammengeblieben wärt. Die Scheidung hat dich befreit. Wärst du in dieser Ehe geblieben, hättest du Henry nie kennengelernt. Und du bist doch glücklich mit ihm, oder nicht?«

»Stimmt«, sagte Winifred, besänftigt. »Aber Cal ist nicht Parker. Er ist viel stabiler, vertrauenswürdiger. Er ist kein Alkoholiker«, endete sie, in einem leicht selbstgefälligen Tonfall, wohl wissend, dass diese Worte Mamaw tief treffen würden.

Mamaw überging die Stichelei. »Aber liebt er unsere

Dora? Das ist das einzige Kriterium, das sie anlegen sollte. Dora verdient mehr als ein Leben voller Reue und Bedauern. Wir wissen beide, dass zu viele Frauen schrecklich unglücklich sind, weil sie in einer Ehe ohne Liebe verharren.«

»Bei der Ehe geht es nicht nur um Liebe«, erwiderte Winifred scharf. »Liebe ist doch nur Leidenschaft und Verliebtheit. Ehe ist Pflicht. Verantwortung. Verpflichtung. Sie ist harte Arbeit.«

Mamaw spottete. »Bei dir klingt es wie eine Gefängnisstrafe. Und ich wage zu behaupten, wenn das die einzigen Gründe sind, weswegen man mit einem Mann zusammenlebt, dann fühlt es sich auch wie eine an.«

Dora spürte, wie ihr Herz unter diesem Wortgefecht zusammenzuckte. Ihr Körper reagierte auf das, was sie hörte, wie auf Nägel, die über eine Tafel kratzen. Die Position ihrer Mutter war klar. Dora sollte sich nicht scheiden lassen. Dora sah zu ihrer Mutter, die aufrecht wie ein Soldat dastand und Mamaw düster anstarrte, bereit, es mit einem starken Gegner aufzunehmen. Ihr wurde klar, dass ihre Mutter das Wort »*soll*« sehr oft benutzte. Es war ihr egal, ob eine Ehe glücklich oder auch nur zufrieden war. Es ging immer nur darum, den sozialen Konventionen zu entsprechen, zu tun, was man tun *soll*.

Dora wollte sie gerade daran erinnern, dass sie noch im Zimmer war, als die Tür geöffnet wurde und das Thema ihres Streits mit einer Tasse Kaffee in der Hand eintrat. Sofort hörten die beiden Frauen auf zu reden und lächelten angespannt, während sie ihn grüßten. Dora sagte nichts, aber ihr fiel auf, dass Cal nicht auf die Idee gekommen war, die älteren Frauen zu fragen, ob sie Kaffee, Tee oder auch ein

Donut wollten. Sie hatten genauso viele Stunden im Krankenhaus verbracht. Aber Aufmerksamkeit war noch nie seine Stärke. Dora versuchte den Gedanken abzuschütteln. Schließlich war Cal hier und bemühte sich. Das musste genügen.

Dora erstarrte. *Das musste genügen.*

War das nicht jedes Mal ihre Antwort, wenn Cal sie enttäuschte? Wenn er sich weigerte, auf Nate aufzupassen oder Abendessen zu holen, wenn sie müde war. Wenn er behauptete, sie könnten sich keine Spülmaschine leisten oder wenn er ihren Jahrestag vergaß. Oder wenn er vor ihrer Berührung zurückzuckte. Aber er liebte sie, sagte sie sich immer wieder. Er war ein guter Mann. Ein guter Versorger. Er trank nicht und hatte keine Affären wie ihr Vater. Er war ihr Ehemann. *Das musste genügen.*

Das Problem war nur, dass es sich nie nach genug angefühlt hatte. Sie hatte mit ihrer Mutter darüber gesprochen, hatte auf einen mitfühlenden Ratschlag von Mutter zu Tochter gehofft. Winifred hatte Doras Beschwerden mit einem leichten Lachen weggewischt und erklärt, dass es das Schicksal aller Ehefrauen sei, ignoriert zu werden und dass das umso normaler sei, je mehr Jahre vergingen. *Der Lack ist irgendwann ab*, hatte sie eingeworfen.

Ein forsches Türklopfen riss Dora aus ihren Gedanken. Sie drehte sich um und sah einen Arzt eintreten, gefolgt von einer großen, hübschen blonden Schwester.

»Hallo, Dr. Newell«, sagte Mamaw.

Dora beobachtete, wie Dr. Newell ihre Krankenakte überflog. Der Kardiologe erinnerte sie an Ron Howard als Kinderstar – Sommersprossen und frisch geschrubbt, als käme er gerade aus der Schule. Sie fragte sich, wie jemand so Junges schon so viele Abschlüsse haben konnte.

»Wie geht's uns denn?«, fragte er mit einem schnellen Lächeln.

Dora hasste es, wenn Ärzte den Pluralis Majestatis benutzten. »Ich weiß nicht, wie's Ihnen geht, Doktor, aber ich fühle mich wie durch den Fleischwolf gedreht.«

Er kicherte amüsiert. Dora beschloss, ihn zu mögen.

»Das war auch zu erwarten«, antwortete er freundlich.

Mamaw schaltete sich ein. »War es ein Herzinfarkt?«

Dr. Newell schaute von den Unterlagen in seiner Hand auf und konzentrierte sich auf seine Patientin, er lächelte Dora geschäftsmäßig an und schüttelte kurz den Kopf. »Nein. Ihre Symptome ähneln denen eines Herzinfarkts, aber wir haben uns die Untersuchungsergebnisse genau angesehen und die gute Nachricht ist, dass Sie tatsächlich ein anderes Herzproblem haben, das sich Stress-Kardiomyopathie nennt.«

»Ich hatte keinen Herzinfarkt?«, fragte Dora, Erleichterung breitete sich in ihr aus.

»Nein. Hatten Sie in letzter Zeit besonders viel Stress?«

Dora schaute zu Cal und sah, wie er besorgt die Stirn runzelte.

»Ja.«

»Aha. Diese Störung wird normalerweise von extremem Stress oder Trauer ausgelöst. Wir nennen es das Gebrochene-Herz-Syndrom.«

Dora sah den Doktor schweigend an. Sie konnte es nicht glauben. Genauso fühlte sie sich – als wäre ihr Herz gebrochen.

Mamaws Erleichterung war ihr anzusehen. »Das sind gute Neuigkeiten. Aber ich habe noch nie von dem Gebrochenen-Herz-Syndrom gehört. Ist das etwas Ernstes?«

»Nicht unbedingt. Sehen Sie, ein stressiges Ereignis reizt den Sympathikus, dadurch wird die Flucht-oder-Kampf-Reaktion ausgelöst.«

»Davon habe ich schon gehört«, warf Winifred ein.

Dr. Newell lächelte, wie ein Lehrer einen Schüler anlächelt, der ohne aufzuzeigen eine Antwort in die Klasse ruft. »Ja. Das ist eine normale Reaktion. Ihr Körper produziert verschiedene Stoffe, darunter auch Adrenalin. Diese plötzliche Freisetzung der Stoffe kann zu einer Bewegungsstörung der Herzkammer führen, so dass sie nicht mehr ordentlich pumpen kann. Wir erleben alle Stress. Stress-Kardiomyopathie ist eine Störung, die plötzlich und unerwartet auftaucht, meistens bei Frauen jenseits der Wechseljahre. Und«, er hielt lächelnd inne, »sie vergeht schnell. Besonders in Doras Fall, weil ihr Herz in guter Verfassung zu sein scheint. Auch wenn das Gebrochene-Herz-Syndrom sich wie ein Herzinfarkt anfühlt, ist es ein viel kleineres Problem, das eine andere Art der Behandlung erfordert.«

»Wie wird es denn genau behandelt, Herr Doktor?«, fragte Mamaw. »Muss sie Medikamente nehmen? Noch mehr Untersuchungen machen lassen?«

»Wann kann sie nach Hause?«, fragte Winifred.

Der Doktor hörte der Fragenflut zu, dann wandte er sich an Dora. »Ich möchte Sie noch eine Nacht hierbehalten, vielleicht auch zwei. Sie sind ein bisschen dehydriert, und ich warte noch auf weitere Untersuchungsergebnisse. Sie brauchen keine Medikamente. Jedenfalls noch nicht.«

Er sah die anderen an. »Dora hatte tatsächlich großes Glück.«

»Glück?«, fragte Dora.

»Glück, weil wir uns Ihre Herzgesundheit jetzt anschauen können, bevor es zu ernsteren Problemen kommt. Ich bin froh, dass Sie hier sind«, sagte er und sprach Mamaw an. »Ich würde gern die Familiengeschichte besprechen. Stimmt es, dass Ihr Ehemann an einer Herzkrankheit gestorben ist? Und Ihr Vater?«

»Ja. In der Familie wimmelt es von Herzkranken«, erklärte Mamaw. »Edward, mein Ehemann, ist mit zweiundsiebzig an einem Herzinfarkt gestorben. Sein Vater und seine zwei Brüder auch. Mein Sohn ist schon mit fünfundfünfzig gestorben. Wir haben ihn so jung verloren. Muirs sterben an Herzkrankheiten – oder im Krieg«, fügte sie düster hinzu.

»Und Sie?«, fragte Dr. Newell Mamaw.

»Ich Gott sei Dank nicht. Colsons bekommen Krebs. Obwohl ich auch dieses Herzklopfen bekomme, wenn ich mich aufrege.«

Dora dachte über das nach, was Mamaw gerade über Parker gesagt hatte. »Mamaw, ich dachte, du hättest immer gesagt, dass der Alkohol Daddy umgebracht hat.«

»Das stimmt schon, aber die unmittelbare Todesursache war ein Herzinfarkt. Der Arme war dünn und mangelernährt. Es war nur noch eine Frage der Zeit, bis die Leber ihn erledigt hätte. Aber«, fügte sie mit Nachdruck hinzu, ihr war gerade etwas Wichtiges eingefallen, »Parker hatte genau solches Herzklopfen, als er nur ein paar Jahre älter war, als du jetzt, Dora. Edward und ich haben ihn zum Arzt gebracht, aber der konnte nichts finden.«

In der folgenden Stille hörte Dora das Kratzen von Dr. Newells Stift, als der rasch etwas in der Krankenakte vermerkte. Sie hatte nicht gewusst, dass es in ihrer Familie so viele Herzkranke gegeben hatte … und es machte ihr Angst.

»Die gute Nachricht für heute ist, dass Ihr Herz keinerlei Krankheitsanzeichen zeigt«, sagte Dr. Newell Dora. »Aber bei Ihrer Familiengeschichte und nach diesem Zwischenfall ist es Zeit für Veränderungen. Trinken Sie viel?«

»Nein«, antwortete sie rasch. »Ich trinke Wein, vor allem roten«, fügte sie hinzu, da sie irgendwo einmal gelesen hatte, dass Rotwein gut fürs Herz sei. »Und ab und zu mal einen Cocktail. Aber letzten Monat haben meine Schwestern und ich eine Woche gar nichts getrunken, nur um sicherzugehen, dass wir das können. Wir hatten uns Sorgen gemacht, wegen des Alkoholismus unseres Vaters. Ich hatte kein Problem damit, mit dem Alkohol aufzuhören.«

»Gut. Was ist mit Ihrer Arbeit? Eine sitzende Tätigkeit?«

»Ich bin Hausfrau und Mutter. Ich unterrichte zu Hause.«

»Sport?«

Dora schüttelte beschämt den Kopf.

»Wie viele Kinder?«

»Eins. Mein Sohn, Nate. Er ist neun Jahre alt.«

»Was ist mit Ihrer Ernährung?« Dr. Newell sah auf die Krankenakte. »Sie haben Übergewicht, und ich mache mir Sorgen, weil Sie so viel Gewicht am Bauch haben, was ein deutlicher Marker für eine mögliche Herzerkrankung ist. Schwester Langelan ist Ernährungsberaterin und kann Sie beraten, wie Sie Ihre Ernährung und Ihren Lebensstil ändern sollten.«

Er deutete auf die Schwester neben ihm. Sie war groß und

schlank, ein perfektes Beispiel für gute Ernährung und Sport. »Sie wissen, wie's geht. Aber schieben Sie es nicht mehr auf, Mrs Tupper«, sagte er ernst. »Sie müssen es tun. *Sofort.* Das hier war Ihr Schuss vor den Bug.«

Dora sah Mamaw und Winifred an. Mamaws Augen hatten einen neuen Glanz bekommen, während Winifred gequält aussah, als hätte sie selbst gerade eine Diagnose erhalten.

»Abgesehen davon, können Sie nach Hause, sobald die Untersuchungen beendet sind.«

Dora schaffte es, erleichtert zu lächeln.

»Danke schön, Herr Doktor«, sagte Winifred großmütig. »Wir sind so dankbar für die guten Neuigkeiten. Dora, du kannst mit mir nach Charlotte kommen. Henry fände es toll, dich bei uns zu haben. Und Nate natürlich«, ergänzte sie. »Herr Doktor, wie lange sollte sie Bettruhe halten?«

»Bettruhe? Genau das braucht Dora *nicht*. Ich will, dass sie sich bewegt und mit nicht zu anstrengendem Training beginnt.« Er wandte sich wieder Dora zu. »Machen Sie lange Spaziergänge auf ebenem Grund. Mindestens eine halbe Stunde und steigern Sie das Tempo in Zehn-Minuten-Schritten. Wenn Sie daran gewöhnt sind, können und sollten Sie es zu einem regelmäßigen Training ausbauen. Schwester Langelan wird Ihnen Vorschläge dazu machen. Falls Sie noch weitere Fragen haben, dann melden Sie sich nur.«

Er lächelte Dora aufmunternd an. »Nehmen Sie das hier ernst, Dora. Sie sind jung und haben noch Zeit für Veränderungen. Viel Glück.«

Dora lächelte schwach und dachte an all die Veränderungen, die auf sie zukamen.

Nachdem Dr. Newell gegangen war, versprach Schwester Langelan gleich zurückzukehren und folgte ihm nach draußen. Einen Augenblick lang waren alle im Zimmer ruhig.

Mamaw war die Erste, die etwas sagte. »Es ist für Dora unpraktisch, nach Charlotte zu ziehen. Sie hat sich in Sea Breeze eingerichtet. Da gibt's endlos viel frische Luft und Strände für Spaziergänge, und Lucille wird gesund kochen. Und am allerbesten ist, dass Nate sich dort gut eingelebt hat. Er mag keine Veränderungen«, erinnerte sie die anderen.

»Aber sie braucht jetzt ihre Mutter«, sagte Winifred.

»Ach Winnie, sei doch vernünftig«, zischte Mamaw, die langsam die Geduld verlor.

Einen Augenblick starrten die beiden Frauen einander an.

»Mamaw ...«, begann Cal.

»Entschuldige bitte«, unterbrach Mamaw ihn und sah ihn verächtlich an. »Ich erlaube es nur meiner Familie, diesen Kosenamen zu benutzen. Du kannst mich Mrs Muir nennen.«

Cals angespanntes Gesicht wurde blass. »Mrs Muir«, lenkte er ein. »Ich würde gern einen Augenblick allein mit Dora sprechen.«

»Reg sie bloß nicht auf!«, warnte Mamaw.

»Das werde ich nicht.«

»Ich wünschte, ich könnte dir glauben.«

Cal richtete sich auf. »Ich gebe zu, dass ich Fehler gemacht habe.« Seine Augen blitzten. »Aber darüber muss ich Ihnen keine Rechenschaft ablegen. Nur Dora.«

Es entstand eine kleine Pause. Dann sagte Mamaw zu Dora: »Es ist ziemlich spät. Zeit, dass ich nach Sea Breeze aufbreche. Und du brauchst Ruhe. Ruf mich morgen früh an, ja, Liebes? Ich hoffe sehr, dass du nach Sullivan's Island zurückkommst. Wir alle hoffen es.«

»Gute Nacht, Mamaw«, sagte Dora lächelnd. Sie wäre am liebsten sofort mit Mamaw nach Hause gefahren. Sie wollte dieses sterile Krankenhaus mit seinem unbequemen Bett und noch mehr Untersuchungen verlassen. Wollte fort von Cal und ihrer Mutter. Wollte Nate sehen. Sie sehnte sich nach ihrem Sohn. »Gib Nate einen Kuss von mir, in Ordnung?«

Mamaw beugte sich vor und küsste Dora auf die Wange. »Das tue ich auf jeden Fall.« Als sie sich aufrichtete, wandte sie sich Winifred zu. »Winnie, hast du eine Übernachtungsmöglichkeit? Du kannst gern in Sea Breeze schlafen.«

Die Einladung überraschte Winifred ganz offensichtlich. Ihr Gesicht wurde für einen winzigen Moment weicher, aber schnell setzte sie wieder ihre gleichgültige Maske gegenüber Mamaw auf. »Vielen Dank, aber nein. Ich werde in meinem üblichen Hotel übernachten. Ich möchte meiner Tochter nah sein«, fügte sie wichtigtuerisch hinzu.

»Natürlich«, sagte Mamaw. »Also, dann mach ich mich mal auf den Weg.«

Winifred verabschiedete sich ebenfalls, dazu gehörten überschwängliche Liebesbekundungen und das Versprechen, sich in Charlotte gut um Dora zu kümmern, denn da gehöre sie hin. Bevor sie ging, küsste sie Cal auf die Wange und sagte dann: »Ihr Kinder solltet euch aussprechen. Euch versöhnen.«

Als die Tür geschlossen wurde, schloss Dora auch ihre Augen, sammelte Kraft, um auf das reagieren zu können, was Cal im Sinn hatte. Sie war todmüde und fast zu erschöpft, um ihre Augen wieder zu öffnen. Nach einer Weile schaffte sie es trotzdem. Cal stand neben dem Bett, die Hände in den Hosentaschen, sah zu ihr herab und wartete.

Dora sagte: »Ich glaube, wir haben für heute alles gesagt.«

»Dora«, sagte Cal mit bittendem Blick. »Was ich vorher gesagt habe, meine ich ernst. Dass wir uns das mit der Scheidung noch mal überlegen sollten.«

»Cal ...«

»All das«, er deutete mit der Hand auf das Krankenhaus, »hat mir noch einmal bewusst gemacht, was für ein ernster Schritt das ist. Wie kurz unser Leben ist. Wir sollten nicht so schnell alles wegwerfen, was wir zusammen aufgebaut haben.«

Er hatte ihre Aufmerksamkeit. Dora hörte zu.

»Vielleicht ...«, begann er und nahm ihre Hand.

Sie blickte auf ihre beiden Hände.

»... solltest du bei mir, in meiner Wohnung bleiben.«

Dora schaute ihn kurz an, antwortete aber nicht.

»Es ist ein hübsches Haus in unserem Viertel, mit einem Aufzug, nahe bei den Geschäften. Du könntest durch den Park zum Haus spazieren.« Er lächelte aufmunternd. »Es wäre Training für dich und du könntest die Handwerker im Auge behalten. Zwei Fliegen mit einer Klappe.«

»Es fällt mir schwer, dir zu glauben.«

Cal öffnete den Mund, um zu antworten, dann schloss er ihn wieder. Er machte eine Pause, steckte seine Hände wieder in die Hosentaschen. »Ich weiß«, sagte er. »Ich kann es dir nicht verübeln, Dora. Es tut mir leid, dass ich dich verletzt habe. Glaub mir jetzt.«

Dora sah ihren Ehemann lang und fest an. Sein Gesicht war schmal und blass. Ihr fiel auf, dass Cal nicht glücklich aussah. Sie überlegte angestrengt, wann er das letzte Mal glücklich ausgesehen hatte. Sie wusste es nicht. Sie versuchte, sich daran zu erinnern, wann *sie* das letzte Mal glücklich gewesen war. Die Antwort fiel ihr schnell ein. Es war in Sea Breeze, auf dem Steg mit Nate, Mamaw und ihren Schwestern. Dieser verrückte Delfin im Wasser brachte sie alle zum Lachen. Sie konnte immer noch das atemberaubende, breite Grinsen auf Nates Gesicht sehen, seinen normalerweiser verschlossenen Gesichtsausdruck ganz von Freude erfüllt.

»Was ist mit Nate? Deine Wohnung ist klein. Wird das nicht zu eng?«

Cals Gesicht verdüsterte sich und er rieb sich verdattert das Kinn. »Stimmt. Nate ... das ist schwierig.«

Die offensichtliche Tatsache, dass Cal Nate mal wieder vergessen hatte, ließ sie schaudern. Dora beobachtete ihn, wie er zum Fenster ging, kurz hinaussah und dann wieder an ihre Seite zurückkehrte.

»Du hast recht«, sagte er in einem normalen Tonfall. »Sie ist klein. Eigentlich zu klein. Aber wie wäre es damit«, fügte er schnell hinzu. »Es geht ja nicht um eine lange Zeit. Gerade lang genug, damit du dich erholen kannst. Und währenddessen können wir eine größere Wohnung suchen. Kann Nate nicht solange in Sea Breeze bleiben?«

Dora spürte, wie die Empörung in ihrer Brust aufstieg, wie konnte Cal Nate nur so problemlos in Sea Breeze zurücklassen?

»Nein!«

»Es ist nur logisch. Du hast gesagt, er fühlt sich dort wohl. Er hat sich eingelebt. Es geht ihm gut. Ein Umzug würde ihn nur durcheinanderbringen. Du weißt, dass er keine Veränderungen mag. Und«, ergänzte er nachdrücklich, »es würde uns Zeit zum Reden geben. Nur wir beide. Das brauchen wir.«

»Aber …«

»Nur für eine kurze Weile.«

»Wie lange?«

Er zuckte mit den Schultern. »Ein paar Wochen. Vielleicht einen Monat.«

Sie war völlig fassungslos, weil er glaubte, sie wäre bereit, Nate auch nur für ein paar Wochen zu verlassen, geschweige denn für einen Monat. Doch sein Versöhnungsangebot so kurz nach dem Debakel in der Anwaltskanzlei brachte sie durcheinander. Ihr fielen die Worte ihrer Mutter wieder ein: *Falls Cal seine Meinung ändern will, dann sollte Dora alles tun, um ihre Ehe zu retten.*

»Du hast recht, Cal. Wir wollen unsere Ehe nicht einfach so wegwerfen. Aber ich bin jetzt müde. Mein Kopf ist ganz benommen, und ich muss schlafen.«

»Klar. Natürlich. Ich gehe dann mal lieber.«

Dora schaffte es, schwach zu lächeln.

»Ich bin morgen früh wieder da.«

»Wirst du Nate morgen besuchen? Ich möchte nicht, dass er sich Sorgen macht.«

Er machte ein ganz reumütiges Gesicht. »Ich wünschte, ich könnte. Aber ich habe morgen so viele Termine. Ich bin mir sicher, dass man sich in Sea Breeze gut um ihn kümmert.«

Dora zog die dünne Zudecke höher an den Hals, sie fror plötzlich. Sie schaute auf ihre Fingernägel. Sie waren kurz und unlackiert. Sie konnte sich nicht mehr erinnern, wann sie das letzte Mal eine Maniküre bekommen hatte. An ihrem linken Ringfinger trug sie immer noch den dünnen Ehering mit Diamanten in Pavé-Fassung. Cal hatte in seiner ganzen Argumentation kein einziges Mal gesagt, dass er sie liebte. Er hatte ihr nicht gesagt, dass sie ihm gefehlt hatte oder ihr Sohn.

Dora atmete tief aus, blies all die Angst, Wut und Sorge, die sie zu lange in ihrer Brust getragen hatte, heraus. Ein Wohnortwechsel würde Cal nicht ändern. Er wollte sie nicht zurück, weil er sie liebte. Das *wollte* sie hören. Was Cal von ihr wollte, war, dass sie die Renovierung des Hauses überwachte. Er wollte sie weich machen, um bei der Scheidung besser davonzukommen.

Sie hatte Besseres verdient. Nate hatte Besseres verdient. Es war nicht genug.

»Wenn du so viel zu tun hast, musst du auch nicht ins Krankenhaus kommen«, sagte Dora tonlos. »Mir geht's gut. Danke für das Angebot, in deine Wohnung zu ziehen. Aber das ist zu früh. Ich brauche Zeit allein, um nachzudenken, über unsere Ehe, über mich … über so viele Dinge, bevor ich bereit bin, weiterzureden.«

Cal räusperte sich, um zu antworten, aber sie sprach weiter, gab ihm nicht die Möglichkeit, sie zu unterbrechen.

»Sobald ich entlassen werde, fahre ich zurück nach Sullivan's Island. Du hast recht. Nate ist dort glücklich. Und weißt du was? Ich bin dort auch glücklich. Ich glaube, wir alle haben es verdient, glücklich zu sein. Wir können in ein paar Wochen sprechen. Vielleicht in einem Monat.« Sie lächelte ein wenig, als sie seine Worte wiederholte. »Und was die Aufsicht der Hausreparaturen angeht …« Sie zuckte mit den Schultern. »Viel Glück damit.«

5

Mamaw liebte Feiertage. Weihnachten war natürlich ihr Lieblingsfest. Dann Valentinstag mit den Herzen und der Schokolade und Ostern mit den bunten Eiern und den pastellfarbenen Blumen. Und jetzt war es Zeit, den Nationalfeiertag zu begehen. Auf der Insel verstopften Touristen die flaggengeschmückten Straßen. Sie und Lucille kämpften sich durch den Verkehr, um Dora im Krankenhaus abzuholen und nach Hause nach Sea Breeze zu bringen. Lucille fuhr ihren alten Camry über die Ben-Sawyer-Brücke nach Mt. Pleasant. Es war ein zuverlässiger Wagen, zehn Jahre alt, mit nur wenigen gefahrenen Kilometern und ganz ohne Schrammen oder Kratzer.

Da Mamaw Carson ihren Cadillac Oldtimer überlassen hatte, hatte sie kein eigenes Auto. Auch egal, dachte sie, als sie vom Beifahrersitz aus dem Fenster sah. Ihre Augen waren nicht mehr so gut wie früher und ihre Reaktionen auch nicht mehr. Sie seufzte. Das galt allerdings auch für Lucille.

Mamaw sah aus dem Fenster, als sie an den ausgedehnten Feuchtgebieten des Lowcountrys vorbeifuhren. Es war Flut und die Austernbänke lagen unter Wasser. Nur die Grasspitzen waren jetzt noch zu sehen, leuchtend grün nach dem starken Regen neulich. In dieser Woche war auf der Insel am meisten los und selbst zur Mittagszeit gab es viel Verkehr, der nur langsam floss auf der schmalen Straße, die das Marschland von der Insel zum Festland durchzog. Mamaw fiel jedoch auf, dass der Abstand zwischen ihrem Wagen und dem vor ihnen sehr groß war.

»Du fährst langsam wie eine Schnecke«, sagte sie zu Lucille.

»Ich fahre nicht langsam«, entgegnete Lucille verächtlich. »Ich fahre vorsichtig.«

Mamaw sah in den Rückspiegel. Eine lange Autoschlange befand sich hinter ihnen. Auf dieser zweispurigen Straße herrschte Überholverbot. Sie konnte sich vorstellen, wie die Fahrer hinter ihnen die zwei alten Frauen verfluchten, die so lahm vorneweg fuhren. Sie kicherte. Jedes Mal, wenn sie gefahren war, hatte sie mindestens ein Hupen kassiert. Wahrscheinlich von einem Touristen, dachte sie. Niemand aus Charleston wäre so unhöflich und würde eine alte Dame anhupen. Als sie dann auf dem Festland waren, wurde die Straße vierspurig und Autos sausten an ihnen vorbei, ein paar der jungen Leute warfen ihnen böse Blicke zu, während sie vorbeidonnerten.

»Lass sie nur fahren«, murmelte Lucille, das Kinn vorgereckt und die Hände fest ums Lenkrad gelegt. »Ich werde wegen ihnen nicht anfangen zu rasen. Ich habe noch nie einen Strafzettel bekommen und damit werde ich jetzt, nach all den Jahren auch nicht anfangen. Wenn diese Leute weiter so fahren, werden sie nicht so alt werden wie ich. Das ist mal sicher.«

»Junge Leute sind unsterblich, Lucille. Wusstest du das nicht?«

»Hmpf«, sagte sie stirnrunzelnd.

»Wo wir gerade von jungen Leuten sprechen, ich frage mich, um wie viel Uhr Carson heute ankommen wird. Ich bin so stolz, dass sie sich sofort auf den Weg nach Hause gemacht hat, als sie von Doras Gebrochenem-Herz-Syndrom gehört hat.«

»Das habe ich dir doch gesagt.«

»Wenn Dora nach Hause kommt, müssen wir in Sea Breeze einiges ändern. Wir müssen uns haargenau an die Anweisungen des Arztes halten.«

»*Noch mehr* ändern, meinst du wohl«, ergänzte Lucille. »Ich darf ja jetzt schon kein Schwein oder Maisbrei mehr kochen.«

»Wenn ich auf meinen kleinen Rum abends verzichte …«

Lucille lachte laut auf. »Allerdings nicht jeden Abend, nicht wahr?«

Mamaw schaute abrupt zu Lucille. Dann wusste sie also von der versteckten Flasche!

»Ich wüsste nicht, was ein kleiner Schluck abends beim Lesen schadet. Ich bin schließlich ganz allein in meinem Zimmer.«

»Wenn ich für Dora den Schweinebauch aufgeben muss, dann musst du für Carson den Rum aufgeben. Und Harper …«, Lucille verzog das Gesicht, »isst nur Weißes! Wer hat je so etwas gehört? Ich wäre als Kind verhungert!«

»Es ist eine andere Welt. Wir müssen sie unterstützen.« Sie sprach leiser. »Aber das heißt nicht, dass wir nicht ab und zu mal schummeln dürfen und uns etwas gönnen, oder?«

»Nein, Ma'am«, stimmte Lucille begeistert zu. »Vielleicht werde ich öfter mal in meinem Cottage kochen.«

Mamaws Augen strahlten. »Ja! Und ich komme zu einem Tête-à-Tête vorbei. Und zwar oft.«

Lucille kicherte, den Blick auf die Straße gerichtet. »Jaha.«

»Aber im Haupthaus müssen wir weiter wachsam bleiben«, sagte Mamaw. »Nur gesundes Essen fürs Herz!«

»Der Arzt sagt, es war kein Herzinfarkt. Wie hat er es noch mal genannt?«

»Stress-Kardiomyopathie.«

»Mm-mmm.« Lucille schüttelte wehmütig den Kopf. »Stell dir das mal vor. Jetzt haben die Ärzte diesen tollen Namen für etwas, von dem wir alle schon immer wussten, dass es das gibt. Gebrochenes-Herz-Syndrom«, sagte sie und nickte resolut. »Das ist der richtige Name dafür. Meine Großeltern haben sich vom ersten Augenblick an geliebt. Sie waren über sechzig Jahre verheiratet gewesen, als meine Großmutter Etta starb. Mein Großvater ist nur ein paar Monate später gestorben. Egal, was die Ärzte gesagt haben, wir wussten alle, dass Daddy Earl an gebrochenem Herzen gestorben ist.«

»Einer Tante von mir ist dasselbe passiert. Sie ist nach dem Tod ihres Mann einfach so gestorben.« Mamaw seufzte. »Wir sollten niemals unterschätzen, wie wichtig die geliebten Menschen für uns sind. Oder wie stark Trauer sein kann.«

Sie drehte sich zu der Frau neben sich um. Lucilles Lippen waren vor Konzentration zu einer schmalen Linie zusammengepresst, sie konnte kaum über das Lenkrad sehen. Heute trug sie ein einfaches hellblaues Baumwollhemdkleid, das war ihr Lieblingskleiderstil, seit sie für die Muir-Familie arbeitete. Mamaw hatte zugesehen, wie die Taille über die letzten fünfzig Jahre weiter geworden war, genau wie ihre. Jetzt waren Lucilles Haare mehr Salz und Pfeffer und sie trug am Lenkrad eine Brille mit Drahtgestell. Aber ihre Haut war immer noch so glatt wie ein Babypopo. Es ärgerte Mamaw schrecklich, dass Lucille sich stur weigerte, ihr das Rezept der Gesichtscreme zu geben, die sie zusammenrührte. Es war eine seit langem zwischen ihnen schwelende Fehde.

»Ich weiß nicht, was ich ohne dich machen würde«, sagte Mamaw plötzlich, von Zuneigung überwältigt.

Lucille drehte sich überrascht um. »Ach, du bist doch albern. Du kämst gut ohne mich klar.«

»Ach Lucille«, sagte Mamaw, ein bisschen verletzt, weil ihr Gefühl so abgetan wurde. »Du weißt, wie viel du mir bedeutest. Du bist meine beste Freundin. Natürlich wäre ich nicht gut dran, wenn du fortgingst.«

Lucille runzelte die Stirn, aber blickte weiter vor sich auf die Straße.

»Ja, wir sind gute Freundinnen, das ist wahr. Aber du würdest doch nicht vergehen, wenn ich sterben würde, oder?«

»Was sagst du da. Nein, wahrscheinlich nicht. Schließlich bin ich auch nicht vergangen, als mein Mann gestorben ist. Obwohl ich glaube, dass ich mehr auf dich angewiesen bin, als ich es jemals auf Edward war.«

»Jetzt redest du Unfug.«

»Nein. Wir sind wie Salz und Pfeffer, wir beide.«

Lucille schaute weiter auf die Straße.

»Ist dir bewusst, dass das der letzte Feiertag in Sea Breeze sein wird?«, fragte Mamaw wehmütig, während sie den Coleman Boulevard entlangfuhren.

»Das stimmt wohl.« Dann fügte sie grummelnd hinzu: »Falls das Haus verkauft wird.«

»Das wird es«, sagte Mamaw überzeugt. »Es gibt bereits eine Liste von Leuten, die sich mein Eigentum gern unter den Nagel reißen würden.« Sie seufzte noch einmal. »Ich wünschte wirklich, ich könnte es den Mädchen hinterlassen, damit sie weiter die Sommer hier verbringen können, sich und ihre Kinder treffen. Aber vielleicht soll es einfach nicht sein.«

»Du könntest mehr dafür bekommen, als du denkst«, sagte Lucille.

»Das hoffe ich natürlich. Aber auf dem Haus lastet eine große Hypothek und die Kosten für das Altersheim sind so hoch, dass nicht mehr viel übrig bleiben wird, wenn alles abgezogen ist. Diese Familie hat sehr lange Zeit kein Geld mehr verdient.« Sie seufzte. »Man hat mich gewarnt, mich auf stetig steigende Gesundheits- und Lebenshaltungskosten einzustellen …«

Mamaw machte eine Pause und sah Lucille an. »Du weißt natürlich, dass für dich gesorgt ist. Mr Edward hat vor seinem Tod alles geregelt. Du bekommst das Geld vom Verkauf des Cottages, bis auf Heller und Pfennig.«

»Ja, ich weiß.«

Mamaw keuchte. »Ich habe mich damit abgefunden. Das Haus muss verkauft werden und je früher, desto besser.«

Lucille antwortete nicht, aber ein schwerer Schatten legte sich über sie.

»Lass uns nicht melancholisch werden«, sagte Mamaw fröhlich. »Lass uns diesen Nationalfeiertag zu einem echten Feuerwerk machen! Die beste Party überhaupt. Alle Mädchen werden wieder in Sea Breeze sein, und wir pflücken ein paar Rosenknospen, solange es geht.«

Lucille sah sie kurz an. »Was für Rosenknospen?«

Mamaw lachte über ihren Übermut. »Das stammt aus einem alten Gedicht, das ich als Schulmädchen auswendig gelernt habe. ›Pflückt Rosenknospen, solange es geht. / Die Zeit sehr schnell Euch enteilt. / Dieselbe Blume, die heute noch steht, / ist morgen dem Tode geweiht.‹ Es geht noch weiter, aber daran erinnere ich mich nicht mehr. Ich bin ziemlich stolz, dass ich mich überhaupt noch an so viel erinnere.«

»Klingt nicht sehr fröhlich«, sagte Lucille, »all das über den Tod.«

»Es geht darum, die Gegenwart zu genießen. Und genau das will ich tun. Unsere Pläne für den Sommer sind ein bisschen durcheinandergeraten, wegen der Delfinkatastrophe und Doras Gesundheit. Aber wir haben immer noch den Rest des Sommers, stimmt's? Lass uns unsere süßen Rosenknopsen – Dora, Harper und Carson – in Sea Breeze versammeln und glücklich sein. Keine schlechten Nachrichten mehr!«

»Keine schlechten Nachrichten mehr«, stimmte Lucille zu und lachte leise. »Nur noch Rosenknospen.«

Später, am Nachmittag, als sie in Lucilles Auto auf der Rückbank saß und vom Krankenhaus nach Hause fuhr, fand Dora, Sullivan's Island habe noch nie schöner ausgesehen. Amerikanische Flaggen hingen an jeder Straßenlaterne, an Häusern, und sogar Golfmobile waren rot, weiß, blau geschmückt. Wo auch immer sie hinsah, waren Leute unterwegs, die meisten trugen eine Strandtasche und einen Klappstuhl unterm Arm und gingen an den Strand oder kamen gerade da her.

Sie hatte das Krankenhaus unbedingt verlassen wollen. Diese zwei Tage hatten sich wie zwei Jahre angefühlt, mit den Krankenschwestern, die sie zu allen möglichen Zeiten aufweckten, zur Blutentnahme oder um irgendeine Untersuchung durchzuführen. Und das Essen … Dora konnte es kaum erwarten, Lucilles Hausmannskost wieder zu genießen. Aber diese Zipperlein waren gar nichts im Vergleich zu dem ständigen Überreden und Drängen seitens ihrer Mutter und Cals, sie solle ihre Absicht, nach Sea Breeze zurückzukehren, ändern. Es war eigentlich wirklich dumm. Abgesehen von der Tatsache, dass Dora in Sea Breeze und bei ihren Schwestern sein wollte, ging es Nate so gut wie noch nie, und das nach nur einem Monat auf der Insel. Wie sehr würde er sich nach einem ganzen Sommer in der Sonne verbessern.

Dora war ganz erschöpft von den nicht gerade subtilen Argumenten ihrer Mutter, sie solle Cals Angebot, in seiner Wohnung in Summerville zu wohnen, annehmen. Aber sie und Nate waren nur zusammen zu haben und sie hatte eine Entscheidung gefällt. Am Ende des Krankenhausaufenthalts fühlte sie sich sowohl körperlich als auch emotional erschöpft, und der letzte Abschied von den beiden war kühl ausgefallen.

Der Wagen bog von der Middle Street auf die kurvige Inselstraße ab, und alles wurde ruhig. Lucille bremste ab, als sie vom Asphalt auf den holprigen Feldweg steuerte. Große Eichen und Palmen bildeten einen schattigen Tunnel und verbargen das Haus. Dora lehnte sich vor, sie wurde ganz aufgeregt, als sie sich der bekannten, großen grünen Hecke näherten.

»Sea Breeze«, murmelte Dora.

Sie öffnete die Wagentür und trat hinaus in die schwüle Luft. Der Schatten der uralten Eiche bot einen willkommenen Schutz vor der prallen Mittagssonne. Sie hatte ein bisschen erwartet, dass sich die Haustür öffnen würde, sobald sie die Autotüren zuschlug, aber niemand tauchte auf.

»Bringen wir dich mal hinein«, sagte Lucille und kam um das Auto herum. »Ich sage Harper später, sie soll deinen Koffer holen. Du solltest nichts Schweres die Treppe hinaufschleppen, jedenfalls noch nicht. Komm schon, Miss Dora«, sagte sie und stupste sie vor.

Dora folgte Mamaws langsamen Schritten die Treppe hinauf. Sie fühlte sich müde, aber nicht krank. Unter normalen Umständen wäre Dora die Treppe ohne zu zögern hinaufgelaufen. Aber der Herzanfall hatte sie nervös gemacht, trotz all der Versicherungen der Ärzte.

Im Haus war es still.

Mamaw legte ihren Geldbeutel auf den Flurtisch und rief fröhlich: »Harper!«

Es kam keine Antwort.

Dora spürte, wie ihr Herz sofort besorgt schneller schlug. »Nate?«, rief sie und ging ins Wohnzimmer.

Keine Antwort.

Dora verspürte einen Adrenalinschub und lief durch das Wohnzimmer und den Flur in den Westflügel des Hauses. Die Tür zur Bibliothek, in der Nate schlief, war geschlossen. Ohne anzuklopfen, öffnete Dora die Tür.

Harper und Nate saßen nebeneinander im Schneidersitz auf dem Fußboden vor einem Bildschirm mit Videospielen. Harper war nicht viel größer als der Junge, sie sah selbst wie ein Kind aus, wie sie beide da leicht vorgebeugt saßen, den Bildschirm im Blick und die Finger hektisch auf der Fernbedienung. Von Zeit zu Zeit knurrte einer oder rief »Oh, nein!«. Es dauerte einen Augenblick, bis Dora begriffen hatte, dass Harper tatsächlich ein Videospiel mit Nate spielte – und dass sie Spaß dabei hatte.

Mamaw und Lucille waren Dora gefolgt und standen jetzt neben ihr an der Tür zur Bibliothek. Die Geräusche, die sie machten, ließen Harper aufmerken und sie drehte den Kopf. Als sie Dora sah, strahlten ihre großen blauen Augen und ihr Gesicht zeigte freudige Überraschung. Sie ließ die Fernbedienung sinken und rief aus: »Dora, du bist wieder da!«

»Ja, gerade angekommen«, erwiderte Dora, immer noch etwas verdutzt, die beiden zusammen spielen zu sehen.

»Sieh dich nur an!«, sagte Harper. »Du siehst gar nicht schlecht aus. Und da dachte ich, du würdest wie eine alte Oma herumhinken.«

»Nein, mir geht's eigentlich gut. Es war mehr Schrecken als sonst was.« Doras Blick suchte nach ihrem Sohn, sie wollte ihn endlich sehen. Nate hatte sie nicht im Krankenhaus besucht. Sie wusste, dass er Krankenhäuser nicht mochte, aber sie hatte ihn wahnsinnig vermisst und gehofft, er würde ihr irgendwie zeigen, dass er sich freute, dass sie wieder da war. Doch Nates Blick blieb stur auf den Bildschirm gerichtet.

Harper drehte sich zu Nate um und sagte bestimmt: »Nate, deine Mom ist wieder da!«

Nate spielte weiter.

»Hi, Nate«, sagte Dora.

Er sah kurz in Doras Richtung, dann wandte er sich genauso schnell wieder seinem Videospiel zu und spielte weiter.

Harper runzelte die Stirn und lehnte sich zu ihm. »Nate, geh und sag deiner Mutter hallo. Sie kommt gerade aus dem Krankenhaus.«

Er ignorierte Harpers Ermahnung.

Dora sah, dass Harper aufgebracht war, weil Nate sein Videospiel nicht wegen seiner Mutter unterbrechen wollte, aber Dora kannte das Verhalten ihres Sohnes. Er ignorierte Menschen oft und reagierte nicht auf normale, soziale Gepflogenheiten, besonders, wenn er gerade in eines seiner Spiele versunken war.

»Er ist nicht unhöflich«, sagte sie zu Harper. »Ich wünschte, du würdest ihn nicht noch ermuntern, Videospiele zu spielen«, sagte sie angespannt. »Du weißt, dass ich mich bemühe, ihn davon etwas wegzubringen, ihn nach draußen zu locken. Warum tust du das?« Dann, sie bemühte sich um einen anderen Tonfall, wandte Dora sich wieder Nate zu.

»Aber Nate, dein *Verhalten* ist unhöflich. Wenn deine Mutter aus dem Krankenhaus oder egal woher kommt, ist es höflich, das, was man gerade tut, zu unterbrechen und sie zu begrüßen. Also, komm jetzt und sag deiner Mutter Hallo.«

Nate hörte auf zu spielen und legte seine Fernbedienung auf den Fußboden. Harper machte Platz, so dass er langsam aufstehen und auf seine Mutter zugehen konnte. Als er vor ihr stand, schaute Nate auf und musterte teilnahmslos ihr Gesicht.

»Du siehst krank aus. Wirst du sterben?«

Dora hörte, wie Mamaw hinter ihr nach Luft schnappte, aber sie lächelte und antwortete: »Ich bin nicht krank, Nate, und ich werde nicht sterben. Noch sehr lange nicht, hoffe ich. Ich bin nur blass, weil ich müde bin. Dachtest du, ich würde sterben?«

»Ja. Du bist ins Krankenhaus, wie Delphine. Und sie stirbt vielleicht.«

Dora wollte ihn fest an sich drücken und ihn küssen, um ihn zu trösten, aber sie wusste, dass er zurückzucken würde, stattdessen umfasste sie nur sein Gesicht mit den Händen und lächelte ihn an.

»Du hast mir gefehlt«, sagte sie, ihr Herz ganz voller Liebe.

Nates einzige Antwort war, den Kopf aus ihren Händen zu ziehen.

»Habe ich dir gefehlt?«

Er nickte und sah auf seine Hände.

Dora beugte sich nah an sein Ohr. »Hast du dir Sorgen gemacht?«

Nate nickte noch einmal.

Dora ging das Herz auf. »Du musst dir keine Sorgen mehr machen. Ich bin jetzt zu Hause.«

»Bist du das?«, fragte er und schaute zu ihr auf. »Ist das hier jetzt unser Zuhause?«, fragte er, anscheinend verwirrt.

Mamaw, die es zufällig hörte, sagte: »Natürlich ist es das, Nate! Den ganzen Sommer lang.«

Dora wusste, dass Mamaw es nur lieb meinte, aber Nate nahm ihren Kommentar wörtlich. Außerdem erinnerte seine gerunzelte Stirn Dora daran, dass er es nicht mochte, im Mittelpunkt der Aufmerksamkeit zu stehen. Das konnte frustrierend für ihn sein.

»Ja, es ist unser Zuhause«, antwortete sie direkt. »Für diesen Sommer. Wir haben doch darüber gesprochen, erinnerst du dich? Ist das in Ordnung für dich?«

Er sah zur Seite. »Kann ich jetzt weiterspielen?«, fragte er.

Dora wollte nicht, dass er noch länger mit Harper im dunklen Zimmer vor den Spielen klebte.

»Ich denke, wir haben erst mal genug gespielt.«

»Harper ist am Gewinnen und ich will nicht verlieren.« Seine Stimme wurde quengelig.

»Aber ich habe dich seit Tagen nicht mehr gesehen«, sagte sie. »Lass uns nach draußen gehen. Es ist ein wunderschöner Tag. Ich mache dir was zu essen. Hast du Hunger?«

»Ich will weiterspielen.«

»Du hast schon stundenlang gespielt«, entgegnete Dora bestimmt. »Es ist Zeit, das Spiel abzuschalten.«

Sein Gesichtsausdruck wurde sofort rebellisch, und er fing an, seine Hände hochzurecken und wild hin und her zu schütteln. »Nein!«, schrie er aus vollem Hals.

»Das reicht jetzt«, sagte Dora scharf.

Nate begann, auf den Fußballen auf und ab zu springen. »Ich hasse dich!«, sagte er immer und immer wieder. Dann, in einem Augenblick der Revolte, rannte er los und griff die Fernbedienung vom Fußboden. »Ich schalte es nicht ab.«

Dora spürte den Zorn aufsteigen und stürmte zu Nate, um ihm die Fernbedienung abzunehmen. »Es ist Zeit, das Spiel abzuschalten.«

Obwohl er klein war, war seine Wut schnell und kraftvoll. Nates Gesicht wurde rot, und er ballte eine Faust. Wie der Blitz holte er aus und boxte Dora direkt unter die Brust. Er hatte fest zugeschlagen, aber mehr als dass es schmerzte, erschütterte der Treffer sie, weil er ihr Herz traf und weil sie Angst hatte. Dora stolperte zurück, die Hand über der Brust, und schnappte nach Luft.

Nate warf sich in einem ausgewachsenen Wutanfall auf den Boden. Dora sah mit einem Gefühl der Hilflosigkeit zu, wie er brüllte und tobte. Sie konnte sich nicht bewegen, brachte nicht die Energie auf, zu ihm zu gehen, ihn zu beruhigen. Sie hatte das Gefühl, von Panik und Verzweiflung verschluckt zu werden.

»Ich kann das nicht mehr!« Der Schrei kam aus ihrem Mund. Sie trat von ihrem Sohn zurück und bedeckte ihr Gesicht mit den Händen. »Ich brauche Hilfe!«

In einem Wimpernschlag spürte sie Mamaws Arme um sich, hörte ihre Stimme neben ihrem Ohr. »Wir helfen dir, Dora. Du bist nicht allein.«

6

Die Tage vergingen, und Dora verließ ihr Schlafzimmer nicht. Sie konnte weder den Willen noch die Energie dazu aufbringen. Sie lag lustlos auf dem Doppelbett, in einem dünnen weißen Baumwollnachthemd und starrte die Muster an, die das Sonnenlicht an die Decke malte. Es war ein weiterer heißer Mittsommertag in einer endlosen Reihe solcher Tage, so kam es ihr vor. Die Klimaanlage summte, aber Mamaw stellte die Temperatur nie sehr kühl ein. Der Deckenventilator bewegte die Luft, die Blätter waren etwas aus dem Gleichgewicht, wodurch der Ventilator wackelte und monotone, klickende Geräusche machte.

Dora hatte sich dieses kleine Schlafzimmer mit Harper geteilt, seit sie im Mai nach Sea Breeze gekommen waren. Doch als sie aus dem Krankenhaus zurückgekehrt war, hatte sie festgestellt, dass Harper vorübergehend in Carsons leeres Schlafzimmer gezogen war. Dora hatte erwartet, dass Harper wieder zu ihr ziehen würde, nachdem Carson am vorigen Abend zurückgekommen war, aber sie hörte die beiden im Nebenzimmer wie kleine Mädchen bis frühmorgens kichern und plappern.

Dora hatte es nichts ausgemacht, sich mit Harper ein Zimmer zu teilen. Sie hätte sich keine bessere Zimmergenossin wünschen können. Sie war ordentlich, sogar über die Maßen. Ihre jüngere Schwester lebte wie eine Nonne, wenn auch wie eine sehr gut gekleidete. All ihre Kleidung, Schuhe und ihr Schmuck befanden sich in hübschen Schachteln oder Samtbeuteln. Ihr Laptop und ihre Bücher waren ordentlich auf dem kleinen Tisch in der Ecke gestapelt. Sogar im Badezimmer räumte sie nicht nur hinter sich selbst auf, sondern putzte zwanghaft auch hinter Dora her, hob Handtücher vom Boden auf, wischte das Waschbecken und die Badewanne, stellte Kosmetikartikel in Körbe, die sie extra gekauft hatte.

Und doch bedeutete in einem Zimmer zu schlafen, noch dazu in einem Doppelbett, etwas mehr Zusammensein, als sie beide tatsächlich mochten. Harper saß noch bis spätabends an ihrem Computer oder las ein Buch. Dora konnte normalerweise trotzdem einschlafen, aber in den Nächten, in denen sie es nicht schaffte, tat sie so, als schliefe sie, während das Klackern der Computertastatur sie wahnsinnig machte.

Alle waren draußen auf der Veranda versammelt. Dora hörte das Plaudern und das Klirren der Teller in ihrem Zimmer. Sie strengte sich an und lauschte, konnte aber nichts verstehen, es war nur das sanfte Gemurmel eines Gesprächs, ab und zu von Lachen unterbrochen. Sie könnte natürlich aufstehen, aber niemand hatte daran gedacht, nach ihr zu sehen oder sie einzuladen.

Sie drehte sich auf die Seite, spürte, wie eine Welle der Traurigkeit so kalt und blau wie der tiefe Atlantik über ihr zusammenschlug. Warum sollten sie sie auch dazubitten? dachte sie missmutig. Warum sollte das irgendjemand tun?

Cal hatte ihr gesagt, dass sie sehr langweilig sein konnte, und sie glaubte, das stimmte. Die Leute kamen nicht offenherzig auf sie zu wie auf Carson, die nie einen Fremden traf, den sie nicht für sich einnehmen konnte, so dass er sich wie ein Familienmitglied fühlte. Carson war wie Mamaw, spontan, amüsant. Die Leute kamen scharenweise zu ihr. Trotz ihrer scheinbaren Reserviertheit schien auch Harper Millionen Freunde zu haben. Ständig schickte ihr jemand SMS oder E-Mails. Ihr Telefon machte unaufhörlich Geräusche.

Dora hatte keine Freunde, keine Liebhaber, kein Leben. Selbst ihr Sohn wollte nicht mit ihr zusammen sein. Was machte sie falsch? Sie krallte sich fest ins Kissen und erinnerte sich an ihren Zusammenbruch.

»Gott, hilf mir, ich schäme mich so.«

Ihr eigener Zusammenbruch hatte Nates in nichts nachgestanden. Erst jetzt, im Rückblick, bemerkte sie, wie sie alle Anzeichen übersehen hatte. Nun war es leicht zu erkennen, dass Nate nicht nur verärgert war, weil er das Spiel ausschalten sollte. Bei einem Anfall ging es nie nur um Wut. Während sie im Krankenhaus gewesen war, war er besorgt, ängstlich, einsam, frustriert und vielleicht sogar traurig gewesen. Doras Ultimatum war da nur noch der letzte Tropfen gewesen. Wenn sie ganz ehrlich war, dann hatte sie all das nicht bemerkt, weil sie nur Augen dafür gehabt hatte, dass Harper einen Weg gefunden hatte, mit Nate zu spielen, genau wie Carson vor ihr.

Dora wusste, dass ihre Schwestern nur helfen wollten. Ihren Neffen besser kennenlernen wollten. Ein Teil von ihr war begeistert über ihren Einsatz. Dankbar. Doch ein anderer Teil von ihr war eifersüchtig. *Warum wollte ihr Sohn nicht mit ihr spielen?*

Sie wusste die Antwort. Sie war in den Augen ihres Sohnes die Polizistin. Diejenige, die die Regeln aufstellte. Seine Tanten waren im Gegensatz dazu einfach nur Spaß. Carson schwamm mit Delfinen. Harper kannte die coolen Spiele. Ihr stockte der Atem, als sie die Wahrheit klar erkannte. *Ich weiß nicht, wie ich mit ihm spielen soll.*

Sie hörte leise Schritte im Flur und drehte alarmiert den Kopf zur Tür. *Geh weg, geh weg,* dachte sie, kniff die Augen fest zusammen und hielt den Körper ganz still. Sie wollte einfach in ihrem Elend allein gelassen werden. Einen Augenblick später hörte sie ein schwaches Klopfen an der Tür. Ihr erster Impuls war, nicht zu antworten, so zu tun, als schliefe sie. Dann hörte sie Mamaws Stimme.

»Dora? Dora, Liebes, bist du wach?«

Bevor Dora überlegen konnte, was sie tun sollte, öffnete sich die Tür und Mamaws silbriger Kopf spähte hinein.

»Habe ich dich geweckt?«

»Nein«, sagte sie widerwillig.

»Gut«, sagte Mamaw und trat ein. Sie ging direkt zum Bett.

Dora erwartete, dass sie ihr eine Hand auf die Schulter legen, sie aufmunternd tätscheln würde. Stattdessen packte sie die Zudecke und riss sie von ihrem Körper.

Dora wirbelte herum und sah sie gespannt an.

»Dora, es ist höchste Zeit, dass du diese Selbstmitleidsfeier beendest und aufstehst!«

»Ich will aber nicht.« Dora griff nach der Decke und zog sie wieder über ihre Schultern.

»Das ist mir egal. Ich sage dir, ich will, dass du aus diesem Bett aufstehst, und zwar sofort. Hast du verstanden?«

So hatte man nicht mehr mit Dora gesprochen, seit sie ein kleines Kind gewesen war. Sie war zu perplex, um etwas zu erwidern. Stattdessen wandte sie Mamaw den Rücken zu, krümmte sich in Embryonalhaltung zusammen und fing an zu weinen.

»Ach Dora«, sagte Mamaw verärgert und setzte sich neben sie aufs Bett.

»Ich bin so unglücklich«, jammerte Dora.

»Darling, ›unglücklich‹ liegt schon meilenweit hinter dir. Du bist gerade an der Ecke regelrecht elend/depressiv.«

»Ich weiß«, schluchzte Dora. »Ich hasse mein Leben, ich hasse mich. Ich hasse alles.«

Mamaw lachte unverzeihlicherweise.

»Das ist nicht lustig«, grummelte Dora.

»Nein, ist es nicht. Aber du leidest an etwas, was meine Mutter Schwermut genannt hätte. In diesem Bett zu liegen und sich darin zu suhlen wird nicht helfen.«

»Mir gefällt es hier.«

Mamaw stand auf und stemmte die Hände in die Hüften. »Mein liebes Mädchen, wenn ich dich eingeladen habe, nach dem Krankenhaus wieder nach Sea Breeze zu kommen, dann, damit du hier mit deiner Heilung beginnst. Wenn du heulend im Bett liegen willst, hättest du zu deiner Mutter fahren sollen.«

Dora murrte und zog ihre Beine noch enger an die Brust. Mamaw ging zum Fenster und öffnete die Vorhänge, so dass Sonnenschein ins Zimmer fiel.

»Sieh raus, Kind! Da ist das Meer, der Strand, die Sonne,

die süß duftende Luft – und all das wartet nur auf dich. Du darfst ihm nicht länger den Rücken zukehren.« Sie tippte auf Doras Schulter. »Und mir übrigens auch nicht. Du benimmst dich wie ein verzogenes Kind, und das lasse ich nicht zu.«

Das war typisch für Mamaw, sie kam direkt zum Punkt, hatte nie Angst, ihre Meinung geradeheraus kundzutun. Mit Ehrlichkeit konnte man immer besser umgehen, und plötzlich war Dora froh, dass Mamaw wie ein Sonnenstrahl in ihr Zimmer gekommen war. Ein bisschen beschämt über ihr Verhalten, rollte Dora sich zu Mamaw.

»Ich fühle mich wie eine Idiotin«, sagte sie. »Ich habe als Ehefrau versagt. Als Mutter.«

»Natürlich hast du das nicht.«

»Nicht? Meine Mutter denkt das auf jeden Fall. Ich habe das Gefühl, als hätte ich irgendeine Frauenregel gebrochen. Ich bin hingefallen und kann nicht mehr aufstehen. Jedes Mal, wenn ich es versuche, falle ich nur wieder hin.«

Mamaws Gesichtsausdruck wurde sanfter. »Lass mich dir helfen.«

Mamaw nahm Doras Arm und zog sie sanft in eine sitzende Position.

»So. Das ist schon besser.« Mamaw machte einen Schritt zurück und betrachtete Dora mit zur besseren Musterung zusammengekniffenen Augen. »Kind, du bist völlig verschwitzt. Wann hast du dir das letzte Mal die Haare gewaschen? Und du siehst so blass aus. Hellhäutig und blass ist nicht dasselbe. Ich weiß genau, was du jetzt brauchst. Steh auf, Mädchen. Du hast mich gehört. Steh auf!«

Dora gehorchte. Sie war niemand, der einen Befehl von Mamaw ignorierte. Sie stand langsam auf, ihr war ein bisschen schwindlig, weil sie so lange gelegen hatte, als kleine, rebellische Demonstration seufzte sie theatralisch.

»Gut. Jetzt sieh mich an, Dora.«

Dora hob langsam, zögerlich den Blick zu Mamaw. Sie sah Mamaw in die Augen und spürte die zeitlose Verbundenheit im Blick ihrer Großmutter.

»Komm mit, Kind.«

Dora sagte nichts, reichte Mamaw aber ihre Hand, während ihr Herz flüsterte: *Ja!*

Mamaw führte sie durch den Flur in ihr eigenes Schlafzimmer. Dora fühlte sich wie ein Kind, sie schaute nach rechts und links, sie wollte nicht, dass ihre Schwestern sie in diesem Zustand sahen, während sie sich ziehen ließ. Sie spürte, wie Mamaws Hand in ihrer sie vom Abgrund wegzog. Sie wollte nicht loslassen.

In Mamaws Schlafzimmer, die Tür fest geschlossen, fühlte Dora sich sicher. Das hier war Mamaws femininer Rückzugsort – pralle Chintzsessel, viele hübsche Kissen, Gemälde vom Meer und der Marsch, Fransen an den Gardinen.

Mamaw lächelte langsam. »Na also, das ist schon besser. Wenn ich mich wie durch den Wolf gedreht fühle, nehme ich ein heißes, duftendes Bad. Das wirkt Wunder für meine Laune. Wie klingt das?«

Doras Gesicht erhellte sich bei diesem Vorschlag etwas.

»Wundervoll.«

»Setz du dich hierhin, Liebes, während ich das Wasser einlaufen lasse«, wies Mamaw sie an. »Nein, nein, mach nichts, entspann dich einfach!«, fügte sie fröhlich hinzu und wehrte Doras halbherziges Hilfsangebot ab.

Dora saß auf dem großen, breiten Bett und fühlte sich

wieder sehr wie ein Kind, als Mamaw im Badezimmer verschwand. Dora hörte das Quietschen der Armaturen und das Wasserrauschen. Kurz darauf wehte ein süßer Duft ins Zimmer. Sie schloss die Augen und atmete tief ein. Rosen … es war berauschend. Mamaw kam mit einem großen aquamarinfarbenen Handtuch wieder zurück ins Zimmer und reichte es Dora.

»Zieh dich aus«, befahl sie. »Es dauert ein paar Minuten, bis die Wanne voll ist. Trink das, während du wartest.« Sie reichte ihr ein kleines Glas mit einer bernsteinfarbenen Flüssigkeit.

»Was ist das?«

»Rum. Pur. Er ist lang gereift und so sanft wie ein Babypopo, also genieß ihn. Aber kein Wort davon zu Lucille. Sie wird *meinen* Hintern versohlen, wenn sie herausfindet, dass ich noch eine Flasche versteckt habe.« Sie kicherte und ihre Augen strahlten triumphierend. »Unter den Kosmetiksachen. Die kleine Flasche verschwindet dazwischen.«

»Aber Mamaw, ich sollte das nicht trinken.« Sie wollte das Glas zurückgeben. »Wir haben alle zugestimmt. Kein Alkohol.«

Mamaw drückte Doras Hand sanft zurück. »Süße, das ist etwas, worüber ich mir bei dir *keine* Sorgen mache. Niemand ist perfekt. Wir brauchen keine Perfektion. Ausgewogenheit reicht schon.«

Dora nippte am Glas. Der Rum war mild und brannte beim Schlucken nur wenig, er wärmte ihre Brust. Er schmeckte einfach fantastisch und so früh am Tag auch dekadent. Sie zog das Nachthemd mit den Spitzenrändern aus, in dem sie sich immer wie eine alte Dame fühlte. Sie kickte es durchs Zimmer und schwor, es nie wieder zu tragen. Sie schlüpfte in Mamaws dicken Frotteebademantel.

Mamaw kam aus dem Badezimmer und rief sie.

»Dora! Komm, Kind.«

Dora betrat ein Zimmer voller Dampf und Duft. Mamaw half Dora, den Bademantel auszuziehen und führte sie zur dampfenden Wanne. Es war so heiß, dass Dora sich nur zentimeterweise hineingleiten lassen konnte. Nach und nach streckte sie sich aus und ließ ihren Körper ganz ins duftende, sprudelnde Wasser sinken. Sie lehnte sich zurück und ließ ihren Kopf auf einem Kissen am Wannenrand ruhen. Sie schloss die Augen, atmete den Dampf ein und spürte, wie die Anspannung aus ihrem Körper im Wasser verschwand. Sie seufzte, fühlte sich irgendwie gerettet. Die Tropfen auf ihrem Gesicht waren keine Tränen, sondern Schweiß.

Mamaw servierte Eistee auf der hinteren Veranda, während Lucille Blaubeerscones aus der Village Bakery reichte. Sie hatte diese spontane Familienversammlung einberufen, während Dora in der Wanne lag. Es war ein schöner Nachmittag im Schatten der schwarz-weißen Markise. Große weiße Kumuluswolken trieben über dem weiten Panorama der Bucht dahin. Töpfe mit bunten Blumen überall auf der Veranda versahen die Szenerie mit Farbtupfern und die Luft war angefüllt von ihren Düften.

Mamaw schlug mit ihrem Löffel gegen ihr Glas, um das Geplapper zu beenden. Carson und Harper hörten auf zu reden und Harper klappte ihren Laptop zu.

»Wo ist Dora?«, fragte Carson.

»Schläft sie noch in ihrem Zimmer?«, fragte Harper.

»Nein«, sagte Mamaw mit einem vorwurfsvollen Blick wegen Harpers kaum verhohlener Kritik. »Aber genau deswegen habe ich euch hergebeten. Dora ist nicht sie selbst.«

»Ich muss sagen«, sagte Carson. »Ich habe sie noch nie so niedergeschlagen gesehen.«

»Wie sie ausgerastet ist …«, ergänzte Harper kopfschüttelnd.

Mamaw verbesserte Harper. »Sie war nicht wirklich wütend, sie hatte einen Zusammenbruch. Das ist ein Unterschied. Das Entscheidende ist, dass Dora um Hilfe gebeten hat.«

»Ich kann mich nicht erinnern, dass sie schon jemals jemanden um Hilfe gebeten hat«, überlegte Lucille.

»Ganz genau. Wir müssen unsere Köpfe zusammenstecken und Lösungen finden, wie wir Dora durch diese schwere Zeit helfen. Gott sei Dank, dass sie keinen Herzinfarkt hatte. Aber das war definitiv eine Warnung. Ein Schuss vor den Bug. Der Arzt hat klar gesagt, dass Dora ihre Ernährung ändern muss sowie ihre sportlichen Aktivitäten …« Sie seufzte. »Beziehungsweise die noch nicht vorhandenen Aktivitäten.« Sie machte eine Pause und spähte zur Verandatür, um sicherzugehen, dass sie geschlossen war. Sie wollte nicht, dass Dora zufällig zuhörte und verletzt würde.

»Leider vergräbt sie sich in ihrem Zimmer, statt die Änderungen anzugehen. Sie sagt, sie sei immer noch zu müde, aber …« Mamaw seufzte theatralisch, um anzudeuten, dass es hier um viel mehr als Erschöpfung ging. »Ich dachte, wir könnten irgendwie eine Art Cheerleader für sie sein. Uns um sie versammeln. Ihr zeigen, dass wir uns um sie sorgen.«

»Sie aus dem Bett bringen«, fügte Lucille trocken hinzu.

Die Schwestern schwiegen einen Augenblick. Dann meldete sich Harper:

»Das ist alles schön und gut …«, begann sie zögerlich. Mamaw legte den Kopf schief, wartete. Harper redete nicht viel, aber sie dachte gründlich und sorgfältig nach. Wenn sie dann eine Meinung kundtat, war es stets ihre eigene und sie war meist überlegter und intellektuell reifer, als man bei ihrem Alter erwarten würde.

»… aber der Wille zur Änderung muss von ihr kommen. Sie ist kein kleines Mädchen. Wir können sie zu nichts *zwingen.*«

»Stimmt, aber wir können sie ermutigen«, sagte Carson. »Ich war dankbar, dass ihr alle zu mir gehalten habt, als ich mit dem Trinken aufhören wollte. Ihr habt jede Flasche aus dem Haus entfernt. Ich weiß das, weil ich danach gesucht habe«, ergänzte sie in einem leicht selbstironischen Tonfall. Sie lachte, dann fuhr sie in einem ernsteren Ton fort. »Hätte abends eine Flasche Wein im Kühlschrank gestanden, hätte ich ihr nicht widerstehen können.«

»Und es steht immer noch keine da, nur falls du noch mal nachsehen willst«, sagte Lucille nachdrücklich zu ihr.

Carson verzog das Gesicht, während die anderen kicherten.

Harper lehnte sich zu Carson. »Wie läuft's denn in dieser Hinsicht?«

Carson drehte kurz ihr Glas Eistee. »Ich hatte auf der Fahrt nach Florida und zurück viel Zeit, um darüber nachzudenken. Ich möchte nicht glauben, dass ich eine Alkoholikerin bin, aber da beide Eltern Alkoholiker waren und bei meiner Vorgeschichte …« Sie zuckte mit den Schultern. »Es gibt da definitiv ein Problem. Ehrlich gesagt, hat der Wunsch nach Alkohol nicht aufgehört. Ich dachte immer, ich würde nur in Gesellschaft trinken. Die meisten Singlefrauen in unserem Alter gehen in Kneipen oder Restaurants. Aber es ist immer Alkohol dabei. Stimmt's?«, fragte sie Harper.

Harper nickte. »Und die Hoffnung, ein paar Kerle kennenzulernen.«

»Ich habe es mal zusammengerechnet, ich schätze, ich habe mindestens fünf Drinks pro Abend getrunken.«

»Aber diese fünf Drinks verteilten sich auf, sagen wir, die Zeit von acht bis ein Uhr«, sagte Harper. »Das ist ungefähr ein Drink pro Stunde. So gesehen, ist das nicht übertrieben viel.«

»Und doch, ich bin mehrmals pro Woche abends mit Freunden einen trinken gegangen. Dazu noch ein oder zwei Gläser zu Hause«, Carson runzelte die Stirn. »Egal, wie man es rechnet, das sind verdammt viele Drinks.« Sie holte tief Luft. »Ich überlege, zu den Anonymen Alkoholikern zu gehen, bloß als Vorsichtsmaßnahme. Es könnte hilfreich sein, sich die Geschichten anderer Leute anzuhören und ein Gefühl dafür zu bekommen, wo ich gerade stehe.«

Mamaw zog die Augenbrauen hoch. »Glaubst du, das ist notwendig?«

»Das ist es, wenn sie das denkt«, stimmte Lucille nachdrücklich zu.

»Ich habe mich noch nicht entschieden«, wandte Carson ein. »Bisher denke ich nur darüber nach.«

»Denk nur weiter«, sagte Lucille. »Aber sei nicht faul und lass es nicht schleifen.«

Mamaw lehnte sich vor, um auf Carsons Hand zu klopfen. »Das ist eine mutige Entscheidung. Eine, die euer Vater hätte treffen sollen. Ich bereue es, ihn nicht dazu ermutigt zu haben. Wenn du das Gefühl hast, dass du die Anonymen Alkoholiker brauchst, dann geh hin. Ich bin stolz auf dich.«

Mamaw wechselte mit Carson einen Blick voller Zuneigung.

»Siehst du, genau das meine ich«, sagte Harper und wandte sich an Mamaw. »Carsons Entscheidung, etwas gegen das Trinken zu unternehmen, kam von ihr selbst. Sie wird es schaffen, weil sie es will. Wenn Dora es schaffen soll, ihre Ernährung und ihren Lebensstil zu ändern, muss der Wunsch danach von ihr kommen. Ansonsten machen alle Anfeuerungen und guten Vorschläge der Welt keinen Unterschied.«

»Ich stimme dir zu, die Entscheidung muss sie treffen«, sagte Mamaw. »Aber wir können ihr dabei helfen, dahin zu kommen. Und sie unterstützen, damit sie es schafft. Mädchen, unsere Dora wurde im Krankenhaus durch die Mangel gedreht, und ich meine damit nicht nur ihre medizinischen Probleme.«

»Was ist passiert?«, fragte Carson.

»Sie wurde schikaniert, schlicht und einfach. Ihre Mutter«, Mamaw verdrehte die Augen, »eine schreckliche Frau, setzt Dora unter Druck, sie solle mit ihr nach Charlotte kommen, und das alles in diesem herablassenden Tonfall, bei dem Dora normalerweise einknickt. Und Cal ...« Sie versuchte gar nicht erst, die Verachtung aus ihrer Stimme zu halten. »Er schlug plötzlich vor, dass sie die Scheidung noch einmal überdenken sollten. Er hat sie gebeten, in seine Wohnung in Summerville zu ziehen.«

»Wirklich?«, sagte Harper überrascht. »Ist das denn nicht gut?«

»Nein, ist es nicht«, sagte Mamaw mit Nachdruck. »Er ist schamlos egoistisch. Ich konnte mich nur schwer zurückhalten, ihn nicht zusammenzustauchen. Winnie war natürlich völlig begeistert von der Möglichkeit einer Versöhnung. Keine Scheidung – kein Skandal. Sie hat keine Sekunde darüber nachgedacht, was das Beste für Dora ist.«

»Mamaw«, sagte Carson vorsichtig. »Ich bin mir sicher, dass sie Dora liebt. Sie ist schließlich ihre Mutter und hat ein Recht auf ihre eigene Meinung.«

»Ich stimme Carson zu. Wieso ist es falsch, ihre Ehe retten zu wollen?«, fragte Harper, immer noch nicht überzeugt.

»Natürlich ist es nicht falsch, wenn man aufrichtige Absichten hat«, erwiderte Mamaw. »Cal Tupper interessiert sich nicht die Bohne für Dora. Oder seinen Sohn.« Sie richtete sich im Stuhl auf. »Er kann Winnie vielleicht täuschen, mich jedoch nicht. Sie weiß eigentlich überhaupt nichts über den Mann. Er will Dora in Summerville haben, damit sie in der Nähe dieses riesigen Hauses ist und die Reparaturen überwacht. Zack, zack. Das war seine Absicht.«

»Entschuldige, aber noch einmal, was ist falsch daran?«, fragte Harper. »Würde sie denn nicht genau das tun, wenn sie keine Eheprobleme hätten? Sie ist schließlich seine Frau. Und ihr Job ist es, sich um das Haus zu kümmern.«

»Das ist nicht der Punkt.«

»Was ist denn der Punkt?«, fragte Harper.

Carson kniff die Augen zusammen und bewegte ihren Zeigefinger. »Was erzählst du uns nicht?«

Mamaw schaute zur Tür und senkte ihre Stimme.

»Der Punkt ist Nate.«

»Was ist mit Nate?«, fragte Harper.

»Die Einladung, in der Wohnung zu wohnen, gilt nicht für ihn.«

Carson war außer sich. »Gilt nicht für ihn? Aber er ist ihr Sohn!«

»*Das* ist der Punkt«, sagte Mamaw und nickte zufrieden, weil sie ihre Sicht deutlich gemacht hatte.

»Du meinst, er will, dass wir ihm Nate abnehmen?«, fragte Carson ungläubig.

»Ganz genau.«

Carson lehnte sich im Stuhl zurück. »Du hast recht. Er ist ein Arsch. Armer Nate. Arme Dora.«

»Ich kenne ihn überhaupt nicht, ich verteidige ihn also nicht«, sagte Harper. »Aber kennen wir beide Seiten der Geschichte?«

»Wie kannst du so was sagen?«, fuhr Carson auf und drehte sich zu Harper um. »Er ist ein Idiot. Das wussten wir alle schon vor der Scheidung.«

»Aber er ist Doras Idiot!«, widersprach Harper hitzig. Sie hielt inne, hörte ihre Worte und sie lachten alle laut auf.

Mamaw kehrte zum Thema zurück. »Dora hat sich entschlossen, hierher zu uns zurückzukommen, also verschwenden wir keine Zeit damit, die Verdienste und Fehler von Calhoun Tupper zu diskutieren.« Ihr Tonfall machte es sehr deutlich, dass sie schon genug Zeit mit dem Mann verschwendet hatten.

»Dora hat fast ihr ganzes Leben lang das getan, was man ihr gesagt hat. Und andere waren immer wichtiger als sie selbst, besonders Nate. Jetzt hat sie zum ersten Mal gesagt, was sie möchte und darauf bestanden, dass sie und Nate in Sea Breeze am besten aufgehoben seien. Das ist ein guter Anfang«, fügte sie hinzu.

Mamaw sah Harper an und fuhr fort. »Du hast absolut recht, dass Dora allein die Entscheidung treffen muss. Aber wir können sie an neue Gewohnheiten heranführen, durch die sie sich besser fühlt. Innerlich und äußerlich. Kleine Dinge, die für euch beide selbstverständlich sind, wie zur Maniküre und zur Pediküre zu gehen, sich Zeit für Sport zu nehmen, mit Freundinnen ausgehen, all das ist ihr fremd. Sie kümmert sich um Nate und seine Bedürfnisse, dann um Cal und dann um das Haus. Sich selbst stellt sie ganz hinten an, immer und immer wieder. Kein Wunder, dass sie ihre Figur verloren hat. Sie hat einfach aufgegeben. Außerdem bezweifle ich, dass es viel Geld für solche Extras gab.«

»Mamaw«, sagte Carson, lehnte sich in dem breiten Stuhl nach hinten und umarmte ihre Beine. »Dora war als Mädchen nicht so. Während unserer Sommer hat sie immer darauf geachtet, dass alles so lief, wie sie es wollte. Ich habe Dora nie als schüchtern und zurückhaltend gesehen. Sie ist es immer noch nicht. Sie ist sogar richtig herrisch.«

»Ja, das ist sie«, stimmte Mamaw zu. »Jetzt denkt mal einen Augenblick darüber nach. *Wobei* ist Dora so pedantisch?«

»Nates Tagesablauf«, antwortete Carson prompt. »Nates Essen, Nates Kleidung …«

»Bei Regeln«, sagte Harper rasch. »Den Regeln für die

Südstaatenschönheit, meine ich. Wie, dass man nicht zu viel Dekolleté zeigt oder der Rock nicht zu kurz sein darf.«

»Dass man vor Ostern und nach Labor Day nichts Weißes trägt«, fügte Carson hinzu.

»Manieren, Fluchen, Schreien, in die Messe gehen«, fuhr Harper fort.

Carson grinste. »Sich wie eine Dame benehmen.«

Wie der Blitz drehten die Mädchen ihre Köpfe, zeigten aufeinander und brüllten: »Tod den Damen!«

Mamaw musste lachen. Als Carson und Harper kleine Mädchen gewesen waren, waren sie über die Insel gestreift und hatten gespielt, sie seien Piraten auf der Suche nach vergrabenen Schätzen. Mamaw wusste nur zu gut, dass die beiden wilden Mädchen sich über ihre Regeln ärgerten und genervt waren, wenn sie ihnen sagte, sie sollten die sandigen Füße vom Bett nehmen und die Ellbogen vom Tisch, ihre Kaugummis ausspucken und sich die Nase mit Taschentüchern anstelle von Ärmeln abwischen. Sie hatten sich fürs Abendessen waschen müssen, ihre Haare kämmen und leiser sprechen, sie hatte ihnen immer gesagt, sie sollten sich »wie eine Dame benehmen«. Also hatten sich die Mädchen ein geheimes Mantra ausgedacht, das sie brüllten, wenn sie aus der Tür liefen – *Tod den Damen!*

»Ganz genau«, erwiderte Mamaw, »Dora ist wie ein Schäferhund, der bellt und schnappt, um die Schafe unter Kontrolle zu halten. Sie strengt sich an, die Regeln zu befolgen. Um das brave, wohlerzogene Mädchen zu sein.« Sie grinste listig. »Ich meine, sie sollte ein bisschen von ihrem Piratenblut spüren, findet ihr nicht auch?«

Carson und Harper antworteten beide mit einem Grinsen.

»Tod der Dame – natürlich!«, rief Carson aus und war angesteckt.

»Dora muss ein paar Regeln brechen«, sagte Harper, ihr gefiel ganz offensichtlich, worauf das hier hinauslief. Sie lehnte sich vor. »Wie können wir helfen?«

Dora hatte keine Ahnung, wie lang sie schon hier drinnen gelegen hatte, vollkommen entspannt, aber als Mamaw zurückkam, war das Wasser kalt. Sie hielt ihr wie eine Kammerzofe den flauschigen Bademantel hin, damit Dora ihn anzog, dann führte sie sie ins Schlafzimmer.

Mamaws Frisierkommode war ein Kunstwerk. Es war eine französische Antiquität, drei Spiegel mit prächtigen Marmoreinsätzen im Messingrahmen.

Dora erinnerte sich daran, wie sie als junges Mädchen Mamaw beobachtet hatte, wenn sie sich für eine Abendgesellschaft mit Granddaddy Edward zurechtgemacht hatte.

Dora saß im Schneidersitz auf Mamaws großem Bett, ganz verzaubert von dem Anblick ihrer wunderschönen Großmutter, die an ihrer glänzenden Frisierkommode mit den Spiegeln saß. Sie fand, dass Mamaw in ihrem rubinroten Abendkleid wie eine Königin aussah. Die Seide fiel glamourös von ihren schmalen Schultern bis zu einer Schleppe auf dem Boden. Dora sah auf ihren Schlafanzug mit Kätzchen und wünschte, sie wäre so schön wie ihre Großmutter, deren lange goldene Haare mit edelsteinbesetzten Nadeln hochgesteckt waren. Mamaw hob einen Pinsel an und tippte ihn sanft in eines der vielen Döschen mit Farbe. Sie lehnte sich näher an den Spiegel und legte das Make-up mit geschickten Strichen auf. Dora seufzte, als Mamaw verschiedene Ohrringe an ihre Ohren hielt und den Kopf von rechts nach links drehte, um sich in den drei Spiegeln zu betrachten und so besser entscheiden zu können, welche sie anlegen sollte. Als Höhepunkt trug sie sorgfältig roten Lippenstift auf, und Dora fiel fast in Ohnmacht.

Mamaw drehte sich auf ihrer Bank um und lächelte sie an. »Möchtest du mal ein bisschen versuchen?«

»Wer? Ich?«, fragte Dora und richtete sich abrupt auf. Ihre Mutter hatte ihr nie angeboten, sich zu schminken. Das eine Mal, als sie gefragt hatte, ob sie ihren Lippenstift ausprobieren dürfe, hatte Winnie schockiert große Augen gemacht und dann ausgerufen: »Du bist viel zu jung für Make-up!«

»Ja, natürlich du«, erwiderte Mamaw und stand von der Bank auf.

Sie nahm Doras Hand und führte sie zur Bank. Dora sah ehrfürchtig auf ihr Spiegelbild in den großartigen drei Spiegeln.

Mamaw nahm eine Bürste mit Wildschweinborsten und fing an, Doras Haare mit langen, glatten Strichen zu bürsten. Es fühlte sich traumhaft an.

»Dein Haar hat dieselbe Farbe wie meines«, sagte Mamaw in einem Tonfall, der deutlich machte, dass ihr das gefiel. »Du musst es jeden Abend mit hundert Strichen bürsten, damit es glänzt.«

Mamaw legte die Haarbürste auf die Kommode und griff nach ihrem Puderpinsel. Sie drückte ihn in rosa Puder und strich ihn ein paarmal zart über Doras Wangen. Dora hielt die Luft an, als Mamaw einen Hauch Blau auf ihre Augenlider legte.

»Nur ein kleines bisschen Schminke«, erklärte Mamaw.

»Um deine Schönheit geschmackvoll zu unterstreichen. Zu viel, und du siehst wie ein billiges Flittchen aus.«

Dora war sich nicht sicher, was ein Flittchen war, aber sie verstand, was Mamaw meinte. Als sie ihr Spiegelbild sah, fühlte sie sich so erwachsen, sogar schön! In diesem Augenblick liebte Dora niemanden auf der Welt mehr als ihre Großmutter. Jetzt, all diese Jahre später, setzte Mamaw sie wieder vor dieselben drei Spiegel. Dora ließ die Schultern hängen und wandte den Blick ab, sie fühlte sich immer noch wie das linkische, kleine Mädchen. Ohne ihr Spiegelbild anzusehen, fühlte Dora sich jetzt mehr wie der Narr als die Königin.

»Jetzt, mein liebes Mädchen, trink das«, sagte Mamaw ihr und hielt ein Glas vor sie.

Dora sah es misstrauisch an.

»Das ist nur Wasser«, sagte Mamaw lachend. »Nach einem heißen Bad muss man Feuchtigkeit tanken. Deine Haut darf nie austrocknen.«

Dora nahm brav das Glas und nippte daran.

Mamaw öffnete eine verspiegelte Schublade und nahm eine Creme heraus. Sie trug sie mit sanften Bewegungen auf Doras Haut auf, sie nahm sich die Zeit, kleine, kreisförmige Bewegungen an ihren Schläfen zu machen. Dora hielt die Augen geschlossen, während Mamaw ihre Haare erneut bürstete, ein glatter Strich nach dem anderen.

»Du bist eine schöne Frau«, sagte Mamaw zu Dora, als sie fertig war. »Öffne die Augen und sieh nur, wie deine Haut leuchtet!«

Widerwillig schlug Dora die Augen auf. Im Spiegel sahen sie strahlend blaue Augen an. Um sie herum war die Haut rosig nach dem Dampfbad. Sie schaute ihr Spiegelbild an, überrascht, dass diese Frau tatsächlich ziemlich hübsch war.

»Du hattest immer schon den besten Teint«, fuhr Mamaw fort, während sie weiter die Haare bürstete. »So weich. Schau nur, keine Falte. Das hast du natürlich von mir geerbt. Wenn du deine Spaziergänge machst, dann denk unbedingt daran, Sonnencreme und einen Hut zu tragen. Die Sonne ist nicht dein Freund.«

»Meine Spaziergänge?«, fragte Dora.

»Natürlich. Du musst jeden Tag lange Spaziergänge machen, wie der Arzt gesagt hat. Früh am Morgen oder am späten Nachmittag, wenn die Sonne nicht zu stark ist. Das ist das beste Trainig für dein Herz und deine Figur wird es dir auch danken«, ergänzte sie. »Du kannst heute Nachmittag anfangen.«

»Ich weiß nicht ...«

»Natürlich tust du das. Wir haben das alles schon im Krankenhaus besprochen, Liebes. Du weißt nur zu gut, dass es Zeit für einen Neuanfang ist.«

»Ich weiß nicht, ob ich das schaffe. Ich möchte mich verstecken. Ich fühle mich so verletzt. So enttäuscht ... vom Leben, von Cal. Von den Menschen.«

Mamaw hörte auf zu bürsten und sah Dora im Spiegel in die Augen. »›Menschen verletzen einander, sind herzlos und unsensibel, hohl und grausam ... aber *Orte* heilen die Verletzungen, besänftigen die Empörung, füllen das schreckliche Vakuum, das diese Menschen haben entstehen lassen.‹« Sie legte ihre Hände auf Doras Schulter. »Weißt du, wer das gesagt hat?«

»Nein.«

7

Sofort nach dem Familienrat sprang Carson in das Golfmobil und fuhr auf direktem Weg zu Blakes Wohnung. Es war weniger als eine Woche vergangen, seit sie ihn das letzte Mal gesehen hatte, und sie war überrascht, wie sehr sie ihn vermisste. Sie gab Vollgas, aber das Mobil fuhr nicht schneller als fünfundzwanzig Stundenkilometer.

»Na los, mach schon«, murmelte sie und lehnte sich gehetzt vor.

Endlich kam sie an der langen Reihe weißer Holzhäuser an, die früher mal Militärunterkünfte gewesen waren, als es noch einen Stützpunkt auf Sullivan's Island gegeben hatte. Sie parkte das Golfmobil, lief die Treppe hinauf und klopfte fest an die Tür. Sie hörte ein warnendes Gebell – Hobbs –, einen Augenblick darauf öffnete sich die Tür und Blake stand da, in beigen Shorts, einem braunen T-Shirt, Sandalen und einem erfreuten Ausdruck im attraktiven Gesicht.

»Endlich!«, rief er aus, packte sie um die Taille und hob sie an seine Brust, bevor er sie fest und ungeduldig auf den Mund küsste.

Wie üblich explodierte der Funke zwischen ihnen. Carson umarmte ihn, ganz ausgehungert nach seinen Küssen. Sie hielt sich fest, küsste immer noch, während Blake sie ins

Zimmer trug, er wackelte etwas, als er sich streckte, um die Haustür zu schließen. Neben ihnen bellte Hobbs aufgeregt und hob die Pfoten, um ihre Aufmerksamkeit zu erregen.

Blake riss seinen Mund von ihr los, um seinem Hund zuzuzischen: »Hobbs, Platz!«

Hobbs schnaubte, trabte zu seinem Bett und legte sich enttäuscht hin.

»Die gehört ganz mir«, sagte Blake, seine Augen strahlten und er küsste sie schon wieder.

Übermütig, lachend, küssend stolperten sie in Blakes Schlafzimmer, auf dem Weg zum Bett kickten sie ihre Schuhe fort.

Später, als sie nackt in Blakes Armen lag, wunderte sich Carson über ihrer beider überschäumende Leidenschaft. Das Ausziehen und Ins-Bett-Fallen war ganz verschwommen, Teil eines einzigen, nahtlosen, hungrigen, nicht nachlassenden Kusses, der nach mehr verlangte. Es war oft so mit ihm, dachte sie, als sie ihre Finger langsam über seinen Arm auf und ab strich.

Sie spielte mit den weichen, dunklen Haaren auf seiner Brust und dachte darüber nach, dass sie zwölf Stunden von Florida bis hierher gefahren war, in ihrem eigenen Bett geschlafen hatte und wieder mit Mamaw und ihren Schwestern zusammen war. Doch erst jetzt, in Blakes Armen, fühlte sie sich wieder richtig zu Hause. Es war ein neues Gefühl für sie, so verwirrend wie angenehm.

Sie lehnte sich zurück, um ihn anzusehen. »Ich habe dich vermisst.«

Er lachte, auf diese zufriedene, selbstverliebte Art, die Männer manchmal an sich hatten. »Das habe ich gemerkt.«

Sie grinste und zog sanft neckend an seinen Haaren.

»Du hast das mit Delphine gut gemacht«, sagte er ihr.

Sie lächelte an seiner Brust. Delphines Unfall war immer noch ein heikles Thema zwischen ihnen. Sie wusste, dass er noch ein bisschen wütend auf sie war, obwohl er ihr offiziell vergeben hatte, dass sie den Delfin mit Futter und Aufmerksamkeit an den Steg gelockt hatte, daher freute sie sich ganz besonders über sein Lob.

»Hat Lynne dir das erzählt?«

»Sie hat mich angerufen, nachdem du abgefahren warst. Es war eigentlich ein Anruf, um danke zu sagen. Sie hat mir gesagt, dass Delphine seit deinem Besuch über den Berg ist. Sie war sehr glücklich. Und beeindruckt.«

Carson wurde ganz warm in der Brust. »Ich habe ein schlechtes Gewissen, weil ich so abrupt wieder weggefahren bin.«

»Das hat sie verstanden. Es war ein Notfall in der Familie. Außerdem fand sie, dass es so vielleicht am besten war.«

»Ehrlich? Warum?«

»Deine Verbindung zu Delphine ist so stark. Wenn die Hoffnung, sie noch einmal auszuwildern, überhaupt aufrechterhalten werden soll, darf sie nicht weiter Kontakt zu Menschen suchen. Ganz besonders nicht zu dir.«

Carson drehte sich auf den Rücken und sah zur Decke. Die Ventilatorblätter bewegten langsam die Luft über ihnen. Sie konnte sich immer noch keine Welt ohne Delphine vorstellen. Wann immer sie daran dachte, empfand sie einen stechenden Schmerz tief innen. Und doch wusste sie, dass sie den Delfin loslassen musste, wenn sie ihn wirklich liebte.

»Ich will das auch.« Sie setzte sich im Bett auf, dass sie

nackt war, machte ihr nichts aus. »Ich brauche deinen Rat bei etwas«, fing sie an.

Blake legte seine Hände unter den Kopf. Seine dunklen Augen blickten sie konzentriert an.

»Es ist wegen Nate. Wir machen uns Sorgen wegen ihm. Es fällt ihm sehr schwer, Delphines Unfall hinter sich zu lassen. Harper hat sich über Delfinprogramme für Kinder mit besonderen Bedürfnissen informiert und überlegt jetzt, ob so ein Programm Nate nicht dabei helfen könnte, seine Schuldgefühle in Bezug auf Delphine zu verarbeiten.«

»Könnte sein.« Blake zog die Augenbrauen zusammen, ein Zeichen, dass er darüber nachdachte. »Ich weiß nichts über den Nutzen von Delfinprogrammen für Kinder mit besonderen Bedürfnissen. Das ist nicht mein Gebiet.«

»Aber du kennst das Dolphin Research Center.«

Er zog die Augenbrauen hoch.

»Das ist das Programm, an dem wir Interesse haben«, erklärte sie.

»Und es ist kein Zufall, dass Delphine wahrscheinlich genau dorthin gebracht werden wird.«

Carson lächelte verschwörerisch. »Ich dachte, ich kann mir die Einrichtung ja mal ansehen und gleichzeitig Nate helfen.«

Er stützte sich auf einen Ellbogen. »*Du* wirst Nate dahin bringen?«

Sie zuckte mit den Schultern. »Ich oder Harper oder wir beide. Es ist noch nicht entschieden.«

Er seufzte leicht. »Ich kann mir nicht vorstellen, dass Dora Nate dir oder Harper überlässt.«

»Es ist kompliziert.«

»Ich glaube, ich kann folgen.«

Carson erinnerte sich an das lange Familientreffen vorher. Sie hatten Dora noch nichts von ihrer Idee erzählt. Das wäre der nächste Schritt.

»Kurz gesagt, Dora ist im Moment ziemlich empfindlich. Sie hatte, na ja, so eine Art Zusammenbruch vor ein paar Tagen. Das und ihr Gesundheitszustand hat Mamaw davon überzeugt, dass Dora sich ganz ohne Sorgen oder Verantwortung erholen sollte. Also dachten Harper und ich, wenn wir Nate zu diesem Programm bringen, dann würde das für Dora und Nate Zeit zum Heilen bedeuten. Ich finde, es ist eine Win-win-Situation. Daher frage ich dich, ob du mir helfen kannst, einen Platz für Nate im Dolphin Research Center zu bekommen?«

»Du bittest mich, dir zu helfen, damit du wieder verschwinden kannst.«

Sie leckte ihre Lippen, ihr war klar, dass das ein heikler Punkt war. »Ja, ich glaube schon. Aber nicht für lange.«

»Das hast du das letzte Mal auch gesagt.«

»Und ich war nicht mal eine Woche weg.«

»Und jetzt willst du wieder fort.«

»Es geht nicht darum, wegzufahren«, sagte Carson, leicht frustriert. »Ich bringe Nate für ein einwöchiges Programm nach Florida. Hey«, sagte sie fröhlich, als ihr eine neue Idee kam, »warum kommst du nicht mit?«

»Ich kann nicht. Ich habe mir schon letzte Woche freigenommen, um nach Florida zu fliegen. Mit Delphine. Außerdem werde ich eine Woche unterwegs sein, um Proben zu sammeln. Dafür muss ich hier sein.«

Sie schaute noch einmal zur Decke.

Blake sagte ruhig: »Wie gesagt, ich weiß nicht viel über das Programm für Kinder mit Behinderungen, aber ich habe Joan schon mal getroffen, die Frau, die es leitet. Ich mochte sie und habe gehört, dass sie eine tolle Therapeutin ist. Sie stellt das Programm maßgeschneidert für jeden ihrer Patienten zusammen.«

In Carson glimmte Hoffnung auf. »Du hältst es also für eine gute Idee?«

»Es kann nicht schaden.« Er lächelte widerwillig. »Ja, ich glaube, dass es Nate guttun wird.«

»Du hilfst uns also, einen Termin zu bekommen?«

»Ich werde Joan anrufen und die Lage erklären. Mehr kann ich nicht tun.«

Carson lehnte sich vor, um ihm einen dankbaren Kuss zu geben. »Danke, Blake.«

Er grinste wie ein Mann, der gerade hereingelegt worden war.

»Komm her«, sagte er und breitete die Arme aus.

Carson seufzte und legte sich in seine Arme.

Blake berührte mit seinen Lippen ihren Kopf, umarmte sie und hielt sie fest, seine Wange lag auf ihrem Kopf.

Sie schloss die Augen und kuschelte sich an Blakes Brust. Sie horchte auf seinen starken und stetigen Herzschlag und fühlte sich sicher. Sie wollte nirgendwohin gehen. Sie dachte, *ich könnte diesen Mann lieben.*

Lucille kehrte von ihrem Termin zurück und setzte sich zu Mamaw auf die Veranda. Sie hatte ein Kartenspiel dabei.

»Na endlich«, rief Mamaw aus, sie hatte große Lust auf ein Spiel Gin Rommé.

Mamaw mischte, Lucille teilte die Karten aus und legte eine offen hin. Mamaw war mit ihren Karten nicht zufrieden, ließ sich aber nichts anmerken. Sie wusste, dass Lucille sie aufmerksam musterte. Sie ließ die offene Karte liegen, zog den Kreuz-Buben und legte ihn dann stirnrunzelnd sofort wieder ab. »Ich habe nachgedacht …«

»Oh Gott, jetzt gibt's Ärger.« Lucille zog eine Karte, behielt sie und legte die Herz-Dame ab.

Mamaw zog eine Karte. »Die Spannung zwischen Harper und Dora ist manchmal so stark, dass man sie mit Händen greifen kann. Ich dachte, wenn sie etwas gemeinsam unternehmen würden, etwas, bei dem am Ende was herauskommt, würde sie das einander näherbringen.« Sie legte eine Karte ab.

Lucille nahm die abgelegte Karte und steckte sie zu ihren.

»Ich dachte eher, die beiden sind schon einen Tick zu eng zusammen.«

Sie legte eine Karte ab.

Mamaw sah von ihren Karten auf. »Was meinst du?«

Lucille sah Mamaw einen Augenblick lang an, als hätte sie den Verstand verloren. »Ich meine, dass sie sich ein Zimmer teilen! Sie schlafen in einem Doppelbett! Das ist schon ziemlich viel Gemeinsamkeit für zwei junge Mädchen, aber für zwei erwachsene Frauen? Kein Wunder, dass sie gereizt aufeinander reagieren. Du bist dran.«

Diese Bemerkung machte Mamaw sprachlos. Natürlich, Lucille hatte recht. Das hatte sie meistens. Warum hatte Mamaw das nicht selbst erkannt? Sie hatte ganz naiv angenommen, dass die Spannung zwischen ihnen nur an ihrem Altersunterschied und ihrer unterschiedlichen Herkunft lag.

Doch erst Lucille hatte etwas so Grundlegendes wie zu große Nähe als Problem erkannt.

Mamaw zog eine Karte und war begeistert, weil es die Karte war, auf die sie gehofft hatte. »Du hast vollkommen recht«, sagte sie. »Es ist so klar wie Kloßbrühe. Aber was tun? Ich habe keine Zimmer mehr und kann mir sicher keinen Anbau mehr leisten.«

»Das musst du auch nicht. Leg ab.«

Mamaw sah auf ihre Karten und legte schnell eine ab. »Dora will nicht mit Nate in der Bibliothek schlafen, und wir haben deutlich erfahren, dass wir ihn nicht woanders einquartieren können. Was schlägst du also vor, wo wir noch ein Zimmer unterbringen?«

Lucille betrachtete Mamaws Karte, dann zog sie lieber eine vom Stapel. Sie verzog das Gesicht und legte sie ab. »Du hattest selbst vor einiger Zeit die Idee.«

Mamaw lehnte sich in ihrem Stuhl zurück und suchte in ihrer Erinnerung. Dann erhellte sich ihr Gesicht wie eine Morgendämmerung. »Mein Wohnzimmer!«

»Es bietet sich geradezu an.« Lucille nahm die Karte.

»Stimmt. Man müsste nicht allzu viel tun und die Kosten wären noch im Rahmen.« Sie richtete sich auf, ganz aufgeregt wegen dieser Aussicht. »Jedes Mädchen hätte sein eigenes Zimmer.« Mamaw strahlte, während sie ihre Karten betrachtete. »Wir haben das Problem mit den Zimmern gelöst, aber wir haben noch keine Idee, was Harper und Dora zusammen tun könnten.«

»Nun, was haben sie denn gemeinsam?«, fragte Lucille.

»Nicht viel, soweit ich sagen kann. Dora ist eine Art Südstaatensnob, wenn es um Nordstaatler geht, und ich befürchte, Harper geht's umgekehrt ähnlich. Harper läuft gern, und Dora beginnt gerade mit ihrem Training. Das ist ein Anfang.«

»Aber nichts, was sie zusammen tun können.«

»Richtig. Kochen vielleicht?«

»Dora ist auf Diät und Harper isst nur Karnickelfutter.«

Mamaw wusste, dass Lucille Harpers vegetarische Ernährung niemals akzeptieren würde. »Das Einzige, was Harper sonst noch tut, ist, an diesem Computer zu arbeiten. Sie tippt ständig ...«

Lucille legte ihre Karten auf dem Tisch ab. »Was schreibt sie denn? Das würde ich gern wissen. Ihre Finger fliegen nur so.«

Mamaw nickte und senkte ihre Stimme. »Carson sagt, sie surft nicht nur im Netz. Sie schreibt etwas.«

»Schreiben im Netz? Was soll das heißen?«

Mamaw grinste. »Ich musste auch fragen. Es bedeutet, dass sie nicht nach etwas sucht oder Videos anschaut. Harper schreibt tatsächlich an etwas, ein Tagebuch oder so was Ähnliches. Oder vielleicht einen Reisebericht über die Inseln.«

»Wieso ist das so ein Geheimnis?«, wollte Lucille wissen.

Mamaw nickte zustimmend. »Ganz genau.«

»Nun ja«, sagte Lucille und hob ihre Karten wieder auf. »Ich vermute, sie wird es uns sagen, wenn sie so weit ist.«

Mamaw hob die Hand, zog eine Karte, sah sie an und legte sie dann sofort wieder ab.

»Das bringt uns in unserer Sache aber nicht weiter. Vielleicht sollten wir eher an Dinge denken, die Dora gern tut.«

Es herrschte Stille, während beide Frauen auf ihre Karten

sahen. Es war einfach so, dass es Mamaw schwerfiel, irgendetwas zu finden, das Dora gern tat.

Lucille zog eine Karte und legte sie rasch wieder ab. »Ich weiß!«

Mamaws Aufmerksamkeit war geweckt, sie zog eine Karte.

»Dora arbeitet gern im Garten. Sie hatte in Summerville diesen großen Garten.«

»Aber denkst du, dass Harper gern im Garten arbeitet?«

»Ich weiß nicht«, antwortete Lucille, »du hast mich gefragt, was Dora gern tut.«

Mamaw lachte und sortierte ein paar Karten in ihrer Hand neu. »Wir müssen weiter darüber nachdenken. Ich sehe es als zweiteiligen Plan, Harper und Dora einander wieder näherzubringen. Zuerst müssen wir sie trennen, indem wir ihnen eigene Zimmer geben. Dann bringen wir sie wieder zusammen, indem wir ein Projekt finden, an dem sie arbeiten können. Mir wird schon noch was einfallen«, sagte sie, zog eine Karte und wedelte mit ihr. »Und wenn es mir einfällt, werde ich loslegen.« Sie legte die Karte auf den Tisch und jubelte: »Gin!«

Dora konnte es nicht länger aufschieben. In alten Turnshorts und einem von Cals alten Gamecock-T-Shirts schnürte sie ihre alten Turnschuhe und machte sich auf den Weg. Mamaw und Lucille waren auf der Veranda und weil sie deren Aufmerksamkeit nicht wecken wollte, ging sie durch die Haustür hinaus. Sie hatte keinen Plan, anders als Harper, die jeden Morgen wie eine Pistolenkugel aus dem Haus schoss. Es war schon später Nachmittag, aber Dora maß weder die Entfernung noch ihren Herzschlag und trug auch keine atmungsaktive Hightechlaufkleidung oder -schuhe wie ihre Schwester. Ihr einziges Ziel war, sich endlich zu bewegen. Mamaw hatte ihr gesagt, sie solle einfach rausgehen und sich auf Entdeckungen einlassen, ohne Plan, sich nur umsehen und die Aussicht auf sich wirken lassen. Sie solle die Freiheit genießen, draußen herumzulaufen, ohne dass irgendwer oder irgendwas sie pünktlich zurückrief.

Dora nahm sich den Rat zu Herzen. Sie holte tief Luft, dann ging sie in einem moderaten Tempo los, nicht so schnell, dass sie ins Schwitzen kam, aber schneller als bei einem normalen Spaziergang. Große Eichen mit hängenden Zweigen boten willkommenen Schatten auf den Nebenstraßen. Während sie an den wenigen Häusern in Sichtweite vorbeikam, bewunderte sie die Gartengestaltung und achtete darauf, welche Pflanzen gerade blühten. Es war ein wunderschöner Tag mit blauem Himmel, sie fragte sich, warum es ihr vorher nicht möglich gewesen war, das Haus zu verlassen. Die Antwort kannte sie, weil die schwarze Wolke über ihr die Welt trostlos erscheinen ließ.

Aber jetzt ging sie, mit entschlossen geballten Fäusten. Dora erreichte das Ende des Asphalts und betrat einen Strandweg voller Sand und Kies, der zu beiden Seiten von undurchdringlichem, maritimem Gebüsch eingerahmt wurde. Sie blieb stehen, um das Kreuzkraut, die Sumpfmyrte und die Stechpalme näher zu betrachten, die unter diesen rauen Umständen von salzigem Wind und Sand überlebten, ja sogar aufblühten, jede einzelne von ihnen. Als sie weiterging, sagte sie sich, dass man von ihnen durchaus seine Lektion lernen kann. Dora folgte dem schmalen Pfad, bis er sich öffnete und mit einer Windbö das Panorama des Atlantiks enthüllte. Die schimmernde See spiegelte den azurblauen Himmel, das Sonnenlicht glitzerte wie Diamanten auf der Meeresoberfläche. Gestärkt legte Dora an Tempo zu und blieb auf dem festen Sand. Sie dachte über die vielen Jahre nach, in denen sie auf genau diesem Pfad an den Strand gegangen war. Als sie Kinder gewesen waren, hatten Carson und sie immer so getan, als wären sie Wildponys und hatten ihre Knie hochgehoben und gewiehert, während sie durch die Brandung galoppierten.

Ihre Mutter brachte sie immer Anfang Juni nach Sea Breeze, sobald Sommerferien waren, und holte sie Anfang August wieder ab, so dass sie noch Zeit hatten, alles für die Schule zu besorgen. Carson weinte, wenn Dora mit ihrer Mutter nach Charlotte zurückfahren musste. Dora hatte das kleine Mädchen ohne Mutter immer leidgetan. Aber sie war auch ein bisschen eifersüchtig auf sie. Carson durfte die ganze Zeit mit Mamaw in ihrem großen Haus in East Bay wohnen, der, wie sie fand, schönsten Straße der ganzen Welt. Und an den Wochenenden und in den Ferien fuhr sie mit ihnen nach Sea Breeze. Mamaw bemühte sich, niemanden zu bevorzugen, wenn die Mädchen zusammen da waren, aber alle wussten, dass Carson ihr besonders am Herzen lag. Als erwachsene Frau konnte Dora verstehen, dass es für Mamaw nur natürlich war, für das Mädchen, für das sie die Mutterstelle eingenommen hatte, mehr zu empfinden. Aber als Kind war Dora wegen der albernsten Dinge auf Carson eifersüchtig, wie zum Beispiel, dass Carson das beste Schlafzimmer bekam, was doch eigentlich ihr als Ältester zugestanden hätte, wie Dora fand.

Jahre später hatte sie die Kinderspiele aufgegeben und

stattdessen in der Sonne gesessen, sich mit Babyöl eingecremt und wie ein gerupftes Huhn braten lassen. Carson bettelte immer, sie solle mit ihr spielen, aber Dora war drei Jahre älter und ihre Interessen hatten sich gewandelt, sie war jetzt nicht mehr so bewegungsfreudig, stattdessen saß sie auf einem Handtuch, redete mit ihren Freundinnen, flirtete mit Jungs oder las ein Buch. Sie war randvoll mit Hormonen, schwankte zwischen Lachen und Weinen, wollte an einem Tag mit Carson die alten Spiele spielen und am nächsten Tag versuchte sie, die jüngeren Mädchen loszuwerden. Es war ein verwirrender Sommer mit knospenden Brüsten, Jungs und besten Freundinnen.

Dieser erste Sommer, an dem Dora kurz davor war, zur Frau zu werden, war auch Harpers erster Sommer in Sea Breeze. Carson war elf und Dora schon vierzehn. Dann tauchte dieses winzige, puppenhafte, sechsjährige Mädchen mit ihren ausdrucksstarken blauen Augen und ihren roten Haaren aus Manhattan auf. Sie wurde ihnen als ihre Halbschwester Harper vorgestellt. Alle kümmerten sich um sie, schwärmten davon, wie hübsch sie doch sei, wie gut erzogen, wie klug. Dora hatte natürlich von dieser jüngeren Schwester gehört, aber sie hatte sie noch nie getroffen. Der Altersunterschied war zu groß, als dass sie richtig miteinander hätten spielen können, wie sie es mit Carson getan hatte. Bestenfalls fänden sie ein paar Dinge, die sie über den Sommer zusammen unternehmen könnten, schlimmstenfalls hinge sie hier als Babysitter fest.

Doch wenn Dora sich an diese Sommertage erinnerte, kehrte sie in Gedanken immer zu einem Tag in diesem ersten Sommer zurück, an dem alle drei Schwestern zusammen in

Sea Breeze waren. Mamaw war mit ihnen an den Strand gegangen, wie sie es oft tat. Mamaw saß in einem Liegestuhl unter einem großen, bunten Sonnenschirm. Neben ihr waren drei Handtücher auf dem Sand ausgebreitet. Während Mamaw las, spielten die Mädchen, bauten Sandburgen, sammelten Muscheln, spielten Fangen in den Wellen. Mamaws strengste Regel war, dass niemand ins Wasser gehen durfte, wenn sie nicht zusah.

An diesem besonders sonnigen Tag hatte Carson Dora unablässig damit in den Ohren gelegen, mit ihr am Strand entlang Skimboard fahren zu wollen. Dora ging es langsam so richtig auf die Nerven. Carson war so ein Wildfang, dass es manchmal peinlich war. Schließlich skimboardeten nur Jungen, und Dora würde sich ganz sicher nicht vor Leuten, die sie kannte, zum Narren machen. Harper baute eine Sandburg im feuchten Sand der Brandung. Dora lag auf ihrem Handtuch auf dem Bauch, nahm eine Ausgabe von *Seventeen* und war bald ganz in der Zeitschrift versunken.

Dann hörte sie Harper schreien.

Sofort ließ Dora das Heft sinken und sprang auf, sie suchte den Strand nach dem kleinen, rothaarigen Mädchen in ihrem rosa Badeanzug ab. Sie entdeckte Harper, die stocksteif neben ihrer Sandburg stand, und, die Arme wie zum Losrennen angewinkelt, auf das riesige Frachtschiff starrte, das an der Insel vorbeifuhr. Dora lief zu ihr und nahm sie an die Hand. Carson hatte den Schrei auch gehört, ihr Skimboard verlassen und Harper kurz nach Dora erreicht. Das kleine Mädchen zitterte vor Angst, während das monströse Schiff vorbeifuhr. Dass der riesige schwarze, rostende Koloss dem Ufer so nah kam, war für ein Kind sehr beängstigend, selbst für Dora. So groß wie ein Hochhaus glitt er in hohem Tempo an der Insel vorbei.

Woran Dora sich vor allem erinnerte, war, wie sie Hand in Hand neben Carson und Harper am Strand stand und wie sie einander Kraft gaben, während der Riese seinen Schatten auf sie warf. Carson und sie waren beide losgelaufen, als Harper aufgeschrieen hatte. Dora hatte in diesem Augenblick ein starkes Gefühl der Solidarität mit ihren Schwestern empfunden.

Als das Schiff weg war und die Sonne wieder warm auf den Strand schien, ließen die Mädchen die Hände sinken und jede widmete sich wieder ihrem eigenen Spiel. Aber dieser Augenblick hatte einen unausgesprochenen Pakt zwischen ihnen besiegelt. Sie waren Schwestern. Sie waren füreinander da.

Dora wurde jetzt bewusst, dass Mamaw das stillschweigende Versprechen, das sie einander gegeben hatten, obwohl sie altersmäßig so weit voneinander entfernt waren, nie vergessen hatte. Mamaw hatte damals am Strand hinter ihnen gestanden und sie beobachtet. Jahre später hatte sie sie wieder hierher, auf dieselbe Insel, an denselben Strand zurückgebracht, damit sie diese Verbundenheit wieder spürten.

War es möglich? fragte Dora sich. Konnte man die Unschuld und das Vertrauen der Jugend wiedergewinnen, nachdem man schon in den Zynismus des Erwachsenseins übergegangen war?

Sie ging gedankenverloren weiter, bog um eine Kurve und sah ein Dutzend oder mehr Kitesurfer übers Wasser gleiten, ihre bunten Schirme wie farbenfrohe Vögel am

Himmel. Sie grinste, vom Anblick verzaubert. Carson hatte ihr von diesem neuen Sport erzählt und Dora stellte sich neugierig zu den anderen ans Ufer, die sich die unterhaltsame Akrobatik draußen auf dem Wasser anschauten. Natürlich hatte Carson schon von Blake das Kitesurfen gelernt. Dora lächelte und dachte, vielleicht nächstes Jahr.

Als sie die Spitze der Insel erreichte, machte sie kehrt und begann ihren langen Rückweg entlang der Middle Street. Sie hatte gar nicht gemerkt, wie weit sie gegangen war. Sie hatte das nördliche Ende von Sullivan's Island erreicht. Ihr Hals war ausgetrocknet und ihr tat alles weh, sie war erschöpft, verschwitzt und hatte bis Sea Breeze, das genau auf der anderen Seite der Insel lag, noch einen langen Weg vor sich. Dora machte sich Vorwürfe, weil sie ohne Wasser losgegangen war, aber sie hatte ja nicht vorgehabt, so weit zu gehen! Doch hier konnte sie keines bekommen oder kaufen, sie hatte keine Wahl, außer einen Fuß vor den anderen zu setzen und weiterzugehen.

Schweiß tropfte ihr vom Gesicht und sammelte sich in ihrem Nacken und zwischen den Brüsten, so dass ihr T-Shirt feucht wurde. Ihr Durst wurde immer stärker und sie fing an, sich Sorgen zu machen. Du bist so ein Idiot, dass du gleich am ersten Tag so weit gelaufen bist. Was, wenn du jetzt einen echten Herzinfarkt bekommst?

Ein Auto neben ihr hupte und sie erschrak fast zu Tode. Dora blinzelte im prallen Sonnenlicht und legte eine Hand wie einen Sonnenschutz über die Augen, um zu sehen, wer sie da zu sich winkte. Ein glänzend roter Pick-up-Truck mit großen Reifen und einem funkelnden Kühlergrill stand am Straßenrand.

»Hallo?«, rief sie fragend.

»Dora! Dora Muir, bist du das?«

Dora erkannte den Mann am Lenkrad nicht, außerdem wollte sie nicht, dass ein Bekannter sie in diesem Aufzug und völlig verschwitzt sah. Sie winkte und ging weiter.

Der Wagen folgte ihr.

»Dora!«, rief die Stimme noch einmal.

Sie blieb nicht stehen.

»Warte doch mal eine Minute. Ich bin's, Devlin.«

Devlin? Dora blieb noch einmal stehen, dann blinzelte sie den Mann im Wagen an. Es war ein Mann mit breiter Brust, strubbeligem, sonnengebleichtem Haar und tief gebräunter Haut, er trug ein hellblaues Polohemd. Er sah aus wie ein Einheimischer. Sie konnte gar nicht genau sagen, woran man einen von der Insel erkannte, aber es war etwas, das tief in die DNS eingeschrieben war.

»Devlin Cassell?«, fragte sie. Anfang des Sommers hatte Carson Dora erzählt, dass sie Devlin über den Weg gelaufen war.

Der Mann im Pick-up-Truck grinste breit. »Genau der.«

Dieser Name weckte viele Erinnerungen, die in einer hübschen Schachtel mit dem Schild »Exfreunde« ganz weit hinten im Gedächtnis weggepackt waren. Wenn Doras Gesicht nicht schon von der Hitze knallrot gewesen wäre, hätte Devlin sehen können, wie sie errötete. Sie hatte gehört, dass er ein erfolgreicher Immobilienmakler geworden und dass er geschieden war. Dora wischte sich über die Stirn. Es war mal wieder typisch für ihr Glück, dass sie Devlin Cassell nach fünfzehn Jahren genau dann über den Weg lief, wenn sie erschöpft und schweißgebadet war.

»Hey, Devlin«, rief sie halbherzig. »Schön, dich wiederzusehen.«

»Komm doch her, Mädchen«, rief Devlin zurück und winkte sie zu sich. »Wir können doch nicht die ganze Zeit brüllen.«

»Ich bin total verschwitzt«, entschuldigte sie sich.

»Na und?«

»Deswegen habe ich keine Lust, stehen zu bleiben.« Durch die Nervosität fühlte sich ihr Mund wie eine Wüste an. Sie fing an zu husten, und es war einer dieser trockenen Husten, die ewig dauerten.

»Bist du in Ordnung?«, rief Devlin.

Sie machte eine wegwerfende Handbewegung und wünschte sich, er würde wegfahren oder die Erde würde ihn verschlucken.

Dev parkte den Wagen und lief mit einer Flasche Wasser zu ihr. Er reichte ihr die Flasche und klopfte ihr sanft auf den Rücken. Sie trank gierig und als der Hustenanfall nachließ, holte sie tief Luft, sie schämte sich bis auf die Knochen.

»Danke«, sagte sie, zwischen zwei Atemzügen. Ihr war so heiß, wäre sie allein gewesen, hätte sie sich das restliche Wasser über den Kopf gekippt.

»Komm, setz dich einen Moment in meinen Wagen. Der hat eine Klimaanlage.« Das wollte sie. Sehr sogar. Dora blickte von links nach rechts, um nachzuschauen, ob irgendein Bekannter sah, wie sie in das Auto eines Mannes stieg, der nicht ihr Ehemann war. Das war natürlich dumm, da sie ja eigentlich gar keinen Ehemann mehr hatte. Aber alte Gewohnheiten sind hartnäckig.

»Klar, danke«, sagte sie. Dora folgte Devlin zum Wagen, dabei zupfte sie an ihrem T-Shirt, damit es nicht so eng anlag.

Im Truck war es wunderbar kühl. Sie hätte vor Dankbarkeit fast Tränen vergossen, als er die Lüftung so einstellte, dass sie direkt in ihre Richtung blies. Devlin lehnte sich an die Tür und grinste wie ein Honigkuchenpferd, während sie einander betrachteten. Seine Sonnenbräune ließ seine Augen extrem hellblau erscheinen, und sie erinnerte sich, dass damals, als sie noch Teenager waren, alle Mädchen sagten, er sähe aus wie Paul Newman. Nun, dachte sie und schluckte noch etwas Wasser aus der Flasche, sie war nicht die Einzige, die seit der guten alten Zeit was zugelegt hatte. Aber Devlin war eigentlich nicht dick, eher robust. Er war kräftig und sah aus wie ein Mann, der die Natur und den Alkohol im selben Maß liebte.

»Dora Muir«, sagte er in einem ungläubigen Tonfall. »Wie sie leibt und lebt.«

»Na ja, ich lebe *gerade so* noch«, sagte sie mit einem selbstironischen Lachen.

»Wieso läufst du denn in dieser Hitze hier herum? Es müssen da draußen an die vierzig Grad sein.«

Er dachte, sie würde joggen? Dora überging das. »Ich wusste nicht, dass es so heiß ist. Ich, äh, bin wohl ein bisschen zu weit gelaufen.«

»Dein Gesicht ist krebsrot. Lass mich dich nach Sea Breeze zurückfahren.«

Sie hätte ihn küssen können. »Das wäre nett«, erwiderte sie und wischte sich den Schweiß so elegant wie möglich von der Stirn. »Danke schön.«

Devlin ließ den starken Motor an. Der schnurrte sofort drauflos.

»Hübscher Wagen«, sagte sie. Dann erinnerte sie sich an den verbeulten, alten grauen Ford-Pick-up, den er früher gefahren war und fügte hinzu: »Hübscher als der, den du damals gefahren bist.«

Erneut breitete sich ein Grinsen auf seinem Gesicht aus. »Du erinnerst dich an die alte Kiste?«

»Ob ich mich daran erinnere? Einige meiner schönsten Erinnerungen spielen in diesem stinkigen, alten Wagen.«

Seine Augen blitzten vor Freude und Nostalgie, und sie wusste, dass sie sich beide an das Petting auf dem zerrissenen Vordersitz dieses Trucks erinnerten, als Dora sechzehn und Devlin siebzehn war. Im Laufe eines langen, heißen Sommers hatte Dora das erste, zweite und dritte Base mit Devlin Cassell umrundet und in einer besonders feuchten Nacht fast einen Homerun erlebt.

»Ja«, sagte er lang gezogen und legte einen Gang ein. Sie fuhren die Straße entlang. »Es hat mir fast das Herz gebrochen, als ich diesen Truck aufgeben musste. Ich habe ihn behalten, so lange es ging.« Er sah zu ihr. »Es ist wirklich toll, dich wiederzusehen. Du bist so hübsch wie eh und je.«

»Ach, hör schon auf«, sagte sie mit einer Handbewegung. »Ich sehe schrecklich aus. Ich schwitze wie ein Schwein.«

»Du warst laufen. Da muss das so sein.«

Dem wollte Dora nicht widersprechen.

Sie erreichten die Ecke, an der Dunleavy's Pub lag.

»Hey«, sagte Dev. »Kann ich dich auf einen Drink einladen? Da ist genau vor der Tür ein Parkplatz frei. Das passiert nicht jeden Tag.«

»Um Gottes willen, nein. Ich werde in diesem Aufzug nicht da hineingehen.«

Er fuhr am Dunleavy's und den Restaurants in der Middle Street vorbei, die meisten noch nicht so gut besucht. In einer Stunde wären alle rappelvoll mit Gästen.

»Wie wäre es denn, wenn ich dich nach Hause bringe, da kannst du dich frisch machen. Dann komme ich zurück und hole dich in, sagen wir, einer Stunde ab? Wie wäre das?«

»Ich weiß nicht …«, sie zögerte. Das ging zu schnell.

»Komm schon, Dora«, bettelte er in diesem lockeren, langgezogenen Tonfall, dem sie nichts abschlagen konnte. »Wir haben noch viel nachzuholen. Lass mich dich auf einen Drink einladen. Oder zum Abendessen.«

Alles, was sie im Moment wollte, war duschen und sich wieder ins Bett fallen lassen. Vielleicht würde sie noch ein bisschen fernsehen. Auf einen Drink auszugehen gehörte nicht zu ihrer üblichen Abendroutine.

»Nicht heute Abend.«

»Morgen Abend?«, beharrte er.

»Ich weiß nicht.«

»Ich werde immer weiter fragen, du kannst also genauso gut Ja sagen.«

Sie lachte und erlag dem Charme seines Lächelns. »Okay«, sagte sie, überrascht, dass sie es ernst meinte. »Um wie viel Uhr?«

Devlin fuhr auf die Kiesauffahrt von Sea Breeze, parkte den Wagen und drehte sich zu ihr um, dabei ließ er seinen Arm oben auf den Sitz gleiten. Er hatte jetzt dasselbe sinnliche Lächeln im Gesicht, an das sie sich nur zu gut erinnerte.

»Honey«, sagte er und dehnte jeden Vokal. »Ich werde bis zum Jüngsten Tag hier sitzen, wenn du mir sagst, dass du dann kommst.«

Sie legte den Kopf schief und glaubte ihm, dass er genau das tun würde. »Das geht natürlich nicht. Sagen wir übermorgen? Fünf Uhr.«

Dora wartete, bis Devlins Auto verschwunden war, bevor sie das herzhafte Lachen herausließ, das sie bis dahin unterdrückt hatte. Was für ein Brüller! Nach all diesen Jahren hat Devlin Cassell sie auf einen Drink eingeladen. Sie fühlte sich ganz aufgeregt. Schwindelig. Sie lief zum Haus, um sich zu duschen und umzuziehen, dann blieb sie abrupt stehen, als ihr ein neuer Gedanke kam. Sie erinnerte sich, wie Harper und Carson nach dem Joggen oder Schwimmen zur Gartendusche gingen, um sich abzuwaschen, bevor sie das Haus betraten. Als sie als Mädchen in Sea Breeze gewesen war, hatte es keine Gartendusche gegeben. Damals hatten sie sich einfach mit dem Gartenschlauch abgespritzt.

Dora ging zurück und lief über die Trittsteine um die riesige Gardenie herum zur Gartendusche. Sie bestand eigentlich nur aus vier Holzwänden ohne Decke. Dora trat hinein und ignorierte die Spinnweben in den Ecken. Es gab nur einen Wasserhahn, im Sommer war das Wasser auf der Insel immer warm. Mamaw hatte Lavendelseife, Shampoo und Spülung in einer Holzschachtel hingestellt, und sie erinnerte sich, genau das schon bei ihren Schwestern gerochen zu haben.

Dora zog sich aus und stellte sich unter den dünnen Wasserstrahl. Es fühlte sich trotzdem wunderbar auf ihrer heißen Haut an. Splitterfasernackt im Freien unter der Sonne zu sein war beglückend – befreiend – und sie lachte aus schierem Vergnügen daran. Und der Vorstellung, dass sie wie ihre schönen, durchtrainierten, sexy und single Schwestern war. Sicher, sie hatte noch einiges vor sich, bis sie wieder in Form war, aber zum ersten Mal hatte sie das Gefühl, dass sie es schaffen könnte. Ihr Ziel war nicht, dünn zu sein. Nach dem Schrecken wegen ihres Herzens wollte Dora nur gesund sein und das Selbstbewusstsein einer Frau ausstrahlen, die sich in ihrer Haut wohlfühlte.

Harper und Carson saßen am Küchentisch, aßen frische Erdbeeren und gingen noch einmal durch, was sie zu Dora sagen wollten.

»Ich glaube nicht, dass sie sich darauf einlässt«, sagte Carson.

»Ich glaube doch«, entgegnete Harper. »Wir haben uns gut informiert.« Sie hob einen Stapel Papier hoch, mit Informationen über unterschiedliche Therapieprogramme mit Delfinen und dazugehörigen, medizinischen Berichten zur Wirksamkeit, die sie ausgedruckt hatte.

»*Du* hast dich informiert«, verbesserte Carson.

»*Du* hast Blake um Hilfe gebeten. Ich kann immer noch nicht glauben, dass er uns so schnell einen Termin im Dolphin Research Center besorgt hat.« Sie sah ihre Schwester mit misstrauisch zusammengekniffenen Augen an. Sie waren beide so begeistert über den Plan gewesen, aber jetzt wirkte Carson, als zögere sie. »Bekommst du kalte Füße, weil du Nate nicht hinbringen willst? Wenn ja, dann kann ich ihn auch allein mitnehmen.«

»Nein, das ist es überhaupt nicht. Ich habe mich nur gerade daran erinnert, was Dora zu Cal gesagt hat, als er vorgeschlagen hat, dass sie Nate in Sea Breeze lässt.«

»Für den *ganzen* Sommer«, rief Harper ihr ins Gedächtnis. »Hier geht es nur um eine Woche. Und es ist was völlig anderes. Sie schiebt Nate nicht ab. Wir bieten ihr an, ihn zu begleiten. Es ist zu seinem Besten. Und zu ihrem. Wenn sie das einmal verstanden hat, dann glaube ich, dass sie es annehmen wird.«

Carson pustete aus, dann schlug sie mit der Hand auf den Tisch. »Okay, na dann, legen wir los.«

Sie nahmen die Berichte und Harpers Laptop und gingen in das Schlafzimmer, das Dora sich mit Harper teilte. Nach einem kurzen Anklopfen öffneten sie die Tür, stürmten herein und sprangen auf ihr Bett, wie sie es als Mädchen getan hatten.

Dora hielt lachend ihre Zeitschrift fest.

Carson und Harper setzten sich im Schneidersitz ihr gegenüber, die Augen vor Aufregung ganz groß. Harper roch den sauberen Lavendelduft von Seife und Shampoo.

»Was ist los?«, fragte Dora sie.

»Du siehst gut aus«, sagte Carson ihr. »Deine Wangen haben Farbe bekommen.«

»Danke. Ich bin spazieren gegangen.«

»Gut für dich!«, rief Harper aus und setzte sich aufs Bett.

»Hast du dich aufgewärmt?«

»Nein.«

»Ich zeige dir ein paar Übungen. Du willst doch nicht steif werden.«

»Okay«, sagte Dora gedehnt.

Dann herrschte einen Augenblick lang Schweigen, während Harper und Carson einen Blick wechselten.

»Wir möchten dir etwas vorschlagen«, verkündete Carson mit Nachdruck.

»Hör uns bitte bis zum Ende zu, bevor du etwas sagst«, warf Harper ein, als sie Doras Augen aufblitzen sah.

»Okay«, erwiderte Dora, dieses Mal zögerlicher.

»Also«, begann Carson, während Harper ihren Laptop aufklappte und anschaltete. »Während du unterwegs warst, haben wir uns unterhalten. Es geht um Folgendes«, sagte sie und streckte die Hände aus, um die Aussage zu unterstreichen. »Wir finden, dass du Zeit für dich allein verdienst, völlig egoistische Zeit, in der du dir um nichts Sorgen machen musst.«

»Als würdest du eine Woche in ein Wellnesshotel gehen, bloß dass das Hotel hier ist«, fügte Harper hinzu.

Dora grinste. »Die Vorstellung gefällt mir.«

»Wir haben uns auch über Nate unterhalten«, sagte Carson. »Darüber, was er braucht.«

Dora konzentrierte sich sofort.

»Und wie schwer es ihm fällt, das, was mit Delphine passiert ist, zu verarbeiten«, fuhr sie fort.

»Wir wissen, dass du dir Sorgen machst, weil er sich zu lang in sein Zimmer verkriecht«, sagte Harper. »Also haben wir uns gefragt, was könnte ihn aus seiner Höhle locken? Und die Antwort fiel uns schnell ein – Delfine. Aber er hat Schuldgefühle, wegen Delphines Unfall, auch wenn er die nicht haben sollte. Du weißt das, wir wissen das. Aber Nate weiß es nicht. Also habe ich ein bisschen nachgeforscht und festgestellt, dass es verschiedene Einrichtungen gibt, die spezielle Delfinprogramme für Kinder anbieten. Ein Ort, an dem er auf sichere Art eine Beziehung zu ihnen aufbauen kann, um eine neue Einstellung zu bekommen. Wir haben Blake gefragt und er hat bestätigt, dass das Programm am Dolphin Research Center in Florida gut ist.«

»Ist das ein Therapieprogramm?«, fragte Dora mit mehr als nur dem Anflug von Skepsis in der Stimme.

Harper antwortete. »Es ist kein richtiges Therapieprogramm, aber ein Programm für Kinder mit Behinderung. Das Ziel des einwöchigen Programms wird von den Angestellten und einem selbst ganz persönlich festgelegt, was ich sehr wichtig finde, besonders für Nate.«

»Nate wäre wieder bei Delfinen«, sagte Carson. »Aber dieses Mal in einem angemessenen Rahmen. Nicht in der freien Natur. Er kann sich sicher fühlen und weiß, dass weder er sie noch sie ihn verletzen können.«

»Schau es dir mal an«, sagte Harper und drehte den Laptop so, dass Dora auf den Bildschirm sehen konnte. »Das ist die Website.«

Dora nahm den Laptop von Harper. »Das sieht interessant aus. Nate hat schon immer besser auf Tiere als auf Menschen reagiert. Ihr findet also, dass ich ihn dorthin bringen sollte?«

Harper sah Carson an, bevor sie sich wieder Dora zuwandte. Sie wusste, dass jetzt der schwierige Teil kam.

»Eigentlich finden wir, dass wir ihn dorthin bringen sollten und du bleibst hier.«

Dora zuckte zurück. »Was?«

»Wir wissen, dass dir das nicht gefällt, aber versuch doch einfach mal, ein bisschen querzudenken«, sagte Harper. »Du brauchst eine Pause, Dora.«

»Auf keinen Fall. Ich kann nicht zulassen, dass ihr Nate ohne mich dorthin bringt.«

»Warum nicht?«, fragte Carson.

»Erst mal wird er nicht mit euch mitkommen. Zweitens, weil …«, sie verhaspelte sich. »Ich erlaube es nicht, dass ihr ihn mitnehmt.«

»Es ist natürlich deine Entscheidung«, sagte Harper in einem überzeugenden Tonfall. »Aber überleg doch mal. Mütter von Kindern mit besonderen Bedürfnissen brauchen auch mal eine Pause. Richtig? Hat Nate besondere Bedürfnisse?«

»Natürlich«, sagte Dora entnervt.

»Bist du seine Mutter?«

Dora schüttelte stirnrunzelnd den Kopf. »Ich weiß, worauf du hinauswillst«, sagte sie gereizt, »und ich kann ihn nicht gehen lassen.«

»Hör doch nur mal, was du gerade gesagt hast«, sagte Carson sanft. »Du kannst ihn nicht gehen lassen. Dora, liebe Schwester, du hältst ihn so fest. Mach dich ein bisschen locker. Wir können dich nicht davon überzeugen, dass das, wovor du Angst hast, auf keinen Fall geschehen wird, aber vertrau Nate. Vertrau uns. Es wird ihm gut gehen.«

»Er ist immer noch wütend auf dich!«, konterte Dora. »Wieso glaubst du also, dass er mit dir mitkommt?«

Carson lächelte und in diesem Augenblick dachte Dora, dass sie Mamaw unheimlich glich.

»Delphine«, sagte Carson knapp.

Dora kniff die Augen zusammen.

»Ich werde ihn nach dem Kurs zu Delpine bringen«, ergänzte Carson.

»Wie viele zusätzliche Tage wären das dann?«

»Nur einer. Und du übersiehst das Wesentliche.«

»Und das wäre?«

»Wenn er Delphine unbedingt sehen will, wird er Ja sagen, und das ist dann unsere Antwort. Wenn er Nein sagt…« Sie drehte die Handflächen nach oben. »Stimmen wir dir zu und geben die Idee auf.«

»Ganz abgesehen davon, was er antwortet, warum bringe *ich* ihn denn nicht einfach zu diesem Programm?«, fragte Dora.

»Das könntest du natürlich«, antwortete Harper. »Oder du könntest stattdessen mal eine Pause machen.« Sie nahm Doras Hände und betrachtete sie. »Sieh dir deine Nägel an. Du brauchst dringend eine Maniküre.«

Dora wollte ihre Hände zurückziehen, aber Harper hielt sie fest.

»Du brauchst Zeit, um solche Dinge überhaupt zu bemerken«, sagte sie sanft. »Zeit für dich.«

»Eine Woche«, warf Carson ein. »Das ist nicht lang. Wenn du in ein Wellnesshotel gehen würdest, wären das mindestens fünf Tage.«

Dora drehte sich zu Carson um, der innere Kampf war ihr anzusehen.

»Carson, glaubst du, du kämst mit Nate klar? Er ist ein süßer Kerl, aber er kann schwierig sein.«

»Hast du vergessen, dass ich mich im letzten Monat fast genauso lang hier um ihn gekümmert habe? Und sieh nur, wie gut er es gemacht hat.«

»Aber das war hier … mit Delfinen.«

»Wir fahren doch zu den Delfinen!«, beharrte Carson.

»Dora, ich liebe Nate, und auch wenn er wütend auf mich ist, weiß ich doch, dass er mich auch liebt.«

»Und mich«, ergänzte Harper. »Wir sind gute Freunde geworden.«

Dora nahm die Unterlagen, die Harper ausgedruckt hatte, und blätterte sie durch. Harper wechselte einen hoffnungsvollen Blick mit Carson. Nach ein paar Minuten legte Dora die Unterlagen beiseite und sah Carson lang und fest an, sie versuchte, eine Entscheidung zu treffen.

»Das macht mir Angst.«

»Das wissen wir«, sagte Carson.

»Es klingt wie eine gute Idee ...«, gab sie zu.

Harper und Carson schwiegen, ließen Dora Zeit. Die Stille dehnte sich, während Dora gedankenversunken leicht schaukelte. Als sie damit aufhörte, streckte sie die Hand aus und legte sie auf Carsons Arm.

»Ich könnte Nate niemand anderem als dir anvertrauen.«

Carsons Gesicht wurde weicher, als sie ihre Hand auf Doras Hand legte.

»Mach dir keine Sorgen, ich werde dich nicht enttäuschen. Ich werde mich gut um ihn kümmern. Und ich werde dich anrufen, wenn ich dich brauche. Aber, hey, er ist mein Neffe. Ich habe schon früher auf ihn aufgepasst, erinnerst du dich? Wir kommen schon klar.«

»Es ist lieb von dir, das zu tun.«

»Du würdest dasselbe für mich tun«, entgegnete Carson.

Harper lehnte sich zurück, sie spürte, wie ihr Enthusiasmus nachließ. Sie wusste im Grunde, dass es vernünftig war, dass Carson Nate nach Florida brachte. Carson und Nate hatten die Erfahrung mit den Delfinen geteilt, Carson könnte mit ihm Delphine besuchen. Es war ihr Ding. Und doch war die Idee dieses Programms zuerst mal ihre gewesen und Carson hatte sie dann übernommen. Das und die Tatsache, dass Dora sie nicht einmal für fähig hielt, Nate zu begleiten, weckte in ihr das Gefühl, jung und ausgeschlossen zu sein, als würden ihre zwei älteren Schwestern zusammen weggehen, in ein wichtiges Gespräch vertieft, ohne sie mit einzubeziehen und dabei nicht einmal bemerken, dass sie sie zurückließen.

»Nun die gute Nachricht«, sagte Carson und lehnte sich, jetzt, da die Entscheidung gefallen war, ganz aufgeregt nach vorn. »Blake hat die Direktorin angerufen und für Nate einen Platz im Pathways-Programm organisiert.« Sie machte eine dramatische Pause. »Es beginnt noch diese Woche!«

Dora war perplex. »So bald schon?«

»Jemand hat abgesagt. Sonst hätten wir wer weiß wie lang warten müssen. Je eher desto besser. Es passt alles. Es ist, als müsste es so sein, stimmt's?«

Dora lachte kurz auf und hob die Hände. »Ich vermute schon.«

»Du kannst morgen mit der Leiterin des Programms sprechen«, fuhr Carson fort. »Ihr werdet zusammen das Ziel der Behandlung festlegen.«

»Ich weiß nicht, was ich sagen soll«, meinte Dora und sah ihre beiden Schwestern an. »Danke schön.«

Harper sah die Erleichterung und Dankbarkeit in Doras Augen, dann riss sie sich zusammen und verdrängte die gefühlte Kränkung. Es war besser so, als wenn sie beide nach Florida führen, dachte sie. Teilen und siegen. Carson würde sich um Nate kümmern und sie würde sich um Dora kümmern.

»Vor ein paar Tagen hast du um Hilfe gebeten. Wir versuchen nur, sie dir zu geben«, sagte Harper ihr. »Während Carson Nate nach Florida bringt, werde ich dir bei deinem Trainingsprogramm helfen. Wir werden uns massieren lassen. Wir werden alles tun, was du tun möchtest, ohne uns über Stundenpläne oder Alltagsroutinen oder die Bedürfnisse anderer Gedanken zu machen. Das Beste ist, während *du* gesund wirst, kannst du dich ganz entspannen, weil du weißt, dass *Nate* auch gesund wird.«

»Es ist mir egal, ob meine Nägel manikürt sind«, sagte Dora und schniefte, als ihr Tränen in die Augen stiegen. »Ich will einfach nur über die Strände wandern und schlafen.«

Gott, hilf mir, dachte Harper. Sie war sich nicht sicher, ob es nicht einfacher war, sich um Nate zu kümmern als um ihre starrsinnige und aktuell ziemlich emotionale Schwester.

8

Die Restaurantmeile auf Sullivan's Island brummte vor Geplapper und dem Gelächter der Sommergäste. Dora grummelte ein bisschen, als sie die Touristenmengen von überallher sah, die auf der Suche nach einem Restaurant fürs Abendessen die Straße verstopften. Die Tage, als Sullivan's Island ein langsames, ruhiges Provinznest am Meer war, waren lange vorbei. Es hatte sich herumgesprochen und jetzt war es schwierig, abends einen Parkplatz zu finden, geschweige denn einen Tisch. Ein Golfmobil war jedoch schmal und sie fand in einer Seitenstraße zwischen einem Baum und ein paar Steinen einen kleinen Parkplatz.

Sie zog die Handbremse an und saß eine Minute still da, sie fühlte sich unwohl. Was tat sie hier? fragte sie sich. Sie war immer noch eine verheiratete Frau und jetzt würde sie in ein Restaurant gehen, um sich mit einem Mann zu treffen, den sie gut fünfzehn Jahre nicht mehr gesehen hatte. Sie hätte zu Hause bei Nate bleiben sollen. Schließlich fuhr er in ein paar Tagen nach Florida. Als sie gegangen war, hatte er jedoch mit Harper Videospiele gespielt und sich kaum verabschiedet. Lucille würde ihm Abendessen zubereiten und sie wäre zur Bettzeit wieder zu Hause.

Dora wusste, dass es nur ihre Furcht war. Sie wollte Nate

nicht gehen lassen, hatte Angst, dass ihm etwas passieren könnte, wenn sie nicht bei ihm war. Sie war auch wegen heute Abend nervös, dass sie das Falsche zu Devlin sagen oder etwas Taktloses tun würde. Worüber sollten sie reden?

Sie sah auf ihre Uhr. Wenn sie Devlin treffen wollte, musste sie jetzt los. Sie hasste es, unpünktlich zu sein. Sie dachte an Devlins Gesicht. Als sie sich an den Funken erinnerte, den sie gespürt hatte, als er sie auf einen Drink eingeladen hatte, empfand sie wieder erwartungsvolle Aufregung. Es war sehr lange her, seit sie das letzte Mal mit einem Mann ausgegangen war.

Dora nahm ihre Tasche und spazierte hinter einem jungen Paar her, das Arm in Arm ging und so höflich miteinander sprach, dass sie vermutete, dass es ihr erstes Rendezvous war. Es war eine romantische Nacht. Die Luft war mild, nicht feucht und die bunten Lichter über den Außentischen der Restaurants blinkten im diesigen Licht. Dora fühlte sich hübsch in ihrem Lilly-Pulitzer-Sommerkleid. Ihr blondes Haar fiel locker auf ihre Schultern und war hinter die Ohren gestrichen, an denen sie Perlen trug. Sie wusste, dass ihre Frisur und ihr Kleidungsstil sich seit ihrer Highschoolzeit kaum verändert hatten, aber ihre Mama hatte immer gesagt, Klassiker kämen nie aus der Mode. Als sie an der Ecke ankam, sah sie dort überall Restauranttische mit Sonnenschirmen.

Dora schaute auf ihre Uhr, es war zwei Minuten nach fünf. Sie zog den Bauch ein und trat durch die Tür. Die Tische waren voller lachender, essender Gäste, die sich amüsierten. An der Decke drehten sich die Ventilatoren und alle Fenster waren offen. Nervös suchte sie an den Tischen nach Devlin. Er war nicht da.

Alle Aufgedrehtheit, die sie auf dem Weg hierher empfunden hatte, blubberte in ihrem Bauch. Sie stand verlegen an der Tür, spürte, wie die Hitze ihre Wangen verfärbte. Devlin hatte also doch nicht auf sie gewartet. Ihre Enttäuschung war größer als sie sein sollte. Schließlich war es kein echtes Date. Devlin hatte einfach nur vorgeschlagen, zusammen was zu trinken. Es war eine Last-Minute-Geste, eine Freundlichkeit gegenüber einer alten Freundin. Er hatte vielleicht ein paar Minuten gewartet, aber warum sollte er den Abend hier verbringen, nur auf die vage Möglichkeit hin, dass sie auftauchen würde?

Noch ein Paar wollte das Restaurant betreten, Dora machte einen Schritt zur Seite, um sie durchzulassen. Alle Tische sahen besetzt aus, aber sie wollte nicht den Schwanz einziehen und nach Hause gehen. Sie entdeckte einen leeren Barhocker an der Theke.

Sie hörte die Stimme ihrer Mutter: *Brave Mädchen sitzen nicht allein an der Theke.* Dora hatte das nie getan. Sie hatte sich immer an die Regeln für brave Mädchen gehalten. *Und sieh nur, wohin dich das geführt hat,* sagte sie sich. Heute Abend hatte sie geduscht und ein hübsches Kleid angezogen, sich sorgfältig geschminkt und sogar ein bisschen Parfüm aufgelegt. Jetzt nach Hause zu fahren würde sich wie eine Niederlage anfühlen. Dora beschloss, dass sie genug davon hatte, immer zurückzustecken.

Sie brachte die Stimme ihrer Mutter in ihrem Kopf zum Schweigen und ging direkt auf den Barhocker zu, sie fühlte sich wie ein unverschämtes Frauenzimmer, als sie sich hinsetzte. Tatsächlich fühlte sie sich unwohl, allein auf diesem Hocker, als hätte sie zwei linke Schuhe an.

»Was kann ich Ihnen bringen, Miss?«, fragte der Barmann und trat vor. Sie erkannte den grauhaarigen Mann vom Mittagessen im Restaurant wieder. Er war der Geschäftsführer und Carsons früherer Chef. Sie erinnerte sich nicht mehr an seinen Namen, und er erkannte sie auch nicht wieder.

»Ein Glas Weißwein bitte«, antwortete Dora.

»Chardonnay ist unser Hauswein.«

»Der ist gut.«

Er servierte ihn schnell, bediente dann einen anderen Gast. Dora nippte, sie brauchte etwas Unterstützung.

Die Zeit verging entsetzlich langsam. Sie schaute sich müßig die Fotos, Designerbierdosen und Sporttrophäen an, die den Pub schmückten, tat so, als interessiere es sie, aber es war vergebens. Sie amüsierte sich nicht. Draußen wurde es dunkler. Sie mochte es nicht, im Dunkeln mit dem Golfmobil nach Hause zu fahren. Sie war sich nicht mal sicher, ob die vorderen Scheinwerfer funktionierten. Sie sah auf ihre Uhr, dann hinter die Theke, hoffte, den Barmann zu erwischen, um zu zahlen.

»Dora! Du bist gekommen!«

Sie spürte einen Arm um ihre Taille.

»Devlin! Du bist da«, sagte Dora und bemühte sich, ihre Stimme freundlich sachlich klingen zu lassen, anstatt enorm erleichtert.

»Natürlich bin ich hier. Ich habe dir doch gesagt, dass ich da bin.«

»Aber ich habe dich nicht gesehen.«

»Ich musste einen schnellen Anruf erledigen. Hier drinnen höre ich mein Handy nicht. Du hast doch wohl nicht gedacht, ich hätte dich versetzt, oder? Ich weiß, wenn ich das täte, würde Dora Muir mir niemals eine zweite Chance geben. Verdammt, ich bin dumm, aber so dämlich nun auch wieder nicht. Ich habe Bill gesagt, er solle nach dir Ausschau halten.«

Devlin drehte sich um und machte dem Barmann ein Zeichen, der prompt ein kaltes Bier vor ihn stellte.

»Danke, Bill. Hey, ich hatte dir doch gesagt, du sollst nach Dora sehen.«

Bill schaute sie mit zusammengekniffenen Augen an. »Sie sind Dora? Tut mir leid. Er hat mir gesagt, Sie wären Carsons Schwester, aber ich habe keine Ähnlichkeit sehen können.«

»Das tut eigentlich niemand«, erwiderte Dora, dann fügte sie hinzu: »Wir sind Halbschwestern.«

Devlin sagte: »Dora ist die Hübsche.«

Es war abgedroschen, das wusste Dora, aber seine Augen strahlten Aufrichtigkeit aus und sie genoss das Kompliment.

»Sie haben dieselben Augen. Dieses Blau«, sagte Devlin und schüttelte anerkennend den Kopf.

»Schön, Sie kennenzulernen«, sagte Bill mit einem kurzen Nicken. »Wie geht es Mrs Muir? Ich habe sie in letzter Zeit nicht mehr gesehen.«

»Gut. Richtig gut.«

»Schreib ihren Drink auf meinen Deckel«, sagte Devlin ihm und zeigte auf den Wein.

»Alles klar«, erwiderte Bill und wandte sich dann einem anderen Gast zu.

Das Paar neben Dora stand auf, und Devlin setzte sich rasch auf den freien Hocker.

»Hast du Hunger?«, fragte er und spielte perfekt den aufmerksamen Gentleman.

Dora schüttelte den Kopf. Sie hatte noch nicht zu Abend gegessen und die Pommes frites dufteten himmlisch. Normalerweise hätte sie eine Portion bestellt, zum Knabbern, aber sie gehörten nicht zu ihrer Diät.

Devlin trank einen großen Schluck Bier.

»Bill weiß, was du trinkst, ohne dass du es ihm sagst?«, bemerkte sie.

»Oh ja. Wir kennen uns schon ewig. Das ist sozusagen mein Büro.«

Dora zog eine Augenbraue hoch. »Ehrlich? Ich kann mir nicht vorstellen, dass du hier viel erledigt bekommst.«

»Genug«, sagte er mit einem wissenden Grinsen. »Bei Immobilien geht's viel darum, wen man kennt. Und jeder auf der Insel kommt im Dunleavy's vorbei.«

»Und hier gibt's genug Bier.«

»Das auch«, stimmte er ihr fröhlich zu. »Ich habe dich diesen Sommer gar nicht hier gesehen. Oder sonst wo. Wo hast du dich denn versteckt?«

»Versteckt? Ich wohne in Summerville. Ich komme im Sommer ein paar Wochen mit meinem Sohn Nate hierher. Ich gehe nicht viel aus.«

»Was ist mit deinem Ehemann?«

Sie machte eine Pause, ihr fiel sein eindeutiges Interesse auf. »Er bleibt die Woche über in Summerville und kommt an den Wochenenden. Oder hat es zumindest getan«, ergänzte sie und schaute auf ihr Weinglas.

»Ich habe gehört, dass du dich vielleicht scheiden lässt?«

Dora sah ihn scharf an. Sie hörte nicht gern, dass man auf

der Insel über ihr Privatleben redete. »Von Carson, nehme ich an?«

Er zuckte mit den Schultern.

»Hhm.« Sie blickte in ihr Weinglas. »Wir sind getrennt«, antwortete sie, bewusst vage.

»Ich bin geschieden.«

»Ja, das habe ich gehört. Tut mir leid.«

»So was passiert. Ich werde nicht lügen, es ist hart, wenn du mittendrin steckst. Aber ich habe mein kleines Mädchen. Super süß. Genauso alt wie dein Sohn.«

Dora wandte interessiert ihren Kopf. »Wie hat sie die Scheidung verkraftet? Es heißt, dass es für die Kinder sehr schwer sein kann.«

Sein Gesicht verdüsterte sich und kurz sah sie die Verletzungen hinter seiner glücklichen Fassade aufblitzen.

»Ich habe mich bemüht, es so leicht wie möglich für sie zu machen. Ich habe meiner Exfrau alles gegeben, was sie haben wollte. Aber sie hat mich trotzdem noch springen lassen, damit ich Leigh Anne sehen kann. Das war das Schwierigste.« Er machte eine Pause für einen Schluck Bier.

»Leigh Anne, ist das nicht der Name deiner Mutter?«

Seine Augen blitzten begeistert. »Daran erinnerst du dich«, sagte er überrascht.

»Natürlich. Deine Mutter war immer sehr nett zu mir.«

»Sie mochte dich.«

Dora lächelte, sie erinnerte sich an die kräftige Frau mit den schönen, traurigen Augen.

»Sie ist ein Jahr nach Leigh Annes Geburt gestorben. Zu jung. Ich hatte das Gefühl, beraubt worden zu sein.«

Er trank einen großen Schluck Bier. »Nun, sie hat lange

genug gelebt, um ihr erstes Enkelkind zu sehen. Wenigstens das habe ich richtig gemacht.«

»Es tut mir leid, Devlin. Ich wusste nicht, dass deine Mutter tot ist.« Devlin war ein Einzelkind und seine Mutter hatte ihn nach der Scheidung allein großgezogen. Sie hatten sich sehr nahegestanden.

»Es war hart«, gab er zu. »Ich hatte danach ein paar dunkle Jahre. Rückblickend kann ich verstehen, dass es für Ashley nicht leicht war. Ich habe viel getrunken, war viel unterwegs. Es hat mich meine Ehe gekostet.«

Dora lehnte sich vor, als er die Stimme senkte.

»Aber nach einer Weile hast du alles verarbeitet und die Verletzung und die Schmerzen vergehen.«

»Es tut mir leid, dass du all das durchmachen musstest.«

»Das Leben geht weiter«, sagte er in einem optimistischeren Tonfall, er wollte diesen Gesprächsfaden offensichtlich hinter sich lassen. »Du und ich, das war etwas ganz Besonderes, weißt du?«, sagte Devlin und wechselte das Thema.

Er wedelte mit der Hand, als sie das Gesicht verzog. »Ich sage das nicht nur, weil du hier sitzt. Ich denke oft an damals, als wir zusammen waren. Wie lange waren wir ein Paar? Vier Jahre?«

Dora lachelte in ihr Glas. »Mindestens. Bis du aufs College gegangen bist.«

»Columbia ist nur zwei Stunden entfernt«, tadelte er.

»Du vergisst, dass Charlotte mein Zuhause war, und ohne Auto hättest du genauso gut am anderen Ende des Landes sein können«, neckte Dora.

»Ich habe dich angerufen, weißt du, als du aufs Converse College gegangen bist.«

Sie lächelte, erinnerte sich an das Kribbeln, das sie empfunden hatte, bloß weil sie seine Stimme wieder am Telefon hörte. »Ich war damals schon mit Cal zusammen.«

»Ja«, sagte er langsam. »Schlechtes Timing.« Sein Blick glitt ohne Eile über ihr Gesicht. »Weißt du, wenn wir uns einen Tick früher gehört hätten, hätte ich Ashley vielleicht nicht geheiratet und du hättest wie heißt er noch vielleicht nicht geheiratet und wir wären heute verheiratet.«

Sie lachte in ihr Glas. »Möglicherweise«, stimmte sie zu. »Aber dann hätte ich Nate nicht und du nicht deine süße Leigh Anne.«

»Wir können die Vergangenheit nicht ändern«, Devlin grinste und lehnte sich vor. »Aber wir können die Zukunft ändern«, flirtete er. Er drehte sich um und machte Bill ein Zeichen für eine zweite Runde.

Dora legte ihre Ellbogen auf die Theke und schwenkte den Wein in ihrem Glas, während sie Devlin zuhörte, der in den tollsten Farben ausmalte, wie er und seine Kumpel einen Speerfisch erledigt haben. Ihr fiel sein angenehmer Tonfall auf, wie sein Südstaatenakzent, stärker als der Cals, die Vokale dehnte und die Heiterkeit in seinen blauen Augen, wenn er kicherte.

Devlin war derselbe liebenswerte Mensch, an den sie sich erinnerte, und doch so anders als der Junge, mit dem sie vor so vielen Jahren gegangen war. Er hatte Selbstbewusstsein aufgebaut, das seine Großspurigkeit ersetzt hatte, eine Selbstsicherheit, die vom Erfolg kam. Während sie sein lebhaftes Gesicht beobachtete, bemerkte sie, dass sie nicht so sehr die eigentliche Geschichte genoss, als vielmehr die Melodie seiner Stimme.

In einem Augenblick der plötzlichen Klarheit begriff sie, dass es für Nate genauso war. Zur Schlafenszeit mochte er es, wenn sie ihm Geschichten erzählte, bis er einschlief. Wenn er einen Anfall hatte, wusste sie, dass es nicht so wichtig war, *was* sie ihm sagte, sondern *wie* sie die beruhigenden Worte sagte.

Sie lauschte Devlin, nippte an ihrem Wein und genoss das einfache Vergnügen, auszugehen und wieder mal die Aufmerksamkeit eines Mannes erweckt zu haben. Sie fühlte sich nicht mehr fehl am Platz oder nervös an der Theke. Sie war keine Frau, die allein war. Sie war mit Devlin hier, einem alten Freund, einem Exgeliebten. Sie tranken nur etwas an der Theke. Und es war auch kein Date. Sie könnte bleiben oder gehen. Es gab keine Erwartungen. Keinen Druck.

Und das, stellte sie amüsiert fest, war genug.

Drei Tage später war Carson auf dem Weg zu den Florida Keys. Ihre Hände umfassten das Lenkrad des Blauen Bombers, während sie auf den Highway starrte und die Meilen zählte. Sie war übermüdet, hatte zu viel Koffein im Blut und war mit ihrer Weisheit am Ende. Florida war ein langer Staat – er ging ewig weiter!

Die Sonne sank bereits, als sie schließlich vom Festland auf die ersten der Keyinseln fuhr. Sie hatte gehofft, noch vor der Dunkelheit das Motel zu erreichen. Statt der geplanten zwölf Stunden dauerte die Fahrt vierzehn, weil Nate so oft anhalten wollte. Sie schaute in den Rückspiegel, erleichtert, den Jungen in sein Videospiel vertieft zu sehen. »Gott sei Dank«, murmelte sie.

Die Reise war mörderisch. Der Beifahrersitz lag voller unterschiedlicher Feuchttücher, die sie gekauft hatte, bis Nate endlich eine Marke akzeptiert hatte. Herr im Himmel, dem Jungen waren saubere Hände wirklich wichtig. Essen war ein Alptraum gewesen. Dora und Lucille hatten extra Essen vorbereitet und in eine Kühltasche gepackt. Leider war irgendwas an den Sandwiches, die sie gemacht hatten, »verkehrt«. Carson wusste immer noch nicht, was. Es lag irgendwie daran, wie sie gemacht waren oder wie sie aussahen oder wie sie geschmiert waren ... Nate lehnte sie schlicht ab. Sie hatte daher Fastfoodläden am Straßenrand ausprobiert, in der Hoffnung, dass etwas Akzeptables dabei sein würde.

Der Wagen roch wie ein Fastfoodrestaurant, weil sie Nate Hamburger, Fischburger, Sandwiches und Pfannkuchen gekauft hatte, bis er sich schließlich herabließ, Chickennuggets und Pommes frites zu essen – solange kein Tropfen Ketchup oder Soße darauf war. Das hatte sie auf die harte Tour herausfinden müssen.

Wenn Essen für Nate schwierig war, war das Gegenteil noch schlimmer. Soweit sie es beurteilen konnte, hatte Nate die Blase einer schwangeren Frau. Er musste exakt alle zwei Stunden pinkeln. Er hatte panische Angst vor einem Unfall und in dem Augenblick, in dem er merkte, dass er musste, brüllte er, sie solle die nächste Ausfahrt nehmen.

»Wir sind jetzt auf den Keys«, rief sie in einer fröhlichen Stimme Nate auf dem Rücksitz zu, nach einem weiteren Schrei nach einem Klo.

»Halte aus. Es dauert jetzt nicht mehr lang!«

»Es ist sechs Uhr siebenundvierzig«, sagte Nate. »Wir sind

seit zwölf Stunden und zweiunddreißig Minuten unterwegs. Wir sollten schon da sein.«

Carson schaute in den Rückspiegel und sah Nate, der auf seine Uhr blickte. Sie atmete tief aus und strich sich eine Haarsträhne aus der Stirn. Er war ein guter Junge, sagte sie sich. Dora hatte sie auf seine Macken vorbereitet. Dass er keinerlei Emotionen zeigen würde, weder im Gesichtsausdruck noch im Tonfall. Dass er plötzlich von etwas völlig besessen sein konnte. Dass er auf etwas scheinbar Nebensächliches überreagieren konnte. Aber mit Nate nach Florida zu fahren war, als wäre ein Diktator im Auto. Geh auf seine Wünsche ein, sonst bekommst du seine Wut zu spüren!

»Ja, wir hatten geplant, jetzt schon dort zu sein«, sagte Carson ruhig, unterdrückte ihre Frustration. »Aber wir haben so oft angehalten, dass wir langsamer sind als vorgesehen. Wir müssen noch mindestens eine Stunde fahren.«

»Oh.« Ein kurzes Schweigen. »Ich kann keine Stunde warten. Ich muss *sofort* aufs Klo.«

Das Motel stammte aus den 1950ern, hatte zwei Etagen, war hellgrün und nannte sich »Resort«. Carson hatte das Zimmer im Internet gebucht und wie so oft sah das Gebäude auf den Profifotos besser aus als in Wirklichkeit. Das kleine, gammelige Motel jenseits des Highways ein Resort zu nennen war ziemlich gewagt, aber es lag nah am Dolphin Research Center, war billig und hatte ein freies Zimmer. Für ihre sparsame Planung ein unschlagbarer Dreier.

Als sie auf dem Kiesplatz parkte, war es dunkel. Nachdem sie eingecheckt hatten, holte sie ihre Koffer und führte einen müden Nate über den schmalen, schlecht beleuchteten Weg zum Hintereingang des Motels, sie betete, dass keine Schlange oder Leguan oder irgendein Nagetier aus dem Schatten springen würde. Das Licht über dem Eingang war schwach, aber sie konnte die Tür problemlos öffnen. Sie tastete an der Wand nach einem Lichtschalter. Innerhalb von Sekunden war das Zimmer erleuchtet.

Es war ein kleines Cottage, spartanisch eingerichtet mit billigen, strandartigen weißen Korbmöbeln. Und es war rosa. Rosa Wände, rosa Stoff, rosa Badezimmerkacheln und rosa Farbflecken auf all den nautischen Drucken an der Wand. Das Zimmer war durch eine halbhohe Wand nah den vorderen Fenstern in zwei Teile geteilt. Der vordere Teil war schmal und lang. Links bildeten ein paar winzige, kleine Geräte eine Küchenzeile. Rechts stand ein klumpiger Futon und ein uralter Fernseher auf einem weißen Korbtisch. Hinten befand sich ein Schlafzimmer mit einem Einzelbett, einer Korbkommode, einem kleinen Korbschreibtisch sowie das Badezimmer.

Carson ließ ihre Taschen auf den Boden fallen und lief neugierig herum. Sie öffnete den Kühlschrank und sah nach Eis. Es gab keines.

»Fühl dich ganz wie zu Hause«, sagte sie zu Nate. »Hier werden wir die nächsten fünf Tage wohnen.«

Nate stand kerzengerade an der Tür und umklammerte seine Tasche. »Hier gefällt es mir nicht.«

»Es ist kein Palast, aber es ist sauber.«

»Es stinkt.«

»Ja, das stimmt«, sagte sie. Schimmelgeruch lag in der Luft.

»Wir öffnen die Fenster, okay? Damit ein bisschen gute Meeresluft hereinkommt.«

»Es ist schmutzig.«

Sie folgte seinem Blick in eine Ecke, in der das Linoleum gerissen war und sich aufrollte. »Es ist nicht schmutzig, Nate. Es ist nur alt.«

»Ich will nach Hause.« Nate machte ein langes Gesicht.

Carson empfand Mitleid mit dem kleinen Kerl, der sich den ganzen Tag so bemüht hatte, sich zusammenzureißen. Sie erinnerte sich an Doras Warnungen und ging sofort nah zu Nate und nahm ihm sanft die Tasche ab.

»Hey, kleiner Mann, lass uns mal nach dem Badezimmer sehen. Wir sind müde, und es ist dunkel. Morgen früh wird's uns besser gehen. Morgen werden wir frühstücken und dann sofort zu den Delfinen fahren«, sagte sie ihm, in der Hoffnung, dass er sich besser fühlte, wenn sie ihm den Tagesplan erläuterte. »Du kannst das Bett vor dem Fernseher haben. Klingt das gut? Das ist dein Platz«, sagte sie, ging zum Futon und tätschelte ihn. »Weißt du was? Während ich unter die Dusche springe, kannst du fernsehen und auspacken. Lass dir ruhig Zeit. Okay?«

Er starrte auf den Futon, antwortete aber nicht.

Carson spürte die Meilen auf ihrer Haut und konnte es kaum erwarten, sie wegzuwaschen. Sie schaltete den Fernseher an, fand einen regionalen Cartoonsender und zog dann den Futon zu einem Bett aus. Die Laken waren glatt und rochen sauber. Sie goss ihm ein Glas Wasser ein, stellte es auf den Tisch neben dem Futon und wartete. Bald weckten die Cartoons Nates Aufmerksamkeit. Sie wollte, dass er sich in seinem eigenen Tempo einlebte. Sie ging in das hintere Zimmer, zog ihre Kleider, die nach Fast Food rochen, aus und ging in das rosa Badezimmer. Es war gerade groß genug, dass eine Person darin stehen konnte, aber das Wasser war heiß. Nach einer herrlichen Dusche fühlte sie sich erfrischt.

Sie wickelte sich in ein Handtuch und ging zurück ins Zimmer. Nate stand im hinteren Schlafzimmer und packte seine vielen Delfinbücher und Kleider in die Kommodenschubladen. Auf der Kommode hatte er seine Zahnbürste, Zahnpasta, Haarbürste, Kamm, Shampoo, Flüssigseife und ein Buch ordentlich aufgereiht.

»Gut gemacht«, sagte sie ihm, erleichtert, dass er sich einrichtete. Sie tat dasselbe, öffnete den Reißverschluss an ihrer Tasche. Sie stellte ihren Toilettenbeutel achtlos auf die Kommode.

»Nein!«, rief er alarmiert. »Da stehen meine Sachen.«

»Können wir nicht beide unsere Sachen dahin stellen? Es ist doch Platz genug.«

»Nein.«

Carson biss sich auf die Zunge, nahm ihren Toilettenbeutel und wollte ihn in die unterste Schublade legen.

»Da kommen meine Bücher rein«, sagte er ihr in einem fast panischen Tonfall.

»Nate, es gibt drei Schubladen. Wir müssen sie uns teilen.«

»Nein!«, platzte es aus ihm heraus. »Da kommen meine Bücher rein.«

»Und wo tue ich dann meine Kleider hin?«

»Weiß ich nicht.« Er schob sein Kinn vor und drehte ihr den Rücken zu.

Carson hörte die Sturköpfigkeit in seinem Tonfall und wusste, dass er kurz vorm Ausflippen war. Sie bemerkte die Anzeichen, sagte nichts und ging zu dem kleinen Schrank und stellte ihren Koffer dort hinein. Sie hatte schließlich schon früher aus dem Koffer gelebt, sagte sie sich.

»Wenn du fertig bist, bist du mit Duschen dran«, sagte sie fröhlich.

»Ich bade nur.« Seine Stimme, wenn auch monoton, zitterte.

Carsons Herz stolperte und sie verfluchte ihr Pech. Keine Badewanne ... Sie wusste, dass es für ihn schlimm war, dass alles anders war, er war ganz aus seiner Routine gebracht. Da sie spürte, dass er eine Zeitbombe kurz vor der Explosion war, probierte sie es mit Humor.

»Du hast Glück. Du musst heute Abend nicht baden! Du kannst wählen. Du kannst dir zuerst die Zähne putzen oder dir zuerst den Schlafanzug anziehen.«

»Ich ziehe meinen Schlafanzug an.«

»Gut.«

Nachdem sie vierzehn Stunden Stop-and-go gefahren war und sich um die Bedürfnisse des Kindes gekümmert hatte, war Carson erschöpft und wusste doch, dass ihre Arbeit noch nicht zu Ende war. Sie ließ Nate sich umziehen, ging zur Tür und trat auf die Veranda. Sie wählte Doras Nummer und schickte ein Stoßgebet gen Himmel, als Dora nach dem zweiten Klingeln antwortete.

»Seid ihr angekommen?«, fragte Dora und klang etwas außer Atem.

»Ja, wir sind da. Das Motel ist okay, nicht toll. Es geht schon. Aber es gibt keine Badewanne.«

»Oh Gott, dann mach dich auf etwas gefasst«, sagte Dora in gespieltem Entsetzen.

Sie lachte. »Und Nate sagt, es stinkt.«

»Oh Gott«, sagte Dora noch einmal.

Es war genau das, was Carson hören wollte. Sie hatte Angst gehabt, dass Dora ausflippen würde und sie es dann mit zwei Hysterikern zu tun bekäme. Aber sie machte Witze und ließ die Spannung raus. Sie war von der Reaktion ihrer älteren Schwester positiv überrascht.

»Was macht er jetzt?«, fragte Dora.

»Er zieht seinen Schlafanzug an. Ich habe ihm gesagt, er müsste heute Abend nicht baden. Damit habe ich mir ein bisschen Zeit verschafft.«

»Gute Taktik. Du musst dir bewusst machen, dass auf Nate viele neue Reize einprasseln. Du und ich haben die Fähigkeit, so etwas zu verarbeiten, er nicht. Er muss seine mentale Weltkarte neu ordnen. Das ist die beste Vorlage für einen Anfall. Sollte er einen bekommen, dann denk daran, er ist nicht wütend, er reagiert nur.«

»Sag mir, was ich tun muss.«

»Du machst das schon sehr gut. Du bist den Konflikt umgangen, indem du ihm gesagt hast, er müsse heute nicht baden. Ich bin beeindruckt.«

»Ich habe Angst.« Carson ließ es wie einen Witz klingen, aber sie machte keine Scherze. Sie wünschte, sie könnte Dora erzählen, wie unfähig sie sich fühlte. Was hatte sie sich nur dabei gedacht? Sie wusste gar nichts über Kinder, hatte aber große Versprechungen gemacht, damit Dora sich auf ihren Plan einließ. Sie durfte ihre Schwester jetzt nicht nervös machen.

»Ach Schwesterchen, ich fühle mit dir. Das weißt du. Aber hab keine Angst. Er ist derjenige, der Angst hat.« Doras Stimme stockte etwas. »Nur ein verängstigter, kleiner Junge. Denk daran und du machst das schon«, sagte sie und ihre Stimme normalisierte sich wieder. »Wenn er einen Anfall hat, dann halt ihn fest, bis er vorbei ist. Das wird nicht einfach sein. Du bist hinterher genauso erschöpft wie er. Aber du wirst es schaffen. Ich denke, das Wichtigste ist im Moment, einen Tagesrhythmus für ihn zu schaffen, und zwar so schnell wie möglich. Vielleicht kannst du ihm einen Stundenplan machen.«

»Du meinst mit goldenen Sternchen und so?« Sie sah ins Zimmer und fragte sich, wo sie ihn aufhängen sollte.

»Kinder mit Asperger reagieren besser auf Bilder als auf Tabellen. Wie gut kannst du zeichnen?«

Carson schlüpfte in ihre Flipflops und lief in der Dunkelheit zurück zum Wagen, um die Schachtel mit den Malsachen zu holen, die Dora für die Reise eingepackt hatte. Sie schaffte es zurück ins Zimmer, bevor Nate überhaupt bemerkt hatte, dass sie hinausgegangen war. Sie trug die Schachtel zum kleinen Glastisch und öffnete sie. Da gab es die übliche Mischung aus Computerpapier, Bunt- und Filzstiften, Wasserfarben, Malbüchern, Klebstoff und Klebeband. Carson lächelte, als sie die Delfinsticker sah. Ihre Schwester war wirklich eine tolle Mom.

Fünfzehn Minuten später hatte sie einen kleinen Stapel Zeichnungen fertig. Sie trug sie und eine Rolle Klebeband zum Badezimmer, wo Nate langsam Wasser über seine Zahnpasta laufen ließ. Es schien ihn zu beruhigen, daher unterbrach sie ihn nicht. Sie streckte sich, um ein Bild links neben dem Spiegel anzukleben. Es war ein simples Strichmännchenbild von einem Jungen, der sich unter einer Sonne die Zähne putzte. Als Nächstes klebte sie eine ähnliche Zeichnung eines Jungen auf, der sich unter Mond und Sternen die Zähne putzte. Nate betrachtete die Bilder.

»Damit du daran denkst, dir morgens die Zähne zu putzen. Und das hier ist für abends«, erklärte sie ihm.

Sie ging direkt ins Schlafzimmer, froh zu sehen, dass er ihr folgte. Sie klebte die Zeichnung einer Frau an, die in einem Bett schlief, darunter stand ihr Name. Die gesichtslose Frau hatte lange schwarze Haare, damit hatte sie ihr Möglichstes getan, um sich zu porträtieren.

»Hier schlafe ich.«

Dann ging Carson zur Kommode, die Nate für sich beanspruchte, und klebte seinen Namen darauf. Ihr Name kam über den Wandschrank, die Zeichnung von einem Jungen in einem Bett mit Nates Namen wurde über den Futon geklebt und auf den Kühlschrank klebte sie eine große Zeichnung mit Essen. Ein Löffel und eine Sonne über der Zeichnung einer Uhr, die sieben Uhr zeigte fürs Frühstück. Ein Teller, eine Gabel und ein Mond befanden sich über achtzehn Uhr fürs Abendessen.

»Das ist unser Plan«, sagte sie und deutete auf die Bilder.

»Wir haben neue Regeln. Ab morgen werden wir jeden Morgen um sieben aufstehen, uns anziehen und frühstücken. Um halb acht fahren wir ins Dolphin Research Center. Und jeden Abend essen wir um sechs Uhr zu Abend. Du wirst um dieselbe Zeit ins Bett gehen wie zu Hause, acht Uhr, und kannst eine Stunde fernsehen oder spielen.« Sie sah, wie die

Anspannung aus seinem Körper wich, während er den Plan am Kühlschrank studierte. »Es ist schon nach neun, also spring ins Bett, aber weil es unser erster Abend ist und damit etwas Besonderes, kannst du bis halb zehn noch ein bisschen fernsehen, wenn du möchtest. Oder du kannst direkt schlafen. Was möchtest du gern tun?«

Nates große Augen musterten sie und sie konnte fast sehen, wie sein Gehirn arbeitete, während er über diese Auswahl nachdachte. Dora hatte recht, die Bilder boten ihm eine Karte für seine Welt.

»Ich möchte gern fernsehen. Bitte«, fügte er hinzu.

»Darfst du.«

Sie legte sein Kissen von zu Hause aufs Bett, und er kletterte auf den Futon. Er sah auf ihre Zeichnung des Jungen im Bett und kicherte. »Du kannst nicht gut zeichnen, Tante Carson!«, rief er aus. Carson lachte laut los. »Da hast du recht! Ich zeichne schrecklich. Sieh dir nur die Füße an. Die sind riesig!«

Nate sah sie an, die Augen groß vor Erstaunen und Freude, weil sie gelacht hatte. »Es ist eine sehr schlechte Zeichnung!«, verkündete er, er hatte die Stimmung begriffen. Er deutete darauf. »Du hast dem Jungen sechs Zehen gemalt.«

Darüber musste Carson nur noch mehr lachen. Es war ansteckend. Je mehr einer lachte, umso heftiger lachte der andere. Nicht, dass irgendwas davon so witzig war, aber sie lachten beide zusammen, und das fühlte sich gut an. Während sie lachte, merkte sie, wie der Stress von ihr abfiel. Als sie Nate sah, der sich vor Lachen den Bauch hielt, wusste sie, dass er dasselbe fühlte. Sie hatte ihn nicht mehr so lachen gesehen, seit sie zusammen in der Bucht gewesen waren, vor

Delphines Unfall. Es war das erste Mal seitdem, dass sie etwas Gutes und Lustiges teilten. Ein Gefühl des Friedens durchströmte sie, sie wusste, dass es richtig von ihr gewesen war, Nate hierherzubringen.

Ihr wurde klar, dass sie das hier schaffen würde, während sie sich die Augen wischte und sich neben Nate an den klumpigen Futon lehnte und seine Gesellschaft genoss.

9

SULLIVAN'S ISLAND

Am nächsten Morgen erwachte Dora mit einem Pochen in den Schläfen. Sie blinzelte ins Morgenlicht und merkte, dass das Pochen von draußen kam. Sie stand auf, tappte in die Küche, goss sich eine Tasse Kaffee ein und folgte dem Stimmengewirr nach draußen auf die hintere Veranda.

Als sie ins Freie trat, roch sie kurz in die schwüle Luft hinein. Der Schlickgeruch war heute Morgen sehr stark und kitzelte in ihrer Nase. Sie atmete tief ein. Dieser braune, matschige, üppige Schlamm war das Parfüm des Lowcountrys. Es war der Geruch von Zuhause. Während sie an ihrem Kaffee nippte, gingen ihre Gedanken zu Nate. Sie fragte sich, wie ihm sein erster Tag im Dolphin Research Center gefallen würde. Gestern Abend hatte sie noch lange mit Carson telefoniert. Dora hatte ihre Entscheidung, Nate allein mit Carson nach Florida fahren zu lassen, schon in Frage gestellt, sie konnte immer noch kaum glauben, dass sie zugestimmt hatte. Als Carson dann angerufen und um Hilfe mit Nate gebeten hatte, war Dora kurz davor gewesen, ins Auto zu springen und in den Süden zu fahren. Aber sie hatte sich gezwungen, die Situation herunterzuspielen, um sich selbst ebenso wie Carson zu beruhigen. Und es hatte anscheinend funktioniert. Zum ersten Mal hatte sie losgelassen und

Carson die Chance gegeben, das Problem zu lösen. Sie war genauso stolz auf sich, wie sie es auf Carson war. Dora hatte gelernt, jemand anderem zu vertrauen, Nate zu vertrauen.

Sie hatte auch gelernt, dass sie nicht unersetzlich war. Durch diese Erkenntnis fühlte sie sich bescheiden und befreit.

Der Morgenhimmel über dem Meer strahlte, kleine weiße Wattewolken sprenkelten das Blau. Dora holte tief Luft und atmete langsam aus. Der Gedanke, dass sie heute tun konnte, was immer sie wollte, kam unerwartet und die darin enthaltenen Möglichkeiten erstaunten sie. Unter dem Schatten der großen schwarz-weißen Markise saß Mamaw in ihrem übergroßen schwarzen Lieblingskorbstuhl, die Füße auf der Liege, ein Glas Eistee auf dem Tisch neben ihr und las ein Buch. In ihrer weißen Leinentunika und der scharlachroten Hose sah sie aus wie eine Königin. Der morgendliche Frieden wurde abrupt durch einsetzendes Hämmern und das Surren von Maschinen gestört.

»Was um alles in der Welt ist das für ein Krach?«, fragte Dora und stellte ihre Kaffeetasse auf die Glasplatte des Korbtisches. Harper kam aus dem Garten, eine Gartenschere und traurig aussehende Rosen in der Hand. »Top Secret«, sagte sie und stieg die Stufen zur Veranda hoch. Sie lächelte unter einem Strohhut mit breiter Krempe. »Mamaw lässt irgendetwas in ihrem Schlafzimmer verändern, aber will keine Einzelheiten verraten.«

Dora begrüßte ihre Schwester und ging zu Mamaw, um sie auf die Wange zu küssen. »Erzähl's doch bitte, Mamaw. Was hast du da geplant?«

»Gönnt ihr einer Frau nicht einmal in ihrem eigenen Boudoir ein paar Überraschungen?«, neckte Mamaw.

»Nein«, antworteten beide Frauen gleichzeitig.

Dora setzte sich neben Mamaw in einen Korbstuhl und streckte ihre langen Beine mit einem leisen Stöhnen aus. »Wann haben die denn angefangen? Als ich aufgewacht bin, habe ich gedacht, das Hämmern sei in meinem Kopf.«

»Warst du wieder im Dunleavy's?«, fragte Harper. »Ich habe gemerkt, dass du gestern Abend ziemlich spät nach Hause gekommen bist.«

Dora warf Harper einen warnenden Blick zu, aber es war zu spät.

Mamaw hatte den Kommentar gehört und sprang darauf an.

»Warst du wieder mit Devlin aus?«, fragte sie.

»Mamaw, zieh deine Antennen wieder ein. Dev und ich sind nur zwei alte Freunde, die über alte Zeiten reden. Das war's.«

»Alte Freunde, was?«, sagte Mamaw gedehnt. »Nun ja.« Sie setzte ihre Sonnenbrille auf. »Ich muss sagen, den Namen Devlin Cassell wieder zu hören ist wie ein Déjà-vu.« Sie sah streng auf Doras kurzes Nachthemd. »Wenn du allerdings erst sechzehn wärst, würde ich dir nicht erlauben, um zehn Uhr morgens noch im Nachthemd herumzulaufen. Solltest du jetzt nicht zu Fuß unterwegs sein?«

Dora unterdrückte ein Gähnen. »Ich weiß, ich weiß. Ich werde später losgehen.«

»Ich möchte dich nur unterstützen.«

Harper stellte einen Strauß kleiner gelber Rosen in ihre Wasserflasche und trug sie zu Mamaw. »Das ist alles, was ich gefunden habe, tut mir leid.«

»Danke dir«, sagte Mamaw und legte ihr Buch beiseite, um die Blumen entgegenzunehmen. Sie zupfte zart die braunen, verdrehten Blätter von den Stängeln. »Die armen Dinger, seht nur, wie kümmerlich sie sind. Wirklich erbarmungswürdig. Meine Rosen waren immer so groß und duftend, richtig atemberaubend.«

»Ich erinnere mich. Was ist mit dem Garten passiert?«, fragte Harper, goss sich ein Glas Eistee aus der Karaffe ein und setzte sich neben sie auf einen Stuhl. »Er war immer voller Blumen und Schmetterlinge. Da ist aber nicht mehr viel von übrig, vom Unkraut mal abgesehen.«

Dora setzte sich im Stuhl auf, um in den Garten zu sehen, der am Rand der Veranda begann. Es war ein kleines, schmales Stück Land zwischen dem Haus und dem wilden Schlickgras der Bucht. Sie hatte im College Gartenbau studiert, und auch wenn sie wegen der Hochzeit mit Cal nie einen Abschluss gemacht hatte, hatte sie doch weiterhin Masterkurse in Gärtnerei belegt. Was sie an ihrem Haus in Summerville am meisten geliebt hatte, war das Grundstück drum herum gewesen.

Sie hatte im ersten Jahr nach ihrem Einzug einen üppigen Garten geplant und sehr viel Zeit und Energie in das Projekt investiert. Sie erinnerte sich noch, wie erfüllt sie sich nach einem Nachmittag im Garten gefühlt hatte, voller Erde und Schweiß, mit einem idiotischen Lächeln im Gesicht. Nach Nates Geburt hatte sich ihre Aufmerksamkeit jedoch auf ihn verlagert, und als er größer und seine Bedürfnisse anspruchsvoller wurden, war der Garten mehr und mehr zu einer Nebensächlichkeit geworden.

»Er sieht mehr wie mein Garten in Summerville aus«, sagte

sie leicht zynisch. »Dieses Klima verwandelt ein Stück Land in null Komma nichts in einen Dschungel. Besonders hier auf den Inseln. Die Hitze ist ein Glutofen und die Feuchtigkeit zerstörerisch.« Sie lehnte sich zurück und wandte sich Harper zu. »Das musst du beim Laufen doch fühlen?«

Harper hob die Haare im Nacken an. »Deswegen laufe ich frühmorgens.« Sie ließ die Haare fallen und sagte nachdrücklich: »Und das solltest du auch.«

»Motz, motz, motz«, neckte Dora. »Ich schwöre, schon durch das Gehen bin ich erhitzt, erschöpft und klatschnass.« Sie sah sich wieder die Überreste des Gartens an. »Mamaw, ich muss sagen, dass Rosen tatsächlich eine ziemlich ehrgeizige Wahl waren. Es zahlt sich nicht aus, auf einer Düneninsel irgendwas anderes als einheimische Pflanzen zu setzen.«

»Das ist mir egal. Ich liebe Rosen. Ich gebe dir recht, da draußen ist nicht viel gute Erde. Aber ich versuche es. Wenn ich an den wunderschönen, ummauerten Garten in meinem Haus in Charleston denke ...«, sagte Mamaw wehmütig. »Die Kamelien und Rosen ... Erinnert ihr euch, Mädchen? An das herrliche Sonnenlicht dort ... Die Mauer schützte die Pflanzen vor Wind und Salz vom Meer. Ich wollte hier etwas Ähnliches erschaffen, aber ...« Sie seufzte. »Die Kombination von Wetter und Alter haben mich erledigt, befürchte ich. Ich kam nicht mehr hinterher und irgendwann habe ich die Lust daran verloren. Ich vermisse meine Rosen aber. Und, Dora, denen ging es trotz der Umstände überraschend gut hier. Diese armen Pflanzen sind nur alt und erschöpft, wie ich.«

Harper klopfte auf Mamaws Bein. »Nicht so alt.«

»Wenn ich in dieser Hitze arbeite«, sagte Mamaw, »fühle ich mich mindestens so alt wie Methusalem.«

»Du wirst ewig leben«, sagte Dora. »Aber ich verstehe dich. Ich habe mich auch nicht mehr um meinen Garten kümmern können. Man braucht sehr viel Herzblut dafür.«

»Wie wahr, wie wahr«, sagte Mamaw und wandte sich wieder ihrem Buch zu.

»Ich habe keine Ahnung«, sagte Harper geknickt. »In der Stadt haben wir nicht mal eine Terrasse, geschweige denn Blumenkästen.« Sie blickte über den Garten. »Ich habe mir immer einen eigenen Garten gewünscht.«

»Was ist mit eurem Haus in den Hamptons?«, fragte Dora.

»Oh, die Gärten dort sind großartig, klar. Aber ich bin nur an den Wochenenden dort oder für eine Woche Urlaub, das reicht kaum, um einen Garten richtig zu pflegen. Außerdem bezahlt meine Mutter einer Armada von Gärtnern ein Vermögen, und die bekämen einen Wutanfall, wenn ich mich mit Spaten oder Schippe *ihren* Blumenbeeten nähern würde.

Ihr solltet den Garten meiner Granny in England sehen. Das ist ein echter englischer Garten mit Unmengen Blumen und blühenden Sträuchern. Granny schneidet jeden Morgen welche und macht dann Blumenarrangements für das Haus. Wirklich hübsch. Sie ist dir da sehr ähnlich, Dora. Sie hat eine Leidenschaft für Gärten. Der Garten ist vor etlichen Jahren angelegt worden, aber sie ändert hier und da immer noch etwas und hat bei allen Anpflanzungen das letzte Wort. Doch all das Graben und Jäten macht sie nicht mehr.«

»Das macht es einfacher«, sagte Dora leicht gereizt.

»Genau«, stimmte Harper zu. »Die arme Granny hat sich aber vor kurzem das Bein gebrochen. Ich glaube, diesen

Sommer wird sie nicht in der Lage sein, auch nur ein bisschen im Garten zu arbeiten.« Sie hielt inne und sagte mit einem Anflug von schlechtem Gewissen: »Ich sollte sie wirklich besuchen.«

»Fliegst du oft nach England?«, fragte Dora.

Harper begann, ihre Gartenhandschuhe auszuziehen. »Nicht so oft, wie ich sollte.« Dann sagte sie leiser. »Es ist ein sehr großes Haus mit sehr großen Erwartungen.«

»Wie meinst du das?«, fragte Dora.

Mamaw legte ihr Buch ab und hörte zu.

»Meine Mutter ist ein Einzelkind und ich bin auch ein Einzelkind. Das Landhaus ist der Familiensitz der James, und ich bin die Erbin. Es gibt keinen Ersatz«, fügte sie verlegen hinzu. »Immer wenn ich dort bin, habe ich das Gefühl, in einem Glasturm zu sein.« Harper zupfte mit einem kurzen, wütenden Ruck an den Handschuhfingern. »Jeder beobachtet mich, wartet darauf, dass ich den richtigen Mann finde und den Namen James fortführe.« Sie zog den Handschuh aus und starrte auf ihn in ihrem Schoß. »Sie sind ziemlich enttäuscht, dass ich mit achtundzwanzig noch keinen passenden gefunden habe.«

»Erwarten sie etwa, dass du heiratest und in England lebst?«, bohrte Dora weiter, ihr wurde bewusst, wie wenig sie über den Druck wusste, unter dem ihre kleine Schwester stand. Sie war immer davon ausgegangen, dass Harper das lockere, sorgenfreie Leben einer wohlhabenden Städterin führte.

»Granny fände das natürlich fantastisch. Immer wenn ich zu Besuch bin, arrangiert sie aufwendige Partys, um mich all den heiratsfähigen Junggesellen vorzustellen. Gar nicht so anders als du, Mamaw«, setzte sie mit einem Blick in Mamaws Richtung hinzu.

Mamaw tat ganz schockiert. »Ich habe keine Hintergedanken. Ich möchte nur, dass du dich hier zu Hause fühlst!«

Harper lachte. »Du bist die Beste. Aber du kannst niemandem etwas vormachen. Ich suche mir meinen Ehemann lieber selbst, vielen Dank auch.« Ihre Stimme klang wieder melancholisch. »Irgendwo da draußen ist er.«

»Das klingt alles sehr romantisch«, sagte Dora. »Aber Tick-tack, Schwester. Du wirst ihn nicht finden, wenn du allein hier herumsitzt. Seit du hier bist, bist du noch nicht einmal zu einem Date aus gewesen.«

»Na, sieh mal, wer hier plötzlich die Partylöwin ist!«, bemerkte Harper scherzhaft.

»Stimmt, stimmt«, sagte Dora lachend. »Aber ernsthaft, du bist so jung und so hübsch.«

Harper richtete sich in ihrem Stuhl auf und hob ihr Kinn an. »Ich werde ihn erkennen, wenn ich ihn treffe«, sagte sie. »Ich habe immer von dem berühmten Blitzschlag geträumt. So etwas passiert, habt ihr das noch nicht gehört? Man sieht einem Fremden in die Augen und, *bumm*, man weiß es einfach.«

Dora dachte an die Schauer, die sie jedes Mal fühlte, wenn sie Devlin in die Augen sah. Was sie dann sagte, ließ sich genauso gut auf ihre Schwester anwenden wie auf sie selbst. »Ich habe dich nie als Romantikerin gesehen«, sagte sie und lachte kurz auf. »Das ist Märchenkram. Wovon du sprichst, ist einfach nur die pure Lust. Eine Ehe ist etwas vollkommen anderes. Blitze machen Spaß, aber ein Ehemann muss ein guter Versorger sein. Und in deinem Fall muss dein

Mann einen langen und beeindruckenden Stammbaum haben.«

Mamaw drehte sich in ihrem Stuhl um, um Dora missbilligend anzusehen. »Du klingst wie deine Mutter, wenn du so redest«, sagte sie trocken.

Dora wurde blass und legte eine Hand vor den Mund. »Stimmt, das tue ich.«

Sie wandte sich erneut an Harper. »Ach, zum Teufel, hör nicht auf mich. Was weiß ich denn schon? Sieh nur, was für ein Durcheinander ich aus meinem Leben gemacht habe.«

»Du machst das genau richtig«, sagte Harper. »Vergessen wir mich mal«, sagte sie und lenkte die Aufmerksamkeit von sich auf Dora. »Ich bin froh, *dich* zur Abwechslung mal ausgehen zu sehen.«

»Was du auch tun solltest«, erwiderte Dora und richtete den Scheinwerfer wieder auf Harper. »Du wirst zu einer Einsiedlerin«, meinte Dora, »sprichst nur noch im Internet mit Leuten. Das ist nicht gut.«

»Doch, es ist gut«, beharrte Harper. »Für mich. Mein ganzes Leben lang, sogar als kleines Mädchen, war ich in einer Tretmühle, immer musste ich irgendwelche Ziele erreichen.« Sie hielt inne, dann sagte sie ruhig: »Mutter war sehr gut darin, Ziele zu setzen.«

Dora schnaubte sehr undamenhaft. »Das kann ich mir vorstellen.«

Mamaw legte ihr Buch wieder ab und sah Dora an.

»Dora, *du* brauchst jetzt vielleicht Menschen«, sagte Harper, »aber ich brauche Einsamkeit.«

»Allein zu sein ist etwas anderes, als sich zu isolieren. Ich habe mich in Summerville isoliert, obwohl viele Menschen um mich herum waren, und ich kann dir sagen, ich war einsam. Ich kann verstehen, dass man zur Ruhe kommen will, aber sei vorsichtig, dass du dich nicht vergräbst.«

»Ich kenne den Unterschied«, verteidigte sich Harper. »Es ist schwer zu erklären. Es war mir nicht klar, als ich im Mai hier angekommen bin. Ich dachte, ich wäre nur für Mamaws Partywochenende gekommen und würde dann wieder fahren. Natürlich«, sie sah Mamaw verlegen in die Augen und lächelte, »ist es nicht so gekommen. Seit ich hier bin, hat mein ganzer Körper einen Gang runtergeschaltet. Ich achte auf Kleinigkeiten, die plötzlich viel größer erscheinen. Und es gefällt mir. Ich bin raus aus der Tretmühle. Ich muss keine Ziele erfüllen, nicht den Erwartungen von irgendwem entsprechen. Ich kann einfach ich selbst sein.«

»Das ist der Zauber von Sea Breeze«, sagte Dora. »Aber es ist nicht real.«

»Nicht?«, fragte Harper rhetorisch.

»Nein. Du bist im Urlaub«, beharrte Dora.

Harper ließ den Blick über die weitläufigen Feuchtgebiete streifen, die sich vor ihr ausbreiteten. »Mamaw, du hast mir nie das Gefühl gegeben, dass ich hier irgendeinem Standard entsprechen muss. Ganz im Gegenteil. Was dich anging, gehörte ich zur Familie, und alles, was von mir verlangt wurde, war, ab und zu da zu sein.« Sie schaute Mamaw grinsend an. »Das und gute Manieren.«

Mamaw verzog das Gesicht.

Harper sah auf ihren Eistee und rührte mit den Fingern die Eiswürfel um. »Es klingt, als würde ich fliehen wollen, das ist mir bewusst«, sagte sie, »aber wenn ich hierher, nach Sea Breeze, komme … ich weiß nicht, wie ich es erklären soll.« Sie sah wieder zur Bucht. »Ich fühle mich so weit weg von dieser anderen Welt. Hier ist es wirklich anders. Die Zeit ist nicht wichtig. Meine innere Uhr wird von Sonne, Mond und den Gezeiten bestimmt. Ich fühle mich frei. Und wenn ich lange genug bleibe, dann spüre ich in der Ruhe, dass im Inneren etwas aufsteigt. Etwas Wichtiges.«

Es entstand eine kurze Stille, während Harper weiter auf das Panorama schaute.

Dann wandte sie sich wieder den zwei Frauen zu und schüttelte den Kopf, augenscheinlich verschämt wegen ihres Geständnisses. »Ich bin mir sicher, dass all das sehr nach New Age oder so klingt. Mir geht es gut, ehrlich«, sagte sie ausweichend.

Dann folgte noch ein Moment der Stille. Dora schaute zu Mamaw und sah, wie diese Harper musterte.

»Mädchen«, sagte Mamaw mit strahlenden Augen. »Ich habe gerade die allerbeste Idee gehabt.«

Froh über den Themawechsel, hellte sich Harpers Gesicht auf. »Ich bin ganz Ohr.«

Mamaw legte ihr Buch zur Seite und lehnte sich zu den Mädchen vor. »Dora, du liebst die Gartenarbeit und weißt viel darüber. Harper, du möchtest das Gärtnern erlernen. Warum macht ihr zwei diesen erbärmlichen Garten nicht zu eurem Projekt? Es wäre etwas, an dem ihr zusammenarbeiten könntet. Ich stelle die Pflanzen. Ich werde sogar meine Gartenhandschuhe rausholen und euch helfen. Was meint ihr?«

»Mamaw«, sagte Harper begeistert. »Das ist eine fantastische Idee!«

»Ich weiß nicht«, sagte Dora zögerlich. Sie hatte schon so

viel auf ihrer Liste. »Habt ihr eine Ahnung, wie viel Arbeit das bedeutet? Und wie heiß es hier draußen ist?«

»Aber Dora«, sagte Mamaw, ein bisschen enttäuscht. »Du liebst Gartenarbeit doch. Es muss ja kein riesiges Projekt sein wie dein Garten in Summerville. Und wenn ihr es in kleinerem Rahmen haltet, wird es auch nicht so zeitaufwendig. Außerdem ist Gartenarbeit doch gut für die Seele, nicht wahr?«

Dora sah ihre Großmutter misstrauisch an. Sie stand auf und schaute sich den Garten an, ihre Finger tippten an ihre Lippen, während sie die Möglichkeiten durchging. Es könnte ihr guttun, wieder Erde an die Hände zu bekommen, dachte sie. Etwas zu erschaffen. Sie brauchte Kreativität in ihrem Leben. Ihr wurde bewusst, dass sie diesen wichtigen Teil ihres Lebens einfach aufgegeben hatte.

»Als Erstes brauchen wir einen Plan«, sagte Dora.

Harper klappte eifrig ihren Laptop auf. »Okay.«

»Es ist schon Hochsommer, wir werden also nur Pflanzen holen, die die Hitze eines Lowcountrysommers aushalten. Ich weiß nicht, was die Gartencenter noch im Angebot haben. Spontan würde ich sagen, Mariengras wäre schön und sie blühen erst im Oktober, Unmengen von fluffigen rosa Wolken. Es wird schick aussehen, wenn du das Haus zum Verkauf anbietest, Mamaw. Dann sind da winterharte Pflanzen wie Kokardenblumen, Wandelröschen, Verbenen …«

»Langsamer«, sagte Harper, »ich schreibe sie auf.«

»Und Rosen«, ergänzte Mamaw, sie wurde von der Idee mitgerissen. »Wir müssen ein paar Rosen haben.«

»Und Rosen«, sagte Dora mit einem theatralischen Seufzer. »Wenn du das möchtest. Es gibt robuste Rosen, die die

Hitze aushalten. Wir werden sie extra für dich pflanzen. Harper, wenn du nach Pflanzen suchst, dann denk an die Klimazone. Das hier ist Sullivan's Island, nicht die Hamptons.«

Harper schnaubte. »So weit war ich auch schon.«

Mamaw klatschte in die Hände. »Ach Mädchen, das ist eine wunderbare Idee!«

Das Hämmern hörte auf und plötzlich war es still.

»Ich gehe mal rein und mache mir Frühstück«, sagte Dora. »Oder ist schon Mittagszeit? Ist auch egal, ich esse im Moment sowieso immer dasselbe – Gemüse und Obst. Apropos, wo ist Lucille? Ich habe sie nicht in der Küche werkeln gesehen.«

»Sie hat einen Arzttermin. Sie wird bald wieder hier sein«, antwortete Mamaw und nahm wieder ihr Buch in die Hand.

Dora runzelte besorgt die Stirn. »Nichts Ernstes, hoffe ich.«

»Darling«, sagte Mamaw, »in unserem Alter gehen wir regelmäßig zur Wartung.«

Dora ging in die Küche. Bevor sie die Veranda verließ, sah sie noch einmal zu Harper, die gebeugt über ihrem Laptop saß und tippte. Harper tippte ständig. Was ging nur in ihrem cleveren Kopf vor? Sie hatte heute Morgen entdeckt, wie wenig sie eigentlich über sie wusste. Ein bisschen zu graben könnte tatsächlich eine gute Idee sein.

Es war ein heißer und schwüler Julimorgen, der sogar ein Lowcountrymädchen ins Schwitzen brachte. Die Klimaanlage im Motel brummte laut, kühlte aber nur wenig. Carsons Wecker klingelte um sieben. Sie öffnete verschlafen die Augen, das Sonnenlicht fiel durch die zugezogenen Vorhänge, aber Nate war schon wach und spielte seine Videospiele. Sie nahm an, dass ihn das an einem fremden Ort beruhigte und ließ ihn spielen, bis es Zeit war, sich anzuziehen.

Sie redeten nur wenig während ihrer Morgenroutine. Die gefürchtete Dusche wurde nicht erwähnt, und Nate zog wie üblich seine Kleider aus weichen Stoffen und mit Gummizug in der Taille an. Das Frühstück im Speisesaal des Motels war eine kurze Angelegenheit. Nate untersuchte alles ganz genau und beschloss umständlich, dass ein Fruchtjoghurt und eine Scheibe weißer Toast akzeptabel waren. Er fand die winzig kleinen Müslischachteln lustig und nahm eine, obwohl er kaum Müsli aß. Carson genügte der Kaffee, und sie trank ihn wie ein Kamel, um Koffein in ihrem Körper zu speichern, für all die Überraschungen, die der Tag noch aufbieten konnte.

Der Weg zum Dolphin Research Center war nicht weit, die Zeit reichte kaum für die Klimaanlage, den Wagen zu kühlen. Doch Nate war schon aufgeregt, als sie neben der riesigen Skulptur eines Delfins mit seinem Kalb parkten. Er tänzelte auf den Fußballen und zog an ihrem T-Shirt, damit sie sich beeilte, während sie noch den Wagen abschloss. Sie liefen in schnellem Tempo durch den Eingangsbereich, der einen Laden mit Souvenirs und T-Shirts beherbergte, die

Nate nicht interessierten. Er tippte mit seinen Fingern an den Mund, während Carson sie am Empfang anmeldete und ihre Eintrittskarten entgegennahm. Sobald sie die Tür zur Anlage öffnete, schoss Nate an ihr vorbei und fing an zu laufen.

»Nate! Warte!«, rief sie und lief ihm auf dem gewundenen Weg nach, vorbei an Käfigen voller exotischer Vögel, die Hallo riefen, einem Wasserzoo und ein paar hübschen, alten Hütten. Sie bog um eine Ecke und fand Nate, der mit steif ausgestreckten Armen erstarrt dastand. Vor ihm breitete sich eine große Lagune im glitzernden Golf von Mexiko aus.

»Warum bist du weggelaufen?«, fragte sie, als sie ihn erreichte.

Nate antwortete nicht. Er blieb reglos stehen, starrte ungläubig und staunend auf die Lagune. Nur seine Finger bewegten sich, sie zitterten.

»Alles in Ordnung?«, fragte sie, plötzlich beunruhigt, dass er kurz vor einem Anfall stehen könnte.

Dann hörte sie das hohe Pfeifen. In ihren Ohren war es ein Willkommenskonzert, das direkt bis in ihr Herz vordrang. Vorn in der Lagune sah sie fünf Delfine, alle zusammen nahe am Weg, sie beobachteten die Passanten und warteten. Sie blickte wieder zu Nate und begriff sofort, warum er stehen geblieben war.

»Siehst du all die Delfine, Nate? Ist das nicht toll?«

»Ich kann nicht zu ihnen gehen.«

»Natürlich kannst du das. Deswegen sind wir ja hier.«

»Nein. Blake hat gesagt, wir dürfen uns Delfinen nicht nähern.«

»Blake hat von wilden Delfinen gesprochen. Den Delfinen

in der Bucht. Diese Delfine leben in dieser Lagune. Es ist ihr Zuhause. Es ist in Ordnung, sie zu besuchen, Nate.«

»Ich … ich will sie nicht verletzen«, sagte er mit zitternder Stimme.

Die Worte brachen ihr fast das Herz. Sie hatte gewusst, dass Delphines Unfall am Steg ihn tief verstört hatte. Aber sie hatte nicht begriffen, wie viel Schuld er sich selbst daran gab. An seiner Stimme konnte sie hören, dass er die *gesamte* Schuld auf sich genommen hatte, und das war eindeutig eine zu große Last für diese jungen Schultern.

Sie kniete sich neben ihn und sprach sanft zu ihm. »Nate, was Delphine geschehen ist, war ein Unfall. Es war meine Schuld, sie überhaupt an den Steg gebracht zu haben. Aber es geht ihr besser. Sie wird wieder gesund. Du wirst es selbst sehen, wenn ich dich zu ihr bringe. Diese Delfine hier sind gesund. Sie sind daran gewöhnt, dass Leute sie besuchen. Hier ist es okay, mit ihnen zu schwimmen. Wir können ihnen nah kommen. Deswegen habe ich dich hierhergebracht. Damit du den Unterschied zwischen Delfinen, die in einer Einrichtung leben, und wilden Delfinen verstehst. In Ordnung?«

Er legte seine Finger an den Mund.

»Hör mal! Sie pfeifen nach dir. Sie möchten, dass du zu ihnen kommst. Lass uns etwas näher gehen, okay?«

Sie ging voraus zu dem überdachten Weg, der entlang der Lagune verlief. Es war eine wunderschöne, natürliche Szenerie mit Meerwasser und Fischen, die hinein- und hinausströmten. Nate trat etwas näher an die Seile, die die Lagune abgrenzten. Er spähte über den Rand, bereit zu fliehen. Es war erst einen Monat her, dass Nate den Steg in Sea Breeze entlanggelaufen und in die Bucht gesprungen war. Mit Delphine war er furchtlos gewesen. Jetzt betrachtete Carson seine vorsichtige, ja schüchterne Haltung und spürte das Gewicht der Verantwortung, das auf ihr lastete, dem Jungen beim Überwinden seiner Trauer zu helfen.

Ein langer, schlanker Delfin schwamm direkt neben Nate, er lag schräg, so dass er zu ihm aufsah, dann fing er an, Klickgeräusche zu machen. Carson war erleichtert, als sie Nate lächeln sah.

»Mrs Tupper?«

Carson drehte sich in Richtung der Stimme um. Eine schlanke Frau mit langen braunen Haaren in Nylonanglerhosen und einem hellblauen Delfin-T-Shirt kam mit einem Klemmbrett in der Hand auf sie zu. Sie lächelte, als sie näher kam, und ihre schönen, warmen Augen weckten Carsons Aufmerksamkeit. Sie fühlte sich willkommen.

»Ich bin Carson Muir, Nate Tuppers Tante. Ich begleite ihn bei diesem Programm.«

»Nett, Sie kennenzulernen. Ich bin Joan, die Leiterin des Programms. Ich werde diese Woche mit Nate arbeiten.«

»Vielen Dank, dass Sie uns so kurzfristig dazwischengeschoben haben.«

»Ich bin froh, dass es geklappt hat. Soweit ich weiß, haben wir es hier mit einem kleinen Jungen zu tun, der eine schlechte Erfahrung mit einem Delfin gemacht hat.« Ihr Blick suchte Nate. Als sie ihn entdeckte, wie er über dem Seil hing und für den Delfin klickende Geräusche machte, breitete sich ein Grinsen auf ihrem Gesicht aus. »Ich bin mir ziemlich sicher, dass die Delfine sich gut um ihn kümmern werden.«

»Kleine Schritte«, sagte Carson sich und wiederholte damit den Rat, den Dora ihr am Abend vorher am Telefon gegeben hatte.

Die erste Stunde im Dolphin Research Center mit Joan verlief besser, als Carson zu hoffen gewagt hatte. Sie fingen in einem kleinen Klassenzimmer an, wo kreative Basteleien zum Thema Delfine an die Ziele heranführten, die Dora und Joan gesetzt hatten. Dora hatte vor Carsons und Nates Ankunft mit Joan telefoniert und sich gewünscht, dass Nate daran arbeiten solle, seine Schuldgefühle wegen des Unfalls loszuwerden, aber auch, seine zwischenmenschlichen Fähigkeiten zu verbessern. Joan hatte das »Team Nate« gebildet und Carson gesagt, dass sie zusammenarbeiteten, damit Nate seine Ziele auf jeden Fall erreichte. Als sie Nate seinen Stundenplan überreichte, griff er eifrig danach und beugte sich sofort darüber, um ihn genau zu studieren. Carson hörte seinen Seufzer der Erleichterung fast, als er den Plan sah, ein einfaches Stück Papier, das ihm Ordnung für seinen Tag versprach und die Gefahr des Unbekannten weitgehend eliminierte.

Während der Stunde im Klassenzimmer saß Carson die meiste Zeit als Zuschauerin an die Wand gelehnt. Aus dieser Perspektive, wie eine Fliege an der Wand, faszinierte es sie, Joan dabei zuzusehen, wie sie langsam, beharrlich und stetig Fähigkeiten ausbildete, die es Nate ermöglichten, sich immer wohler zu fühlen. Sie sprach mit einem warmen Singsang in der Stimme und durchbrach schließlich Nates Reserviertheit. Carson war stolz, als Nate zeigte, wie klug er war und wie viel er über Delfine wusste. Ab und zu drehte Joan den Kopf und warf Carson einen erstaunten Blick zu, weil

Nate die Antwort auf eine Frage wusste. Als die Stunde im Klassenzimmer beendet war, war es Zeit, die Arbeit mit den Delfinen zu beginnen. Carson spürte die Aufregung, während das Team Nate zur Lagune ging. Er war nervös, aber Joan und Rebecca, die Delfintrainerin, redeten optimistisch und fröhlich auf ihn ein und lenkten ihn ab, während sie ihn in eine Schwimmweste steckten.

Als sie Nate zum unteren Steg führten, suchte Carson sich ein Schattenplätzchen, von wo aus sie ihn beobachten konnte. Sie entdeckte eine lange Holzbank an der Wand des Trainergebäudes. Sie stand im tiefen Schatten eines langen Reetdaches. Ein Mann saß da und schaute über die Lagune. Er hätte ein Bodybuilder sein können, bei den Muskeln unter seinem schwarzen T-Shirt. Aber seine steife Haltung, das eckige Kinn, die kurzgeschorenen Haare und die Art, wie er die Arme vor der Brust verschränkt hatte, ließ sie vermuten, dass er vom Militär war. Alles an ihm strahlte aus, dass man ihm bloß nicht zu nahe kommen solle. Es gab sonst jedoch keinen anderen Sitzplatz, und Carson ließ sich nicht schnell Angst einjagen, also ging sie zu der Bank und setzte sich an das andere Ende. Er sah zu ihr rüber, als sie sich hinsetzte und nickte höflich zur Begrüßung.

»Hallo«, erwiderte Carson. Dann fragte sie aus purer Neugier: »Sind Sie hier, um mit den Delfinen zu schwimmen?«

Das ließ ihn sanft lächeln. Er hatte einen wunderschönen Mund, dachte sie und eine kräftige, gerade Nase, die sie an Michelangelos *David* erinnerte. Als Profifotografin von Filmstars und Models war sie es gewohnt, auf körperliche Details zu achten und sie einzuordnen. Er sah tatsächlich auf eine männliche Art umwerfend aus. Wenn sie gerade arbeiten würde, hätte sie ihm eventuell ihre Karte für ein Probe-shooting gegeben.

»Das könnte man so sagen«, meinte er.

Carson war sich nicht sicher, was das bedeuten sollte. Ja oder nein, dachte sie, ein bisschen genervt. Er bot auch keine weitere Erläuterung, um die Unterhaltung in Gang zu halten. Neugierig und stur, ließ Carson sich nicht von seiner kühlen Ausstrahlung abhalten.

»Ich bin mit meinem Neffen hier. Er ist dort, bei dem Delfin«, fügte sie hinzu und zeigte auf den Steg direkt vor ihnen in der Lagune. Am entfernten anderen Ende der Lagune befand sich eine weitere Gruppe. Es schien eine Familie zu sein, Eltern mit zwei Kindern von ungefähr acht Jahren. »Ist das Ihre Familie?«

Er sah zu der Familie und schüttelte dann schmunzelnd den Kopf.

»Nein.«

Mit diesem Mann zu reden war, wie mit Nate zu reden, dachte sie. Bloß dass dieser Mann weder zur Familie gehörte noch neun Jahre alt war und sie sich *seine* Unhöflichkeit sicher nicht gefallen lassen musste. Sie gab auf, nahm ihre Kamera und das Objektiv und konzentrierte sich auf Nate, der auf dem Steg saß, die Beine im Wasser. Ein schlanker grauer Delfin wartete nur ein paar Meter vor ihm. Carson ging näher, beobachtete durch ihre Linse, wie Nate zögernd seine Hand ausstreckte und dem Delfin ein Zeichen gab. Der Delfin stieg wie der Blitz im Wasser auf und wackelte auf seinem Schwanz zurück, eine beeindruckende Darbietung von Kraft und Beweglichkeit. Rebecca pfiff auf ihrer

Pfeife und Team Nate jubelte dem Delfin und Nate laut zu. Durch das Teleobjektiv ihrer Kamera sah Carson, wie die Augen des Jungen strahlten und sich ein Lächeln auf seinem Gesicht ausbreitete. Carson machte einen schnellen Schnappschuss, um den Augenblick festzuhalten, dann legte sie ihre Hände an den Mund und pfiff.

Sie lächelte immer noch, als sie zur Bank zurückkehrte.

»Cooler Pfiff«, sagte der Mann und grinste.

Sie sah ihn an und da sie glücklich wegen Nate war, sagte sie frech: »Danke.«

Nach einer Pause meldete er sich noch mal. »Ist es für ihn das erste Mal mit einem Delfin?«

Überrascht, dass der Mann ein Gespräch begann, drehte Carson sich halb zu ihm um. Sein Blick war auf das Wasser gerichtet, aber sie spürte, dass er sie hinter dieser Sonnenbrille genau beobachtete.

»Nein. Er hat viel Zeit mit einem wilden Delfin in der Nähe unseres Hauses in South Carolina verbracht.«

Er drehte sich plötzlich interessiert zu ihr um. »Sie stammen aus South Carolina?«

»Ich bin dort geboren. Aber ich habe den größten Teil meines Lebens in Kalifornien verbracht.«

»Wo da?«

»L.A.«

»Nein, ich meinte, von wo in South Carolina stammen Sie?«

»Ich wurde auf Sullivan's Island geboren. Aber als Mädchen habe ich in Charleston gelebt. In East Bay«, sagte sie und nannte die schickste Straße der Stadt. »Die Sommermonate haben wir im Haus meiner Großmutter auf Sullivan verbracht. Dort lebe ich jetzt.«

»Sullivan's Island ist eine schöne Ecke«, erwiderte er, streckte seine Arme aus und legte anschließend einen oben auf die Bank. Ihre gemeinsame Beziehung zu South Carolina schien seine Anspannung etwas zu lösen. »Wir sind dort manchmal an den Strand gegangen. Meine Familie lebt nicht weg weit. In McClellanville.«

»Ach, McClellanville kenne ich natürlich. Ein richtig netter Ort, direkt am Wasser. Da gibt's Krabbenkutter, stimmt's?«

»Die, die noch übrig sind.« Er lehnte sich zurück und schlug sein Bein übers Knie. »Mein Dad war Krabbenfischer. Er musste jedoch aufgeben, wie die meisten Fischer.«

»Wohnen Sie jetzt dort?«

»Nein, ich wohne hier in der Nähe. Aber ich überlege, nach Hause zurückzuziehen. Wenn ich so weit bin.«

Carson wunderte sich über diesen Kommentar, wollte aber nicht neugierig nachfragen. Sie hatte das Gefühl, dass dieser Mann nicht schnell über Persönliches sprach.

»Wir sind also Nachbarn«, sagte sie stattdessen, froh, dass das Eis gebrochen war.

»Fast«, erwiderte er trocken.

»Wir sind nur für eine Woche hier«, sagte sie. »Nate, mein Neffe, macht hier das Pathways-Programm.«

»Er arbeitet mit Joan?«

Carson legte den Kopf schief, überrascht, dass er Joan kannte.

»Richtig.«

Wieder nickte er nur, ohne eine Erläuterung abzugeben.

Es entstand eine weitere, lange Stille, während der sie Nate beobachteten, wie er den Delfinen unter Anfeuerungen des Teams Anweisungen gab. Carson pfiff und klatschte, um das Team Nate zu unterstützen. Nach einem letzten, stürmischen Jubel stand das Team auf und fing an, seine Sachen zusammenzusuchen. Die Stunde war beendet.

Carson stand ebenfalls auf und beugte sich vor, um ihre Kameraausrüstung zusammenzupacken und ein Handtuch aus der großen Segeltuchtasche zu holen. Sie drehte sich wieder zu dem Mann auf der Bank um.

»War nett, mit Ihnen zu reden. Ich heiße Carson.« Sie streckte die Hand aus.

Er nahm sie und drückte fest. »Ich bin Taylor. Nett, Sie kennenzulernen. Er scheint ein nettes Kerlchen zu sein«, fügte er hinzu und deutete auf Nate.

Das Kompliment machte sie stolz. »Das ist er.«

10

SULLIVAN'S ISLAND

Am nächsten Morgen wurde Dora von scharfem Klopfen an der Tür und der Parole »Raus aus den Federn!« geweckt.

Dora warf ihr Kissen an die Tür. »Hau ab, Harper!«

»Eine Lieferung!«

Widerwillig musste Dora lächeln. Harper war in Carsons Zimmer gezogen, solange Carson weg war, aber obwohl sie keine Zimmergenossinnen mehr waren, bemühte sie sich, ihr diese Woche näherzukommen. Dora war gerührt, sogar geschmeichelt von der Beharrlichkeit ihrer kleinen Schwester. Mit einem plötzlichen Energieschub trat sie die Baumwolldecke weg und ging zur Tür.

»Was hast du …?«

Harper war nicht da. Auf dem Boden vor der Tür lagen ein Schuhkarton und eine Einkaufstüte. Dora hob beides auf und trug es zum Bett. Sie setzte sich daneben und fühlte sich ein bisschen, als wäre Weihnachten im Juli. Im Schuhkarton fand sie ein brandneues Paar Walkingschuhe von der ausgefallenen Marke, die Harper trug. Dora fuhr mit den Fingern über den weißen Schuh mit der rosa Verzierung, um die Größe zu überprüfen – perfekt. Ganz aufgeregt griff sie in die Tüte und schnappte nach Luft, als sie eine weiße Laufhose, einen Sport-BH und ein rosa gemustertes Hightech-

Laufhemd herausnahm. Sie blickte auf die Preisschilder und angesichts der Ziffern klappte ihr die Kinnlade runter. Es stammte alles von dieser Luxusfirma. Und … Harper hatte Doras Lieblingsfarbe gewählt, Rosa.

Dora hob das T-Shirt hoch und legte es dann wieder aufs Bett. Sie wurde etwas verlegen, als sie die Kleider betrachtete. Sah sie in ihrem alten T-Shirt und ihren Shorts so schlimm aus? Mein Gott, Devlin hatte sie darin gesehen. Vielleicht wollte sie gar nicht so schick aussehen, wenn sie trainierte, dachte sie starrsinnig.

Dora blickte auf die Kleider und wusste, dass das nicht stimmte. Sie hatte nur einfach bisher noch nie etwas mit Sport zu tun gehabt und keine Ahnung, was sie hätte kaufen sollen. Sie war immer ein bisschen neidisch gewesen, wenn sie Frauen in ihren Sportklamotten vorbeilaufen sah. An die Tüte war eine handschriftliche Notiz geheftet: Treffpunkt: *Vor der Tür, Punkt 7!*

Dora warf einen Blick auf ihren Wecker. Es war zehn vor sieben. Sie spürte einen Adrenalinstoß, zog ihren Schlafanzug aus und schlüpfte in ihre neuen Laufklamotten. Sie seufzte erleichtert, als alles passte. Bevor sie losging, warf sie noch einen Blick in den Spiegel. Die Frau im Spiegel sah kein bisschen schäbig aus, wie in alten Trainingshosen und dem weiten T-Shirt ihres Mannes. Das sportliche Aussehen verlich Dora Auftrieb und sie verließ hüpfenden Schrittes ihr Zimmer.

Harper wartete mit einer Flasche Wasser auf sie.

»Sieh dich nur an!«, rief sie aus, als Dora näher kam.

Dora ging direkt zu Harper und umarmte sie. »Danke, danke, danke! Ich liebe es. Aber das ist zu viel. Mein Gott, für die Summe hätte ich ein Abendkleid bekommen können.«

»Du übertreibst. Das ist nichts«, sagte Harper und wischte den Kommentar beiseite. »Ich schulde dir noch so viele Geburtstagsgeschenke, sieh es also als erste Rate an. Es hat mir Spaß gemacht, alles auszusuchen.«

»Ich weiß nicht, was ich sagen soll.«

»Sag gar nichts. Spar dir die Energie. Wir verschwenden Zeit. Ich werde dir ein paar Stretchübungen beibringen, die du jeden Morgen machen solltest, bevor du losgehst. Du willst dir ja nicht wehtun. Okay, bereit?«

Sosehr Dora das Stretchen mochte, sie genoss es vor allem, weil sie es mit Harper zusammen machte. Harper ging mit ihr die wichtigsten Übungen durch, dann wünschte sie ihr Glück und weg war sie. Dora sah ihr seufzend nach, vermutlich würde Harper mindestens fünf Meilen laufen.

Unverdrossen startete Dora und marschierte in ihrem eigenen Tempo los.

FLORIDA

Carson war überrascht, Taylor an diesem Morgen wieder an der vorderen Lagune zu treffen. Er drehte sich zu ihr um und lächelte leicht, während sie näher kam.

»Verfolgen Sie mich etwa?«, sagte er grinsend.

»Oh ja, genau das tue ich.« Carson legte Nates Kram auf

»Haben Sie keine Kinder?«

»Gott, nein. Weit entfernt. Ich bin nicht mal verheiratet. Was ist mit Ihnen?«

»Nein. Nicht verheiratet. Keine Kinder. Nur einen Hund.«

»Eine Freundin?«

Er versuchte, sein Grinsen zu verbergen. »Nein.«

Ihr fiel auf, dass er nicht fragte, ob sie einen Freund hatte. Seine Zurückhaltung weckte ihre Neugier.

»Was führt Sie heute wieder her?«, fragte sie, es war die Frage, die ihr sofort in den Sinn gekommen war. »Gestern dachte ich, dass Sie ein Tourist sind. Aber heute sind Sie wieder hier und Sie kennen Joan.«

Er sah zur Lagune. »Ich bin an den meisten Tagen hier.«

Merkwürdig, dachte sie. Den Mann zum Sprechen zu bringen war wie Zähne ziehen, aber sie konnte auch stur sein, also wartete sie. Sie wollte ihn nicht drängen. Seine Reserviertheit ließ sie vermuten, dass sie damit nicht weiterkommen würde.

»Ich mache selbst ein Programm mit Joan«, sagte Taylor schließlich.

Überrascht, dass er ihre Frage beantwortet hatte, wandte Carson sich ihm zu. Er betrachtete immer noch die Gruppe im Wasser.

Als ob er ihre Neugierde spürte, streckte Taylor sich und sammelte seine Sachen zusammen.

»Ich muss los. Meine Stunde fängt bald an.«

»Wo findet die statt?«

»Auf der anderen Seite des Parks, wo die Jungs abhängen. Sie nennen es die Junggesellencliquen.«

»Nett.« Carson grinste.

Taylor stand auf und warf sich seinen USMC-Rucksack über die Schulter.

»Bis dann.«

Sie verabschiedeten sich kurz, und sie sah ihm nach, wie er den Weg zu einem anderen Teil des Parks nahm. Sie fragte sich, ob sie ihn wiedersehen würde. Sie hoffte es. In seinen langen Cargoshorts, dem grauen T-Shirt und den Sandalen sah er wie irgendeiner der Touristen aus, die die Lagune bevölkerten. Er hinkte nicht und auch sonst gab es kein Anzeichen für eine Verletzung. Und die Kraft seiner Muskeln war nicht zu übersehen, während er den Weg entlangging. Nun, da sie etwas mehr über ihn wusste, fiel ihr auf, wie er den Kopf von rechts nach links drehte und die Menge betrachtete.

SULLIVAN'S ISLAND

Dora zog ihre Laufklamotten an und ging auf Zehenspitzen durch das ruhige, kaum beleuchtete Haus, um niemanden aufzuwecken. Sie war froh, vor Harper aufgewacht zu sein, um ihren Morgenlauf zu starten. Sie ging rasch durch die Straßen, während oben in den Bäumen die Vögel ihr Morgenlied sangen. Bald trat sie auf den weichen Sand des Strandwegs und dann sah sie endlich den weiten Strand und das Meer. Sie stand am Rand der Düne, atmete die Seeluft ein, fühlte sie auf ihrem Gesicht und spürte, wie sich ihre Brust weitete beim Anblick des Sonnenaufgangs eines neuen Tages. Am Himmel herrschten prachtvolle Pastelltöne, die sich schimmernd im Meer spiegelten.

So früh am Morgen war der Sand unberührt. Glimmersteinchen glitzerten im lavendelfarbenen Licht. Dora blieb stehen, um ihre neuen Walkingschuhe auszuziehen, sie zog es vor, diesen Teil des Weges barfuß zu gehen. Der feste Sand unter ihren Füßen war feucht, als sie stramm nahe der Brandung marschierte. Es war Frühstückszeit für die Watvögel. Panthervögel staksten auf geraden Beinen und spielten Fangen mit den Wellen, Möwen flogen tief und höher am Himmel schwebten Pelikane in Formation.

Der frühe Morgen war eine beschauliche Zeit am Strand. Ein junges Paar joggte an ihr vorbei, in der Ferne spielte ein Mann mit seinem braunen Labrador. Er warf einen Ball ins Wasser und sah zu, wie sein großer Hund begeistert ins Meer sprang. Dora joggte immer noch nicht, aber in nur wenigen Tagen hatte sie ihr Tempo gesteigert, und sie ging energischer und präziser und geriet auch nicht mehr so schnell außer Atem. Während sie ging, blieb sie im Rhythmus, indem sie an neue Wörter dachte, um sich selbst zu beschreiben: *lebendig, kraftvoll, stark.* Allein das Denken der Wörter ließ sie sich schon besser fuhlen.

Und es erinnerte sie daran, dass sie, genau wie Harper, das Gefühl einer Wiedergeburt hatte. Vielleicht tauchte das freche, junge Mädchen wieder auf, das sie einmal gewesen war und von dem sie glaubte, dass es sich immer noch irgendwo in ihr versteckte.

Vor ihrem inneren Auge sah sie die Fotos von Nate, die Carson ihr am Tag vorher gemailt hatte. Ihren kleinen Jungen wieder lachen und spielen zu sehen war mehr, als sie zu hoffen gewagt hatte. Sie wünschte, Cal würde die offenere, spielerische Seite seines Sohnes sehen. Vielleicht würde er Nates Einzigartigkeit dann mehr schätzen. Mamaw und Lucille hatten sich über die Fotos gebeugt und sich gestritten, wessen Idee diese Reise gewesen war.

Dora wusste, dass es ein Gemeinschaftsprojekt war, Harper und Carson hatten die Idee gehabt und Mamaw hatte sie großzügig finanziert, aber für Dora war es vor allem Carson, der Dank gebührte, weil sie, die tapfere Kriegerin, die sie nun mal war, allein mit Nate dorthin gefahren war, obwohl sie überhaupt keine Erfahrung mit Kindern hatte. Sie und Carson hatten in den letzten Tagen mehrmals miteinander gesprochen. Zuerst hatten sie über Nates Fortschritte geredet, aber dann waren ihre Gespräche auf alle möglichen Themen, die ihnen gerade durch den Kopf gingen, gekommen. Sie hatten die Abende nicht mehr so durchgequasselt, seit sie junge Mädchen gewesen waren.

Sie kam gerade am schwarz-weißen Leuchtturm von Sullivan's Island vorbei, als sie eine kleine Gruppe Frauen entdeckte, die oben auf einer Düne um ein leuchtend orangefarbenes Schild an einem Schildkrötennest versammelt waren. Neugierig bog sie auf dem weichen Sand in Richtung Düne ab. Drei der fünf Frauen trugen blaue Turtle-Team-T-Shirts. Die anderen beiden standen daneben und beobachteten aufmerksam, wie sich eine von ihnen neben das Nest der Meeresschildkröten kniete.

Dora ging zu der Frau, die ein Klemmbrett in der Hand hielt, das Zeichen, dass sie hier die Leiterin war. Diese Frau war so groß wie Dora, schlank und hatte glänzende braune Haare unter ihrer Mütze.

»Was ist hier los?«, fragte Dora, als sie näher kam.

»Wir machen eine Inventur des Nests«, antwortete sie und beugte sich über ihren Rucksack. Sie zog Gummihandschuhe heraus, richtete sich auf und reichte die Handschuhe einer der Helferinnen. Dann wandte sie sich Dora zu. »Drei Tage nachdem die ersten Tiere aus einem Nest geschlüpft sind, öffnen wir es, um die offenen und geschlossenen Eier zu zählen. Die Naturschutzbehörde überwacht die Erfolgsrate der Nester an unserer Küste. Manchmal finden wir ein paar Schildkröten, die im Nest festhängen, und befreien sie.« Sie lächelte. »Das macht am meisten Spaß.«

Die Frau kam ihr irgendwie bekannt vor und Dora überlegte, woher. Sie trug eine Sonnenbrille, es war also schwer, sicher zu sein.

»Kennen wir uns nicht?«, fragte Dora. Sie hasste es, diese Frage zu stellen, da die Antwort fast immer nein lautete.

Die Frau nahm ihre Sonnenbrille ab, ein auffallendes Gesicht mit dunkelbraunen Augen unter gebogenen Augenbrauen kam zum Vorschein. Sie war freundlich, aber verhielt sich wie jemand, der daran gewöhnt ist, Verantwortung zu tragen. Sie blinzelte und schüttelte langsam den Kopf. »Vielleicht. Sie kommen mir auch bekannt vor.«

»Ich bin Dora Tupper. Ich hieß früher Dora Muir«, fügte sie hinzu, um den örtlichen Familiennamen zu benutzen.

»Marietta Muirs Enkeltochter?«

Die Frau lächelte und ihre Augen wurden größer. »*Little Dorrit?* Meine Güte, natürlich kenne ich dich! Jetzt erkenne ich dich natürlich. Ich bin's, Cara! Ich war vor langer, langer Zeit deine Babysitterin.«

Doras Gedanken gingen zurück zu den ersten Sommern,

die sie bei Mamaw verbracht hatte, als sie erst sieben und Carson vier Jahre alt war. Niemand hatte sie mehr Little Dorrit genannt, seit sie ein kleines Mädchen war.

»Cara Rutledge! Bist du das wirklich? Das kann ich gar nicht glauben.« Sie deutete mit dem Arm auf das Nest. »Aber natürlich bist du das. Du bist eine Rutledge. Du kümmerst dich um Schildkröten.«

Cara verdrehte die Augen. »Ja, meine Mutter hat mich damals schon mitgenommen, ich habe die ganze Zeit getreten und geschrien. Aber ich heiße jetzt Cara Beauchamps.«

»Wie geht's deiner Mutter? Ich wundere mich, dass sie nicht hier bei den Schildkröten ist und Hof hält. Selbst nach all diesen Jahren kann ich keines dieser orangen Nestschilder sehen, ohne an Miss Lovie zu denken.«

»Mama ist gestorben.«

»Oh, Cara, das tut mir so leid. Das habe ich nicht gewusst. Deine Mutter war eine wunderbare Frau. Sie hat alle auf der Insel mitgerissen. Wir haben sie alle geliebt. Erinnerst du dich, wie wir ihr über die Insel folgten, wenn sie nach den Schildkröten sah?« Dora lachte leise bei der Erinnerung daran.

»Ich erinnere mich, dass du uns ein paar Mal in euer Strandhaus auf der Isle of Palms eingeladen hast. Miss Lovie hat uns damals Zuckerkekse und Eistee gegeben.«

Cara ergänzte: »Ich habe versucht, meine Mutter beim Babysitting einzuspannen.«

»Habt ihr euer Haus auf der Isle of Palms noch?«

»Natürlich. Ich würde es nie verkaufen. Meine Mutter hat das Haus geliebt. Ein Teil von ihr lebt immer noch dort. Wie geht's deiner Schwester? Sie war so eine Süße.« Cara schüttelte den Kopf. »Ich erinnere mich nicht mehr an ihren Namen. Es ist so lange her.«

»Carson.«

»Stimmt. Ihr beide wart ein niedliches Paar. Du mit deinen weißblonden Haaren und sie mit ihrem dunklen Haar. Gab's da nicht auch eine dritte Schwester?«

»Das ist Harper, aber ich glaube, auf sie hast du nicht oft aufgepasst. Als sie während der Sommer kam, war ich alt genug zum Babysitten. Mamaw schreckt nicht vor Kinderarbeit zurück.«

Cara lachte darüber. »Ich habe deine Großmutter so lange nicht mehr gesehen. Geht es ihr gut?«

»Quicklebendig. Sie wird ewig leben, hoffe ich.«

Ein begeisterter Schrei unterbrach die Erinnerungen der zwei Frauen. Cara drehte sich um, Dora folgte ihrem Blick und sah, dass die Helferin, die gegraben hatte, eine kleine unechte Karettschildkröte auf der Hand hielt. Während sie sich mit Cara unterhalten hatte, hatten sich weitere Leute versammelt und jetzt traten sie näher ans Nest, um besser zu sehen.

»Wir reden später«, sagte Cara zu ihr. »Ich muss weiterarbeiten.«

Cara nahm einen roten Plastikeimer und gab ihn ihrer Teamkollegin, die die kleine Schildkröte hineinlegte. Dora trat näher und beobachtete fasziniert, wie die zwei Frauen das Nest öffneten und Dutzende zerbrochener Eierschalen, ein paar ganze, verfärbte Eier und, zur Begeisterung der Zuschauer, drei weitere Schildkrötenjunge aus dem Nest holten.

Cara bewegte sich genauso zupackend und elegant, wie es Miss Lovie in Doras Erinnerung getan hatte, und sie freute sich über diese Kontinuität von Mutter zu Tochter. Sie hatte sich immer eine Tochter gewünscht, jemand, an den sie Traditionen weitergeben könnte, mit dem sie einkaufen gehen, kochen und backen, einfach ein Mädchen sein könnte. Dann überlegte sie, wie dieses Gebet beantwortet worden war. Sie hatte zwar keine Tochter, aber sie hatte so spät in ihrem Leben ihre Schwestern wiederentdeckt.

Dora folgte Cara, die den roten Eimer näher ans Meer trug. Cara bat die Gruppe, die sich am Ufer versammelt hatte, zwei Reihen mit einer breiten Öffnung in der Mitte zu bilden, damit die Schildkrötenjungen genug Platz hatten, um den Weg zum Meer zu finden. Dora stellte sich nah ans Wasser, sie war ganz aufgeregt, dass sie das endlich mal live miterleben konnte. Sie hatte fast jeden Sommer ihres Lebens auf diesen Inseln verbracht, aber noch nie Meeresschildkrötenjunge gesehen.

Cara legte den Rand des roten Eimers auf den Sand und kippte ihn sanft. Die vier dunklen Jungen krabbelten hinaus, sie drückten sich mit ihren Flossen heftig ab, während sie ihre Wanderung durch den Sand begannen. Einer der Kleinen hatte eine kleine Delle in seinem Schild und Schwierigkeiten, vorwärtszukommen. Sie bezweifelte, dass der arme Kerl bei all den hungrigen Fischen im Meer weit kam. Die anderen drei waren kräftig und liefen auf die Brandung zu.

Cara stellte sich wieder neben sie, beobachtete weiterhin die Jungen.

Dora sagte: »Ich kann gar nicht glauben, dass ich das noch nie gesehen habe.«

»Ich auch nicht. Es passiert jedes Jahr«, sagte sie grinsend.

»Wie lange gehörst du schon zum Team?«

»Oh, ich glaube, so fünf Jahre. Ich habe Mama geholfen, als sie krank wurde, und hatte Blut geleckt. Ich wusste nicht, dass mein Interesse an Meeresschildkröten zu einer lebenslangen Leidenschaft werden würde.«

Leidenschaft. Da war dieses Wort wieder, dachte Dora. Das, was Harper zu finden hoffte. Das, wofür es laut Winifred nicht wert war, Cal aufzugeben.

Sie folgten den Schildkrötenjungen bis ans Wasser.

»Behalte sie im Auge«, sagte Cara ihr. »Sobald sie das Wasser erreichen, tauchen sie instinktiv. Ich werde mich nie satt daran sehen, wie sie sofort von Krabbeln auf perfektes Schwimmen umschalten. Der Instinkt ist mächtig.«

Dora wünschte den Kleinen, dass sie vorankamen, als sie mit aller Kraft durchs Wasser schwammen, dann nahm eine Welle sie mit und warf sie wie Steinchen zurück auf den Strand.

»Nicht bewegen!«, rief Cara den Zuschauern zu. »Es befinden sich Schildkröten zu Ihren Füßen. Bleiben Sie einfach stehen und lassen Sie sie wieder zurückkrabbeln.«

»Das ist so traurig«, sagte Dora melancholisch. »Sie kämpfen so sehr, um ins Meer zu kommen und werden dann wieder zurückgeworfen. Kannst du ihnen nicht helfen?«

Cara schüttelte heftig den Kopf. »Nein, sie müssen das allein schaffen. Die Natur ist ein wunderbarer Lehrer. Wir haben herausgefunden, dass, auch wenn es gerade anders aussieht, die Wellen den Schildkröten tatsächlich helfen, sich in die richtige Richtung zu orientieren. Sie werden vierundzwanzig bis sechsunddreißig Stunden schwimmen, bis sie den Golfstrom erreichen, wo sie Wälder aus Golftang, einer Braunalgenart, finden. Sie sind die Kinderstube der

Schildkröten für die nächsten zehn Jahre oder so.« Sie machte eine Pause. »Aber man schätzt, dass nur eine von tausend geschlüpften Schildkröten es bis zum Erwachsenenalter schafft. Deswegen sind wir hier. Jedes Junge zählt. Und auch wenn wir an unserer Küste immer noch viel weniger Nester haben als damals, als sich meine Mama um die Schildkröten gekümmert hat«, sie hielt inne und lächelte, »werden es schon wieder mehr.«

»Du klingst wie deine Mutter.«

Cara lächelte. »Das nehme ich als Kompliment.«

Dora schaute zu, wie eine weitere Welle zwei der drei Jungen zurück an den Strand warf. Und wieder richteten sie sich auf und krabbelten auf ihre lustige Weise zurück ins Meer. Sie folgte einem bis ans Wasser und fühlte sich dieser kleinen Schildkröte auf einmal vollkommen verbunden, obwohl sie sie nie wiedersehen würde. War das ihr Mutterinstinkt? Dieser Wunsch, ein junges Leben zu unterstützen? Wie Cara gesagt hat, der Instinkt ist mächtig.

Als der tierische Tauchinstinkt dieses Mal einsetzte, tauchte das Kleine tief und schaffte es durch die Wellen. Dora spürte, wie sich ihre Stimmung hob, als sie fesseltief im warmen Wasser stand und die Schildkröte anfeuerte, bis sie wieder untertauchte und verschwand. Sie betrachtete weiter die glatte Wasseroberfläche hinter den Wellen.

Da waren sie! Ihr stockte der Atem, als sie zwei winzige Köpfe zum Luftholen auftauchen sah.

Sie stand noch eine Weile da und beobachtete die ankommenden Wellen und stellte sich den epischen Kampf der Schildkröten bis zur Heimat im Meer vor. Vielleicht war es ja auch für sie gut gewesen, ein bisschen herumgeworfen worden zu sein, dachte sie. Mit etwas Glück würde sie sich schließlich aufrichten und in die richtige Richtung gehen. Auch sie musste ihrem Instinkt vertrauen.

Schließlich, dachte sie lachend, würde ihre Chance besser stehen als eins zu tausend.

Auf ihrem Weg zurück nach Sea Breeze hielt Devlins Wagen neben ihr an, und er pfiff ihr hinterher.

Dora war geschmeichelt, tat aber so, als würde es sie ärgern. »Devlin Cassell, du bringst mich in Verlegenheit.«

»Schickes Outfit«, rief er.

Dora wurde rot, weil sie daran dachte, dass Devlin sie in ihrer gammeligen Turnhose und T-Shirt gesehen hatte. Sie schlenderte zum Wagen und lehnte sich ans offene Fenster. »Da drin ist es viel kühler.«

»Spring rein.«

»Ich kann nicht. Ich muss noch etwas gehen.«

»Ach, komm schon. Ich will dir etwas zeigen. Es dauert nur eine Minute. Steig ein.«

Dora kniff die Augen skeptisch zusammen, aber die Neugier gewann die Oberhand. Sie umrundete den Wagen nach vorn zur Beifahrerseite und stieg ein. Devlin gab Gas und die Reifen ließen den Splitt auffliegen, während er in Richtung Breach Inlet fuhr.

»Du siehst echt super süß aus, wenn du da draußen läufst«, sagte er ihr.

Sie überging das Kompliment. »Was möchtest du mir zeigen?«

»Nur langsam. Wir sind fast da.« Er fuhr auf den Parkplatz am Breach Inlet und öffnete die Tür. »Komm mit. Beeil dich.«

Zusammen liefen sie den Weg zur Brücke, die sich über das unruhige Wasser zwischen Sullivan's Island und der Isle of Palms spannte. Westlich der Brücke lag Hamlin Creek, das Marschland und der Intracoastal Waterway. Östlich floss das Wasser in den Atlantik. Es war beeindruckend zu sehen, wie ruhig das Wasser im Westen war und wie aufgewühlt und unruhig im Osten. Devlin führte sie zur Mitte der Brücke, dann wechselten sie die Straßenseite, so dass sie auf den Creek sahen. Sie stand neben ihm, während Autos von einer Insel zur anderen fuhren. Plötzlich zeigte er auf etwas.

»Da! Schau geradeaus, ganz genau in der Mitte. Siehst du die Delfine?«

Dora legte eine Hand über die Augen und blinzelte. Dann sah sie sie. Ein großer Delfin tauchte ins Wasser, dann, sie kreischte vor Freude, entdeckte sie die kleinere Rückenflosse seines Kalbs.

»Ich sehe sie. Eine Mutter mit Kalb! Sie sind wunderschön.«

Devlin betrachtete sie, lächelte über ihre Reaktion. »Die Mütter bringen ihre Jungen gern hierher zum Füttern. Siehst du, wie aufgewühlt das Wasser dort ist? Da sind viele Fische und das Jagen ist einfach. Ich habe gehört, dass Mütter ihre Jungen dort zur Welt bringen, aber ich habe es nie gesehen.«

Er sah aufs Wasser. Das Sonnenlicht glitzerte auf den schlammig braunen Tiefen der unruhigen See. »Direkt unter uns! Siehst du?«, rief er und zeigte aufgeregt nach unten. »Da ist noch ein Paar.«

Direkt unter ihnen entdeckte Dora noch eine Delfinmutter, die durch das Wasser schwamm, und gleich hinter ihr ihr junges Kalb. Sie packte Devlins Arm, was er zum Anlass nahm, ihn ihr um ihre Taille zu legen.

Dora beobachtete die elegante Symmetrie von Mutter und Kind, die zusammen durchs Wasser schwammen. Das junge Kalb blieb sicher im sanften Sog seiner Mutter. Ihre Gedanken gingen natürlich zu ihrem eigenen Kind und sie vermisste Nate plötzlich. Er hätte das hier schrecklich gern gesehen und sie wünschte, er wäre hier bei ihr. Sie wollte lieber besonders glückliche Augenblicke wie diesen hier mit ihrem Kind teilen, anstatt immer nur Regeln durchzusetzen.

Sie standen nebeneinander, beobachteten die Delfine und spürten die Sonnenwärme auf ihrem Rücken, bis die Delfine zum Fluss schwammen. Sie sah an sich herunter auf seine Hand um ihre Taille und dann hoch in sein Gesicht, wie er mit einem Ausdruck tiefer Wertschätzung und sogar Frieden aufs Wasser hinaussah. Sie dachte, *Ich bin gern mit Devlin zusammen*. Er war sehr umgänglich, aber auch intelligent. Er spielte die Rolle des lieben Jungen, und doch war er sehr klug. Wenige Leute kannten das Lowcountry so genau wie er. Er liebte das Meer, das Land, die Kultur, die Geschichte – alles. Diese Inseln waren seine Heimat. Sie fand das sehr attraktiv.

Devlin drehte den Kopf und erwischte sie, wie sie ihn ansah. Seine Augen strahlten. »Ich dachte mir, dass du das gern sehen möchtest.«

Sie war gerührt, dass er daran dachte, was sie gern sehen möchte. Dora konnte sich nicht daran erinnern, dass Cal sich je über so etwas Gedanken gemacht hätte. Sie lächelte und hoffte, dass sie damit all ihre Gefühle zeigen konnte. »Das wollte ich auf jeden Fall.«

»Ich bringe dich am besten nach Hause. Ich muss heute auch irgendwann noch arbeiten.«

Dora wandte dem Anblick widerwillig den Rücken zu und folgte Devlin zurück zum Wagen. »Was für ein Morgen«, sagte sie ihm. »Zuerst Schildkröten, jetzt Delfine.«

»Das ist ein normaler Morgen im Lowcountry«, sagte er in großspurigem Tonfall, als er ihr die Tür öffnete. »Du musst nur rausgehen und hinsehen.«

»Du hast recht«, gab sie zu. Wie viele Menschen waren wie sie? fragte sie sich. Lebten in diesem Paradies, ohne dessen Wunder wahrzunehmen. Sie setzte sich auf den Beifahrersitz und wartete darauf, dass er neben ihr einstieg. »Ich habe zu viel Zeit drinnen verbracht.«

Devlin steckte den Schlüssel in die Zündung, dann hielt er inne und drehte sich zu ihr um. »Weißt du, was du brauchst, Mädchen?«

Ihre Lippen zuckten. »Nein.«

»Ich glaube, du brauchst jemanden, der dir deine eigene Umgebung wieder zeigt.«

Sie legte den Kopf schief, amüsiert über seinen Vorschlag. »Denkst du?«

»Das tue ich.« Er ließ den Motor an.

»Dir fällt nicht zufällig jemand ein, der den Job übernehmen könnte?«

Er legte den ersten Gang ein, dann grinste er sie schelmisch an, was ihr Herz schneller schlagen ließ.

»Vielleicht schon.«

»Hm – hm«, sagte sie neckend, dann lachte sie, als der Wagen den Parkplatz verließ.

Er fuhr ein paar Blocks durch den gefleckten Schatten der

Middle Street. »Wie wäre es, wenn ich mit einer Bootstour anfinge?«, fragte er schließlich. »Wir sind doch immer gern übers Wasser gefahren, erinnerst du dich?«

Dora blickte aus dem Fenster und erinnerte sich an endlose Sommertage auf Devlins Boot, als sie jung gewesen waren, sie waren über die Flüsse gedüst, hatten in Felsbuchten geankert und geknutscht, während das Boot sanft auf den Wellen schaukelte.

»Ja«, antwortete sie verträumt. »Ich erinnere mich.«

Der Wagen blieb am Schild stehen. »Wir machen das noch mal«, sagte er und drehte den Kopf. Das Glitzern in seinen blauen Augen war ansteckend.

»Wir tuckern die Küste entlang, trinken ein bisschen was, dann führe ich dich zum Essen aus.«

Dora schob ihre Sonnenbrille auf ihrer Nase nach unten, damit sie ihm in die Augen sehen konnte. »Das klingt verdächtig nach einem Date.«

»Na, das hoffe ich doch!«, platzte es aus ihm heraus. »So ist das auch gemeint. Ich habe fast drei verdammte Tage gebraucht, um den Mut aufzubringen. Also, wie lautet deine Antwort? Ja oder nein?«

Dora schob die Sonnenbrille auf der Nase hoch. »Ja.«

11

Harper konnte es kaum erwarten, wieder in den Garten zu gehen. Sie hatte schon vier Bücher zum Thema »Gärtnern im Süden«, »Pflanzen für heiße Klimazonen« und »Schmetterlingsgärten« bestellt. Sie und Dora hatten einen bescheidenen Gartenplan gezeichnet und Harper hatte die Pflanzen bestellt. Dora behielt bei allem die Kontrolle, sie nahm Harpers Vorschläge an oder verwarf sie. Ihr fehlendes Vertrauen nervte sie, besonders weil Dora ihr nicht zugetraut hatte, ihren Sohn nach Florida zu begleiten. Egal, was sie taten oder wie sehr sie sich bemühte, Dora schien sie immer auf Abstand zu halten. Harper hatte sich gerade in einen Vergleich unterschiedlicher Sorten Wandelröschen vertieft, als der morgendliche Frieden von einem Freudenschrei durchschnitten wurde, gefolgt von donnernden Schritten. Als sie von ihrem Computer aufsah, schwang die Verandatür auf und Dora kam mit strahlendem Gesicht herausgestürzt.

»Ich habe fünf Kilo abgenommen!«, verkündete sie atemlos. »Fünf Kilo!«

Harper drehte sich in ihrem Stuhl um, überrascht, dass Dora praktisch auf der Stelle hüpfte. »Hey, Glückwunsch! Das ist ziemlich viel. Seit wann?«

»Seit ich mich das letzte Mal im Krankenhaus gewogen habe.«

»Ich habe dir doch gesagt, dass du abgenommen hast.«

»Du bist immer dünn und fit gewesen. Du verstehst nicht, was für eine Leistung das ist«, sagte Dora zu ihr, ihre Augen blitzten immer noch triumphierend. »Ich versuche seit zehn Jahren, fünf Kilo abzunehmen.«

Harper fragte sich, warum ihre Fitness sie daran hindern sollte, sich für ihre Schwester zu freuen. »Das liegt mehr am Training als an der Ernährung«, sagte Harper, sie wollte ihre Schwester unterstützen. Sie klappte ihren Laptop zu und stand auf. »Wir müssen das feiern.«

»Wozu? Ich kann ja doch nichts Leckeres essen.«

»Warum müssen wir denn essen? Lass uns shoppen gehen!«

Der Vorschlag überraschte Dora, als hätte sie nie gedacht, dass man auch ohne Essen feiern kann. »Also, ich könnte tatsächlich etwas Schickes für mein Date mit Devlin gebrauchen.«

»Etwas, das deine Figur zur Geltung bringt.«

»Na ja, das eher nicht«, sagte Dora, plötzlich schüchtern. »Dafür muss ich noch mindestens weitere fünf Kilo abnehmen.«

»Halbleeres Glas«, sagte Harper und hob tadelnd einen Zeigefinger. »Du kannst dir noch ein Kleid kaufen, wenn du die nächsten fünf Kilo abgenommen hast. Komm schon, Schwesterherz, das Leben ist zu kurz, um nicht jeden Meilenstein zu feiern.« Harper nahm ihren Laptop, ihre Wasserflasche, Stifte und Papier vom Tisch. »Außerdem haben wir noch keinen Einkaufsbummel gemacht. Oder eine Maniküre und Pediküre. Ich erinnere mich, dass das auf unserer Liste der Dinge stand, die wir diese Woche noch machen wollten. Das wird lustig. Nur wir Schwestern.«

Obwohl Harper den Einkaufsbummel als verbindende Erfahrung gedacht hatte, wurde er das genaue *Gegenteil.* Harper stand vor der Umkleidekabine des fünften Ladens, den sie so begeistert betreten hatten, als wäre es eine Zahnarztpraxis. Jedes Kleid oder Top, das sie Dora zum Anprobieren reichte, wurde sozusagen symbolisch verbrannt und vollkommen abgelehnt.

Harper stand vor der Tür der Umkleidekabine, zählte bis zehn und sagte sich, dass das die letzte Auswahl war, die sie in diesem netten Laden zusammensuchte. Sie war mit ihrem Latein am Ende. Sie konnte Dora nicht von ihren hochgeschlossenen, weiten Hängerchen ohne Taille abbringen und sie wollte kein bisschen Haut zeigen. Wäre es nach ihr gegangen, wären sie nur in Geschäfte für übergewichtige Frauen oder Frauen eines gewissen Alters gegangen. Stur lenkte Harper Dora in einige ihrer Lieblingsläden, in der Hoffnung, den Stil ihrer Schwester mit etwas Trendigem ein bisschen zu verjüngen.

Harper liebte Kleider. In New York City gehörte es zu ihren Lieblingsbeschäftigungen, sich die Schaufenster anzusehen und die neue Mode zu bewundern, die so fantasievoll dekoriert war. Das Gute am Einkaufsbummel in der King Street in Charleston war, dass es so viele wundervolle, schicke Boutiquen auf einmal gab und sie sich nicht durch Menschenmengen kämpfen mussten. Es hätte also Spaß machen können, doch stattdessen herrschte Krieg. Dora schoss all die modischen Outfits, die Harper ihr zeigte, ab, sie waren »zu eng« oder »zu klein« oder »zu jugendlich«. Sie machte es nicht mal auf nette Weise, sondern motzte und knurrte wie ein in die Ecke gedrängter Hund in der Umkleidekabine, während Harper sich wieder und wieder aufmachte, ihr etwas Neues zum Anprobieren rauszusuchen. Harper ärgerte sich, weil sie das Gefühl bekam, sie würde Dora eher quälen, anstatt ihr zu helfen. Diese Kleider waren ihr letzter Versuch, bevor sie aufgab. Entschlossen klopfte sie an die Tür der Umkleidekabine.

»Bereit?«, rief sie freundlich.

»Noch mehr?«, stöhnte Dora.

Harper schloss die Augen, dann sagte sie mit gezwungener Fröhlichkeit: »Das letzte Bündel! Ich bin mir sicher, da ist etwas dabei.«

Dora öffnete die Tür einen Spaltbreit, gerade genug, um ihr motziges Gesicht zu zeigen. Sie sah aus, als würde sie gleich in Tränen ausbrechen.

»Ich will nichts mehr anprobieren. Ich bin fertig.«

»Dora, nur noch die paar hier. Ich fand, du sahst in einigen der Kleider toll aus.«

»Nein, sah ich nicht. Ich sah fett aus. Ich sehe in allem fett aus!«, platzte es aus Dora heraus.

Eine Verkäuferin kam zu ihnen, jung und munter und entschlossen, zu helfen. »Passt etwas?«

»Wir sind noch nicht sicher«, sagte Harper höflich.

»Doch, sind wir. Nichts davon passt. Sie können alles mitnehmen«, blaffte Dora.

»Äh, okay«, erwiderte die Verkäuferin, sie spürte die Spannung. »Ich komme kurz rein und nehme alles mit, dann haben Sie mehr Platz«, sagte sie und glitt an Harper vorbei zur Tür.

Dora runzelte die Stirn wegen des Eindringens, trat aber zur Seite und bedeckte sich schnell mit einem der Kleider, die über einem kleinen Stuhl hingen. Als sich die Tür der Umkleidekabine öffnete, erhaschte Harper einen Blick auf Dora in ihrem großen weißen BH und ihren Omaunterhosen. Harper starrte in die Kabine und war geschockt. Es sah aus, als wäre darin eine Bombe explodiert, überall waren Kleider und Blusen und Röcke hingeworfen. Harper trat in die geräumige Kabine und half der jungen Frau die verstreuten Kleider einzusammeln, sie schämte sich für den Zustand des Raumes, für den fehlenden Respekt vor der Kleidung. Als die Verkäuferin gegangen war, blieb Harper mit Dora in der Umkleidekabine, sie umklammerte mit weißen Knöcheln die letzten drei Kleider, die sie ausgesucht hatte.

Dora drehte sich zu ihr um, die Augen zusammengekniffen vor Wut. »Ich will, dass du draußen bleibst. Ich habe deinen Gesichtsausdruck gesehen, als du mich eben gesehen hast. Du warst geschockt.«

Harper schloss die Augen und stöhnte. »Ich war nicht wegen deines Körpers geschockt«, sagte sie mit angespannter Geduld. »Ich war schockiert, in welchem Zustand die Umkleidekabine war!«

»Ja, klar.«

»Nun«, gab Harper mit einem halben Grinsen zu. »Ich war vielleicht auch geschockt von deiner Unterwäsche. Als Nächstes kaufen wir dir einen anständigen BH! Einen aus diesem Jahrhundert.«

Dora wusste, dass sie es lustig meinte, aber Harper war nicht bewusst, wie beleidigend ihre Scherze waren. Wusste sie denn nicht, dass Dora sich sowieso schon wie eine altmodische Matrone fühlte im Vergleich zu ihr und Carson? Dora warf Harper wütende Blicke im Spiegel zu.

»Bitte, geh raus, Harper«, sagte sie mit gezwungener Höflichkeit. »Ich will mich anziehen und nach Hause gehen.«

»Warum machst du es uns so schwer?«, fragte Harper frustriert. »Dieser Einkaufsbummel sollte Spaß machen, und alles, was du tust, ist motzen und wie ein verwöhntes Balg Kleider durch die Gegend werfen.«

»Dann hör du auf, dich wie meine Mutter zu benehmen!«, schoss Dora zurück.

»Was? Wieso benehme ich mich denn wie deine Mutter?«

»Du hörst nicht, was ich will. Du sagst mir, was ich anziehen soll. Scheuchst mich herum. Das ist kein Einkaufsbummel. Du willst mich komplett umstylen!«

Harper war über Doras Vorwürfe so wütend, dass sie die restlichen Kleider auf den Stuhl warf. Sie rutschten prompt auf den Boden.

»Ich will nur helfen! Ich kenne mich mit Mode aus, und ich zeige dir ein paar Outfits, von denen ich glaube, dass sie dir gut stehen. Aber du willst sie nicht mal anprobieren. Gott, du bist unmöglich. Du hängst so in deinen Gewohnheiten fest.«

»Ich habe nicht um ein neues Styling gebeten. Hör auf, mich ändern zu wollen.«

Harper platzte. »Du kleidest dich wie eine Oma!«

Dora klappte die Kinnlade runter und Tränen schossen ihr in die Augen. In der plötzlichen Stille fühlte Harper sich schrecklich, weil sie die Fassung verloren hatte. Im Spiegel sah sie, wie Dora hinter einem Stück Stoff zusammensank. Alles an Dora – ihre Haltung, ihr zerknirschter Gesichtsausdruck, ihr Trotz – zeigten, dass sie geschlagen war.

»Es tut mir leid«, sagte Harper in einem weicheren Tonfall. »Das Letzte, was ich heute tun wollte, war, dir die Stimmung zu ruinieren. Ich weiß nicht, vielleicht wollte ich dich *wirklich* umstylen. Aber nur, weil ich möchte, dass du siehst, wie schön du bist.« Ihr Tonfall änderte sich und ihre Frustration kam durch. »Aber du willst das nicht. Du bist so stur, Dora, und das ohne Grund. Ich frage mich, ob du deinen Trott nicht doch magst, weil er so bequem ist.«

Dora antwortete nicht.

Es folgte ein angespanntes Schweigen, Harper bückte sich, hob die Kleider vom Boden auf und hängte sie an die Wandhaken. Dora blieb steif an der Wand stehen, ihr Gesicht abgewandt, das Kleid hielt sie wie einen Schild fest an den Körper gepresst. Harper drehte sich zu Dora um. »Es tut mir leid, wenn dir dein Aussehen nicht gefällt. Aber das solltest du nicht an mir auslassen. Und weißt du was? Es ist nicht nur heute. Von dem Moment an, an dem ich angekommen bin, hast du mich weggestoßen. Du tust das oft, Dora.«

»Ich stoße dich nicht weg«, sagte Dora verteidigend. Dann zuckte sie aufmüpfig mit einer Schulter. »Ich dachte einfach nur, wir kommen nicht miteinander klar.«

Harper schien vor den Kopf gestoßen. »Aber *warum*? Ich habe mich bemüht, ich habe mich weiß Gott bemüht.«

»Vielleicht liegt es einfach daran, wie wir aufgewachsen sind. Du stammst aus New York und ich aus Charleston.«

Harpers Stimme wurde kalt. »Hör mit diesem Nord-Süd-

Quatsch auf. Das ist so ein Klischee, und du und ich haben uns weit von diesen Unterschieden entfernt. Das hier geht tiefer. Bis zum Vertrauen.«

»Was meinst du?«

Harper sah zur Decke. »Wo soll ich anfangen?« Sie senkte ihren Blick und schaute Dora in die Augen. »Okay, etwas ziemlich Neues. Es hat mir wirklich Spaß gemacht, mit Nate Videospiele zu spielen. Aber du hast mir deswegen den Kopf gewaschen, ohne mir auch nur die Chance zu geben, zu erklären, warum ich es getan habe. Nur zur Info, er mag Spiele, Dora, und er ist gut darin und es ist bewiesenermaßen okay für ihn, sie mit anderen zu spielen. Das wichtige Wort hier, Dora, ist *spielen*. Er war nicht allein. Wir haben zusammen gespielt.«

Sie warf Dora noch einen scharfen Blick zu. »Ein weiteres Beispiel. Ich war diejenige, die die Idee hatte, Nate zu dieser Delfintherapie zu schicken. Ich will keinen Dank und ich verstehe, warum Carson mit ihm nach Florida gefahren ist.« Harper rasselte die Gründe runter. »Sie hat Erfahrung mit Delfinen. Sie kennt Florida. Sie und Nate haben diese Verbundenheit mit Delfinen.« Ihre Stimme wurde sanfter. »Aber es tat trotzdem weh, dass du nicht einmal darüber nachgedacht hast, mich mit ihm fahren zu lassen.« Sie fragte Dora direkt: »Hättest du ihn mit mir fahren lassen?«

»Ich … ich …«, stammelte Dora.

»Nein, hättest du nicht«, antwortete Harper für sie. »Weil du mir Nate nicht anvertrauen würdest. Du vertraust mir ja nicht mal bei dem verdammten Garten!«

»Ich vertraue Nate *niemandem* an!«, feuerte Dora zurück. »Nicht mal seinem Vater. Weißt du überhaupt, was das für mich bedeutet, Nate mit Carson fahren zu lassen? Ihn gehen zu lassen war der größte Vertrauensbeweis, den ich jemals jemandem gezeigt habe. Und das schließt dich mit ein. Ich habe dem, was du mir über das Programm erzählt hast, vertraut. Ich habe dir zugehört, weil ich weiß, dass du klug bist und Dinge durchdenkst und ich dich respektiere, verdammt.«

Harper wurde sehr still.

»Ich bin fast wahnsinnig geworden, weil ich Nate habe gehen lassen«, sagte Dora, sie zitterte, so aufgewühlt war sie. »Ich bin es immer noch. Ich vermisse ihn.« Sie rieb sich die Arme, plötzlich war ihr sehr kalt. »Bitte geh jetzt einfach.« Sie schüttelte sich. »Ich bin mit allem völlig fertig.«

»In Ordnung. Ich bin auch fertig. Ich gehe.« Harper wollte gehen, dann drehte sie sich noch einmal um.

Dora wandte sich ab.

Harper sah den Rücken ihrer Schwester an und ließ ihre Schultern hängen. »Du bist meine Schwester«, sagte sie mit monotoner Stimme. »Ich liebe dich. Aber im Moment mag ich dich nicht. Tu, was immer du willst. Es ist mir egal. Ich gehe in das Café an der Ecke. Wenn du fertig bist, komm dahin, dann fahren wir nach Hause.«

Harper drehte sich um und ging, sie schloss die Tür hinter sich.

Dora stand regungslos in der Umkleidekabine, sie zitterte vor Schmerz und Schock und Wut über Harpers Ausbruch. Wie konnte sie es wagen, ihr so etwas zu sagen? Harper mochte sie nicht? Nun, sie mochte Harper auch nicht besonders, dachte sie, griff nach ihren Shorts und stopfte ihre

Beine hinein, sie merkte wieder, wie locker sie um Taille und Hüfte saßen. Plötzlich erinnerte sie sich daran, wie euphorisch sie sich gefühlt hatte, als sie entdeckt hatte, dass sie fünf Kilo abgenommen hatte, und wie spontan und aufrichtig Harper sie beglückwünscht hatte.

Und wer war dieses Mädchen? fragte Dora sich, perplex wegen Harpers Ausbruch. Die Maus hat gebrüllt! Und Dora musste zugeben, dass sie diese Seite, die sie noch nie an ihr gesehen hatte, bewunderte. Sie hatte Mumm, das respektierte Dora. Doras Wut war schnell der Reue gewichen. Sie ließ sich auf den Stuhl fallen und sah auf ihr Spiegelbild. Ihre Wangen waren rosa von der Sonne, aber ihre Haare waren straßenköterblond und ihre Bermudashorts und ihr BH sahen wie etwas aus, das ihre Mutter tragen würde. Wie konnte sie wütend auf Harper sein, wo Harper doch recht hatte? Dora hasste es, wie sie sich kleidete.

Hatte Harper auch bei den anderen Dingen recht? Stieß Dora Menschen von sich fort? Sie dachte an Cal. Wie viele Nächte hatte sie ihn abgewiesen, hatte Müdigkeit oder Kopfweh simuliert? Sie wusste, dass viele Frauen allerlei Ausreden benutzten, wenn sie nicht in Stimmung waren, aber Cal war schließlich böse geworden. »Du bist nie in Stimmung«, hatte er sich beschwert. Sie konnte ihm nicht erklären, dass das eigentliche Problem war, dass sie sich weder sexy noch hübsch noch begehrenswert oder auch nur weiblich fühlte. Es war einfacher, Leute wegzustoßen, als sie nahekommen zu lassen. Harper hatte recht. Schon wieder. Sie stieß sie immer weg. Sie war neidisch gewesen. Sie hatte gedacht, dass Harper und Carson beide ein aufregendes Leben führten. Sie hatten die Welt bereist, während Dora die

Südstaaten nie verlassen hatte. Sie waren jünger, schlanker, reicher, oder jedenfalls war Harper das. Doras einzige Leistung war ihre Ehe, ihr Kind, ihre Stabilität. Sie hatte die Fassade aufrechterhalten, die perfekte Südstaatenfrau zu sein. Bis die Fassade eingestürzt war und ihr nichts mehr blieb, um sich gut zu fühlen.

Fassaden waren auf Distanz einfacher aufrechtzuerhalten.

Doch nun war es an der Zeit, dass *ihrer aller* Fassaden Risse zeigten und einstürzten. Seit sie nach Sea Breeze zurückgekehrt waren, waren verschiedene Wahrheiten ans Tageslicht gekommen. Carson war brutal ehrlich gewesen, hatte die traurigen Einzelheiten ihrer Kindheit mit ihnen geteilt. Harper hatte die Einsamkeit hinter dem Reichtum der Familie James enthüllt. Warum hatte Dora sich geschämt, ihren Schwestern von ihrer Scheidung zu erzählen? Die Stimme in ihrem Kopf, die ihr gesagt hatte, dass Scheidung ein peinlicher Skandal war, den man unter allen Umständen vermeiden musste, gehörte demselben heftigen Kritiker, der ihr einflüsterte, dass sie fett war und nicht hübsch. Lag es an ihrer Unsicherheit, dass sie so unflexibel war und in ihrer Routine verhaftet blieb? War sie zu kritisch, immer nur auf Fehler fokussiert und stieß sie Menschen – und jegliche Hoffnung auf Glück – von sich weg?

Sie legte die Hände vors Gesicht. In der letzten Woche hatte sie einen Blick darauf erhaschen können, wie sich ihr Leben verändern könnte. Sie mochte es, wie sie sich jetzt fühlte. Im Spiegelbild sah sie den Schatten des jungen Mädchens, das sie einmal gewesen war. Das Mädchen, das Selbstbewusstsein hatte und Träume. Das Mädchen, das alles für möglich hielt.

Wie konnte sie die alten Muster hinter sich lassen, die wie wilder Wein um ihr Herz gerankt waren? Wie konnte sie die negativen Stimmen ignorieren und nur auf die positiven hören?

Dora ließ die Hände sinken und hob den Blick langsam zu den Kleidern, die an den Wandhaken hingen. Harper hatte ihr gesagt, dass sie in den Kleidern hübsch ausgesehen hatte. Devlin hatte ihr gesagt, dass sie schön war. Wann würde sie es selbst glauben?

»Ach, gib mir das verdammte Kleid«, sagte Dora zu sich selbst, als sie aufstand und nach dem Erstbesten griff.

Harper saß an einem kleinen Tisch im City Lights Café, vor sich einen Stapel Servietten, vollgekritzelt mit ihrer Handschrift. Wenn sie verletzt oder wütend war, fand Harper es heilsam, all die Dinge als Dialog aufzuschreiben, die sie sich nicht zu sagen traute. Sie hatte in glühend heißer Wut eine giftige Szene von Dora und sich selbst in der Umkleidekabine geschrieben, wie sie sich Beleidigungen an den Kopf warfen, Kleider herumschmissen, einen echten Kampf ausfochten. Als sie fertig war, lehnte sie sich im Stuhl zurück, ließ den Stift los und nahm ihren Latte macchiato.

Sie trank den Kaffee aus, stellte den leeren Becher ab und sah sich im Café um. Große Edelstahlkaffeemaschinen standen an den Wänden, auf der Theke waren süße Teilchen gestapelt. Frauen und Männer aller Altersgruppen saßen an kleinen Tischen, unterhielten sich, lasen, tippten auf ihre Laptops ein. Sie fand den starken Duft von frisch gekochtem Kaffee und süßen Teilchen beruhigend, und das brauchte sie jetzt.

In New York ging sie oft mit ihrem Laptop in Cafés und beobachtete Menschen. Sie genoss es, zu beschreiben, was sie sah: die Umgebung, die Leute und was sie bestellten. Sie notierte sich Kommentare, die sie amüsant oder treffend fand. Manchmal inspirierte sie ein zufällig mitgehörtes Gespräch so sehr, dass sie ihrer Fantasie freien Lauf ließ und das Aufgeschnappte zu einer Kurzgeschichte ausbaute. Sie zeigte niemandem, was sie geschrieben hatte. Sie hatte vor langer Zeit gelernt, dass sie kein Talent hatte. Aber sie schrieb immer noch gern. Sie warf die Seiten entweder weg oder versteckte sie in Schachteln in ihrem Schrank. Sie wusste nicht, warum sie schrieb. Es war einfach etwas, das sie schon immer getan hatte.

Als Harper klein gewesen war, hatte sie ihre Geschichten anderen gezeigt. Es waren alberne Aufsätze über alles Mögliche, aber sie war stolz auf sie gewesen. Dann, eines Tages, als sie acht Jahre alt war, hatte ihre Mutter sie in ihr Büro gerufen.

»Harper James-Muir!« Die Stimme ihrer Mutter drang durch ihre New Yorker Wohnung. »Komm bitte in mein Büro.«

Harper saß am Küchentisch, ließ die Beine baumeln und aß einen Zimttoast, während sie auf das Eiskristallmuster am Fenster sah. Als sie die Stimme ihrer Mutter hörte, erstarrte sie und warf ihrer Nanny einen angsterfüllten Blick zu. Ihre Mutter benutzte ihren kompletten Namen nur, wenn sie etwas angestellt hatte, und in ihr Büro gerufen zu werden bedeutete, dass es etwas Ernstes war.

Luisa, ihre Nanny, schüttelte den Kopf, um anzudeuten, dass sie nicht wusste, worum es ging.

Harper legte ihren Toast zur Seite, während Luisa ihr noch schnell ein paar Krümmel vom Mund und ihrer Schuluniform wischte. Dann strich sie Harpers Haar glatt, packte sie an den Schultern und führte sie zum Arbeitszimmer ihrer Mutter.

Georgiana saß in ihrem Büro voller Bücher hinter einem eleganten Ebenholzschreibtisch. Sie trug ihre Geschäftskleidung, ein schicker schwarzer Hahnentrittanzug. Harper rümpfte die Nase wegen des Zigarettenrauchs, der ihr immer auf den Magen schlug.

»Herein«, sagte Georgiana. »Und mach die Tür hinter dir zu. Das wäre alles, Luisa.«

Harper hörte den geschäftsmäßigen Tonfall und tat nervös wie geheißen. Mit vor sich ineinander verschränkten Händen stand sie da.

»Setz dich.«

Harper ging über den Teppich, um sich in einen der pinkfarbenen Samtsessel zu setzen, die Schultern nach hinten und die Füße über Kreuz, wie sie es gelernt hatte. Sie suchte auf dem Schreibtisch ihrer Mutter nach einem Hinweis, warum sie hergerufen worden war. Sie entdeckte ihr selbstgemachtes Buch, *Willy, der wunderliche Wal*. Harper war auf diese Geschichte über die Abenteuer eines jungen Wales, der seine Familie suchte, besonders stolz. Sie hatte die Illustrationen selbst gemalt und das Buch mit einem Locher und einem Band selbst gebunden. Sie hatte sogar ein dazu passendes Lied geschrieben. Sie atmete erleichtert auf, weil sie dachte, dass ihre Mutter, die ja schließlich Verlegerin war, bestimmt stolz auf ihr Werk wäre. Immerhin hatte sie ihr erstes Buch geschrieben!

Georgiana hob das Papierbuch hoch. »Hast du das geschrieben?«

»Ja.«

»Schreibst du viele Geschichten?«

Harper lächelte ermutigt. »Ja. Na ja, manchmal. Ich meine, ich mache es nur, wenn ich eine Idee habe.«

»Woher hattest du die Idee für dieses?«

Harper zuckte mit den Schultern. »Ich weiß nicht. Sie ist mir einfach so eingefallen.«

»Sie ist dir einfach so eingefallen«, wiederholte Georgiana langsam. »Aha.«

Harper wusste, wenn ihre Mutter kühl wurde, war sie kurz davor, die Beherrschung zu verlieren. Harper wartete mit angehaltenem Atem.

»Lügst du mich an?«

Harper wurde blass und ihr wurde plötzlich übel. »Nein!«

»Du hast diese Idee aus einem der Bücher, das du gelesen hast, nicht wahr?«

»Ich ... ich ...«, Harper wusste nicht, was sie sagen sollte. Ihre Mutter machte ihr Angst. »Ich weiß nicht.«

»Das dachte ich mir«, sagte sie, zog an ihrer Zigarette und legte sie dann in den Aschenbecher. Sie faltete ihre Hände auf dem Schreibtisch. Harper starrte auf ihre perfekt lackierten pinkfarbenen Nägel. »Harper, hör mir sehr gut zu. Du darfst nie, niemals die Arbeit anderer kopieren. Im Verlagswesen nennt man das Plagiat. Und es ist ein Verbrechen. Und ein Skandal sowieso. Ich erlaube das nicht, nicht einmal im Spiel. Verstehst du mich?«

Harper nickte, der grausame Vorwurf, sie hätte beim Schreiben ihres Buches gelogen und betrogen, verschlug ihr die Sprache. Die Idee war ihr gekommen, wie so oft, während sie träumte, während sie las, während sie Leuten zuhörte. Manchmal fiel ihr etwas ein, während sie mit ihrer Nanny im Park oder im Zoo war und die Tiere beobachtete. War das eine Kopie? War sie böse?

»Warum schreibst du überhaupt Bücher?«, fragte ihre Mutter, offensichtlich immer noch aufgebracht. Dann durchbohrte sie sie mit einem Blick. »Möchtest du werden wie dein Vater?«

Harper schüttelte den Kopf. Sie wusste, dass sie sich plötzlich auf vermintem Gebiet befanden.

Die Augen ihrer Mutter glitzerten vor Wut, wie jedes Mal, wenn sie das Thema Parker Muir ansprach. »Nun, tu's nicht. Du kanntest ihn nicht. Ich schon und glaub mir, du willst nicht wie er werden. Er war ein Säufer und Schürzenjäger. Ein Nichtsnutz.« Sie richtete einen ihrer perfekt manikürten Finger auf sie. »Du bist eine James und du bist besser als er. Besser als sie alle.« Ihr Gesichtsausdruck wurde härter, wie ihr Tonfall. »Dein Vater war kein Schriftsteller«, sagte sie höhnisch. »Er war ein Nachahmer. Er hatte kein Talent. Und«, sagte sie und hob Harpers selbst gemachtes Buch hoch und ließ es auf den Schreibtisch fallen, als sei es Müll, »du auch nicht.«

Harper fühlte, wie ihr Enthusiasmus und ihr Stolz auf ihr Buch in ihrem Herzen erloschen und durch Scham ersetzt wurden.

Georgiana zog ein letztes Mal an ihrer Zigarette und blies Rauchschwaden aus, während sie ihre Tochter betrachtete, die mit hängenden Schultern auf dem Stuhl vor dem Schreibtisch saß. Dann streckte sie sich nach dem Aschenbecher und drückte die Zigarette aus.

»Ich bin froh, dass wir dieses kleine Gespräch geführt haben«, sagte ihre Mutter. »Du bist meine Tochter. Ich liebe dich und habe große Erwartungen an dich. Ich weiß, dass du mich nicht enttäuschen wirst.« Dann lächelte sie, es war dasselbe Lächeln, das sie Gästen schenkte, wenn sie das Haus verließen, das Megawattlächeln, das einem das Gefühl gab, ein Geschenk erhalten zu haben. »Du kannst jetzt gehen. Ich sehe dich dann beim Abendessen, in Ordnung?«

Harper schauderte bei der Erinnerung, sie griff nach ihrem Kaffeebecher und runzelte die Stirn, als sie sah, dass er leer und kalt war. Sie hatte keine Lust mehr zu warten und wollte gehen. Wo war Dora? fragte sie sich verärgert. Sie stützte ihr Kinn in die Hand und ließ ihren Blick durch das Café schweifen, dann durch das vordere Fenster. Sie entdeckte Dora auf dem Gehweg, sie kam auf den Laden zu. Sie setzte sich erwartungsvoll auf. Die Glocke an der Tür klingelte, und Dora trat ein.

Harper spürte, wie all die Frustration und Wut, die sich in ihrer Brust angestaut hatten, in einem kurzen, begeisterten Lachen verschwanden. Dora strahlte in einem der Kleider, die Harper für sie ausgesucht hatte. Es hatte ein marineblaues Muster mit senkrechten Streifen, das ihrer Figur schmeichelte. Harper wusste nicht, was diesen Stimmungswechsel bei Dora verursacht hatte, aber er bedeutete ihr sehr viel. Lächelnd reckte sie ihre Hand hoch und winkte enthusiastisch. Doras Augen leuchteten, als sie ihre Schwester sah.

»Du siehst fantastisch aus!«, rief Harper aus und stand auf, um sie zu begrüßen. »Ich liebe dich in diesem Kleid.«

Dora umarmte sie und flüsterte ihr ins Ohr. »Und ich liebe dich einfach so.«

Sie hielten sich einen Moment, dann noch einen Moment, sie brauchten dieses Mal keine Worte, um ihre Entschuldigungen und die feste Verbundenheit zwischen ihnen auszudrücken.

Dora ließ sie los und trat ein bisschen nervös zurück. Harper sah an Doras roten Augen, dass sie geweint hatte.

»Willst du einen Kaffee?«, fragte Harper.

»Ich hole ihn. Ich lade dich ein. Ich habe dich lange genug warten lassen.«

Harper beobachtete Dora, wie sie sich anstellte, um ihre Bestellung beim Barista aufzugeben. Während sie wartete, überfluteten Ideen ihr Hirn, schöne Dinge, die sie zusammen unternehmen könnten, einfach zwei Frauen, zwei Freundinnen, zwei Schwestern an einem freien Nachmittag in der King Street. Lächelnd sammelte sie schnell die Servietten mit ihrem wütenden Geschreibsel ein, zerknüllte sie, ging quer durch das Café und warf sie in den Mülleimer.

Die Nachmittagssonne stand schon tief, als die jungen Frauen nach Sea Breeze zurückkehrten. Mamaw hatte am vorderen Fenster gewartet und nach ihnen Ausschau gehalten.

»Lucille!«, rief sie, ihr Herz pochte rasend schnell. »Sie sind da!«

Lucille kam mit steifen Beinen aus der Küche gelaufen und trocknete ihre Hände an ihrer gestärkten weißen Schürze ab.

»Endlich«, schnaubte sie. »Ich hoffe, sie haben nichts gegessen. Ich habe seit einer Stunde dieses Hasenfutter gekocht, um ihm etwas Geschmack zu verleihen.«

»Ich hoffe, ihnen gefällt, was ich getan habe«, sagte Mamaw nervös. Sie drehte sich zu Lucille um. »Glaubst du, es gefällt ihnen?«

»Natürlich wird es das. Wieso denn nicht?«

»Ich will nicht, dass sie mich für, na ja …«

»Berechnend halten?«

Mamaw runzelte die Stirn. »Was für ein hartes Wort. Ich finde, großzügig passt da auch.«

Lucille lachte laut auf. »Na, sieh sie dir an, wie sie miteinander lachen. Ich glaube, deine *Großzügigkeit* hat bei ihnen schon funktioniert.«

Mamaws Sorge schwand etwas. »Ja, ich schwöre, sie waren wie Öl und Wasser.«

»Backpulver und Essig trifft es eher. Still jetzt, da kommen sie. Grundgütiger, sie sehen aus, als hätten sie die Läden leer gekauft.«

Die Haustür öffnete sich und Mamaw hörte das Lachen, bevor sie Harper und Dora hereinspazieren sah, beladen mit bunten Einkaufstüten.

»Wir sind zurück!«, rief Dora fröhlich aus. »Wir hatten so viel Spaß! Harper ist das liebste Mädchen auf der Welt. Kommt und seht euch an, was wir gekauft haben! Oder was Harper gekauft hat. Die Frau zückt gern ihre Kreditkarte!«

Mamaw drehte sich um und wechselte einen überraschten Blick mit Lucille. Die Stimmung zwischen den Mädchen hatte sich auf jeden Fall verändert, und Mamaw ließ ihrer Freude darüber freien Lauf.

»Dora, du siehst umwerfend aus! Du hast dich total verändert!«, rief sie aus und ging mit offenen Armen auf sie zu.

Doras blonde Haare hatten Strähnchen bekommen und waren in einem eleganten, neuen Stil geschnitten. In dem schicken Sommerkleid sah sie aus, als hätte sie weitere fünf Kilo abgenommen. Mamaw war sich nicht sicher, ob es daran lag, dass sie glücklich war oder an ihrem neuen Make-up, aber ihr Gesicht strahlte richtig.

Dora umarmte Mamaw jubelnd. »Das war alles Harper. Sie hat mich komplett umgestylt.«

Mamaw drehte sich um und sah Harper bereits die Einkaufstüten auf dem Chippendale-Sofa ausbreiten und Schachteln öffnen. Es stellte sich heraus, dass Harper nichts für sich gekauft hatte, was Bände sprach, fand Mamaw.

»Du bist richtig gut darin«, sagte sie Harper. »Du solltest das beruflich machen!«

»Das kann ich mir nicht leisten«, sagte Harper und lachte auf.

Dora plapperte drauflos: »Ihr denkt, *ich* sei herrisch? Ich bin ein Lämmchen im Vergleich zu diesem Mädchen. Sie hat mich dazu gebracht, zum Friseur zu gehen, mich schminken zu lassen und seht mal! Eine Maniküre und eine Pediküre. Lucille, wie findest du die Farbe?«

Sie streckte ihre Hände aus und zeigte ihre Fingernägel, die in einem knalligen Pink lackiert waren. »Schreit die nicht geradezu *Sommer*?«

Lucille beugte sich über ihre Hände. »Sie schreit etwas, das ist mal sicher.«

Dora kicherte und lief zum Sofa, um in eine der großen

Tüten zu greifen. Sie fischte zwei kleine heraus. »Wir haben das hier gemeinsam für euch ausgesucht. Oh, Harper, du solltest sie überreichen. Ich vergesse meine Manieren.«

Harper lachte nur und winkte ab, sie freute sich über Doras Begeisterung. »Mach du nur.«

Mamaw nahm die Tüte überrascht an. »Für mich? Ach Gott, Mädchen. Ich verdiene nichts. Es ist doch nicht mein Geburtstag.«

»Es ist eigentlich gar nichts«, antwortete Harper und beobachtete sie. »Ein *petit cadeau.*«

Mamaw zog eine Duftkerze aus der Tüte. »Danke schön, ihr Lieben. Die ist toll«, sagte sie.

Lucille hatte auch eine Kerze bekommen.

»Es sind unterschiedliche Düfte«, sagte Harper. »Ich hoffe, sie gefallen euch.«

»Das sollten sie«, fügte Dora hinzu. »Die haben ein Vermögen gekostet.«

Harper lachte und schüttelte verlegen den Kopf.

Lucille hatte ihre Lesebrille aufgesetzt und betrachtete die Kerze genau. »Hier steht, sie heißt ›Sommernächte‹. Ich weiß nicht, was das bedeuten soll, aber für mich riecht sie nach Jasmin. Ich liebe meinen nachtblühenden Jasmin.« Sie sah grinsend auf.

Dora wandte sich wieder den Tüten auf dem Sofa zu. »Wartet mal, bis ihr seht, was ich noch gekauft habe.«

»Mädchen«, sagte Mamaw und legte die Hände auf ihre Brust. Sie schaute zu Lucille, die zustimmend nickte. »Da ist etwas, das ich euch zuerst zeigen möchte. Ich habe sozusagen auch etwas umgestylt.«

Dora ließ die Einkaufstüte los und blickte zu Harper. »Hat

das etwas mit all dem Hämmern und Pochen der letzten Tage zu tun?«

»Ihr werdet schon nachsehen müssen«, antwortete Mamaw geheimnisvoll.

»Ich liebe Überraschungen«, sagte Harper.

»Gut. Ich hoffe, diese wird dir gefallen. Kommt mit.«

Mamaw führte sie vom Wohnzimmer durch den Flur zu ihrem Schlafzimmer. Sie öffnete die Tür zum Vorzimmer der Suite, wo sie ein gerahmtes Foto von Mamaw und Granddaddy Edward über einem kleinen Korridortisch begrüßte. Direkt links davon lag ein kleiner Computerraum, der in einen großen Wandschrank eingebaut worden war. Sie gingen weiter in das große Schlafzimmer, das mit einer Sammlung von Gemälden regionaler Künstler der von Mamaw so geliebten Lowcountrylandschaft geschmückt war. An jedem Quadratzentimeter Wand hingen Bilder. Sie hatte den Mädchen oft erzählt, dass sie sich so im Bett von Freunden umgeben fühlte, besonders seit Edward nicht mehr da war.

Mamaw blieb vor einer hölzernen Schiebetür stehen, die ihr Schlafzimmer vom Wohnzimmer trennte und die vor ein paar Tagen noch nicht da gewesen war.

Harper und Dora sahen sich verwirrt an.

Mamaw blickte in ihre erwartungsvollen Gesichter. »Ich habe ein bisschen was ändern lassen, wie ihr ja gehört habt«, begann sie. Sie ließ ihren Blick auf Harper ruhen.

»Harper, Liebes, du warst diesen Sommer wirklich ein Engel, weil du dich ohne ein Wort der Beschwerde aus deinem Schlafzimmer hast vertreiben lassen. Das wissen wir alle zu schätzen.«

»Das war doch selbstverständlich, Mamaw«, sagte Harper. »Das war doch nichts. Und ich habe mir gern ein Zimmer mit Dora geteilt.« Sie sah Dora lächelnd an.

»Genau die Einstellung, die ich meinte. Aber trotzdem«, fuhr Mamaw fort. »Carson und Nate werden in ein paar Tagen zurück sein, und ich habe ein bisschen umgeräumt, was dir hoffentlich gefällt. Das ist jetzt dein Zimmer.«

Mamaw drehte sich um, packte die Messinggriffe und schob die Tür auf. Sonnenlicht fiel durch die Erkerfenster ins Schlafzimmer und erleuchtete ein zum Schlafzimmer umfunktioniertes Wohnzimmer. Anstelle von Sofa und Sessel stand ein feminines, antikes Bett mit Schnörkeln und Verzierungen schräg vor den Fenstern, ein weicher blauer Perserteppich lag davor.

Harper schnappte nach Luft und betrat langsam das sonnige Zimmer, ihren Kopf drehte sie von links nach rechts, um all die Veränderungen zu betrachten. Der kleine Schreibtisch aus Doras Zimmer war cremeweiß gestrichen und unter die Erkerfenster gestellt worden, darauf standen frische Blumen in der chinesischen Rosenporzellanvase, die sie so liebte. Nur Mamaw konnte selbst bei kleinsten Details so aufmerksam sein.

»Du hast ein Zimmer gemacht … für mich?«, fragte Harper kleinlaut.

»Das war doch nicht viel. Das Bett und den Schrank hatte ich noch. Du hast leider keinen Wandschrank. Aber du kannst Edwards Computerraum benutzen. Der wird sowieso nie betreten. Abgesehen davon haben Lucille und ich einfach nur ein paar Möbelstücke verschoben. Ach«, sie zeigte auf die hellblaue Decke auf dem Bett, »wir dachten, du würdest dir am liebsten selbst eine neue Tagesdecke aussuchen.«

»Oh, Mamaw, ich wäre auch mit einer Luftmatratze auf dem Fußboden zufrieden gewesen.«

Mamaw lachte auf eine Art, die andeutete, dass Harper etwas Absurdes gesagt hatte. »Genau deswegen hat es mir so viel Freude gemacht, das alles herzurichten.« Sie küsste Harper auf die Stirn. »Ich habe die Türen einbauen lassen, damit du mich einfach ausschließen kannst. Man kann sie auch zumachen, siehst du?«, sagte sie und deutete auf einen Messingriegel. »Ich habe noch eine Tür einbauen lassen, damit du einen eigenen Eingang über die Veranda hast. Ich weiß, dass du deine Privatsphäre schätzt.«

»Danke, Mamaw. Ich bin ... überwältigt.« Harper war so erzogen worden, immer ihre Gefühle unter Kontrolle zu haben, und blinzelte jetzt hektisch, um ihre Tränen aufzuhalten.

Dora stand im Hintergrund und betrachtete das neue Zimmer erstaunt. »Ich muss zugeben, es wird mir fehlen, mit dir ein Zimmer zu teilen.«

Mamaw schaute zu Dora, ob Anzeichen zu sehen waren, dass sie neidisch auf Harpers Geschenk war. Erleichtert sah sie nichts als aufrichtige Freude in Doras Gesicht. Dadurch war sie nur noch gespannter, ihre nächste Überraschung zu enthüllen.

Mamaw sagte zu Dora: »Du denkst doch nicht etwa, ich hätte dich vergessen, oder? Wir haben auch in deinem Zimmer was getan. Komm, sieh es dir mal an.«

Kichernd folgten sie Mamaw durch das Wohnzimmer zurück zur Westseite des Hauses. Als sie an der Bibliothek vorbeikamen, lag der Geruch frischer Farbe in der Luft. Mamaw sah über die Schulter, um sicherzugehen, dass Dora hinter ihr war und lächelte, als sie sah, dass alle drei Frauen ein Gesicht machten wie Kinder an Heiligabend. Ohne Zeit zu verlieren, öffnete sie die Tür.

In dem kleinen Schlafzimmer herrschte noch das Chaos des Umräumens. Fast alle Möbel waren beiseitegeschoben, eine Malerfolie bedeckte den Boden, alle Zierleisten waren glänzend weiß gestrichen und eine Wand war von einer hellrosa-weißen Streifentapete bedeckt, feminin und elegant.

»Da muss noch ein bisschen was getan werden«, sagte Mamaw. »Ich musste alle möglichen Gefälligkeiten einlösen und habe alle Näherinnen der Stadt am Telefon genervt.« Sie führte sie stolz durch das Zimmer und deutete auf alle Veränderungen. »Die Tapete wird morgen geklebt und sobald sie trocken ist, können wir die Vorhänge aufhängen. Ich habe nur wenig Zeit und bin entschlossen, alles fertig zu haben, bevor Carson und Nate aus Florida zurück sind. Du wirst bis dahin in ihrem Zimmer schlafen müssen. Falls das für dich in Ordnung ist. Lucille hat das Bett frisch bezogen. Es ist alles bereit.«

»Natürlich«, sagte Dora rasch. »Ich weiß gar nicht, was ich sagen soll. Ich habe mit so etwas nicht gerechnet. Ich hätte mich schon über ein größeres Bett gefreut. Aber …« Jetzt klang ihre Stimme besorgt. »Mamaw, all dieser Aufwand und diese Ausgaben. Ich … wir werden doch nur kurz hier sein …«

»Ich weiß, aber es macht mir so viel Freude und der Immobilienmakler hat mir gesagt, ich solle alles etwas modernisieren. Also musste es sowieso erledigt werden.« Sie verdrehte die Augen, zuckte mit den Schultern und sagte: »*Que sera sera*. Dora, da ist eine Sache, die ich dir besonders gern zeigen möchte. Das hat all das überhaupt erst ausgelöst«, sagte sie und führte Dora aus dem Zimmer. »Ich habe es vorerst in Carsons Zimmer gestellt. Komm und sieh es dir an.«

»Ein neues Bett, hoffe ich?«, sagte Dora. Sie hasste es, in diesem Doppelbett zu schlafen.

»Das auch«, versicherte Mamaw ihr. »Ich lasse ein Bett aus meinem Lager herbringen.«

»Vielen Dank …«, murmelte Dora, bevor ihr die Worte im Hals steckenblieben.

Mamaw öffnete die Tür zu Carsons Zimmer und in einer Ecke sah Dora Mamaws beeindruckende französische Frisierkommode stehen. Dora starrte sprachlos auf die geliebte, unschätzbar wertvolle Antiquität. »Die Frisierkommode gehört dir, Dora.«

Dora ging langsam auf die Kommode zu, streckte die Hand aus, um die Schnörkel des Messingspiegels zu berühren.

»Oh, Mamaw«, sagte Dora atemlos. »Woher wusstest du, wie sehr ich die liebe?«

Mamaw lächelte nachsichtig. »Ich bin deine Großmutter. Ich *sollte* so etwas wissen.«

Dora drehte sich zu ihr um. »Aber was wirst du jetzt benutzen?«

»Ach Kind, in meinem Alter gilt, je seltener man in den Spiegel schaut, umso besser.«

Sie sah zu Lucille, die strahlend vor Freude an der Tür stand. »Besonders weil diese alte Ziege mir nicht ihr Rezept für ihre Hautcreme geben will.«

Lucilles grinste breit. »Dafür ist es jetzt sowieso zu spät!«

Mamaw schnaubte und schüttelte resigniert den Kopf. Sie wandte sich Dora zu und nahm ihre Hände. »Mein liebes Mädchen, du hast so schwer daran gearbeitet, wiederzuentdecken, wie schön du bist, innerlich genauso wie äußerlich. Ich hoffe, dass du jeden Tag diese Schönheit in diesem Spiegel sehen wirst.« Sie drückte Doras Hände. »Hörst du?«

Tränen liefen über Doras Wangen, während sie nickte, ihr Lachen vermischt mit einem unterdrückten Schluchzen.

»Du ruinierst ihr Make-up!«, rief Harper lachend.

Mamaw hielt Dora in ihren Armen, freute sich an ihrer Weichheit, am süßen Duft der Tuberose in ihrem Parfüm und den tiefen Gefühlen, die Dora sich endlich zuzulassen traute.

12

Das flackernde Kerzenlicht auf dicken weißen Baumwolltischdecken, die Lowcountrykunst an den Wänden, die Orchideen in langen Vasen, das Gemurmel, ab und zu von Lachen unterbrochen, das Klirren von Silberbesteck – alles zusammen erzeugte die Atmosphäre eines perfekten Dates.

Dora rutschte nervös auf ihrem Stuhl und schwenkte den Cabernet im großen, runden Kristallglas. Ihr fielen ihre perfekt lackierten Nägel auf. Heute Abend trug sie ihr neues, schimmerndes blaues Seidenkleid, das Harper auf ihrer Einkaufstour für sie entdeckt hatte. Mamaws rosa Perlen schmückten ihren Hals und sie wusste, dass sie in dem eleganten Restaurant in Charleston fantastisch aussah.

Ihr gegenüber studierte Devlin die übergroße Speisekarte. Er hatte sich heute Abend auch verwandelt, er sah gut aus in seinem wunderbar geschnittenen beigen Anzug, einem hellrosa Hemd und einer Ferragamo-Krawatte. Sie betrachtete seine Hände auf der Speisekarte, er hatte keine langen Finger wie Cal. Seine Hände waren eher breit und rötlich, weil er so oft auf dem Wasser war. Eine Männerhand. An seinem Ringfinger trug er einen dicken Siegelring. Sie nippte an ihrem Wein, ihre Fantasie wurde in diesem romantischen

Restaurant angeregt. Wie, fragte sie sich, würden sich diese Hände wohl auf ihrem Körper anfühlen?

Devlin sah von der Speisekarte auf und ertappte sie dabei, dass sie ihn ansah.

»Du siehst heute Abend wunderschön aus. Da fällt mir was ein …« Er legte die Speisekarte ab und griff mit einem Glitzern in den Augen in seine Brusttasche, um eine kleine Schmuckschatulle herauszunehmen. Er stellte sie vor Dora auf den Tisch.

»Was ist das?«, fragte sie, von plötzlicher Panik befallen.

»Nichts Großes, nur etwas, das ich gesehen habe und dachte, es könnte dir gefallen. Mach es mal auf.«

Dora warf ihm einen gespielt misstrauischen Blick zu und griff nach der grauen Samtschachtel. Sie öffnete sie und sah ein Paar große Ohrringe aus einem blauen Edelstein mit einem Rand aus winzigen Diamanten.

»Die sind fantastisch!«, rief sie aus, geschockt von ihrer Größe. Die waren sicher teuer gewesen.

»Ich habe immer gesagt, dass deine Augen die Farbe von Aquamarinen haben. Topase sind zu hell. Deine Augen sind dunkler blau, wie der tiefe Ozean.«

»Ich kann die nicht annehmen. Sie sind zu teuer.«

»Bitte spiel nicht dieses Spielchen. Das haben wir schon lange hinter uns. Ich habe sie gesehen, ich wollte sie dir schenken und sie passen zu deinem Kleid. Sind das nicht genug Gründe, um sie sofort anzulegen, damit ich mich freuen kann, sie an dir zu sehen?«

Dora grinste und nahm die Ohrringe aus der Schachtel. Es dauerte einen Moment, die Perlen aus ihren Ohrlöchern zu nehmen und sie durch die Aquamarine zu ersetzen. Als sie fertig war, suchte sie in ihrer Tasche nach einem Spiegel, nahm ihn heraus und betrachtete ihr Spiegelbild. Die Aquamarine hatten tatsächlich dieselbe Farbe wie ihre Augen und betonten sie noch in ihrem sanft gebräunten Gesicht.

»Ich hatte recht«, sagte Devlin und lehnte sich zufrieden grinsend in seinem Stuhl zurück.

»Danke schön«, sagte Dora und ließ den Spiegel sinken, um Devlin ihre volle Aufmerksamkeit zu schenken. »Danke, danke, danke. Ich habe noch nie so schöne Ohrringe besessen. Ich werde sie in Ehren halten.«

»Leg sie bloß nicht in eine Schachtel, weil du Angst hast, sie zu tragen. Du solltest sie täglich anlegen. Wenn du sie verlierst, kaufe ich dir neue.«

Dora hörte erstaunt zu. Cal war immer so geizig gewesen. Er hatte nie Geld für Schmuck für sie ausgegeben. Er war der Typ, der ein Haushaltsgerät oder einen Schal kaufte. Heute Abend hatte Devlin sie mit einem Dinner in einem Fünf-Sterne-Restaurant, feinem Wein und jetzt einem Geschenk verwöhnt – das war das volle Programm.

Der Kellner kam an den Tisch, er trug eine schwarze Hose, dazu ein weißes Hemd mit Fliege. Nach ein bisschen Geplauder beschrieb er enthusiastisch die Specials des Abends. Dora lief nach Wochen der fettarmen Diät das Wasser im Mund zusammen.

Devlin nahm die Speisekarte und bestellte.

»Lass uns mit Hummerpies beginnen. Dann nehmen wir die Krabbensuppe.« Er sah Dora an. »Das ist die Spezialität des Hauses. Die musst du probieren.« Er schaute wieder zum Kellner und sagte: »Diese honigglasierte Ente klingt auch gut. Und ich kann Ihnen jetzt schon sagen, dass wir beide ein Stück von Ihrer berühmten Kokosnusstorte möchten.«

»Devlin, warte …«, warf Dora ein.

Devlin drehte sich erwartungsvoll zu ihr um.

Dora wandte sich an den Kellner. »Wir brauchen noch ein paar Minuten.«

Der Kellner nickte und zog sich diskret zurück.

»Dev, ich kann all das nicht essen. Ich mache eine …« Sie wollte das Wort *Diät* nicht aussprechen. »Der Arzt meint, ich darf all das fette Essen nicht mehr essen. Gott, allein die Krabbensuppe würde mich umbringen.«

Devlins Lächeln verschwand, er riss die Augen auf. »Es tut mir leid. Das habe ich vergessen. Was bin ich für ein Depp.«

»Nein«, sagte sie schnell, sie wollte nicht, dass er ein schlechtes Gewissen hatte. »Du warst nur ein Gentleman. Aber ich denke, es ist am besten, wenn ich mir selbst etwas bestelle.«

»Natürlich«, sagte Devlin, aber sie merkte, dass sein Fehler ihn nervös machte. Er hob kurz die Hand und der Kellner tauchte schnell wieder auf.

»Die Dame bestellt selbst«, sagte Devlin.

»Natürlich.« Der Kellner wandte sich Dora zu.

Sie räusperte sich und studierte die riesige Speisekarte.

»Ich nehme den Chefsommersalat, ohne Dressing … die gegrillten Shrimps ohne Hushpuppieklöße. Und könnte ich statt Sahnemais Bohnen haben?« Sie klappte die Speisekarte zu, reichte sie dem Kellner und ergänzte: »Kein Nachtisch.«

»Gute Wahl«, sagte Devlin. Er klappte seine Speisekarte zu und wandte sich an den Kellner. »Ich nehme dasselbe.

Aber ich möchte immer noch ein Stück Kokosnusstorte.« Er blickte wieder zu Dora. »Vielleicht kann ich die Dame dazu überreden, ihn zu versuchen.«

»Dev …«

»Einen Bissen!«, rief er aus und lachte.

Sie stimmte ein, bis ihr Lachen vom Klingeln ihres Handys unterbrochen wurde. Dora griff nach ihrer Abendtasche und nahm es heraus. Sie ließ das Handy angeschaltet, falls ein Anruf wegen Nate kam.

»Hallo?«, sagte sie.

»Hi, Dora. Ich bin's, Cal. Ich dachte, ich rufe dich mal an und frage, wie's geht.«

»Äh, Cal, ich kann jetzt nicht sprechen. Kann ich dich zurückrufen?«

»Wo bist du?«

»Im Restaurant.«

»Oh. Okay.« Es gab eine Pause. »Mit wem?«

»Ich muss auflegen. Ich rufe dich zurück. Tschüss.«

Sie ließ ihr Telefon wieder in die Tasche gleiten und sah etwas verlegen Devlin an. Er betrachtete sie skeptisch.

»Entschuldige. Ich dachte, es ginge um Nate.«

»Das war dein Mann?«

Die Worte *dein Mann* aus seinem Mund während ihres Dates ruinierten augenblicklich die Intimität.

Dora zuckte zusammen und dachte darüber nach, wie groß wohl die Wahrscheinlichkeit war, dass Cal, der so selten anrief, es ausgerechnet heute Abend tat? »Cal, ja.«

»Ruft er dich oft an?«

»Eigentlich nicht.«

»Ihr *seid* doch getrennt … lasst euch scheiden?«

»Ja, natürlich«, antwortete Dora gereizt. »Du glaubst doch nicht, ich würde mit dir ausgehen und Geschenke annehmen, wenn dem nicht so wäre.«

Er breitete die Hände aus. »War nur eine Frage.«

Dora konnte nichts erwidern. Ein gespannter Augenblick verging, während sie an ihrem Wein nippte. Bei beiden herrschte Erleichterung, als der erste Gang kam.

Den restlichen Abend waren sie irgendwie verlegen. Es war, als hätte sich Cal zu ihnen an den Tisch gesetzt. Ihre Unterhaltung stockte immer wieder, ein schlechtes erstes Date. Das natürliche Hin und Her, das sich normalerweise zwischen ihnen ergab, war versiegt. Als der berühmte Kokosnusskuchen gebracht wurde, wollten weder Dora noch Devlin etwas davon. Sie wollten nur noch gehen.

Die kurze Heimfahrt nach Sea Breeze schien lang, sogar in seiner luxuriösen BMW-Limousine. Es war eine dunkle Nacht. Dichte Wolken verdeckten Mond und Sterne. Dora war müde, schloss die Augen und lauschte den melancholischen Balladen von Michael Bublé. Als sie vors Haus fuhren, ließ Devlin den Motor laufen.

»Du musst mich nicht zur Tür bringen«, sagte Dora in der Dunkelheit. Dann fügte sie sanfter hinzu. »Danke für den netten Abend. Ich fand es sehr schön.«

Es entstand eine Pause, dann schaltete Devlin den Motor aus. Er drehte sich zu ihr um und legte seinen Arm um ihre Taille. Sie spannte sich an, aber er ließ sie nicht gehen.

»Du musst nicht höflich sein. Du fandest es nicht schön«, sagte er leise.

»Ich … es war ein tolles Essen.«

Er nickte zustimmend. »Das stimmt. Aber es tut mir leid,

dass Cals Anruf mich völlig aus dem Konzept gebracht hat. Außerdem ist diese ganze Umgebung nicht mein Stil. Ich wollte dich nur beeindrucken.«

»Mich beeindrucken? Warum? Ich kenne dich, seit wir Kinder waren.«

»Genau deswegen. Du hast mich gekannt, als ich völlig pleite war. Ich hätte es mir nie leisten können, dich in so ein Restaurant auszuführen oder dir schöne Ohrringe zu kaufen. Ich wollte es, aber ich hatte nie das Geld.«

»Dev, du und ich … wir haben solche Requisiten nie gebraucht. Wir hatten auch so immer Spaß, einfach, weil wir zusammen waren.«

Er griff nach ihren Händen. Er sah sie an, spielte mit ihren Fingern und tippte dann auf den Ehering, den sie immer noch trug. »Aber du hast ihn geheiratet.«

»Ja.«

»Weißt du was«, sagte Devlin und schaute sie an. »Gib mir noch eine Chance, dich auszuführen. Wir machen eine Bootstour, wie früher. Fahren durch die Flüsse. Machen es diesmal richtig.«

Er zog sie näher zu sich. »Was sagst du?«

Dora legte ihre Arme unter sein Jackett und um seine Taille und lehnte sich an ihn. Sie spürte seine Wärme und roch die schwachen Reste seines Aftershave. Es war ein würziger Duft und lächelnd dachte sie, dass es sie nicht überraschen würde, wenn er immer noch Old Spice benutzte. Sie wandte den Kopf zu ihm hoch.

»Das fände ich toll.«

Während er sie umarmte und seinen Mund auf ihren drückte, breitete sich langsam ein Lächeln auf seinem Gesicht aus. Er hielt sie fester und der Kuss wurde intensiver und alle Gedanken an Cal verschwanden in der Nacht wie ein ausgetriebener Geist.

Am nächsten Morgen stand Dora am hölzernen Küchentisch, der sich unter Lebensmitteln bog, die von einem örtlichen Bauernhof geliefert worden waren. Sie packte Proviant für ihren Bootsausflug mit Devlin ein. Sie hatte Möhren und Sellerie gewaschen und geschnitten, dazu noch eine Tüte mit Kirschen und Mandeln und alles zusammen mit Wasserflaschen in eine große Segeltuchtasche gepackt. Vor einem Monat hätte sie Kekse, einen Schokoriegel und Limo eingepackt. Obwohl sie immer noch Lust auf Zucker hatte, merkte sie, wie sie mit jedem weiteren Tag nachließ und ihre sensibleren Geschmacksnerven begannen, die natürliche Süße von Obst zu schätzen. Nachdem sie mit Carson über Nate und seinen bunten Stundenplan gesprochen hatte, hatte Dora ihre eigene To-do-Liste samt Diätplan an den Kühlschrank gehängt. Jedes X auf dem Kalender verlieh ihr Kraft, ihre Diät noch einen weiteren Tag durchzuziehen.

Am anderen Ende der Küche stand Lucille am Herd und rührte in einem Topf Gemüsesuppe. Lucille und Mamaw hielten sich strikt an ihre Versprechen und hatten alle stark verarbeiteten Lebensmittel und Süßigkeiten aus den Schränken verbannt. An manchen Abenden durchsuchte sie die Küche nach etwas *Leckerem* zu essen – also Kekse, Süßigkeiten, irgendwas mit Zucker – und verfluchte sie, weil sie nicht ein einziges Stückchen Schokolade übrig gelassen hatten. Dora hatte ein ganz neues Verständnis für Carsons Alkoholsucht entwickelt.

»Diese Suppe riecht wunderbar!«, rief Dora aus.

Lucille grummelte. »Sie wäre viel besser, wenn ich einen Schinkenknochen reintun dürfte. Nichts macht eine Suppe besser als ein Schinkenknochen. Der verleiht ihr Geschmack.«

»Dann tu doch einen rein.«

Sie schnaubte. »Geht nicht. Miss Harper riecht ein Stück Schwein wie ein Drogenhund ein Gramm Haschisch. Ihr entgeht nichts. Die Suppe wird gut«, sagte sie und rührte. »Aber nicht so gut, wie sie sein könnte, das meine ich.«

»Wir halten dich mit all unseren Anforderungen diesen Sommer ganz schön auf Trab, stimmt's? Kein Alkohol, kein Fett, kein Salz, keine Butter.«

»Kein Geschmack«, maulte Lucille.

»Es ist gesund«, warf Dora ein.

»Ich tue, was ich tun muss«, sagte Lucille mit einem leidenden Seufzer. »Aber ich werde mein Maisbrot nicht aufgeben. Es ist mir egal, wie sehr sich Miss Harper über mein Baconfett beschwert, ich werde Mamas Maisbrot nicht aufgeben!«

»Bewahre!«, stimmte Dora zu. »Die Gute, sie ist aus New York und kann die Vorteile von Schweinefleisch nicht schätzen. Und du bist ein Küchengenie. Es schmeckt immer noch alles fantastisch. Ich weiß jedenfalls, dass ich mich ohne deine Unterstützung nicht an diese Diät halten könnte. Ich schwöre, Lucille, deine Kochkunst hält diese Familie zusammen.«

Lucille schien besänftigt und lächelte ein bisschen. »Es gibt nichts, das ich nicht für diese Familie tun würde.«

Dora hielt inne und betrachtete die Frau, die sich über

den Herd beugte. Lucille hatte das Herz eines Löwen, aber normalerweise war sie sehr zurückhaltend damit, ihre Zuneigung in Worte zu fassen. Sie zeigte ihre Liebe durch Taten – Frühstück ans Bett am Geburtstag, ein gebügeltes Kleid für eine besondere Gelegenheit, frische Blumen auf dem Schreibtisch. Diese Worte überraschten Dora. Sie trat neben Lucille und küsste ihre Wange.

Erstaunt zuckte Lucille zurück, die Augen weit aufgerissen. »Wofür war das denn?«

»Muss es denn für irgendetwas sein? Du *gehörst* zur Familie, weißt du.«

Lucille, die Doras Gefühlsausbruch offensichtlich nervös machte, versuchte verlegen zu lächeln und wandte sich dann wieder dem Herd zu. »Hat mich nur überrascht, das ist alles. Du verteilst normalerweise keine Küsse.«

Dora dachte über diesen Kommentar nach, während sie zum Tisch zurückging. Sie hatte sich sehr lange zurückgehalten und keine Gefühle gezeigt. Cal zeigte kaum körperliche Zuneigung. Kein Hinterntätscheln, keinen Arm auf ihrer Schulter bei einem Film. Bei Nate nahm sie sich besonders zurück, sie wusste, dass es ihn aufregen würde, wenn sie ihn spontan umarmen oder küssen würde. War diese Zurückhaltung etwas Natürliches für sie? War sie, wie Cal angedeutet hatte, frigide?

Dora stopfte ein paar Papierservietten in die Segeltuchtasche. »Ich bin mir sicher, dass Cal dir zustimmen würde. Vielleicht sollte ich das mal ändern, oder?«

»Das ist sicherlich ein Sommer der Veränderungen.«

Dora lachte, darin steckte viel Wahrheit.

»Wo geht's dieses Mal hin?«

»Wir machen einen Bootsausflug.«

»Wir?«

»Devlin und ich.«

Lucille hörte auf zu rühren, ihre Lippen nachdenklich zusammengekniffen. »Ich kenne diesen Namen. Woher kenne ich diesen Namen?«

»Devlin Cassell«, antwortete Dora. »Du erinnerst dich an ihn. Ich war damals in der Highschool mit ihm zusammen. Blonde Haare, blaue Augen, sonnengebräunt. Surfer. Er war ständig hier. Er hat praktisch in der Küche gewohnt. Er hat immer deine Kekse geklaut.«

Lucille drehte sich mit großen Augen um. »*Dieser* Devlin? Herr im Himmel. Wegen dem Mann hast du dich gestern Abend so aufgedonnert?«

Dora lachte. »Wegen ihm.«

Lucille schnalzte mit der Zunge. »Damals hat deine Mamaw fast jeden Abend auf Knien gebetet, dass dieser Junge dir nicht an die Wäsche geht, hat sich Sorgen gemacht, was er außer Keksen noch stiehlt. Und jetzt geht das alles wieder von vorne los.« Sie wandte sich wieder dem Herd zu und sagte melodramatisch: »Ach, ach, ach …«

»Mamaw muss sich über meine Kekse keine Sorgen mehr machen«, sagte Dora trocken. »Sagen wir einfach, dass die Dinge nicht mehr so heftig und wild sind wie damals, als wir Teenager waren.«

»Du redest, als wärst du eine alte Frau.«

»Ich bin sechsunddreißig. Fast siebenunddreißig. Und habe ein Kind.«

»Du hast noch dieselben Körperteile.«

»Als ich das letzte Mal nachgesehen habe, schon.«

»Und funktionieren sie noch?«

Dora grinste. »Keine Ahnung. Das ist so lange her.«

»Höchste Zeit, dass du es herausfindest, scheint mir.«

Jetzt wurde Dora nervös. »Na ja, es wäre nicht richtig«, stammelte sie. »Ich bin noch nicht geschieden.«

»Ihr lebt schon lange nicht mehr wie Mann und Frau.«

»Es wäre falsch von mir, du weißt schon, mit einem anderen Mann etwas anzufangen.«

»Sagt wer?«

»Mein Anwalt wahrscheinlich. Meine Mutter fast sicher.«

Lucille schnaubte, was deutlich zeigte, dass Winnie ihr völlig egal war. »Wer wird's ihnen denn erzählen? Diese Frau wäre sehr viel glücklicher, wenn ihr jemand den langen Stock aus dem Hintern zöge.«

»Lucille!« Dora musste lachen.

»Du weißt, dass das stimmt. Und erzähl mir nicht, du würdest nicht dasselbe denken.«

Dora kicherte über Lucilles unerwarteten Temperamentsausbruch. Ihre Mutter hatte mit Dora nie dieses Gespräch geführt, das Mütter eigentlich mit ihren pubertierenden Töchtern führen sollten. Dora nahm an, dass Winnie die Worte nicht über die Lippen brachte. Als Dora dreizehn war, hatte sie eine Broschüre von irgendeinem Priester oder Bischof auf ihrem Bett gefunden. Es drehte sich um Christus' mystischen Körper, und Dora begriff überhaupt nicht, worum es ging.

»Sie war immer ziemlich streng, was die Regeln angeht. Das stimmt. Und Sex. Ich glaube, sie findet Sex nicht sehr damenhaft.«

»Es ist ein Wunder, dass du geboren wurdest, Kind«, sagte

Lucille. »Wenn Winnie über Adam und Eva redet, dann wette ich, dass sie an nichts anderes denken kann, als dass sie irgendeine Sünde begangen haben. Wie nennt man diese spezielle Sünde noch?«

»Erbsünde.«

»Das ist es wohl. Haben wir seitdem denn nichts gelernt? Dass wir Sex immer noch Sünde nennen. Sex ist so natürlich wie die Bienen und die Blumen.«

Lucille wurde ganz aufgebracht und legte beim Sprechen eine Hand auf die Hüfte.

»Gott hat einen Mann und eine Frau splitterfasernackt zusammen ins Paradies gesteckt. Natürlich wusste er, was passieren würde. Ich sehe es so, dass das von Anfang an sein Plan gewesen war. Wie hätten sonst Kain und Abel geboren werden können? Oder irgendeiner von uns?«

Sie legte einen Deckel auf den Suppentopf und schaltete den Herd aus.

»Hör nicht auf deine Mutter. Du bist nicht mehr sechzehn. Du bist eine erwachsene Frau. Triff deine eigenen Entscheidungen. Erinnere dich nur daran, dass wir alle Töchter Evas sind.« Sie sah Dora fest in die Augen. »Du lebst nur einmal, Mädchen. Das ist deine Zeit im Garten.«

Lucille deutete mit dem Kochlöffel auf Dora. »Worauf wartest du?«

Dora stand am Steg und sah auf die Strömung in der Bucht. Obwohl Nate in Ferien war, empfand Dora immer noch deutlich die Last der Verantwortung. Sie war immer stärker davon überzeugt, dass sie die Scheidung durchziehen sollte. Doch dadurch wurde eine Büchse der Pandora voller Entscheidungen geöffnet. Wohin sollte sie ziehen? Sie musste eine Schule für Nate finden und einen Job für sich selbst. Das wäre ein Wendepunkt in ihrem Leben.

Ein großer Fisch sprang und landete mit einem lauten Platschen im Wasser, dadurch entstanden Ringe, die sich immer weiter über das Wasser ausbreiteten, während Dora zusah. Sie seufzte, die Ringe, die durch ihre Entscheidungen entstehen würden, hätten ebenfalls langfristige Konsequenzen.

Das Röhren von Außenbordmotoren unterbrach ihre düsteren Gedanken. Sie hob den Kopf und sah die Spitze eines blau-weißen Bootes, das auf den Steg zufuhr. Sie blinzelte und entdeckte Devlin, der am Steuer stand und winkte, und sofort musste sie grinsen und winkte zurück.

Als das große Boot näher kam, fiel Dora unwillkürlich auf, dass es ein besonders tolles Exemplar war. Ein Boston Whaler, mindestens sechs Meter lang, mit einem hübschen knallblauen Verdeck. Devlin hatte seine Spielzeuge schon immer gemocht, dachte sie, als sie mit ausgebreiteten Armen am Rand des Steges stand, bereit, das Tau aufzufangen.

Dora liebte Bootsfahrten, sie war gut darin. Wenn die Mädchen im Sommer nach Sea Breeze gekommen waren, dann war es immer Dora gewesen, die das Boot fuhr, während Carson und Harper auf einem Reifen oder Wasserski fuhren. Dora mochte es nicht, nass zu werden. Sie zog das Gefühl des Steuerrads unter ihren Händen und die Kontrolle über die dröhnenden Motoren vor.

Der Schiffsmotor blubberte im Wasser, während Devlin das Boot langsam an den Steg lenkte. Dora fing geschickt das Tau und knotete es fest. Ihre Beine waren gefährlich weit zwischen Steg und Boot gestreckt, als sie das Tau festmachte. Fast hätte sie für einen Moment das Gleichgewicht verloren, da sie nicht mehr dieselbe Balance hatte wie früher. Sie wurde rot und sah zu Devlin hinüber. Er knotete das Tau mit geübten, sicheren Bewegungen fest. Er war kräftig gebaut, aber bewegte sich auf dem Boot wie ein Tänzer. Da sie sich mit Booten auskannte, schätzte sie sein Tempo und seine Selbstsicherheit. Sie wusste, dass man so etwas nur nach jahrelanger Erfahrung erlangte.

Devlin sah vom Boot auf, bei ihrem Anblick lächelte er hinter seiner dunklen Sonnenbrille. Eine ramponierte Ducks-Unlimited-Kappe saß auf seinen blonden, windzerzausten Haaren und seine Haut war gebräunt. Devlin war ein Naturbursche, er fühlte sich auf dem Wasser so wohl wie auf dem Land und Dora fand das sehr attraktiv. Sie lächelte zurück und warf ihm die Segeltuchtasche zu, dann griff sie nach Devlins Hand. Als sie ihn berührte, spürte sie einen elektrischen Schlag, der sie an das Gespräch über natürliche Bedürfnisse erinnerte, das sie vorher mit Lucille geführt hatte. Er musste es auch gefühlt haben, denn er drückte ihre Hand noch einmal, bevor er sie losließ.

Devlin ging zum Kühlschrank und holte zwei Bier heraus. Er steckte sie in Kühlbehälter und reichte Dora eines.

»Mach es dir gemütlich, schöne Frau«, sagte er zu ihr, während er auf dem Boot hin und her lief und die Taue löste. Als er fertig war, ging er ans Steuerrad.

Dora öffnete ihre Dose, dann stellte sie sich unter das Verdeck neben ihn. Er legte einen Arm um sie und zog sie an sich.

»Ich bin froh, dass du da bist«, sagte er und klopfte sanft auf ihren Po. Dora lachte aus schierer Freude, an einem so perfekten Tag mit Devlin eine Bootstour zu machen. »Ich auch.«

Es war noch früh. Die Sonne ging in einem wolkenlosen Himmel über ihnen auf. Devlin nahm seinen Arm weg, um sich am Kapitänsstuhl zurückzulehnen, halb stehend, halb sitzend. Er griff mit einer Hand nach dem Gashebel, während die andere auf dem Steuerrad ruhte, und fuhr langsam die Motoren hoch. Die gurgelten und brummten, während er den Whaler durch die schmalen Flüsschen des Marschlandes lenkte. Dora hielt sich am schwankenden Boot fest, während sie sich in den zweiten Sitz neben ihm setzte. Sie hielt ihr Bier in der Hand, aber ihr juckte es in den Fingern, sie wollte selbst fahren. Sie wusste jedoch, dass ein Kapitän das Steuerrad nicht gern aus der Hand gab, und sie wollte nicht darauf bestehen, jedenfalls nicht bei ihrem ersten Ausflug.

Als das Boot losfuhr, dachte sie an die Zeit, als sie jung waren und sie und Devlin auf seinem Boot unterwegs waren. Er hatte sie immer fahren lassen. Wenn ihre Hände auf dem Steuerrad lagen, hatte er sich hinter sie gestellt und ihre Taille umfasst. Er hatte ihr immer gesagt, er würde sie sichern, aber während sie über das Wasser schossen, hatte er sich näher gelehnt, seine Arme enger um sie geschlungen und seine Lippen in ihren Nacken gepresst. Ihre Zehen spannten sich an, als sie sich an den Rausch der Gefühle erinnerte.

Sie erinnerte sich auch daran, wie gut Devlin küssen konnte. Sommertag um Sommertag waren sie mit dem Boot hinausgefahren, um die mäandernden Flüsschen und die verlassenen Hängematten zu erforschen, dabei hatten sie oft Halt gemacht, um ihre Körper mit ebenso großer Begeisterung und demselben Entdeckergeist zu erforschen.

Dora öffnete die Augen und musterte den Mann am Steuerrad. War das wirklich schon zwanzig Jahre her? Wo ist die Zeit nur geblieben? Er war etwas älter geworden, genauso wie sie. Sie konnte seine wettergegerbte Haut sehen, die ersten grauen Haare an den Schläfen. Ihre Körper waren voller, weicher. Ihr Blick wanderte zu seinem Mund und sie lächelte kurz. Er hatte immer noch diese wunderschönen Lippen. Ihr wurde bewusst, dass sie Jahre getrennt voneinander durchs Leben gegangen waren. Doch heute noch einmal mit Devlin auf einem Boston Whaler auf diesen wohlbekannten Flüssen, dachte sie: *Ich fühle mich wieder wie sechzehn.*

Devlin lenkte den Whaler aus den Flüsschen in den offenen und unruhigen Intracoastal Waterway. Dort drosselte er den Motor, trat vom Steuerrad weg und winkte Dora näher zu sich heran.

»Komm her, Süße, damit du dich mal am Steuerrad versuchen kannst. Ich kann mich erinnern, dass du diese Dinger ziemlich gut im Griff hattest.«

Dora grinste breit. Er erinnerte sich! Offensichtlich war sie nicht die Einzige, die heute in ihren Erinnerungen schwelgte. Sie stellte das Bier in einen Halter und ging über die Planken, als ein anderes Boot an ihnen vorbeibrauste und große Wellen machte. Dora verlor auf dem schwankenden Boot das Gleichgewicht und stolperte mit weit ausgebreiteten Armen.

Devlin packte sie um die Taille. »Stehen geblieben, Mädchen.«

Dora hing einen Augenblick an seinem Arm, als wäre er

ihr Anker. Als sie ihr Gleichgewicht wiedergefunden hatte, ließ er sie los und sie ging staksig die paar Meter zum Steuerrad und hielt sich fest.

Als sie aufsah, entdeckte sie das rasende Boot, das an einem anderen Boot vor ihnen vorbeischoss. Darin waren vier Teenager, alle frech, sonnengebräunt und gutaussehend.

»Verdammte Rowdys. Jemand sollte diese Jungs wegen Raserei verhaften«, schimpfte sie.

Devlin neben ihr lachte. »Oh Mann, Dora. Wir waren doch genauso. Damals wir, heute sie. Komm schon, Süße. Zeigen wir ihnen mal, wie's geht.«

Sie schaute zu ihm. Sie konnte seine Augen hinter der Sonnenbrille nicht sehen, aber sie wusste, dass sie jungenhaft verschmitzt glitzerten.

»Du hast einen schlechten Einfluss auf mich«, sagte sie.

»Das hatte ich schon immer«, seine Lippen verzogen sich zu einem Grinsen, »Mrs Dora Tupper.«

Er hatte zum ersten Mal ihren Ehenamen benutzt. Sie war sich gar nicht bewusst, dass er ihn kannte.

»Worauf wartest du, Mädchen? Bring die alte Wanne auf Touren!«

Dora griff nach dem Gashebel und schob ihn vor. Die Motoren des Whalers dröhnten und trieben ihn übers Wasser. Dora hob das Kinn, spürte die Vibrationen, die mächtigen Motoren, die sie kontrollierte, den Wind an ihren Wangen.

»Gib Gas, Dora. Du fährst wie ein Mädchen.«

Dora lachte auf und kam seiner Aufforderung nach. Sie packte den Gashebel und schob ihn fest nach vorn. Die Motoren röhrten, während sie Wasser verdrängten, das Boot schoss über den Intracoastal Waterway. Es hüpfte wie ein

Wildpferd über die kleinen Wellen, kühle Tropfen spritzten auf ihr Gesicht und der Wind wehte ihr Haar wie eine Flagge nach hinten.

Sie jauchzte und Devlin neben ihr ließ einen Schrei los. Sie hatte sich seit Jahren nicht mehr so lebendig gefühlt.

Devlin trat hinter sie und legte seine Hände um ihre Taille.

»Wie früher«, sagte er, die Lippen nah an ihrem Ohr.

Dora lehnte sich nach hinten, gegen ihn, genoss das Gefühl seines festen Körpers an ihrem. Sie fuhr langsamer, sie wollte das Fahren auf dem Waterway auskosten. Sie fuhr mit den Händen über das Steuer, ein Auge auf die Untiefen, das andere auf die Signale gerichtet, und fuhr geschickt an langsameren Booten vorbei.

»Da vorne links«, rief Devlin und zeigte in die Richtung.

»Aye, aye, Käpt'n.« Sie bog nach links ab, manövrierte das Boot ein schmales Flüsschen hinauf, das an beiden Ufern so dicht mit hohem Schlickgras bewachsen war, dass man kaum darüberschauen konnte. Es fühlte sich eher an, als würden sie durch einen langen Tunnel fahren.

»Wohin fahren wir?«, fragte sie. »Es wird ziemlich schmal. Bei Ebbe könnten wir stecken bleiben.«

»Das ist nicht gefährlich«, sagte er ihr selbstbewusst. »Das Wasser ist tief.« Er lehnte sich vor, seine Lippen nah an ihrer Wange.

»Erinnerst du dich nicht, wo wir sind?«, fragte er, seine Stimme plötzlich belegt.

Sie roch seinen Bieratem und genoss das Gefühl, wie sein Kinn an ihrer Haut kratzte. Sie betrachtete das dichte Schlickgrass und konnte sich absolut nicht erinnern. Sie schüttelte den Kopf. »Nein.«

»Fahr weiter«, sagte er ihr aufmunternd.

Sie fuhr das Boot langsamer durch einen schmalen Fluss, dann öffnete er sich wieder zu einer breiten Wasserfläche, voller kleiner Waldabschnitte. Der Wind wurde etwas kräftiger und wehte die Spinnweben in ihrem Gedächtnis beiseite.

»Ich weiß, wo wir sind!«, rief sie aus und drehte sich lachend zu Devlin um. »Das ist unser alter Treffpunkt.«

Er legte seine Arme fester um ihre Taille und sagte neckend: »Mehr als ein bloßer Treffpunkt, wenn ich mich recht erinnere.«

Sie wurde rot und sah wieder nach vorn, ihr Blick fiel auf die runden Küstenwäldchen dort hinten, auf einen Dschungel aus hohen Palmen, Lebenseichen, Gagelsträuchern und Gebüsch. Das war *ihr* Platz gewesen. An diesem isolierten Ort hatten sie Anker gesetzt und stundenlang geknutscht und geredet. In diesem verborgenen Paradies hatte sie ihre Jungfräulichkeit verloren. Sie lächelte, weil ihr klar war, dass Devlin sich daran erinnerte.

»Du alter Schwerenöter«, sagte sie mit spaßigem Ton.

»Der Mensch ist ein Gewohnheitstier.«

Er kuschelte sich in ihren Nacken und sie hatte wieder das Gefühl, über den Intracoastal Waterway zu rasen.

»Wir können da hinten Anker werfen«, sagte er und deutete auf einen flachen Platz nahe ihrem früheren Lieblingswaldstück.

»Der Platz ist fürs Mittagessen so gut wie ein anderer.«

»Mittagessen? Ich habe kein Mittagessen eingepackt, nur ein paar Dinge zum Knabbern.«

»Das solltest du auch nicht. Du glaubst doch nicht, dass

ich eine Dame auf einen Ausflug einlade und mich nicht um die Details kümmere, oder?«

»Ich erinnere mich nicht, dass du je Essen zu diesem Plätzchen mitgebracht hast.«

»Na ja ...« Devlin rieb sich verlegen das Kinn. »Ich bin seitdem etwas älter geworden. Hab bei meinem Daddy ein paar Manieren gelernt.«

»Bei deinem Daddy? Ich wette, du hast es durch Versuch und Irrtum mit all den hübschen Mädchen gelernt, die du nach mir hierhergebracht hast.«

»Keine war so hübsch wie du.«

Dora machte das Kompliment verlegen. Natürlich war sie nicht die Hübscheste.

»Hör auf, Devlin. Du musst das nicht sagen.«

»Was sagen? Es ist die Wahrheit. Du bist wunderschön.«

»Ich habe gesagt, hör auf«, zischte Dora. »Wir wissen beide, dass ich das nicht bin.« Sie blickte zur Seite. »Wenigstens nicht mehr.«

Devlin übernahm das Steuer, während die Stimmung sich veränderte. Dora stellte sich auf die andere Seite des Bootes. Devlin hielt den Motor an und warf den Anker. Das Boot schwankte sanft in der Strömung, plötzlich von großer Stille umfangen.

Dora schaute auf ein Paar weiße Ibisse, die im flachen Wasser am Ufer standen und ihre eleganten orangefarbenen und nach unten gebogenen Schnäbel in den Schlamm steckten. Sie erschienen so schön, so fröhlich.

Devlin trat neben sie, umfasste ihre Taille und drehte sie zu sich um. Er nahm die Sonnenbrille ab. Dann setzte er Doras Sonnenbrille ab. Aus dieser Nähe konnte Dora die feinen Falten um seine umwerfend hellblauen Augen sehen. Sie konnte nicht wegsehen.

»Dora Muir Tupper«, sagte Devlin. »Du bist immer noch das hübscheste Mädchen, das ich je gesehen habe.«

Als Dora ihm in die Augen schaute, sah sie eine aufwallende Zuneigung und Aufrichtigkeit, die man nicht spielen konnte. Sie spürte, wie sich ihre Augen mit Tränen füllten, und dachte: *Mein Gott, ich bin immer noch in diesen Mann verliebt.*

Sie sahen einander in die Augen. Alles, was gesagt werden musste, wurde mit diesem langen Blick gesagt, Worte, die die vergangenen Jahre zu kompliziert gemacht hatten, um sie in Silben zu übersetzen. Dora legte ihre Arme um seinen Hals, dieses Mal, ohne sich Sorgen zu machen, weil ihr Körper nicht schlank und perfekt war und ob er mehr Haut fühlte als früher. Er hatte sie schön genannt, und sie hatte die Aufrichtigkeit in seinen Augen gesehen. Sie beschloss, ihm zu glauben.

Als Devlin den Kopf senkte, wusste Dora, dass sie dieses Mal keine ungeschickt herumtastende Sechzehnjährige war. Überhaupt nicht. Sie fühlte sich von Kopf bis Fuß wie eine üppige Frau. Als sie ihre Kurven an ihn drückte, dachte sie: *Wir sind alle Töchter Evas.*

Es war schon spät, als Devlin Dora nach Sea Breeze brachte. Er gab ihr einen Abschiedskuss, dann noch einen, dann noch einen. Sie kicherten leise, beide gaben zu, dass sie nicht aufhören wollten. Als sie sich schließlich aus seinen Armen wand, richtete sie ihr T-Shirt und strich ihre Haare glatt, sie war froh, dass es dunkel war.

»Sehen wir uns morgen?«, fragte er.

»Ruf mich an.«

»Sobald ich wach bin.«

Sie sah ihn schief an. »Oh Gott, um wie viel Uhr ist das denn?«

»Wann auch immer ich die Augen öffne.«

Dora kicherte. Er ließ sich nicht so schnell Vorschriften machen.

Sie öffnete die Autotür und schloss sie so leise wie möglich, sie wollte niemanden aufwecken. Mamaw hatte für sie ein Licht brennen lassen. Sie schlief wahrscheinlich und Harper tippte sicher an ihrem Computer, vertieft in was auch immer es war, woran sie gerade arbeitete. Mit dem Gefühl, dass niemand sie entdecken würde, winkte sie und sah Devlin nach, der in die Nacht hinausfuhr.

Sie näherte sich gerade der Haustür, da gingen Lucilles Verandalichter an.

»Mist«, murmelte Dora leise.

Die Cottagetür öffnete sich und Lucille kam heraus, in ihrem langen weißen Nachthemd und einem blau geblümten Morgenmantel. Dora erinnerte sich nicht, ob sie Lucille jemals in ihrem Schlafanzug gesehen hatte und sie konnte es kaum fassen.

»Es tut mir leid, wenn ich dich geweckt habe«, sagte Dora laut flüsternd und ging näher zur Cottageveranda.

»Das hast du nicht. Ich konnte nicht schlafen.«

Dora erreichte die Verandenstufe. »Geht's dir gut?«

Lucille wischte die Frage weg. »Ach, nur die Wehwehchen einer alten Frau. Ich habe nicht mehr gut geschlafen, seit ich sechzig geworden bin. Alt werden ist nichts für Feiglinge. Ich werde mich einfach eine Weile auf die Veranda setzen und mich von der schönen Nacht in den Bann ziehen lassen.«

»Möchtest du Gesellschaft?«

»Na sicher. Das liebe ich. Willst du was trinken?«

»Nein«, antwortete Dora und stieg die Stufen zur Veranda hinauf. Sie setzte sich in den Schaukelstuhl neben Lucille und ließ ihre Stofftasche auf den Boden fallen.

Lucilles dunkle Augen musterten sie. »Du siehst aus, als hättest du etwas Sonne abgekriegt.«

»Sogar viel. Ich hoffe, meine Haut fängt nicht an sich zu schälen.«

»Creme sie heute Abend mit Aloe ein und trink viel Wasser.«

»Das werde ich.«

Sie schaukelten eine Weile, bis Lucille sagte: »Das war allerdings ein langer Bootsausflug.«

Dora schloss die Augen, während Bilder von Devlin in ihren Gedanken auftauchten. Dieser erste Kuss auf dem Boston Whaler hatte ein Feuer in ihr entfacht, wie sie es schon seit sehr langer Zeit nicht mehr gespürt hatte. Es fühlte sich einerseits so an, als hätten sie und Devlin genau da weitergemacht, wo sie als Sechzehnjährige aufgehört hatten, und andererseits, als erforschten sie etwas vollkommen Frisches und Neues. Sie waren älter, reifer und sicher auch erfahrener. Mit Devlin zusammen zu sein, war, wie an einem achtzehn Jahre alten Jucken zu kratzen. Sie spürte wieder den Schauer des Vergnügens, den sie empfand, wenn sie sich an der richtigen Stelle kratzte, aber auf eine gute Art. Wieder und wieder. Dora hörte auf zu schaukeln und sah Lucille an. »Ich habe heute etwas entdeckt.«

»Ach ja?«

»Ich bin verdammt noch mal eine Tochter Evas.«

Ein wissendes Lächeln breitete sich auf Lucilles Gesicht aus. »Gut für dich! Ich bin froh, das zu hören.« Sie kicherte und fing an zu schaukeln. »Dieser Junge hat lang genug gewartet. Ich vermute, dass es das wert war?«

»Oh ja«, sagte Dora und lachte leicht. »Auf jeden Fall.«

»Wirst du ihn wiedersehen?«

»Auf jeden Fall«, wiederholte sie. Nachdem sie eine Weile geschaukelt hatten, sagte Dora: »Er will mich morgen wiedersehen. Und am Tag danach. Ich denke, ich sollte es mal ein bisschen abkühlen lassen, findest du nicht? Ich meine, ich bin so nervös, als wäre ich wieder in der Highschool. Das ist doch nicht normal, oder? Ist das immer so, wenn man sich in jemanden verliebt? In meinem Alter?«

»Frag mich nicht. Ich habe das nie empfunden.«

Dora sah Lucille an und plötzlich wurde ihr bewusst, wie wenig sie über Lucilles Privatleben wusste. Lucille war immer die heißgeliebte Frau gewesen, die in Sea Breeze lebte und sich um sie alle kümmerte. So sah ein Kind sie, wurde ihr voller Scham klar.

»Lucille, warum hast du nie geheiratet?«

»Ich wollte nicht.«

»Warst du nie verliebt?«

»Das habe ich nicht gesagt. Ich habe gesagt, dass ich nie heiraten wollte.«

»Warum nicht?«

»Warum willst du das wissen?«

Dora schaukelte einen Moment lang. »Ohne besonderen Grund. Mir ist nur gerade klargeworden, dass ich kaum etwas über dich weiß. Über deine Familie. Dabei kenne ich dich schon mein ganzes Leben.«

Lucille hörte auf zu schaukeln. »Was möchtest du denn wissen?«

»Hast du eine Familie?«, fragte Dora.

»Nein, nicht mehr. Meine Familie hat hier auf Sullivan's Island gelebt. Das weißt du.«

Dora nickte.

»Viele schwarze Familien lebten früher auf Sullivan's. Aber die Zeiten wurden schwerer und wir sind in die Stadt gezogen, als ich nicht viel älter als Nate war. Meine Mama hat Arbeit gefunden, aber mein Daddy ... Eines Abends ist er weggegangen und wir haben ihn nie wiedergesehen. Wir haben nie erfahren, was mit ihm passiert ist. Meine Mama ist ein paar Jahre später gestorben. Da war ich erst dreizehn.«

»Lucille, das tut mir leid. Das ist so traurig. Hast du dann bei Verwandten gelebt?«

»Meine zwei jüngeren Schwestern sind weiter weg zu unserer Tante gezogen. Es war schwer für sie, noch zwei Mäuler zu füttern. Sie hatten schon genug mit ihren eigenen Kindern zu tun. Ich war die Älteste und sie konnten sich nicht noch eine Last aufhalsen, also bin ich allein geblieben.«

»Mit dreizehn?«, fragte Dora entsetzt. »Was war mit einem Waisenhaus?«

»Damals gab es keine Waisenhäuser, jedenfalls nicht für Farbige.« Sie schüttelte den Kopf und schaukelte. Dora betrachtete Lucilles fest zusammengepresste Lippen und bohrte nicht weiter.

»Ich habe meinen Weg gemacht«, fuhr Lucille schließlich fort. »Meine Mama hatte Bügelarbeiten angenommen und es mir beigebracht. Als sie starb, hatte ich ihr Bügeleisen, also hatte ich Arbeit. Es gab ein paar nette Frauen, die sich um mich kümmerten.« Sie wandte sich stirnrunzelnd ab. »Und einige nicht so nette.«

Dora konnte sich nicht mal ansatzweise vorstellen, wie das Leben für ein junges schwarzes Waisenmädchen in den 1950ern gewesen sein musste, die ihr eigenes Geld verdienen musste. Es musste in etwa einem Roman von Dickens entsprochen haben.

»Der liebe Gott hat aber auf mich gesehen. Ich habe mit achtzehn bei deiner Mamaw angefangen und war seitdem bei dieser Familie.« Sie drehte sich zu ihr um. »Ihr seid meine Familie, hörst du?«

Dora nickte, sie begriff die Bedeutung dieser Aussage.

»Du glaubst also, dass du Devlin liebst? Das hast du doch gemeint?«, fragte Lucille in einem fröhlichen Tonfall.

Dora verstand, dass Lucille das Thema wechseln wollte. »Es ist noch zu früh, das sicher zu sagen. Ich mag ihn. Sehr. Aber bei allem, was gerade passiert, glaube ich, dass ich ihn nicht zu sehr ermutigen sollte.«

»Dafür ist es jetzt ein bisschen zu spät.«

»Eine Affäre ist eine Sache. Eine Beziehung ist was anderes. Ich meine, will ich wirklich schon so schnell eine neue Beziehung eingehen? Alles, was ich will, ist, ein bisschen Spaß haben. Ich habe auch ohne das Getratsche der anderen schon genug um die Ohren.«

»Honey, niemand sieht so genau hin. Wenn böse Zungen etwas erzählen, dann sind sie nur neidisch. Sieh dir nur deine Schwester an. Carson legt die Männer ab wie nichts. Glaubst du, sie schert sich darum, was die Leute denken?«

»Ich bin nicht wie Carson.«

»Nein, das bist du nicht. Du bist auch nicht wie Harper. Jedes von euch Mädchen hat sich etwas verändert, seit ihr klein wart, und du wirst dich in den nächsten Jahren noch mehr verändern. Aber tief drinnen seid ihr dieselben. Carson ist, könnte man sagen, furchtlos. Sie geht das Leben direkt an. Aber sie wird auch oft umgeworfen. Harper zieht es vor zu beobachten. Sie scheint am Rand zu stehen, aber sie kriegt alles mit. Diesem Mädchen entgeht nichts. Irgendetwas geht in ihrem Kopf vor und ich weiß nicht, was es ist. Sie vielleicht auch nicht. Noch nicht.« Lucille wandte sich Dora halb zu und ließ ihren Blick langsam über sie gleiten.

»Und ich?«

»Und du, Dora, du bist der Fels. Du hast immer beide Füße fest auf dem Boden. Du bist die, auf die wir bauen können.«

»Ich fühle mich nicht wie ein Fels.«

»Du erlebst gerade ein Erdbeben. Deine Welt verändert sich. Das ist in Ordnung. Das geschieht uns allen. Manche zerbrechen daran, aber nicht du. Du wirst wieder zur Ruhe kommen und dann wirst du dich wieder fest und stark fühlen. Vielleicht sogar mehr als vorher. Das weiß ich.«

Dora griff nach Lucilles Hand. »Oh Lucille, dank dir. Genau das musste ich heute Abend hören.«

»Alles wird gut werden«, sagte Lucille in einer beruhigenden Stimme und tätschelte Doras Hand auf ihrer.

»Kann ich für so ein Gespräch wiederkommen? Nur du und ich?«

Lucille lächelte und ihre Augen wurden ganz verschleiert. »Na, das würde mir gefallen. Ehrlich.«

13

Der Tag zielte von Anfang an auf den Hitzerekord von Sullivan's Island. Keine Wolke unterbrach die erbarmungslosen Strahlen der Sonne, keine Brise wehte vom Ozean. Schweiß lief die überhitzten Gesichter von Dora und Harper herunter, während sie im Garten einen mörderischen Kampf gegen Monsterunkraut mit tiefen Wurzeln führten. Sie arbeiteten seit einer Stunde und hatten fast den halben Garten gejätet. Ihr ursprünglicher Entwurf war ehrgeizig gewesen, aber nachdem sie begriffen hatten, was für eine Knochenarbeit das war, änderten sie ihn auf eine handlichere Größe um.

Heute fühlte sich selbst das zu viel an.

»Warum tun wir das?«, jammerte Dora und machte eine Pause vom Graben, um sich den Schweiß von der Stirn zu wischen. »Mir tut der Rücken weh und mein Mund fühlt sich an, als wäre er voll Watte.«

»Weil es Spaß macht?«, erwiderte Harper scherzend und hackte die getrocknete Erde auf.

»Ja, wahnsinnig viel Spaß«, sagte Dora sarkastisch.

Harper lehnte sich auf ihre Hacke und schnappte nach Luft.

»Ehrlich, was soll das?«, fragte Dora. »Mamaw verkauft

das Haus doch sowieso. Wir werden den Garten nicht mehr in voller Blüte erleben.«

»Vielleicht nicht«, sagte Harper. Sie wischte sich die Stirn und hinterließ einen Matschstreifen im Schweiß. »Aber wir werden wissen, dass er hier ist, oder nicht? Wie früher.«

Das überzeugte Dora nicht. »Und wenn …«

»*Und wenn schon*, genau«, murmelte Harper, als sie den Blick über Sea Breeze schweifen ließ.

Der Blick von der Bucht zeigte es von seiner besten Seite, fand sie. Ihre Muir-Vorfahren hatten genau gewusst, was sie taten, als sie diese Stelle am ruhigen Ende von Sullivan's Island ausgesucht hatten. Das alte Haus lag etwas erhöht und die breite, hintere Veranda war zur Bucht hin angelegt. Sie bot einen fantastischen Aussichtspunkt, um den Intracoastal Waterway zu beobachten. Mamaw hatte die lange schwarz-weiße Markise montieren lassen, die den übergroßen schwarzen Korbstühlen mit ihren üppigen schwarzweißen Kissen, Schatten spendete. Ein paar Schritte unterhalb der Veranda befand sich eine Terrasse rund um den Swimmingpool und dann die gesamte Verandalänge entlang. Von dieser Ebene führten weitere Stufen zu dem kleinen Grasstück, das bis zu den Wildgräsern abfiel, die an die Marsch grenzten.

An dieser Stelle begann der lange Holzsteg, der über das Sumpfgebiet bis zum bewegten Wasser der Bucht führte. Das alte, elegante Südstaatenhaus, die breite Veranda mit Stühlen, der Steg mit einem Boot daran waren für Harper die Definition eines Lowcountryhauses. Sie war überrascht, wie sehr sie diesen Ort liebte und wie weh es tat, ihn aus dem Familienbesitz verschwinden zu sehen. *Und wenn*, dachte sie und empfand eine heftige Abneigung gegen die Vorstellung, dass sie nie wieder hierher nach Sea Breeze zurückkehren könnte, an den einzigen Ort, an dem sie sich jemals wirklich sicher gefühlt hatte. *Und wenn* … Das wollte sie nicht, darum ging es.

Sie hörte Dora lachen, drehte sich um und sah ihre Schwester, die sie amüsiert betrachtete.

»Was ist so lustig?«

»Du. Sogar das Buddeln im Garten wird bei dir zu einem Fashionstatement.«

Harper sah auf ihr langärmeliges weißes Baumwollhemd und die Designerjeans. »Das ist alles, was ich hatte«, sagte sie etwas getroffen.

»Ich will gar nicht daran denken, wie viel diese Jeans gekostet hat«, sagte Dora.

»Nach der Gartenarbeit ist sie wertlos. Und dieses Hemd wird mein offizielles Gartenhemd, weil ich es nicht mehr in der Öffentlichkeit tragen kann. Ähnlich wie deines«, neckte sie und zeigte auf Cals altes Gamecock-T-Shirt, das jetzt Gartendienst tat. Doras Jeans könnten auch von Cal stammen. Sie waren zu groß und ungesäumt. Unter ihrem großen, weichen Strohhut war Doras Gesicht knallrot.

»Vielleicht sollten wir beide mal eine Pause machen«, sagte Harper, »du solltest dich nicht zu sehr anstrengen, wegen deines Herzens und so. Ich will nicht, dass du dir hier dein Grab gräbst.«

»Mach dir wegen mir keine Sorgen«, sagte Dora wegwerfend. »Der Arzt hat gesagt, dass ich jeden Tag ein ordentliches Cardiotraining machen soll, und ich denke, das hier geht als solches durch.«

»Ich muss zugeben, es ist viel härter, als ich gedacht habe«, Harper wischte sich die Stirn. »Wie groß ist dein Garten in Summerville noch mal?«

»Tausend Quadratmeter.«

Harper schüttelte ungläubig den Kopf. »Erstaunlich. Und ehrgeizig.«

»Er war schon da, als ich eingezogen bin. Und ich war jünger.« Dora lachte. »Er sah genauso erbärmlich aus wie dieser, als ich ihn übernommen habe. Gott, was habe ich da geackert. Aber es war jede Minute wert. Ich habe das ganze Gemüse für Nate selbst angebaut. Alles war biologisch, ohne Pestizide. Und die Schmetterlinge!« Sie lächelte wehmütig.

Harper strich Dreck von ihrem Hemd. »Und wieso hast du ihn nach all der Arbeit verwildern lassen?«

Dora hatte sich diese Frage über die Jahre oft selbst gestellt. Es gab keine einfache Antwort. »Mit Nate musste ich mich entscheiden. Entweder ich gehe in den Garten oder ich verbringe Zeit mit Nate. Nate hat jedes Mal gewonnen. Und später habe ich ihn dann zu Hause unterrichtet, was noch mehr Zeit verschlungen hat. Dann waren da seine Fördertherapien, Sprachtherapie ... so viele verschiedene Therapien über die Jahre.« Nachdrücklich fügte sie hinzu: »Ich bereue nicht, wie ich meine Zeit verbracht habe.«

»Natürlich nicht«, stimmte Harper rasch zu. »Ich weiß nicht, ob ich jemals Kinder haben werde, aber wenn, dann hoffe ich, dass ich eine wenigstens halb so engagierte Mutter werde wie du.«

Das Kompliment überraschte Dora. Harper ahnte nicht, was es ihr bedeutete.

»Das war sehr nett. Danke.«

Mamaw rief von der Veranda. »Macht mal eine Pause, Mädchen. Ich habe Eistee!«

»Bringst du mir bitte einen?«, sagte Harper. »Hier steckt irgendwas in der Erde und ich habe es fast draußen.« Sie biss die Zähne entschlossen zusammen. »Gib mir mal den Spaten.«

Dora reichte ihr erleichtert den Spaten. Während sie über die struppigen Grasflecken ging, zog sie ihre Gartenhandschuhe aus und schlug sie gegen ihre Oberschenkel, um die Erde abzuklopfen. Sie schaute über ihre Schulter und lachte, als sie Harper sah, die wie ein Terrier mit seinem Knochen in dem Loch buddelte. Diese Hartnäckigkeit war ein Charakterzug ihrer Schwester, den sie jetzt erst kennen und schätzen lernte.

»Dank dir, Mamaw«, sagte Dora und nahm das Glas. Der Tee war kalt und süß und als sie ihn hinunterschluckte, fühlte sich ihr Hals wie ausgetrocknete Erde an, die einen rauschenden Fluss begrüßte.

»Ihr kommt voran«, sagte Mamaw und hob ihre Sonnenbrille hoch, um sich den Garten anzusehen. »Es tut meinem Herzen gut, zu sehen, wie der Garten seine frühere Schönheit wiedererlangt.«

»Er wird nicht so aufwendig wie der letzte.«

»Er wird prachtvoll sein, weil ihr Mädchen ihn erschaffen habt. Jetzt trink dein Glas leer. Du weißt, was ich immer sage.«

»Immer genug trinken, nie dehydrieren«, antwortete Dora und trank dann pflichtbewusst.

»Und Sonnencreme auftragen. Ich habe euch gute Gene gegeben, aber ihr müsst euren Teil beitragen.« Sie sprach leiser und trat einen Schritt näher. »Und Lucilles Rezept für Gesichtscreme erfahren. Ich schwöre, sie wird es mit ins Grab nehmen.«

Dora kicherte über Mamaws lebenslange Jagd nach Lucilles Rezept für die Gesichtscreme. »Wo ist Lucille?«, fragte sie. »Ich habe sie heute Morgen noch gar nicht gesehen.«

»Nein, sie fühlt sich nicht gut, die Arme.«

»Das klingt aber gar nicht nach ihr. Ich kann mich nicht erinnern, wann sie das letzte Mal krank war.«

»Ich weiß. Sie ist normalerweise quietschfidel, aber wir müssen akzeptieren, dass sie älter wird. Auch wenn sie es nicht zugeben will.«

Die Verandatür öffnete sich und Lucille trat hinaus, sie blinzelte ins Licht. Sie trug ihre übliche Sommeruniform, ein hellblaues Baumwollkleid mit Hemdkragen. Mamaw hatte ihr über die Jahre oft gesagt, dass sie keine Uniform mehr tragen müsse, aber Lucille zog es vor und beharrte stur darauf. Wenn Lucille sich zu etwas entschlossen hatte, blieb sie dabei.

»Was will ich nicht zugeben?«, fragte Lucille und ging zu ihnen.

Dora gefiel Lucilles steifer Gang und ihre graue Gesichtsfarbe nicht. Sie sah auch zerbrechlich aus, als wäre sie plötzlich gealtert.

»Bist du sicher, dass du nicht ins Bett gehörst? Du siehst nicht sehr gut aus.«

»Das liegt daran, dass ich mich nicht sehr gut fühle. Aber wenn ich den ganzen Tag im Bett liege, werde ich wahnsinnig. Ich kann genauso gut hier draußen auf der Veranda sitzen.« Sie wandte sich an Mamaw. »Was will ich nicht zugeben?«

»Dass du älter wirst«, entgegnete Mamaw neckend und ging zu den großen schwarzen Korbstühlen im Schatten.

»Ich bin immer noch jünger als du!«, schimpfte Lucille, dann murmelte sie etwas Unverständliches.

Dora ging zu Mamaw, um ihr dabei zu helfen, den Stuhl tiefer in den Schatten zu ziehen, dann trug sie die Liege auch dorthin.

»Komm und setz dich, Lucille«, sagte Mamaw. »Du solltest dich ausruhen.«

Lucille tat wie geheißen und ließ sich mit einem leisen Seufzer auf die dicken schwarz-weiß gestreiften Kissen fallen. Sie legte ihre Füße auf die Liege und lehnte ihren Kopf an, schon diese kleine Anstrengung hatte sie erschöpft. Dora wechselte einen Blick mit Mamaw und sah ihre eigene Sorge in deren Augen.

»Du hast doch kein Fieber, oder?«, fragte Mamaw und stand neben Lucille. »Ist das eine Grippe?«

»Nein, ich habe keine Grippe. Ich bin einfach nur müde. Wie du gesagt hast, ich bin alt.«

»Nicht so alt«, sagte Mamaw.

Lucille sah Mamaw an und sie lachten.

»Wie wäre es mit einem schönen Glas Eistee?«, fragte Dora.

»Das wäre wirklich nett.« Lucille sah zu Mamaw. »Hast du Lust auf etwas Gin Rommé?«

Mamaws Augen strahlten. »Ich hole die Karten.«

Ein Ruf von Harper aus dem Garten unterbrach ihren Aufbruch.

»Hey! Ich habe was gefunden!«

Mamaw legte eine Hand aufs Herz. »Herr im Himmel, sie

hat den vergrabenen Schatz entdeckt!«, rief sie theatralisch aus. »Wir haben seit Generationen nach dem Schatz des Gentlemanpiraten gesucht. Die Legende besagt, dass die Piraten ihre Schätze zur Sicherheit in den verlassenen Dünen und Wäldern der Insel vergruben«, sagte sie Dora. »Und bei unserer Familiengeschichte sollte er wohl irgendwo da draußen sein. Obwohl«, sagte sie seufzend, »ihn bisher niemand gefunden hat.«

»Ich gehe lieber mal hin, bevor sie noch behauptet, dass der Finder ihn behalten darf«, verkündete Dora. »Das braucht eine James dringend, noch mehr Schätze«, fügte sie sarkastisch hinzu. »Genau mein Glück.« Sie nahm einen letzten Schluck Eistee. »Ich komme!«, rief sie und ging mit einem eisigen Glas für Harper in den Garten.

Harper kniete vor einem tiefen Loch am Rand des Gartens und beugte sich über einen schlammverkrusteten Gegenstand in ihrem Schoß.

»Es sieht wie eine Art Kette aus«, sagte sie, während sie eifrig die Erdbrocken abklopfte. Dann machte sie eine Pause, um dankbar das Getränk von Dora anzunehmen.

»Vielleicht ist es eine Goldkette«, sagte Dora aufgeregt.

»Oder einfach nur eine Kette. Es ist aus Metall. Und es ist schwer.« Harper trank das halbe Glas Tee, stellte es ab und klopfte weiter den Dreck von dem Gegenstand. Langsam bekam das Ding eine erkennbare Form. Harper nahm ihre Sonnenbrille ab und hob den Gegenstand hoch. Sie legte den Kopf schräg und betrachtete ihn.

»Ich bin mir nicht sicher«, sagte Harper ein bisschen außer Atem, »aber ich glaube, es könnte eine Art Handschellen sein.«

Dora bückte sich tiefer, dann sah sie Harper mit Erstaunen und Ehrfurcht an. *»Handfesseln für Sklaven?«* Obwohl sie lieber eine dicke Piratengoldkette ausgegraben hätte, verschlug ihr die historische Bedeutung dieser Handfesseln die Sprache.

Harper stand mit der Kette auf. »Lass es uns mit dem Gartenschlauch abspülen und es Mamaw und Lucille zeigen. Sie werden wissen, was es ist.«

Mamaw und Lucille saßen auf der Veranda in ihren Stühlen und reckten ihre Hälse, während sie Doras und Harpers Weg durch den Garten zum Gartenschlauch verfolgten.

»Was habt ihr denn gefunden?«, rief Mamaw.

»Wir sind nicht sicher«, rief Dora zurück. »Wir kommen sofort.«

Dora hielt die Kette, während Harper das Wasser über das unbekannte Metallstück strömen ließ. Das Wasser spülte die letzte Schicht Dreck und Schlamm ab und enthüllte etwas, das wie dicke, verrostete, schwere Metallhandschellen aussah, die mit einer Kette verbunden waren. Keine der Frauen sagte etwas, sie standen in fast ehrfürchtiger Stille da. Harper stellte das Wasser ab, dann folgte sie Dora über die Veranda zu den zwei wartenden, alten Damen. Ihre Augen waren vor Neugier weit aufgerissen.

»Was ist es?«, fragte Mamaw.

Lucille setzte sich auf und nahm die Füße von der Liege.

Dora legte den tropfenden Gegenstand auf die Liege, dabei machte er ein klirrendes Geräusch.

Lucille schnappte nach Luft und starrte das Ding an. Dann streckte sie ihre dunkle, faltige Hand beklommen aus und legte sie auf die Handfesseln.

»Herrgott, Mädchen, du hast Handfesseln für Sklaven gefunden«, sagte sie mit einer sanften und belegten Stimme.

»Ich dachte mir, dass es das war«, sagte Dora.

Mamaw kam näher, um die schweren Metallfesseln zu betrachten. »Es heißt, sobald man auf dieser Insel anfängt zu graben, findet man etwas Historisches. Als wir das Haus renoviert haben, haben wir Kugeln aus dem Unabhängigkeitskrieg entdeckt, Knöpfe, Keramikscherben, alle möglichen Artefakte. Aber nie einen Piratenschatz. Oder etwas so Schwerwiegendes wie das hier«, sagte sie und deutete auf die Fesseln. »Das ist ein Teil unserer Geschichte, auf den ich nicht stolz bin.«

Lucilles Hände zitterten durch das Gewicht, als sie die Fesseln anhob und auf ihren Schoß legte. »Sie sind so schwer, ich kann sie kaum anheben.«

»Kannst du dir vorstellen, wie sie damit gegangen sind?«, sagte Dora.

Harper fragte: »Was machen die Sklavenfesseln denn auf Sullivan's Island? Ich dachte, die Sklaven wären alle auf den Markt nach Charleston gebracht worden?«

Mamaws Gesichtsausdruck wurde nachdenklich. »Die Sklaven wurden nicht auf dem Markt verkauft. Sie wurden normalerweise im Hafen von Charleston verkauft, direkt vom Schiff. Nach der Quarantäne. Die Bewohner hier hatten panische Angst vor Infektionskrankheiten wie Cholera, Masern und Pocken, die mit den Schiffen hergebracht werden konnten. Das hier war einer der größten Häfen des Landes, vergesst das nicht. Also haben sie hier auf Sullivan's Island Pesthäuser für die Quarantäne gebaut. Es war ein günstiger Ort, eine Düneninsel direkt vor dem Hafeneingang. Während des achtzehnten Jahrhunderts kamen Unmengen von Sklaven in unserem Hafen an. Und sie alle kamen in Quarantäne, bevor sie verkauft wurden.«

»Wenn sie die Fahrt überlebt hatten«, fügte Lucille düster hinzu.

Mamaw legte ihre Hand auf die ihrer Freundin. »Das ist leider wahr.«

»Wie viele Sklaven kamen im Hafen von Charleston an, weißt du das?«, fragte Harper.

»Das weiß niemand ganz sicher«, antwortete Mamaw. »So viele starben hier in den Pesthäusern – Männer, Frauen und Kinder.«

Lucille sagte traurig: »Ich habe irgendwo mal gehört, dass es zwischen zwei- und vierhunderttausend Sklaven gewesen sind.«

Harper schnappte nach Luft. »So viele?«

Lucille schaute sie an. »Du findest, das sind viele? Es sind nicht so viele, wenn man weiß, dass zehn bis zwölf Millionen aus Afrika verschleppt wurden.« Lucille seufzte und sah auf die Fesseln. »Afrika hat genug Kinder verloren.«

»Charleston war einer der wichtigsten Häfen für den Sklavenhandel in Amerika«, erklärte Mamaw. »Fast die Hälfte aller Afroamerikaner in diesem Land können ihre Wurzeln von Charleston aus zurückverfolgen. Und die meisten von ihnen waren hier auf dieser Insel unter Quarantäne.« Sie sah auf die Fesseln und fügte hinzu: »Ich war immer der Meinung, dass wir hier auf Sullivan's Island mehr tun müssten, um all diese Sklaven, die hier gestorben sind, zu ehren. Eine Art Denkmal. Schließlich war das hier so etwas wie Ellis

Island für Hunderttausende von Sklaven, die hier durchkamen.«

»Wohl kaum Ellis Island«, korrigierte Harper Mamaw. »Einwanderer, die über Ellis Island kamen, waren freiwillig und auf der Suche nach einem besseren Leben, politischer oder religiöser Freiheit hergekommen. Ein ironischer Gegensatz, findest du nicht?«

Dora war etwas genervt. Harper musste immer irgendeinen Einwand anbringen. Und das wurmte sie, zumal Harper normalerweise recht hatte.

»Meine Vorfahren sind auf einem Sklavenschiff hierhergekommen«, sagte Lucille leise.

Sie beugte sich über die Fesseln, ihre Hand lag beschützend auf dem Metall. Für Dora sah es aus, als sei die alte Frau endgültig zusammengeklappt.

»Nur die mit einem starken Geist überlebten die Reise«, fuhr Lucille fort. »Solange ich mich erinnern kann, lebten schwarze Familien auf Sullivan's. Es gab hier kleine Bauernhöfe.« Sie streckte die Hand in Richtung Garten. »Große Gärten. Es gab auch Hühner. Vielleicht ein Schwein. Aber das ist jetzt alles weg. Die Armen sind nach Daniel Island gezogen, als hier gebaut wurde. Jetzt sind sie auch von Daniel Island fort.« Sie machte eine Pause, während sie anscheinend in Gedanken in die Vergangenheit reiste.

»Vermisst du deine Familie?«, fragte Harper sanft.

Lucille blinzelte und schien in die Gegenwart zurückzukehren. »Nein, es gibt nur mich.« Sie schaute zu den anderen Frauen. »Und euch alle. Und das ist in Ordnung. Wir haben alle unsere Zeit, es nützt nichts, dagegen anzukämpfen. Mir gefällt die Vorstellung, dass wir uns eines Tages auf der anderen Seite wiedersehen.«

»Du hast die Kraft deiner Vorfahren«, sagte Dora nachdrücklich.

Der Kommentar schien Lucille zu rühren. »Das hoffe ich. Ich werde sie brauchen, wenn harte Zeiten anbrechen.« Sie sah Harper an. »Was willst du damit machen?«

»Ich habe keine Ahnung«, erwiderte Harper. »Einem Museum spenden vielleicht?«

»Wenn es dir recht ist, würde ich sie gern behalten, nur für eine Weile.«

»Natürlich«, sagte Harper. »Nimm sie. Sie gehören dir.«

Lucille sah auf die Fesseln in ihrem Schoß. »Danke. Ich möchte sie nur eine Weile untersuchen. Vielleicht gehe ich jetzt wieder in mein Cottage«, sagte Lucille. »Ich bin müde.« Sie wollte aufstehen, doch die Kette wog so schwer, dass ihre Kraft nicht ausreichte. Alarmiert stützten Dora und Harper sie rechts und links, während Mamaw die Kette nahm. Sie halfen Lucille auf.

»Du gehst besser wieder ins Bett«, sagte Mamaw zu ihr.

»Vielleicht mache ich das«, sagte Lucille keuchend. »Ich bin erschöpft.« Sie griff nach den Fesseln.

»Die trage ich für dich«, sagte Harper.

Lucille wandte ihr die Schulter zu und nahm Mamaw die Fesseln ab. »Nein, nein, Kind. Ich habe sie. Ich möchte sie tragen. Ich möchte wissen, wie es sich anfühlt, erschöpft zu sein und trotzdem mit dieser Last gehen zu müssen.«

14

Dora erhielt eine SMS von Devlin mit der Bitte, zu einem Haus zu kommen, an dem er arbeitete. Er wollte es ihr zeigen und danach mit ihr zu Abend essen.

Es war einfach, mit einem enthusiastischen Ja zu antworten. Dora liebte Häuser, besonders auf Sullivan's Island, wo so viele – große und kleine, alte und neue – eine so einzigartige Lage oder Aussicht oder Geschichte hatten. Sie stieg mit einer Flasche Wasser in das Golfmobil und holperte über die Straße zur südlichen Seite der Insel, sie schaute auf die Adresse. Dann bog sie in eine Seitenstraße ein, die zur Marsch führte. Viele alte Lebenseichen bildeten ein schattiges Dach, was an einem schwülen Sommertag sehr willkommen war. Sie sah noch einmal auf die Adresse und blieb vor einem kleinen Cottage stehen, das hinter einem Dschungel aus übergroßen Büschen und Palmen kaum zu sehen war. Die Auffahrt war schon lang zu einem Feldweg verwildert. Sie gab Gas und parkte das Golfmobil neben Devlins großem Wagen. Als sie nach ihrer Tasche griff, hörte sie ihr Handy klingeln.

»Hallo?«, sagte sie im Glauben, es sei Devlin. Sie war geschockt, als sie Cals Stimme erkannte.

»Dora? Ich bin's.«

»Ja. Was gibt's?«

»Du hast mich nicht zurückgerufen.«

Dora zuckte zusammen. Sie hatte ihn völlig vergessen. »Oh, tut mir leid. Ich äh, hatte viel zu tun.«

»Ach ja? Was denn?«

»Äh, ähem …« Sie schluckte, suchte eine Ausrede. »Harper und ich haben angefangen, einen Garten anzulegen. Das ist viel Arbeit.«

»Einen Garten? Im Juli? Bist du sicher, dass du so anstrengende Arbeit machen solltest? Mit deinem Herzen?«

»Meinem Herzen geht's gut«, erwiderte sie, verärgert, dass er sie immer noch für krank hielt. »Und wir sind vorsichtig. Es tut mir jedenfalls leid, dass ich nicht zurückgerufen habe. Wolltest du über etwas Bestimmtes sprechen?«

Es entstand eine Pause. »Ja«, sagte er in einem Tonfall, der andeutete, dass sie wissen sollte, worum es geht. »Wir wollten darüber sprechen, ob du in die Wohnung ziehst. Zu mir.«

»Ich dachte, das hätte ich deutlich gesagt. Ich werde den Sommer über in Sea Breeze bleiben.«

»Ich dachte, du hättest deine Meinung vielleicht geändert. Es gibt nämlich Probleme mit dem Haus.«

Dora wurde flau im Magen. Natürlich, deswegen rief er an. »Welche Probleme?«

»Die Anstreicher sagen, dass es in den Schlafzimmern oben irgendwelche Wasserschäden gibt. Sie können nicht darüberstreichen und haben nichts zu tun. Sie vermuten, dass es vom Dach kommt. Wir müssen jetzt also jemanden rufen, der sich den Wasserschaden im Dachboden ansieht. Es ist eine unendliche Geschichte«, sagte er frustriert.

»Was soll ich dagegen tun? Ich bin hier draußen auf Sullivan's. Du bist in Summerville.«

»Dora«, sagte er und unterdrückte seinen Frust. »Deswegen wäre es ja sinnvoll, dass du hier wärst. Das Haus ist ein größeres Problem als erwartet. Es ist ein Vollzeitjob, die Handwerker zu beaufsichtigen.«

»Es ist nicht größer als erwartet«, entgegnete sie. »Wir wussten immer, dass es eine große Sache ist und deswegen haben wir nie damit angefangen, oder wenigstens hast du mir das immer gesagt. Ich wiederhole noch mal, was ich dir in der Anwaltskanzlei gesagt habe. Verkauf das Haus in seinem jetzigen Zustand, wenn du die Renovierung nicht bezahlen willst.«

»Das können wir nicht machen. Wir würden alles verlieren.«

»Wir haben schon alles verloren.«

»Dora, bitte. Ich stecke bis über beide Ohren in Arbeit. Kannst du mir nicht helfen?«

Dora stöhnte innerlich. »Also gut. Ich komme nach Summerville und schau mir das Haus an. Erledige ein paar Telefonate. Aber das war's. Ich ziehe nicht in deine Wohnung, Cal. So weit bin ich nicht bereit zu gehen.«

»Okay, das ist in Ordnung. Aber du rufst jemanden wegen des Dachs an?«

Sie verdrehte die Augen und lachte kurz, weil er so durchschaubar war. »Ich rufe an. Tschüss.« Sie legte auf und warf das Handy in ihre Tasche.

Dora streckte ihre Arme über den Kopf und versuchte, die Frustration über Cals Anruf loszuwerden, bevor sie Devlin gegenüber trat. Sie wollte nicht, dass Cal schon wieder zwischen ihnen stand. Von drinnen hörte sie das hohe Surren eines Elektrogerätes und folgte neugierig dem Krach zur Haustür. Sie war nur angelehnt.

»Hallo?«, rief sie und steckte den Kopf hinein. Es war schwer, den Gerätekrach zu übertönen. Sie trat ein und sah Devlin mit Schutzbrille an einer Kreissäge stehen, er schnitt etwas zu, das wie Holzdielen aussah. Sie musste kurz stehen bleiben und sich den heimwerkenden Devlin genau ansehen. Das war eine Seite von ihm, die sie noch nicht kannte.

»Hallo!«, rief sie wieder, als er eine Pause machte.

Devlin riss den Kopf hoch und grinste breit. Er nahm die Schutzbrille ab, dabei verstreute er Sägemehl, dann trat er vor und küsste sie rasch.

»Du bist gekommen!«

»Just in dem Moment«, sagte sie und strich Sägemehl von seinen Haaren. »Was ist hier los?«, fragte sie und sah sich interessiert im Haus um. Das Cottage war ganz entkernt worden und steckte gerade mitten in einer großen Renovierung. Es war schon viel Arbeit geleistet worden – neue Wände, Wandschränke, Theken, Elektrik. Dora hatte so lange davon geträumt, ihr Haus in Summerville zu renovieren, dass sie jedes Mal begeistert war, wenn sie Renovierungsarbeiten sah.

»Das ist ein Haus, das ich letztes Jahr gekauft habe, als der Markt eingebrochen ist. Hab's bei einer Zwangsversteigerung bekommen. Ich renoviere es in meiner Freizeit. Wenn ich fertig bin, verkaufe ich es.«

»*Du* renovierst es? Ich wusste nicht, dass du Handwerker bist.«

»Ein Schreiner, vielen Dank auch«, sagte er wie jemand,

der das schon seit sehr langem tat. »Dadurch bin ich überhaupt erst zum Immobilienmakeln gekommen. Ich habe auf dem Bau gearbeitet – ich dachte, du wüsstest das. Als ich mir auf Sullivan's noch etwas leisten konnte, habe ich ein Handwerkerhaus gekauft, es selbst renoviert und mit großem Gewinn verkauft. Ich habe einfach weitergemacht, habe Häuser verkauft und Gewinn gemacht. Ich habe herausgefunden, dass ich ein gutes Auge für Immobilien habe.« Er zuckte mit den Schultern. »Ich hatte Glück und habe den Boom noch mitgemacht. Der Rest ist Geschichte.«

Sie betrachtete Devlin, sie sah ihn jetzt in einem neuen Licht.

»Warum siehst du mich so an?«

»Wie denn?«

»Als würdest du mich gleich auffressen.«

Sie lachte und wurde rot. »Ich glaube, ich finde die Tatsache, dass du selbst renovieren kannst, sehr sexy.«

Er lachte, zog die Augenbrauen hoch und legte das Stück Bodendiele ab. »Na, verdammt, Lady«, sagte er, griff sie um die Taille und zog sie näher. »Hätte ich das gewusst, hätte ich dir meine Gerätschaften direkt gezeigt.«

Dann küsste er sie, lang und langsam und bewusst, und sie spürte das Surren in ihren Adern. Als der Kuss zu Ende war, lehnte sie sich in seine Arme und lächelte schüchtern. »Ich wünschte, ich hätte vor ein paar Monaten gewusst, dass du dieses Talent hast. Ich hätte deine Hilfe gebrauchen können.«

»Ach ja? Warum?«

Sie löste sich aus seinen Armen und fing an, im Zimmer herumzulaufen, sie wollte Cal und das Haus in Summerville nicht ansprechen. Devlin verlegte Zypressenholzdielen im hinteren Zimmer, was eine wunderbare Lowcountryatmosphäre erzeugte. Die hintere Wand war durch hohe Fenster mit Blick auf die Marsch ersetzt worden. Dora verschränkte die Arme und schaute über den breiten Streifen wogenden Schilfs und den Intracoastal Waterway, der im Sonnenlicht glitzerte.

»Das Panorama wird nie langweilig.«

Devlin folgte ihr ans Fenster und stellte sich neben sie. »Das liegt daran, dass es sich ständig ändert. Leute, die nicht von hier sind und was kaufen wollen, möchten immer Meerblick. Aber es ist die Marsch, die die Veränderungen der Szenerie zeigt. Die Zugvögel, das veränderliche Gras – knallgrün im Sommer, golden im Herbst, braun im Winter, dann im Frühling wieder das zarte Grün.«

Er drehte den Kopf zu ihr und sah sie ernst an. »Warum hättest du vor ein paar Monaten meine Hilfe gebrauchen können?«

Dora seufzte resigniert und sah zu ihm auf. »Ich muss mein Haus in Summerville verkaufen. Wir haben es renovierungsbedürftig gekauft, es aber nie renovieren lassen, weil nie Geld dafür da war. Jetzt, wo wir uns scheiden lassen, wollen wir das Haus verkaufen und plötzlich muss alles, worauf ich jahrelang gewartet habe, ganz schnell gemacht werden.«

»Ihr wollt aus dem Haus noch was rausschlagen.«

»Nein, nicht mal das. Wir versuchen nur, es in einen anständigen Zustand zu bringen. Cal will Geld ausgeben, das wir nicht haben, und ich will es so verkaufen, wie es ist. Er hat natürlich gewonnen.«

»Warum natürlich?«

»Weil Cal immer die Entscheidung trifft, wenn es ums Geld geht.«

»Selbst wenn das Ergebnis deine finanzielle Situation beeinflusst?«

Dora ging zur anderen Seite des Zimmers, wo ein neuer Kaminsims eingebaut wurde.

»Cal schert sich nicht um meine finanzielle Situation.«

Devlin lachte kurz auf. »Er ist ein Idiot.«

»Nun ja, schon …« Dora betrachtete die Holzverzierung des Simses genauer. Sie hörte, wie Devlin näher kam.

»Wie kann ich helfen?«

Dora drehte sich um und sah, dass er sehr nah stand. »Cal hat gerade angerufen. Es gibt ein Leck. Wahrscheinlich im Dach. Er will, dass ich jemanden suche, der sich das anschaut und uns sagt, was getan werden muss.«

»Er will, dass *du* denjenigen suchst?«

Sie nickte.

Devlin kniff den Mund zusammen, sicher, um eine Reihe von heftigen Kommentaren zurückzuhalten.

»Ich schaue es mir an. Und eigentlich sollte ich ihm eine gepfefferte Rechnung schicken, nur um ihm eine Lektion zu erteilen. Bloß, dass du sie dann auch bezahlen müsstest. Wir können zusammen hinfahren und ich schaue mir alles gut an und sage dir meine Meinung.«

»Das wäre so toll. Anscheinend machen die Handwerker extra langsam.«

»Ich habe gute Teams, die die Arbeit zu einem guten Preis erledigen können. Wenn deine Männer Deppen sind, schicken wir sie fort.«

»Wie kann ich dir nur danken?«

Devlin warf ihr einen anzüglichen Blick zu, der Missetaten versprach, dann zeigte er auf den Karton mit den Dielen. »Schnapp dir ein paar Handschuhe und hilf mir. Ich muss hier noch was erledigen, bevor ich dir was zu Abend kochen kann!«

Den restlichen Nachmittag verbrachten sie damit, gemeinsam die Dielen im hinteren Zimmer zu verlegen, während Devlins alter, tragbarer CD-Player Rock 'n' Roll spielte. Durch den Lärm der Geräte und das Hämmern konnten sie nicht viel reden. Stattdessen sangen sie die Lieder mit, an die sie sich aus ihrer Jugend erinnerten, und wenn ab und zu ein langsamer Song lief, kam Devlin zu ihr, schwang die Hüften und umarmte sie für einen Tanz. Er hielt sie fest, summte in ihr Ohr und roch nach Schweiß und Holz und es war der reinste Himmel.

Als das Zimmer endlich fertig war, bewunderten Dora und Devlin ihre Arbeit. Sie hatte tatsächlich dabei geholfen, einen Fußboden zu verlegen, dachte sie völlig erstaunt. Und es hatte Spaß gemacht! So hatte sie sich das immer für Cal und sich in ihrem Haus vorgestellt. Nebeneinander zu arbeiten, stolz auf das Erreichte sein, den Erfolg zu teilen. Doch selbst wenn sie noch zehn Jahre in diesem Haus wohnen würden, würde das nie passieren. Das wusste sie jetzt. Es lag nicht an der Zeit oder dem Geld. Cal hatte weder Devlins Fähigkeiten noch Lust, die Arbeiten selbst zu machen. Er war nicht daran interessiert, wollte es nur erledigt haben. Cal war ganz einfach nicht Devlin.

»Gute Arbeit«, sagte Devlin ihr, das Resultat gefiel ihm ganz offensichtlich.

»Ich verstehe, wieso du das immer wieder machst«, sagte sie.

»Es hat Spaß gemacht, oder?«, fragte er neugierig.

»Das hat es«, antwortete sie ehrlich. »Ich hätte nicht gedacht, dass es körperlich so anstrengend ist, aber es hat Spaß gemacht. Kann ich sonst noch was helfen?«

Devlin lachte und nahm sie in den Arm. »Ich wusste, dass du geschickt bist.« Er küsste sie auf die Nase und klopfte ihr dann zum Zeichen, dass sie fertig waren, auf den Po. »Lass uns vor dem Abendessen schwimmen gehen.«

»Ich habe keinen Badeanzug dabei.«

»Ach ja? Und?«

Dora verzog das Gesicht. »Ich gehe nicht nackt baden.«

Devlin wackelte mit den Augenbrauen, dann nahm er ihre Hand. »Komm schon, ich schaue auch nicht hin. Jedenfalls nicht oft.«

Dora lachte, zog aber die Hand zurück. »Auf keinen Fall.«

»Angsthase. Gut, dann komm und hilf mir mit dem Abendessen.«

»Wohin gehen wir?«

»Auf den Steg natürlich.«

Er nahm wieder ihre Hand und sie folgte ihm nach draußen. Sie gingen hintereinander auf dem Weg, den er in das hohe Gras, das zum Holzsteg führte, geschnitten hatte. Der Steg war sehr lang und schmal, doppelt so lang wie Mamaws in Sea Breeze, weil er viel weiter über das Gras reichen musste, bis zum Wasser.

»Es ist an manchen Stellen ziemlich wackelig, pass auf«, warnte Devlin.

Dora folgte Devlin auf dem klapprigen Steg über Schlick

und Gras. Ein paar Latten waren verrottet und Devlin deutete auf jede, während sie vorwärtsgingen. Schließlich hatten sie das Ende erreicht, wo der wackelige Steg ins Wasser ragte.

»Ich werde den Steg auch ersetzen müssen«, sagte Devlin. »Mann, es ist heute echt heiß.« Er zog sein T-Shirt aus und wischte sich damit die Stirn. »Das Wasser sieht ziemlich erfrischend aus.« Er warf Dora einen Blick zu.

Dora streckte die Hände aus. »Nicht. Tu's nicht!«

»Zieh deine Sandalen aus, Darling.«

»Devlin!« Sie kickte ihre Flipflops weg.

Blitzschnell griff er nach ihrer Hand, zog sie an den Rand des Stegs und sie sprangen laut schreiend zusammen ins Wasser.

Sie tauchte ein, das Wasser war kühl und erfrischend. Sie lachte los, als sie zum Luftholen auftauchte, ihr Haar nach hinten gestrichen, Sonnenschein auf dem Gesicht. Devlin schwamm neben sie und küsste sie, hielt sie fest und fing im Wasser wieder langsam an zu tanzen.

Später kletterten sie erfrischt zurück auf den Steg. Devlin ging an den Rand und zog ein Tau hoch, das an einem Pfahl hing. Sein T-Shirt klebte an seinem nassen Körper und betonte die festen Muskeln, die sich anspannten, als er, Hand um Hand, am Tau zog, bis ein großer schwarzer, tropfender Eisenkasten auftauchte. Dora trat neugierig näher, dann machte sie einen Schritt zurück, als sie mindestens ein Dutzend Krebse krabbelnd darin herumzappeln sah.

Devlin hob die Falle hoch und lachte. »Du bist so scheu wie einer dieser Krebse. Hast du vorher noch nie Krebse gefangen?«

»Noch nie!«, rief sie aus und beobachtete misstrauisch, wie die Scheren in die Luft griffen.

»Aufgepasst«, sagte er und ließ die Falle auf den Steg gleiten. »Wir haben unser Abendessen!«

Dora half Devlin erneut, dieses Mal beim Kochen der Krebse in einem großen Topf über einem Gasbrenner auf der hinteren Veranda. Dora trug ein Handtuch wie einen Sarong und strich sich die Haare aus dem Gesicht. Auf der Terrasse befand sich ein alter Picknicktisch, der gerade so noch stand. Devlin breitete Zeitungspapier darauf aus, stellte Kerzen in leere Bierflaschen und deckte ihn mit zwei Holzhämmern und einer Rolle Küchenpapier, während sie den Mais putzte und Butter schmolz. Im CD-Player liefen Golden Oldies von Otis Redding.

Die Sonne ging unter, und Dora trank bereits ihr drittes Bier, als das Essen fertig war. In der Ferne glitzerte das Wasser romantisch in Lavendel- und Rosentönen. Devlin zündete die Kerzen an und führte sie zu einer Bank.

»Ich weiß, dass das hier nicht ganz mit dem Restaurant vom letzten Mal zu vergleichen ist«, sagte er entschuldigend.

»Nein, ist es nicht«, erwiderte Dora und setzte sich. »Es ist besser.«

Devlin lehnte sich zu ihr hinunter, küsste ihren Nacken und sie spürte einen Schauder in Erwartung dessen, was noch kam. Wieder einmal half Devlin Dora dabei, einen Hammer zu führen, dieses Mal, um die Krebsschalen zu knacken und das süße Fleisch herauszupulen. Als sie das Krebsfleisch in den Mund steckte, schmeckte sie die kräftigen Old-Bay-Gewürze und das Meersalz an ihren Fingern und fand, sie hatte in ihrem ganzen Leben noch nichts Besseres gegessen.

Heute Abend stand der Geist von Cal nicht zwischen ihnen. Sie unterhielten sich locker über alles, was ihnen gerade einfiel – Nates Fortschritte, Devlins Pläne für das Haus. Später kamen sie auf gemeinsame Erinnerungen an die Jahre, in denen sie miteinander gegangen waren, lachten über witzige Anekdoten, erwähnten die Namen alter Freunde, Lieblingslieder, Gerüchte, die sie gehört hatten, Wahrheiten, die aufgedeckt worden waren.

Als sie zu Ende gegessen hatten, nahm Devlin sie in den Arm und sie begannen wieder zu tanzen. Er hielt sie fest, während sie sich im Takt der Musik von links nach rechts bewegten, ohne in alten Zeiten zu schwelgen, sondern um von neuen, zukünftigen Zeiten zu träumen.

15

FLORIDA

Heute war ein besonderer Tag. Nate wurde im Umgang mit den Delfinen vom Schwimmdock aus immer entspannter. Er hatte verschiedene Handzeichen gelernt und mit Bällen und Ringen Spiele mit den Delfinen gespielt. Er trug sogar ein T-Shirt, das von einem Delfin bemalt worden war. Heute aber würde Nate mit den Delfinen schwimmen.

»Wie findest du es, dass du heute zu den Delfinen ins Wasser gehst?«, fragte Carson ihn beim Frühstück. Sie nahm einen Löffel kaltes Müsli in den Mund und begann zu kauen, um ihm Zeit zum Antworten zu geben. Am Sommeranfang war Nate täglich mit Delphine in der Bucht hinter Sea Breeze geschwommen. Carson machte sich Sorgen, dass er vielleicht nervös sein könnte, nach Delphines Unfall wieder zu einem Delfin ins Wasser zu steigen.

Nate löffelte Müsli und las den Text, der hinten auf der Müslischachtel stand. Als er fertig war, legte er seinen Löffel ab und nickte ernst.

»Gut«, sagte er.

»Was ist gut? Das Müsli oder das Schwimmen mit Delfinen?«

Nate runzelte die Stirn, als wäre er frustriert, weil seine Tante so ein Depp war.

»Gut, mit Delfinen zu schwimmen.«

Mehr musste Carson nicht wissen. Das und der aufgeregte Blick seiner Augen in seinem sonnengebräunten Gesicht sprachen Bände.

Im Resort angekommen, lief Nate in die Lagune vor. Carson bewegte sich langsam, die erbarmungslose Hitze Floridas machte sie lethargisch. Sie beobachtete den Jungen, wie er den Weg entlangging und dachte über seine Verwandlung von einem schüchternen, zurückhaltenden Jungen zu diesem fröhlicheren, entspannteren Kerl nach. Er war nicht kontaktfreudig, das lag nicht in seiner Natur. Und doch konnte sie klar sehen, dass er sich nach Tagen voller Routine hier wohlfühlte. Willkommen. Die Angestellten riefen seinen Namen, während er an ihnen vorbeilief, und auch wenn er nicht laut antwortete, hob er doch die Hand und winkte zum Gruß. Am aussagekräftigsten war jedoch seine Freude, die sie auf Film bannte, als er schließlich mit den Delfinen schwamm.

Joan und Rebecca erwarteten sie und führten sie zu einem anderen Teil der Anlage am gegenüberliegenden Ende des Bereichs für die weiblichen Delfine. Das unterbrach die alltägliche Routine, die sich in der vorderen Lagune abgespielt hatte, und Carson hielt den Atem an, als sie Nate beobachtete, wie er unruhig mit den Fingern auf den Mund tippte, ein Zeichen für Nervosität, wie sie inzwischen wusste. Aber Joan ging selbstbewusst voran und führte das Team Nate an den Holzgeländern der Lagune und den Häusern der Seelöwen vorbei. Zwei schlanke Weibchen lagen sonnenbadend wie Meerjungfrauen auf den Felsen. Als sie um eine Ecke bogen, blieb Carson stehen, um die riesige

Ausdehnung der wunderschönen Florida Bay auf sich wirken zu lassen.

»Das sind also die Junggesellencliquen«, sagte sie.

Ein erhöhter gelbroter Fußweg war mit demselben Reetdach im Inselstil überdeckt, wie man es in der vorderen Lagune fand. Er bot den Gästen Schatten, während sie die Delfine beobachteten. An jeder Seite befanden sich großzügige Gehege, die verschiedene Paare oder kleine Gruppen von Delfinen beherbergten.

Als sie den Teil des Stegs erreichten, den Nate heute benutzen würde, suchte Carson sich einen schattigen Platz auf einer Bank.

»Sind Sie sicher, dass Sie heute nicht mit uns schwimmen wollen?«, rief Joan ihr zu. »Das dürfen Sie gerne und es macht Spaß.«

»Nein, danke. Ich möchte fotografieren«, rief sie zurück. Sie hob die Kamera an, die um ihren Hals hing, um es zu beweisen.

»Wir haben einen Fotografen«, argumentierte Joan. »Er wird viele tolle Bilder von Nate machen.«

Carson überlegte.

Ein Teil von ihr wollte mit Nate ins Wasser gehen, wieder die gummiartige Haut der Rückenflossen fühlen und durch die Lagune gleiten. Das Gefühl war mit nichts zu vergleichen. Aber sie konnte sich nicht vorstellen, mit einem anderen Delfin zu schwimmen. Noch nicht. Sie hatte eine so besondere und einmalige Verbindung zu Delphine. Sie vermisste ihre strahlenden, neugierigen Augen, ihr hohes Pfeifen und ihr nasales Staccatolachen. Es würde zu wehtun, mit einem anderen Delfin zu schwimmen.

Sie schüttelte den Kopf. »Mein Bauch ist nicht ganz in Ordnung«, rief sie zurück. »Lieber nicht. Aber danke.«

Carson beugte sich über die riesige Stofftasche mit ihrer Ausrüstung und nahm die Objektive heraus, die sie heute benutzen wollte. Hundegebell vom anderen Ende der Lagune erregte ihre Aufmerksamkeit und als sie den Kopf drehte, war sie überrascht, einen großen schwarzen Hund am tiefer gelegenen Steg des Pavillons zu sehen. Hunde waren in der Nähe von Delfinen nicht üblich. Neugierig stand sie auf und trat zu der Gruppe Touristen, die die Hälse reckten, um das Treffen des großen schwarzen Hundes und eines Delfins zu beobachten. Sie lachten und zeigten auf die Tiere.

Carson hob ihre Kamera. Durch die Linse sah sie, wie der große Hund seine spitze Nase senkte und sich quälend langsam zum Rand des Stegs bewegte. Der Delfin wirkte ähnlich neugierig auf den Hund und stieg im Wasser immer höher, näher kommend.

Carson hielt den Atem an, den Finger am Auslöser.

Der große Hund erreichte den Rand und blieb stehen. Der Delfin kam vor, um mit seinem Schnabel die Nase des Hundes zu berühren.

Carson drückte auf die Kamera. »Erwischt!«, sagte sie grinsend. Sie fühlte sich mit dem großen schwarzen Hund sehr verbunden, als dieser wie wild mit dem Schwanz zu wedeln begann. Carson fotografierte weiter, während der Delfin für neue Küsse zurückkehrte. Es war offensichtlich, dass sich die beiden Tiere amüsierten.

Als ein Mann kam und den Hund am Halsband packte und ihn mit sanftem Tätscheln vom Rand des Stegs lotste, senkte sie die Kamera und seufzte zusammen mit dem Chor der Zuschauer, die diese zärtliche Szene so genossen hatten. Er band den Hund an einen Pfahl im Schatten und streichelte ihm noch ein paar Mal über den Kopf. Als er zum tiefer gelegenen Steg zurückkehrte und sich umsah, erkannte Carson den Mann. Es war Taylor.

Sie wusste, dass sie eigentlich sofort zu Nates Steg zurückgehen sollte, aber sie musste einfach zusehen, wie Taylor an seinem Steg den zwei Delfinen so locker und bestimmt wie die anderen Trainer Zeichen gab. Er arbeitete mit zwei Delfinmännchen, einem großen und einem kleinen. Sie hob ihre Kamera und fotografierte Taylor, wie er einen Befehl gab, woraufhin die Delfine unter Wasser wegschwammen. Sie fotografierte schnell und erwischte sie, wie sie in einem wunderschönen, synchronen Bogen in den Himmel sprangen. Der große Delfin erreichte eine bemerkenswerte Höhe, während der kleinere bei weitem nicht so hoch hinaus kam.

Carsons Herz zog sich zusammen, als sie sah, dass an der Schwanzflosse des kleineren Delfins ein Stück fehlte, genau wie bei Delphine. Sie folgte dem kleinen Delfin mit ihrer Kamera, fokussierte die Details. Als der kleine Delfin wieder am Steg auftauchte, um sich einen Fisch abzuholen, sah sie, dass auch ein Teil seiner Rückenflosse fehlte. Die Menge applaudierte, und Carson machte einen tollen Schnappschuss von Taylors Gesicht, als er widerwillig lächelte.

»Ich könnte ihm den ganzen Tag zusehen«, sagte eine junge Frau links von ihr zu ihrer Freundin. »Und ich meine nicht den Delfin.«

»Mm – hmm«, stimmte ihre Freundin zu, bevor sie die Köpfe zusammensteckten und kicherten.

Carson betrachtete die Gruppe und ihr fiel auf, wie viele Frauen nicht die Delfine, sondern den gutaussehenden Trainer im Blick hatten. Mit ihrer Kamera fing sie seine Muskeln ein, die in dem ärmellosen T-Shirt gut zu sehen waren, und die lange Badehose auf seiner Hüfte. Abgesehen von seinem guten Aussehen bewegte er sich auch noch elegant wie ein Tänzer. Die Tatsache, dass er sich all der Aufmerksamkeit gar nicht bewusst war, machte ihn nur noch attraktiver. Er konzentrierte sich ganz auf die Delfine.

Carson ließ die Kamera sinken, sie spürte ein unverkennbares Rauschen im Blut, ein Schauer der Anziehung zu diesem Ex-Marine lief ihr über den Rücken. Sie war schließlich auch nur ein Mensch. Aber dann tauchte Blakes lächelndes Gesicht vor ihr auf, und sie bekam ein schlechtes Gewissen, weil sie, kaum dass sie zum ersten Mal von Blake getrennt war, sich schon nach anderen umsah.

Carson schraubte den Deckel auf das Objektiv und ging rasch zur anderen Seite des Pavillons, zu Nates Steg. Sie machte schnell ein paar Fotos von Nate, der bis zur Brust im Wasser stand und übers ganze Gesicht strahlte, während er einem großen Delfin selbstbewusst Befehle erteilte. Dann ging sie zurück zur Bank, holte ihr Handy heraus und rief Blake an. Sie wollte seine Stimme hören. Blake hatte in den letzten Tagen im Gelände gearbeitet und war nicht zu erreichen gewesen. Wieder einmal landete ihr Anruf auf der Mailbox.

Seufzend steckte sie ihr Telefon zurück in ihre Tasche; als sie aufschaute, sah sie Nate, der mit dem Delfin einen Spritzwettbewerb ausfocht. Der Delfin war offensichtlich am Gewinnen und Nate war begeistert. Während sie zusah, kehrten ihre Gedanken zu Blake zurück. Sie hatte bisher noch nie jemanden geliebt, aber sie glaubte, dass das, was sie für Blake empfand, Liebe sein könnte. Die Anziehung, die sie für Taylor spürte, war also ein Warnsignal.

»Du verfolgst mich also immer noch, wie ich sehe.«

Carson riss den Kopf herum und sah Taylor an der Bank stehen, ein schiefes Grinsen im Gesicht. In seiner Hand hielt er ein schweres schwarzes Geschirr, auf dem *Diensthund* stand und das an dem großen schwarzen Hund befestigt war, den sie auf dem Steg gesehen hatte. Der Hund war so groß, dass sie im Sitzen auf der Bank Aug in Aug mit ihm war.

»Taylor!«, rief sie etwas zu laut aus, durcheinander, weil er genau in dem Augenblick, als sie an ihn gedacht hatte, so lautlos näher gekommen war. »Ich wusste nicht, ob ich dich noch einmal wiedersehen würde. Und hätte es sicher nicht beim Training von Delfinen erwartet.«

Taylors Grinsen wurde breiter und er setzte sich neben sie auf die Bank. Heute schien er entspannter zu sein, und sie fragte sich, ob das an seiner Stunde mit den Delfinen lag oder an seinem Hund.

»Habe ich dir nicht erzählt, dass ich hier trainiere?«

»Das schon, aber ich dachte, dass du das tust, was Nate tut, nicht dass du die Delfine trainierst. Du hast da draußen übrigens richtig gut ausgesehen«, sagte sie und wurde leicht rot, weil man es falsch auffassen konnte. »Ich habe ein paar Fotos gemacht. Hier, sieh mal.«

Er lehnte sich näher, um auf das Display ihrer Kamera zu sehen, ihre Schultern berührten sich. Wieder spürte sie die Anziehung wie einen Blitz. Sie klickte durch die Fotos und freute sich über sein tiefes Lachen und die gelegentliche Bemerkung: »Das ist gut.«

»Ich muss die Bilder von Thor mit dem Delfin haben«, sagte er ihr.

»Klar. Ich schicke sie dir. Wie lautet deine E-Mail-Adresse?«

»Ich habe keinen Stift und kein Papier«, sagte er.

»Kein Problem.« Carson drehte sich um, wühlte wieder in ihrer Tasche und nahm ihre Visitenkarte heraus. »Hier ist meine Karte. Schick mir einfach eine E-Mail, und ich schicke dir die Bilder.«

»Klasse. Danke.« Er steckte die Karte in seine Shorts.

»Du warst toll da draußen«, sagte Carson.

»Ich trainiere jetzt seit fast einem Jahr.« Er lächelte ein bisschen verlegen. »Sie haben mir eine Stelle angeboten.«

Na, das wundert mich nicht, dachte sie. Am Eingang würde sich eine Schlange mit lauter Frauen bilden, die sich um Eintrittskarten prügelten. »Glückwunsch.« Sie grinste und drehte den Kopf, so dass sie in dunkelbraune Augen sah. »Und dein Hund auch?«

Er lachte und tätschelte den Hundekopf. »Wo habe ich nur meine Manieren? Carson, das ist Thor. Thor«, sagte er zu dem Hund, »sag der hübschen Dame Hallo.«

Thor wandte seinen Blick von seinem Herrchen zu Carson und hob seine Riesenpfote.

»Wow«, sagte sie, als die Pfote in ihrem Schoß landete. »Du hast eine ziemlich große Pfote, mein Lieber.« Carson liebte Hunde, besonders große, sanfte. Thor erinnerte sie an Blakes Hund, Hobbs, mit seinem großen, eckigen Kopf, der breiten Brust und den Schlappohren. Er hatte auch große, gefühlvolle Augen, in denen sie sich verlieren konnte. Sie erinnerten sie an Blakes Augen.

»Er ist ein toller Hund«, sagte sie Taylor, der Thor liebevoll ansah.

»Ja, ist er«, stimmte Taylor zu und tätschelte wieder seinen Kopf. »Er wurde aus dem Tierheim gerettet und als Diensthund ausgebildet. Er ist eine Promenadenmischung, aber ich vermute, dass er teils Dänische Dogge, teils Labrador ist und irgendeine Rasse, durch die er diesen weißen Fleck auf seiner Brust hat, der wie ein Blitz aussieht. Ich glaube, daher hat er auch seinen Namen.«

Carson fing geistesabwesend an, Thor hinter den Ohren zu kraulen, und er begann augenblicklich mit dem Schwanz zu wedeln. Taylor war ein Marine mit einem Diensthund, dachte sie. Interessant.

»Du hast gesagt, dass du ein Programm mit Joan machst?«

Taylor sah über den Weg zu Joan, die auf dem Steg saß und Nate beobachtete.

»Ich bin durch das Projekt für verwundete Soldaten hergekommen.«

Carson war nicht überrascht, das zu hören. Sie hatte gelesen, dass es am Dolphin Research Center ein Programm für verwundete Soldaten gab. Doch unter einem verwundeten Soldaten hatte sie sich jemanden mit körperlichen Einschränkungen vorgestellt.

Nach einer peinlichen Stille sagte Taylor leiser: »Ich weiß, was du denkst. Wo ist die Wunde, stimmt's? Du siehst keine Verletzung.«

Carson konnte nicht antworten. So direkt er auch war, er hatte recht.

»Nicht alle Verletzungen sind sichtbar«, sagte Taylor. »Vor allem nicht bei diesem Krieg. Klar, einigen von uns im Projekt fehlen Gliedmaßen oder sie sitzen im Rollstuhl. Manche haben schwere Verbrennungen. Aber wir *alle* leiden an PTBS.«

Carson wusste einiges über die Posttraumatische Belastungsstörung, weil sie sich nach Delphines Unfall am Steg über die Symptome informiert hatte. Es war eine Folgereaktion auf ein traumatisches Erlebnis. Sie hatte nach dem Feuer, in dem ihre Mutter gestorben war, schlimme Alpträume gehabt, und sie hatte diese traumatische Erinnerung über Jahre verdrängt, erst jetzt fing sie an, sich damit auseinanderzusetzen. Nach Delphines Unfall hatte sie Schuld- und Reuegefühle gehabt, aber sie hatte weitermachen können. Sie hatte gelesen, dass man sich durch PTBS emotional wie betäubt fühlt, besonders gegenüber Menschen, die einem früher einmal nahegestanden hatten. Das zu erfahren hatte ihr geholfen, Nates wütendes Verhalten ihr gegenüber zu verstehen.

»Ich glaube, Nate hatte durch den Unfall PTBS.«

»Was für eine Art von Unfall?«

»Eigentlich ging es um einen Delfin. Delphine. Sie kam an unseren Steg auf Sullivan's Island. Eines Morgens verfing sie sich in Angelleinen und wurde schwer verletzt. Zum Glück konnten wir sie in eine Auffangstation nach Florida bringen, wo sie hoffentlich gesund gepflegt wird, aber Nate war dadurch ziemlich traumatisiert. Denn er war es, der die Angelleinen ausgelegt hatte.«

Taylor sah mitfühlend zu Nate. »Armer, kleiner Kerl. Er muss es ziemlich schwergenommen haben.«

»Ich auch«, ergänzte Carson, ihre Stimme war überraschenderweise belegt. Sie räusperte sich. »Joan macht das großartig, ihn da rauszuholen.«

»Darin ist sie gut.«

»Wieso hattest du Lust, Delfine zu trainieren?«, fragte sie Taylor.

»Das hat viel mit diesem kleinen Delfin da draußen zu tun.« Er deutete mit dem Kinn in Richtung der Lagune.

»Welchem?«

Taylor suchte die Wasseroberfläche ab, dann zeigte er auf einen kleineren Delfin. »Dieser Delfin, der uns am nächsten ist und nah am Steg schwimmt. Das ist Jax.«

»Der kleine Kerl. Mir ist aufgefallen, dass ein Teil seiner Schwanzflosse fehlt.«

»Ja, Jax ist ein echter Überlebenskünstler. Er war noch ein Kalb, als er halbtot in der Nähe von Jacksonville gefunden wurde. Daher sein Name. Er wurde gefangen und in die *Gulf World* in Panama City gebracht. Die Spitze seiner Finne, seine halbe linke Fluke und ein Teil seiner Brustflosse wurden abgebissen, bevor er entkommen konnte. Man kann die Narben der Haizähne noch an seiner Flanke sehen. Ihre Größe deutet darauf hin, dass er von einem Bullenhai angegriffen wurde.«

Carson schauderte, sie erinnerte sich an ihren eigenen Beinahe-Unfall mit einem Bullenhai vor ein paar Wochen.

»Vermutlich wurde Jax' Mutter getötet, als sie versuchte, ihr Kalb zu verteidigen. In *Gulf World* hat man sein Leben gerettet, dann kam er auf Dauer hierher.«

»Er wurde nicht freigelassen?«

»Er hätte es in der freien Natur niemals geschafft. Nicht

nur wegen seiner Verletzungen, sondern weil er keine Mutter hat, die ihm alles beibringt. Er wäre gestorben oder zu Haifutter geworden. Er war erst ungefähr ein Jahr, als er hierherkam. Jetzt gehört Jax zur Clique. Natürlich hat er immer noch seine Verletzungen. Und er ist jünger als die anderen und muss noch wachsen, daher springt er nicht so hoch wie die anderen Männchen.« Er grinste. »Aber Jax ist das egal. Es gibt nichts, das er nicht kann. Er springt, macht Sätze, das ganze Programm. Und das Beste ist: Die anderen Delfine sehen Jax nicht als verletzt an. Und Jax selbst sieht sich nicht als Verletzter.« Er schluckte fest. »Das sagt alles.«

Carson hörte, dass er bewegt war, und verstand, warum Taylor sich dem tapferen, jungen Delfin so verbunden fühlte.

»Die Projektleiter haben uns das gegeben«, sagte Taylor und zog eine Silberkette unter seinem T-Shirt hervor. Er drehte sich um, so dass sie eine kleine silberne Delfinflosse an der Kette sah, die linke Spitze fehlte. »Das ist Jax' Fluke.«

Carson streckte die Hand aus und nahm die kleine Silberfluke zwischen zwei Finger, sie fuhr die zarten Linien nach. Sie sah zu Taylor auf.

»Tante Carson!«

Carson war so von Taylors Geschichte gefangen gewesen, dass sie nicht bemerkt hatte, dass Nates Stunde zu Ende war. Sie war überrascht, wie schnell die Zeit vergangen war, und es war ihr peinlich, Nate nicht ihre volle Aufmerksamkeit geschenkt zu haben. Nate lief mit strahlenden Augen auf sie zu, blieb aber abrupt stehen, als er Taylor und Thor neben ihr sah. Er wurde sofort misstrauisch.

»Nate, du hast das toll gemacht! Ich bin so stolz auf dich«, rief Carson aus. »Komm her, ich möchte dir meinen neuen

Freund Taylor vorstellen. Er war ein Marine. Und weißt du was? Er trainiert jetzt die Delfine.«

Nate sah wortlos auf seine Füße.

Taylor schien Nates Schweigen kein bisschen zu stören. »Hey, Nate. Möchtest du gern Thor kennenlernen?«

Nate sah zum Hund. »Heißt der Hund Thor?«, fragte Nate.

»Ja.«

Nate betrachtete den Hund einen Augenblick, dann fragte er: »Kann ich ihn streicheln?«

»Klar.«

Nate ging langsam auf den Hund zu. Thor sah den Jungen geduldig an und blieb ruhig, während er gestreichelt wurde.

»Wie viel wiegt er?«

»Fünfzig Kilo pure Muskeln«, antwortete Taylor mit einem bisschen Stolz. »Er schwimmt gern im Meer.«

»Mit den Delfinen.«

»Nein, in der freien Natur kommen sie nicht nah genug. Aber er würde, wenn er es könnte.«

Nate streichelte den Hund noch einmal, jetzt war seine Neugier befriedigt und er wandte sich an Carson: »Ich habe Hunger.«

»Das wette ich, nachdem du so viel geschwommen bist. Lass uns nach Hause fahren und überlegen, wohin wir heute zum Abendessen gehen können. Es ist unser letzter Abend.«

»Darf ich euch zum Abendessen einladen?«, bot Taylor an. »Wo es doch euer letzter Abend ist.«

Die Einladung erstaunte Carson. Sie kam völlig unerwartet. Taylor wartete auf eine Antwort.

»Was denkst du, Nate?«

Nate sah zur Seite und zuckte mit den Schultern.

In ihrem Bauch klingelten Alarmglocken, die ihr sagten, dass sie mit einer Ausrede absagen sollte. Sie ignorierte sie und sagte: »In Ordnung, das ist wirklich nett von dir. Ich muss dich allerdings warnen, wir müssen irgendwohin gehen, wo es etwas gibt, das Nate isst. Er ist ziemlich wählerisch.«

»Ich habe *jetzt* Hunger«, sagte Nate.

»Ich auch«, sagte Taylor zu Nate. »Wie wäre es, wenn wir uns fertig machen, dann hole ich euch ab und wir gehen sofort essen. Das Shipwreck ist in der Nähe und sie haben eine ziemlich klassische Speisekarte. Es wäre dann ein frühes Abendessen oder ein spätes Mittagessen. Wie immer du es nennen willst.«

Du kannst es nennen, wie du willst, außer ein Date, dachte Carson, als sie Taylor anlächelte.

»Okay, Nate, es ist Zeit, das Spiel auszumachen«, rief Carson. »Schlafenszeit.«

»Nein, noch nicht. Nur noch ein bisschen länger«, bettelte Nate.

»Wir haben den Level fast geschafft«, ergänzte Taylor, ohne den Blick vom Bildschirm zu wenden.

»Du bist keine große Hilfe«, sagte Carson zu Taylor und zog eine Augenbraue hoch, in der Hoffnung, so eine Art schweigendes Signal von Erwachsenem zu Erwachsenem zu senden.

Taylor wandte seinen Kopf kurz vom Bildschirm hoch und sah sie schelmisch an, dann konzentrierte er sich wieder auf das Videospiel.

Carson stand in der kleinen Küche, trank Kaffee und beobachtete den großen Mann und den schmalen Jungen, die nebeneinander auf dem Futon saßen. Das Leben war voller Überraschungen, dachte Carson, aber Taylor hatte den Vogel abgeschossen. Es war erstaunlich genug gewesen, dass er Delfine trainierte. Dann hatte er sie und Nate auch noch zum Abendessen eingeladen und sie hatten viel Spaß gehabt. Aber das Letzte, was sie erwartet hatte, war, dass Taylor und Nate solche Freunde werden würden. Wer hätte gedacht, dass Videospiele sie zusammenbringen würden? Nate war begeistert von seinem neuen Helden – Taylor kannte alle Cheatcodes.

Sie war auch überrascht, wie sehr sie sich von ihm angezogen fühlte. Taylor war in gebügelter Hose und einem langärmeligen Hemd aufgetaucht. Bei einem Mann in ordentlicher Kleidung wurde sie immer schwach. Der oberste Hemdknopf stand auf und das strahlende Weiß bildete einen starken Kontrast zu seiner Sonnenbräune. Das Abendessen war nett gewesen, wenn auch ein bisschen steif, weil Nate dabei war. Es war kein Date – das sagte Carson sich immer wieder –, aber es fühlte sich an, als hätte es eins sein können, wenn sie allein gewesen wären. Diese Möglichkeit machte sie nervös. Sie waren nur Freunde, sagte sie sich noch einmal. Nichts, weswegen man ein schlechtes Gewissen haben musste. Aber warum hatte sie dann eins?

Sie griff nach ihrem Telefon und sah in ihre Nachrichten. Immer noch nichts von Blake. Verdammt, wie lange blieb er denn noch in der Wildnis? Sie musste mit ihm sprechen, seine Stimme hören. Eine Verbindung zu ihm spüren. Sie hatte das Gefühl, dass sie Taylor heimschicken musste.

»Tut mir leid, Jungs, Zeit aufzuhören. Morgen müssen wir früh raus. Keine Einwände«, sagte sie automatisch auf Nates sofortigen Aufschrei. »Wir besuchen Delphine, erinnerst du dich?«

Die Erwähnung von Delphine reichte, um Nates Temperamentsausbruch abzumildern. Er seufzte, mehr um der Theatralik willen, dann speicherte er das Spiel und legte seine Fernbedienung ab.

»Ich glaube, du hast es jetzt drauf, Kumpel«, versicherte Taylor ihm.

»Zieh deinen Schlafanzug an und putz dir die Zähne, während ich dein Bett mache, okay?«, sagte Carson.

Nate stand mit hängenden Schultern auf und ging weg.

»Was sagst du zu Taylor?«, fragte Carson und hielt ihn auf.

»Danke schön«, sagte er pflichtschuldig.

Taylor lächelte. »Es war schön, dich kennengelernt zu haben.«

Nate antwortete nicht. Er ging schnell ins Badezimmer und schloss die Tür hinter sich.

Carson schaute Nate liebevoll nach. »Er weiß das wirklich zu schätzen, Taylor. Dass er mit einem Fremden so gut auskommt, ist sehr selten. Er glaubt, du kannst alles. Wo hast du denn so gut spielen gelernt?«

»Ich bin nicht so gut«, sagte Taylor bescheiden. »Ich habe während der PTBS-Therapie viele Virtual Reality Games gespielt.«

»Du hast in der Therapie Videospiele gespielt?« Diese Vorstellung klang völlig verrückt.

»Na ja, die Idee dahinter ist, dass man sich an ein traumatisches Erlebnis oder eine Angst gewöhnt, wenn man solch ein Erlebnis oder irrationale Ängste an einem sicheren Ort wiedererlebt. Das Trauma verschwindet nicht, aber man kann besser damit umgehen. Bei mir hat es funktioniert.«

»Und die Cheatcodes?«, fragte sie.

»Nun ja.« Er rieb sich das Kinn. »Die habe ich allein herausbekommen.«

Sie lächelte. »Ich muss Nate ins Bett bringen. Musst du gehen?«

»Ich kann noch bleiben.«

»Oh«, sagte sie überrascht. »Äh, okay. Es dauert nur ein paar Minuten. Könntest du auf der Terrasse warten? Da draußen stehen Stühle.« Sie zeigte auf den Futon und sagte erklärend. »Das ist Nates Bett.«

»Klar«, sagte Taylor fröhlich. »Ich rauche eine.«

Gott, dachte sie, als sie Nate ins Schlafzimmer folgte. Was war denn hier los? Sie brauchte Nate eigentlich nicht viel zu helfen. Er war neun und machte alles allein. Sie hatte gedacht, dass das ein Wink mit dem Zaunpfahl für Taylor war, zu gehen. Mit ihm im Restaurant zu essen war gut gelaufen – und auch unschuldig. Neben ihm in der Öffentlichkeit auf einer Bank zu sitzen und sich zu unterhalten war auch in Ordnung. Aber heute Abend allein mit ihm in dieser Wohnung zu sein war etwas ganz anderes. Besonders angesichts der spürbaren Spannung zwischen ihnen.

Als Nate bereit fürs Bett war, kehrten er und Carson ins Wohnzimmer zurück. Nate sprang auf den Futon und sie deckte ihn zu. Carson sah in sein sonnengebräuntes Gesicht und beobachtete ihn, wie er gähnte, und fand, dass er wieder zu dem Jungen geworden war, der vor ein paar Wochen in die Bucht gesprungen und wie ein Fisch geschwommen war.

sie einander millimeterweise, fast schüchtern näher. Sie schloss die Augen, gab dem Sog nach. In einer einzigen Bewegung berührten sich ihre Lippen. Seine vollen Lippen weich auf ihren. Seine starken Arme umfassten sie, als sie sich fest aneinanderdrückten.

Der Kuss fühlte sich so gut an.

Und doch auch so falsch.

Carson öffnete die Augen, richtete sich auf. Sie legte ihre Hände auf Taylors Brust und zog sich zurück, das Strahlen in ihren Augen erlosch. Sie sah auf das Mondlicht, um langsamer zu atmen und sich zu sammeln. Was war in ihrem Kopf nur los, fragte sie sich. Ihr Körper hatte den Kuss genossen. Es war untypisch für sie, ihren Gefühlen nicht einfach nachzugeben. Die alte Carson hätte diesen Mann richtig geküsst. Sie wollte ihn. Doch heute Abend hatte sich sogar ein kleiner Kuss wie ein Betrug angefühlt.

»Carson?« Taylors Stimme war zögerlich, aber er hielt ihre Unterarme fest.

»Es tut mir leid«, sagte sie, unsicher, wie sie ihre Gefühle erklären sollte. »Ich … ich kann das nicht tun. Ich bin mit jemanden zusammen.«

»Oh«, sagte er, ließ ihre Arme los und trat einen Schritt zurück.

Carson atmete tief aus und hob ihre langen Haare vom Rücken. »Es ist so verrückt. Ich weiß nicht, was ich sagen soll.«

»Bist du verlobt?«

»Nein«, antwortete sie kopfschüttelnd. »Nein«, sagte sie noch einmal.

»Da bin ich froh.«

Carson wollte ihn nicht noch ermutigen. »Aber wir haben diese Übereinkunft. Es ist was Ernstes.«

»Das respektiere ich«, sagte Taylor.

Ein Vogel sang in der Nacht, ein melancholisches Lied.

»Ich gehe lieber.«

»Hör mal, Taylor«, sagte sie und hielt ihn auf. »Ich bin wirklich froh, dass ich dich kennengelernt habe. Du bist ein toller Mann.« Sie lehnte sich vor und küsste ihn auf die Wange. »Und ich hab es ernst gemeint, dass du dich melden sollst, wenn du in der Nähe von Sullivan's Island bist. Wir können doch Freunde sein, oder?«

Er grinste sie schief an. »Viel Glück morgen mit Delphine.«

Carson sah ihm bedauernd nach. Taylor hatte ihre Frage nicht beantwortet.

16

SULLIVAN'S ISLAND

Die Mondsichel stand schlank am samtigen Himmel. Venus strahlte hell im Norden. Harper saß am Rand des Stegs, ihre Füße baumelten im kühlen Wasser, sie sah in den Nachthimmel und dachte, wie sehr sie es doch liebte, hier zu sein, unter einem Himmel, der die Flagge von South Carolina spiegelte. Wann hatte diese Liebesgeschichte mit dem Lowcountry begonnen? fragte sie sich.

Sie trat mit den Beinen vor und zurück, spürte die Kraft der Strömung. Sie hatte ihre Besuche hier immer genossen, aber als Kind war Sea Breeze so etwas wie ein Ferienlager für sie gewesen. Ein Ort, an dem man frei laufen konnte und mit anderen Mädchen Spaß hatte. Ein Ort, von dem aus man nach Hause zurückkehrte. Wie Dora gesagt hatte, in Sea Breeze war es nicht das wahre Leben.

Oder doch? Diesen Sommer war Harper als Frau wieder hierhergekommen – obwohl Mamaw weiterhin darauf bestand, sie ihre »Sommermädchen« zu nennen. In den letzten Monaten hatte Harper erfahren, dass das langsamere Leben hier im Lowcountry tatsächlich wahr war. Es unterschied sich nur sehr von ihrem Leben in New York oder in den Hamptons oder England. Oder, dachte sie, war dieser Sommer nur eine Pause von den drängenden Anforderungen und Erwartungen, denen sie sich an dessen Ende doch würde stellen müssen?

Sie hörte Schritte auf dem Steg, spürte die Vibrationen und als sie sich umdrehte, sah sie eine dunkle Silhouette auf sich zukommen.

»Dora?«, rief sie.

»Habe ich dich gefunden!«, antwortete Dora und trat auf den tieferen, schwimmenden Steg. »Was machst du so ganz allein hier draußen?«

»Nichts.«

»Hättest du gern Gesellschaft?«

»Sehr gern.« Harper klopfte neben sich auf den Steg.

Harper roch Doras blumiges Parfüm, während sie sich neben sie setzte und ihre Beine ins schwarze Wasser hängen ließ.

»Es ist komisch, ohne Carson hier draußen zu sein«, sagte Dora.

»Ja. Ich warte fast darauf, dass Delphine ihren Kopf aus dem Wasser streckt. Arme Delphine …« Vor ihrem inneren Auge sah sie das süße Lächeln des Delfins und hatte ein schlechtes Gewissen, wegen dem, was ihre Handlungen angerichtet hatten.

»Wann kommt Carson zurück?«, fragte sie Dora.

»Bin mir nicht sicher. Morgen oder übermorgen.«

»Ich habe in der Wettervorhersage gehört, dass sich vor der afrikanischen Küste ein Tropensturm zusammenbraut, und die Vorhersagen deuten darauf hin, dass er in unsere Richtung kommen könnte.«

»Bitte …«, sagte Dora mit einer wegwerfenden Handbewegung. »Jedes Mal, wenn eine Störung aus dieser Richtung unterwegs ist, drehen die Wetterleute durch und machen uns verrückt. Ich wette, sie sind enttäuscht, wenn der Sturm in eine andere Richtung zieht. Ich achte nicht auf die Warnungen, solange sie nicht direkt unsere Küste betreffen.«

Harper war der Typ, der die meteorologischen Computersimulationen studierte, und im Moment sagten die meisten voraus, dass dieser Sturm Charleston treffen würde.

»Du lebst länger hier als ich«, schränkte Harper ein. »Wenn Carson morgen zurückkommt, wird sie halt den Sturm schlagen müssen. Ich hoffe, dass sie und Nate nicht im Dauerregen fahren müssen.«

Doras Gesicht verdüsterte sich, angesichts der vagen Möglichkeit, dass Nate in einen Sturm geraten könnte. »Vielleicht schaue ich mir diese Sturmwarnungen mal an.«

Harper sah die Sorge auf Doras Gesicht und bereute, von dem Sturm angefangen zu haben. »Sie werden schon klarkommen«, sagte sie beruhigend.

»Ja, sicher ...« Doras Stimme klang immer noch beunruhigt.

»Du vermisst Nate sehr.«

»Schrecklich. Es war wunderbar, etwas Zeit für mich zu haben, aber es war jetzt lange genug. Ich will, dass mein Baby zu Hause ist.«

»Ich vermisse ihn auch.«

Dora drehte sich zu Harper um. »Es war auch toll, letzte Woche Zeit mit dir zu verbringen.«

Harper lächelte ins Wasser.

»Ich habe dich besser kennengelernt«, fuhr Dora fort. »Ich bin dir nähergekommen. Ich versuche, alte Muster zu durchbrechen und du hast mir dabei wirklich geholfen.« Sie hielt inne. »Danke.«

Harper blickte auf und sah im Mondlicht die Aufrichtigkeit in Doras Augen. »Wir sind Schwestern«, sagte Harper. »Du musst mir nicht danken.« Sie grinste breit.

Dora lächelte übers ganze Gesicht, nickte und schaute auf das Mondlicht, das in der Bucht tanzte. »Das gefällt mir.«

»Weißt du, ich bin mir nicht sicher, wer schwieriger zu überzeugen war, dass Nate fahren sollte, du oder Nate.«

Dora lachte. »Ich finde, es ist ein Wunder, dass er überhaupt zugestimmt hat, zu Carson ins Auto zu steigen! Aber das ist ihr Verdienst. Sie hat das wirklich toll gemacht. Sie hat mir jeden Tag Fotos von Nates Fortschritten geschickt. Er sieht so gut aus, so braun. Für einen Jungen, der selten lächelt, lächelt Nate dort die ganze Zeit! Das ist eine Seite meines kleinen Jungen, die ich nur selten zu Gesicht bekomme. Ich habe Cal die Fotos geschickt. Er muss diese Seite seines Sohnes auch sehen.« Sie machte eine Pause. »Carson scheint kein Problem zu haben, sich mit Nate zu amüsieren, oder?«

»Carson? Sie hat kein Problem, sich mit irgendwem zu amüsieren. Das ist ihr Talent.«

»Und deines. Du spielst auch mit Nate. Videospiele.«

»Nun ja …«, antwortete sie zögernd, sie erinnerte sich an die bösen Worte, als Dora sie beim Spielen mit Nate erwischt hatte.

»Ich hätte dich nicht so anblaffen dürfen. Es tut mir wirklich leid. Es … es waren nicht die Videospiele, über die ich mich aufgeregt habe. Ich war eifersüchtig«, gab sie zu.

»Eifersüchtig?«, fragte Harper, geschockt über das Geständnis. »Weswegen?«

»Eifersüchtig, weil du einen Weg gefunden hattest, Spaß mit Nate zu haben. Genau wie Carson. Es fällt mir nicht leicht, das zu sagen, aber ich weiß nicht, wie das geht.« Sie kickte mürrisch ins Wasser.

»Er ist dein Sohn«, sagte Harper, sie verstand nicht, wieso eine Mutter nicht wusste, wie sie mit ihrem eigenen Kind spielen sollte.

»Mütter stellen die Regeln auf. Das ist kein spaßiger Job. Es muss aber ein Gleichgewicht geben, und ich habe jetzt erkannt, dass ich so besessen davon war, ihm wegen seines Asperger zu helfen, dass ich vergessen habe, Spaß mit ihm zu haben. Ich will nicht nur seine Erzieherin sein, die ihm sagt, was er tun soll, hinter ihm aufräumt und ihn füttert.« Dora schaute ihre Schwester an. »In der Umkleidekabine hast du etwas zu mir gesagt, das mich zum Nachdenken gebracht hat.«

»Oh-oh …« Harper erinnerte sich an ein paar heftige Dinge, die sie in diesem engen Raum gesagt hatte.

»Nein, wirklich, das war gut. Ich weiß, dass Nate mich liebt.« Dora holte tief Luft. »Aber ich bin mir nicht sicher, ob er mich wirklich mag.«

»Ach, Dora, natürlich mag er dich.«

Dora zuckte mit den Schultern und sagte leise: »Er spielt nicht gern mit mir.«

»Das ist einfach. Finde etwas, das *er* gern tut.«

»Das versuche ich … aber es ist nicht einfach mit Nate. Er mag keine Fantasiespiele und spielt am liebsten allein. Ich habe den Überblick verloren, wie viele Spiele ich mit ihm versucht habe oder all die Ausflüge, die wir gemacht haben, weil sie lehrreich sind oder er dabei neue Fähigkeiten ausbilden kann. Er schließt mich dabei aus.«

»Das ist das Problem. Hör auf, seine Lehrerin zu sein und hab einfach Spaß.«

»Aber ich *bin* seine Lehrerin. Ich liebe Nate, mehr als mein Leben. Ich versuche, das Leben für ihn leichter zu machen, ihn irgendwie besser zu machen. Er braucht Hilfe, wenn er lernen will, sich in der normalen Welt zurechtzufinden.«

»Aber nicht die ganze Zeit. Nate ist ein ziemlich toller Junge, so wie er ist. Anstatt ihn ändern zu wollen, versuch ab und zu mal, einfach so Zeit mit ihm zu verbringen, ohne Plan. Achte mal darauf, wofür er sich interessiert. Er wird's dir zeigen.«

Dora legte ihr Gesicht in die Hände. »Herrgott, ich weiß, dass du recht hast.«

»Ich spreche aus eigener Erfahrung«, sagte Harper. »Es macht einen Unterschied, ob man seine Kinder dazu zwingt, das zu tun, was *man möchte*, dass sie es tun, oder ob man sie einfach selbst herausfinden lässt, was *sie* tun möchten.«

»Hat deine Mutter das getan?«

»Massiv«, antwortete Harper. »Deswegen kam ich immer so gern hierher, nach Sea Breeze. Mamaw hat uns frei laufen und unsere eigenen Spiele spielen lassen.« Sie lachte kurz, vergnügt auf. »Weißt du, wenn ich an die schönsten Zeiten meiner Kindheit denke, dann sind sie immer hier, in Sea Breeze.«

»Meine auch.«

»Wir hatten wirklich tolle Sommer, stimmt's?«

Als Dora nicht sofort antwortete, drehte Harper sich zu ihr um. Sie betrachtete Dora, die auf die Bucht sah, als hinge sie persönlichen Erinnerungen nach. Durch das Mondlicht hatte ihr Haar einen fast unwirklichen goldenen Schimmer.

»Das hatten wir wirklich«, sagte sie wie von weit her.

»Da hast du deine Antwort. Sei wie Mamaw und mach's mit Nate genauso. Lass ihn frei laufen. Geht auf Entdeckungsreise. Habt Spaß daran, etwas gemeinsam zu machen.« Sie wedelte mit ihrem Finger. »Keine Lehrpläne. Okay?«

Dora lachte. »Okay.«

Harper holte tief Luft und stellte Dora die Frage, die ihr seit ein paar Tagen unter den Nägeln brannte. »Dora, wirst du Nate Devlin vorstellen?«

Dora lehnte sich auf ihre Arme zurück. »Ich weiß nicht. Ich glaube nicht. Jedenfalls noch nicht.«

»Warum nicht?«

»Es gibt keinen Grund zur Eile. Außerdem kommt Nate mit Veränderungen nicht gut klar. Er ist schon aufgeregt, weil sein Vater nicht da ist. Er könnte sich bedroht fühlen, wenn Devlin sofort dazukäme. Und ganz egoistisch, wenn er wieder da ist, möchte ich ihn ein bisschen für mich allein haben.«

»Bist du sicher, dass du Devlin damit nicht zurückweist?«

Dora schüttelte den Kopf. »Daran habe ich schon gedacht, aber nein. Gar nicht.«

»Ich glaube, er tut dir gut.«

»Findest du?«, fragte Dora, erfreut, diese Einschätzung von Harper zu hören, deren Meinung sie immer mehr zu schätzen lernte. »Warum?«

»Er ist das Yin zu deinem Yang. Entspannter, ein bisschen wilder, bodenständig. Hat keine Angst, etwas durcheinanderzubringen. Ich glaube, dieser Kerl könnte dir den Ausgleich bieten, nach dem du suchst.«

Dora hatte das Gefühl, als würden Harpers Worte in ihr ein Licht entzünden. Sie spürte, dass sie vor Freude strahlte.

»Wir waren während der Highschool und zu Anfang des Colleges ein Paar.« Sie sah ihre Schwester an und sagte: »Er war mein Erster, weißt du.«

Harper schaute überrascht auf. Das hatte sie nicht gewusst. Sie lächelte Dora aufmunternd an, damit sie weitersprach. Sie genoss diesen seltenen Augenblick wahrer, schwesterlicher Verbundenheit.

»Nicht dass es viele andere gab«, fuhr Dora nach einem verlegenen Lachen fort. »Dev ist der einzige Mann, mit dem ich geschlafen habe, außer Cal.«

»Ehrlich?«, fragte sie ungläubig.

»Warum? Mit wie vielen Männern hast du denn geschlafen?«, fragte sie und klang, als müsse sie sich verteidigen.

Harper lachte auf. »Ich weiß nicht«, sagte sie und ging damit der Wahrheit aus dem Weg. Sie wollte ihre Schwester nicht mit etwas schockieren, das für sie sicher ein Skandal wäre, nicht jetzt, wo sie sich endlich verstanden. »Ein paar mehr als zwei, nehme ich an. Sagen wir einfach, die meisten waren die Erinnerung nicht wert.«

Dora grinste, sie machte deutlich, dass ihr klar war, dass Harper ihr auswich. »Hm-hm, klar.«

»Ich meine es ernst.«

»Hat dir je ein Mann gesagt, dass er dich liebt?«

»Sicher. Schon oft«, sagte Harper leichthin. »Das Problem ist, dass ich ihnen nie geglaubt habe.«

Dora sah sie unsicher an.

»Ich bin, was man«, Harper malte mit ihren Fingern Anführungszeichen in die Luft, »›einen guten Fang‹ nennt. Ich sehe ganz gut aus, bin gut ausgebildet, habe – besser gesagt, hatte – einen guten Job. Aber das ist nicht der wahre Reiz. Nein, Sir«, sagte sie selbstironisch. »Ich bin eine Erbin. Reich. Mit Stammbaum. Das volle Paket. Mütter schubsen mir ihre Söhne zu.« Sie lachte bitter. »Wenn mir ein Mann sagt, dass er mich liebt, bin ich mir nie sicher, ob er mich oder mein Vermögen begehrt.«

»Aber selbst dann, hast du dich denn nie verliebt? In irgendeinen von denen?«

Harper dachte ernsthaft über die Frage nach, ging im Geiste eine Reihe von Gesichtern durch, die sie als Teenager oder mit Anfang zwanzig gekannt hatte.

»Da gab es einige, die ich wirklich sehr gemocht habe. Mit einem oder zwei war ich ein paar Monate zusammen. Da war ein Typ in England, bei dem meine Großmutter fast das Aufgebot bestellt hat.« Harper zog keck eine Schulter hoch. »Leider gefiel er ihr mehr als mir. Ehrlich? Ich kann nicht sagen, dass ich mich je verliebt hätte. Das ist ziemlich traurig, nicht wahr?«

»Du bist erst achtundzwanzig!«, sagte Dora und lachte. »Du hast noch viel Zeit. Gott, bei dir klingt es, als wäre schon alles vorbei.«

Harper lachte nicht. Sie wollte das hier ernst nehmen. »Denk an unseren Vater und seine Frauengeschichten. Er hat nie geliebt. Er war unfähig, sich wirklich darauf einzulassen.

Und mir wurde immer gesagt, dass eine James nicht aus Liebe heiratet.« Sie änderte ihre Stimme und sprach mit einem britischen Upperclass-Akzent. »Eine James heiratet wegen der Allianzen.« Sie verzog den Mund. »Meine Vorfahren haben über Generationen des Geldes wegen geheiratet.«

»Wie königlich von euch«, sagte Dora neckend.

Harper lachte über diesen wahren Kommentar. »Gott weiß, meine Mutter hat nie irgendjemand anderen als sich selbst geliebt. Ich weiß ehrlich nicht, ob sie zu diesem Gefühl überhaupt fähig ist. Nicht einmal gegenüber ihrer eigenen Tochter. Sie verabscheute unseren Vater.«

Dora lachte auf. »Du meinst, Mamaw hatte doch recht? Deine Mutter wollte ihn nur als Samenspender?«

»Ich fürchte, ja«, erwiderte Harper und wurde leicht rot. »Aber erzähl ihr bloß nie, dass ich das gesagt habe, es wird mich sonst immer wieder einholen, dass ich das Ergebnis einer so unvernünftigen Verbindung bin.«

»Meine Lippen sind versiegelt. Aber ich bin froh, dass sie es getan hat. Dadurch habe ich dich als Schwester.«

Vielleicht lag es an dem merkwürdig intimen Zauber der Nacht, wie sie so die Füße ins kalte Wasser baumeln ließen, auf jeden Fall hatte Harper plötzlich das Gefühl, dass sie ihre tieferen Gefühle teilen konnte. »Findest du, dass irgendetwas an mir grundlegend verkehrt ist?«

»Was?«, platzte Dora heraus. »Um Gottes willen, nein.«

»Ich habe darüber nachgedacht«, beharrte Harper. »Vielleicht bin ich genetisch unfähig zu lieben. Ich mache mir darüber Sorgen. Dass in meiner DNS irgendetwas fehlen könnte.«

Dora streckte sich und legte ihre Hand auf Harpers. »Du

bist verrückt, wenn du das glaubst. Die Liebe ist da draußen. Du musst sie nur finden.«

Harper lächelte schwach. »Ich möchte an die Liebe glauben«, gab sie zu. »Aber ich bin nicht bereit, Kompromisse einzugehen. Ich weigere mich, mich von meinem Vermögen fesseln zu lassen. Ich werde *nicht* wie meine Mutter«, sagte sie hitzig. »Ich warte auf die wahre Liebe.«

Dora betrachtete ihre Schwester. »Du bist weiser als man bei deinem Alter glauben würde, Harper«, sagte sie langsam.

Das Kompliment brachte Harper in Verlegenheit und sie stieß Dora mit dem Ellbogen in die Rippen. »Diese Romantik muss von der Muir-Seite stammen, was? Von wegen der großen Liebesgeschichte des Gentlemanpiraten und Claire, stimmt's?«

Dora lachte, dann sah sie gedankenverloren übers Wasser.

»Was ist mit dir?«, fragte Harper. »Du hast gesagt, dass du Devlin irgendwie vielleicht schon liebst. Bedeutet das, dass du dich endgültig dazu entschlossen hast, Cal zu verlassen?«

Dora sah kurz verwirrt aus. »Das habe ich mich auch gefragt«, erwiderte sie. Sie schüttelte den Kopf und sagte leise: »Es ist so schwer, zu wissen, was ich tun soll. Ich weiß es einfach nicht.«

»Was weißt du nicht? Du weißt, dass Devlin dich liebt. Tut Cal das?«

Dora sah aus, als hätte man sie ertappt. »Ich weiß, dass er mich braucht.«

»Na toll«, rief Harper aus und warf die Hände hoch. »Das ist ja so romantisch.« Sie drehte sich zu Dora um. »Du hast mir gerade gesagt, dass du Spaß mit Nate haben möchtest. Warum sollte das mit deinem *Ehemann* etwas anderes sein?

Dora, du bist eine Kümmerin. Das ist dein Job. Dich gut um Cal zu kümmern ist Teil einer Ehe und dazu noch ein wichtiger Teil. Aber amüsierst du dich mit ihm?«

Dora schüttelte sich leicht. »Nein.«

»Das habe ich mir gedacht. Ich habe dich in den letzten Wochen beobachtet, und du amüsierst dich ganz offensichtlich mit Devlin.«

»Aber genügt das für eine Beziehung?«

»Es ist ein guter Anfang. Nimm's mir nicht übel, aber du beharrst darauf, wie eine Ehe deiner Meinung nach aussehen *sollte*. Wie gut funktioniert das denn bisher für dich?«

Dora starrte aufs Wasser.

»Lass mich dir eine Frage stellen. Ist es Cal, bei dem du bleiben möchtest? Oder die Ehe?«

Dora antwortete nicht. Sie saß da und drehte den Ehering an ihrem Finger.

Harper fragte leise: »*Liebst* du ihn?«

Dora hob ihre linke Hand. Das Gold glitzerte im Mondlicht.

»Als du erzählt hast, dass du dich durch dein Vermögen gefesselt fühlst, musste ich daran denken, dass ich mich durch meine Ehe gefesselt fühle. Jetzt«, Dora hob ihre linke Hand, »fühlt sich dieser Ring wie eine schwere Kette an, die mich an eine Institution fesselt, zu der ich mich nicht mehr zugehörig fühle.«

Dora legte ihre Hand in den Schoß. »Ich habe Cal geliebt, als ich ihn geheiratet habe.« Sie schaute Harper in die Augen. »Aber nein. Ich liebe ihn nicht mehr. Ich kann nicht mehr zurück.« Sie schaute auf den Ring und rief: »Ich will frei sein.«

Dora fing an, den Ring von ihrem Finger zu zerren, aber er saß fest und rührte sich nicht.

»Was machst du da?«, fragte Harper.

»Dieser Ring sitzt seit vierzehn Jahren an meinem Finger«, sagte Dora und klang leicht panisch. »Er geht nicht mehr ab.«

»Nun, hör auf, daran herumzuziehen«, sagte Harper ihr. »So schwillt dein Finger nur noch mehr an. Versuch mal, deine Hand ins kühle Wasser zu halten.«

Dora lehnte sich weit über den Rand des Stegs vor und streckte ihre Hand ins Wasser.

»Warum tust du das jetzt?«, fragte Harper, überrascht von der Impulsivität ihrer sonst so beherrschten Schwester.

»Das ist deine Schuld«, sagte Dora und ließ die Hand im Wasser vor und zurück gleiten. »Als du das mit der Fessel gesagt hast, habe ich das Bild nicht mehr aus dem Kopf bekommen. Ich muss den Ring loswerden.« Dora zog die Hand aus dem Wasser und setzte sich auf den Steg. Sie zog noch einmal an dem Ring.

»Warte, warte«, sagte Harper und legte eine Hand auf Doras Arm, um sie aufzuhalten. »Granny James hatte mal einen Ring am Finger, der nicht abging. Der Juwelier kam, um ihn abzuschneiden.« Sie lachte. »Den Ring, nicht den Finger. Aber zuerst musste sie die Hand in kaltes Wasser legen und dann hat er ihn ganz, ganz langsam vom Finger gezogen, so dass die Haut sich nicht am Gelenk zusammenschiebt. Er hat Handcreme benutzt. Oder wir könnten es mit Seife probieren. Ich gehe rein …«

»Lass mich es noch mal versuchen.« Dora atmete aus, dann drehte und zog sie sehr langsam an dem Ring. »Ich glaube, er kommt.« Sie machte weiter, rollte den Ring über das Fingergelenk und verzog das Gesicht vor Schmerz. Langsam glitt er von ihrem Finger.

»Er ist ab!«, rief sie aus und hielt den Goldring zwischen zwei Fingern.

Harper jubelte laut und sah sich Doras Hand genauer an. Die Hand war rosa und weich vom kalten Wasser, und unter dem Gelenk des Ringfingers war eine kleine Wunde.

»Ich bin frei!«, schrie Dora und wedelte mit ihrer Faust durch die Luft.

»Rechtlich nicht«, sagte Harper und ließ Doras Hand los. »Zumindest noch nicht.«

»Vielleicht nicht. Aber von jetzt an kann Cal sich um sich selbst kümmern!«

»Dora«, sagte Harper. »Ich glaube, es war eine Vorhersehung, dass wir diesen Sommer die Sklavenfesseln gefunden haben.« Sie lehnte sich mit strahlenden Augen vor. »Lass uns einen Pakt schließen. Du und ich lassen uns nicht mehr von den Erwartungen anderer fesseln. Keine Fesseln mehr.«

Dora griff Harpers Hand. Sie war immer ein bisschen neidisch gewesen, weil Harper und Carson ihren eigenen Schlachtruf hatten: *Tod den Damen!* Jetzt hatten sie und Harper auch ihren Schlachtruf. Aus schierem Übermut lehnte Dora sich zurück und warf den Ring in die Bucht.

Zusammen brüllten sie: »Keine Fesseln mehr!« Ihr Jubel und ihre Freudenschreie hallten über das ruhige Wasser.

17

FLORIDA

Nates Finger klopften auf seine Lippen, als er und Carson Lynne Byrd durch die langen Flure des Mote Marine Cetacean Hospital folgten. Lynne war so nett, Nate durch die Labore und die Meeresschildkröten-Station zu führen und zu allen Patienten ein paar Details zu erklären. Sein Kopf drehte sich von links nach rechts, er betrachtete scheinbar die bunten Wandmalereien voller Meeresleben. Doch Carson wusste, dass er nervös nach Delphine suchte.

Endlich öffnete Lynne die Tür zum Außenbereich. Das Sonnenlicht war so grell, dass Carson blinzeln musste, bis sich ihre Augen daran gewöhnt hatten. Über dem riesigen Pool in der Mitte wölbte sich jetzt ein Netz.

»Gute Neuigkeiten«, sagte Lynne zu Carson. »Delphine geht es so gut, dass wir sie in ein größeres Becken umgesiedelt haben, wo sie trainieren kann. Sie bekommt immer noch Antibiotika, aber ihr Zustand hat sich deutlich verbessert, sie hat einen starken Lebenswillen.«

Lynne führte sie zum Pool. »Sie ist heute Morgen gewogen worden und legt weiterhin an Gewicht zu, was ein sehr gutes Zeichen ist. Bei dem Zustand ihres Mauls war das ziemlich heikel. Zu Anfang haben wir sie nur mit lebenden Meerbarben und Snappern gefüttert, aber inzwischen nimmt sie auch toten Fisch an, eine Mischung aus Hering und Kapelan. Sie reagiert auch mehr auf ihre verhaltenstherapeutischen Beschäftigungsobjekte.« Sie drehte sich lächelnd zu Nate zum. »Ihr Spielzeug.«

»Wo ist Delphine?«, fragte er eindringlich.

»Du siehst sie schon noch, keine Sorge«, versicherte Carson ihm. Wie Nate wollte sie sofort los und zum Pool rennen, um Delphine zu sehen.

Schließlich erreichten sie den Beckenrand. Nate wollte näher gehen, aber Lynne hielt ihn mit ausgestreckten Armen auf.

»Es läuft so«, sagte Lynne in einem Tonfall, der keinen Widerspruch duldete. »Carson, du weißt, wie's geht. Du kannst mir helfen, Delphine ihre Antibiotika zu geben. Während ich die Medikamente hole, kannst du ins Wasser gehen und Delphine zeigen, dass du hier bist.« Sie wandte sich an Nate. »Tut mir leid, Nate, aber du darfst nicht ins Wasser.«

Nate sah getroffen aus. »Aber ich bin mit den anderen Delfinen ins Wasser gegangen.«

»Ich weiß. Aber das hier ist eine Krankenstation, da ist das nicht erlaubt. Aber ...« Lynne lächelte Nate an, der ihr widerwillig in die Augen sah. »Wie wäre es, wenn ich dir ihre Lieblingsspielzeuge gebe und du mit Delphine spielst? Ihr allerliebstes Spielzeug ist dieser rosa Ball in dem Korb da hinten.« Sie deutete auf einen Korb an der Wand. »Siehst du ihn?«

Nate schaute sich im Zimmer um, entdeckte ihn und nickte.

»Okay, stell dich an die Wand und warte, bis ich dir sage,

dass du ihn ihr zuwerfen kannst, okay? Carson und ich müssen Delphine zuerst ihre Medikamente geben. Bleib an der Wand«, sagte sie.

»So lautet die Regel«, ergänzte Carson, weil sie wusste, dass er es dann sehr ernst nehmen würde.

»Carson, falls Delphine es zulässt, kannst du sie abreiben. Das liebt sie.«

Carson war überrascht, dass man ihr immer noch erlaubte, Delphine zu berühren, jetzt, wo es dem Delfin so viel besser ging. Sie wusste, dass Lynne wenn möglich keinen menschlichen Umgang mit wilden Delfinen wollte, besonders keine Berührungen. Sie fragte sich, ob entschieden worden war, wohin Delphine gebracht würde, wenn sie geheilt war.

»Ist schon klar, dass Delphine ins Dolphin Research Center kommen soll?«

Lynne schüttelte den Kopf. »Nein. Wir haben immer noch vor, sie wieder auszuwildern.«

»Aber das Abreiben …«

»Es hilft ihr, gesund zu werden, was unsere Priorität ist. Dieser spezielle Delfin wird depressiv, wenn er isoliert ist. Wir mussten uns auf ihre Bedürfnisse einstellen. Was ihre Freilassung angeht, wo und wann, ist noch nichts entschieden.«

Das Becken war riesig und tief und der breite Schutz darüber führte zu hübschen Lichtflecken, die Muster aufs Wasser malten. Carson stand am Rand und blinzelte in die beweglichen Schatten auf der Suche nach dem Delfin. Da sie ihn nicht entdeckte, setzte sie sich auf den Rand und ließ die Beine ins Wasser hängen. Es war kühl, aber nicht kalt, erfrischend bei der drückenden Lufttemperatur. Sie suchte das Wasser nach einem Lebenszeichen von Delphine ab. Carson bewegte die Beine im Wasser, hoffte, diese Vibrationen würden den Delfin aufmerken und näher kommen lassen, wenn auch nur aus Neugier.

Nichts.

Carson pfiff. Scharf und klar durchschnitt der Pfiff die Stille. Es war derselbe Pfiff, mit dem sie Delphine in der Bucht gerufen hatte. Sie sah über ihre Schulter zu Nate. Er stand aufmerksam und mit wachen Augen da, beobachtete genau.

Plötzlich sah sie einen grauen Schatten durchs Wasser auf sie zugleiten. Ihr Herz machte einen Satz, als der Schatten näher schwamm, dann abbog und an ihr vorbeiglitt. Sie wusste, dass Delphine die Fremde im Pool überprüfte. Carson lachte laut auf, als ein glitzernder Kopf abrupt direkt vor ihr aus dem Wasser auftauchte. Zwei glänzende Augen betrachteten sie einen Augenblick. Dann schoss Delphine senkrecht in die Höhe und man hörte einen Pfiff, der in Carsons Ohren wie ein Freudenschrei klang.

»Delphine!«, rief sie, ihr Herz platzte fast. Hinter sich hörte sie Nate Delphines Namen rufen und zum Becken laufen.

»Sie ist es! Sie ist es!«, schrie er, schaukelte aufgeregt auf seinen Zehen hin und her und zeigte auf sie.

Delphine schwamm wieder an ihnen vorbei, auf die Seite gekippt und sah auf. Als sie an Nate vorbeikam, hielt sie an und richtete sich pfeifend auf.

»Sie sieht mich!«, rief Nate aus und lief zum Beckenrand.

Carson beobachtete, wie Nate dem Delfin in die Augen

sah, sie war voller Dankbarkeit, dass Delphine Nate wiedererkannt hatte. Zwischen ihnen herrschte eine Achtsamkeit – eine Verbindung –, die nicht in Worte zu fassen war.

Zwei freiwillige Helferinnen kamen aus den anderen Becken näher, neugierig, was in diesem Pool geschah.

Als Nate am Beckenrand hockte, streckte Carson ihre Hand aus, damit er nicht zu nah kam. »Honey, es tut mir leid, aber du musst wieder zurück an die Wand, bis Lynne dir erlaubt, näher zu kommen.«

»Nein!«

»Erinnere dich an das, was Lynne gesagt hat.« Nate sprang auf und ab, drehte völlig auf. Sie befürchtete einen Wutanfall und sprach ruhig, aber bestimmt. »Stell dich an die Wand. So lautet die Regel. Wenn du tust, was Lynne sagt, kannst du mit Delphine spielen. Du kommst noch an die Reihe.«

Widerwillig ging Nate zurück an die Wand, aber er stellte sich auf die Zehenspitzen und ließ Delphine nicht aus den Augen.

Delphine stieg immer wieder aus dem Wasser und spähte über den Beckenrand, offensichtlich suchte sie nach Nate.

»Sie weiß, dass du hier bist«, rief Lynne Nate zu. »Sie ist froh, dich zu sehen. Ich habe dir doch gesagt, dass sie sich freuen wird!«

»Was sind das für Flecken auf ihrem Körper?«, fragte Nate betroffen.

Carson sah zu Lynne, die Carson zunickte.

»Das sind ihre Narben. Aber keine Sorge, sie werden weiter heilen. Sieh nur, wie gut es ihr geht. Das ist wichtig.«

Delphine fing an, aufgeregt zu schnattern, dann schwamm

sie schnell durch den Pool und kehrte zu Carson zurück. Sie legte ihren Kopf schräg, um Carson mit ihren glänzenden schwarzen Augen zu mustern.

Carson senkte ihren Kopf in Höhe des Delfins. »Ja, ich bin's. Ich bin wieder da.« Sie legte die Arme um sich und rutschte in das Becken. Delphine schwamm ganz nah heran, ihre Augen groß und neugierig. Der Delfin hielt vor ihr an und wartete, wie als Aufforderung an Carson, sie anzufassen. Carson streckte zögernd eine Hand ins Wasser und hielt sie ein paar Zentimeter vom Delfin entfernt, sie gab ihr Zeit. Delphine stupste sanft mit ihrem Schnabel an Carsons Hand, dann berührte sie mit ihrem Kopf Carsons Fingerspitzen. Carson spürte die alte Verbindung und entspannte sich, ließ ihre Hände zart über die gummiartige Haut gleiten.

»Hallo, Delphine«, murmelte sie.

Immer und immer wieder schwamm Delphine an Carson vorbei, jedes Mal erlaubte sie es Carsons Händen, ihre Seiten kreisend zu massieren. Nach einigen Minuten schaute Delphine Carson wieder an, dieses Mal blieb sie unter Wasser. Carson hörte rasche Staccatoklänge und spürte ein Kribbeln, wie ein Kitzeln. Lachend versuchte sie, Delphine wegzuscheuchen, aber Delphine blieb dabei, kehrte immer und immer wieder zurück, um ihr Sonar auf Carsons Bauch zu richten.

Lynne kam mit medizinischem Gerät auf dem Arm näher. »Was macht sie?«

»Sie benutzt ihr Echolot. Sie hört nicht auf. Sie kommt ständig und macht es immer und immer wieder. Sieh sie dir an, da kommt sie schon wieder.« Delphine stupste sanft ihren Schnabel in Carsons Bauch. Carson lachte immer noch, drehte sich um und wandte Delphine den Rücken zu. »Ist das ein neues Spiel von ihr?«

»Nicht dass ich wüsste«, erwiderte Lynne und ließ sich neben Carson in den Pool gleiten. Sie reichte Carson einen langen Plastikfutterschlauch. »Manchmal benutzt sie ihr Echolot an den Metallstäben, wenn wir das Becken säubern. Ich spüre das Kribbeln dann auf meinen Handflächen. Es ist ein merkwürdiges Gefühl.«

»Genau.«

Lynne sah Carson interessiert an. »Du bist doch nicht schwanger, oder?«

Carson lachte rau. »Oh Gott, nein. Warum fragst du?«

»Vor ein paar Jahren war ich mit einem Delfin hier drin und mir ist genau dasselbe passiert. Der Delfin kam immer wieder und richtete sein Sonar auf meinen Bauch. Immer und immer wieder.« Sie lachte. »Eine Woche später habe ich erfahren, dass ich schwanger bin.«

Carson merkte, wie ihr im Wasser plötzlich kalt wurde. »Du meinst, der Delfin …« Sie konnte es nicht aussprechen.

»… hat den Fötus gesehen, bevor ich etwas wusste«, beendete Lynne den Satz für sie. »Erstaunlich, was? Er hat gemerkt, dass in mir etwas anders war und war neugierig. Dieser kleine Fötus ist heute drei Jahre alt. Ist eine gute Geschichte, nicht wahr?«

Carson konnte nicht antworten. Natürlich war sie nicht schwanger, schrie ihr Hirn. Blake hatte immer verhütet. Und doch verursachte die schiere Möglichkeit ihr Panik. Sie drehte den Kopf zu Delphine um, die in der Nähe schwamm, den Mund offen und entspannt und Carson mit ihrem Engelslächeln betrachtete.

Was weißt du?, dachte Carson irritiert.

Carson musste sich konzentrieren, während sie Lynne dabei half, einer fügsamen Delphine die Medikamente zu verabreichen. Dann war endlich Nate an der Reihe, mit ihr zu spielen. Carson stieg aus dem Wasser und setzte sich an den Beckenrand, ihre Füße baumelten im Wasser, sie beobachtete Nate, wie er Delphine immer wieder den Ball zuwarf. Der Delfin war wie ein Hund, es wurde ihm nie langweilig, den Ball zu fangen und zurückzuwerfen. Die beiden waren im Himmel. Nate musste gar nicht ins Wasser kommen. Er sah selbst, dass es Delphine gut ging, dass sie ihm nichts übel nahm.

Delphine ist nicht die Einzige, die sich auf dem Weg der Besserung befindet, dachte Carson mit einem bittersüßen Lächeln. Sie erinnerte sich an Taylors Worte: *Nicht alle Verletzungen sind sichtbar.*

Eine Stunde nachdem sich Carson und Nate überschwänglich von Delphine verabschiedet hatten und Lynne versprochen hatte, Carson über die Fortschritte des Delfins auf dem Laufenden zu halten, stand Carson mit den Händen in den Hüften da und starrte stur auf das kleine weiße Stäbchen auf der Ablage im Badezimmer. Es war eine Geduldsprobe, wie wenn man darauf wartet, dass das Wasser endlich kocht. Sie senkte den Kopf und schloss die Augen. Ihr war nie klar gewesen, wie lang drei Minuten sein können. Oder dass ein Herz so schnell schlagen kann oder sich ihre Hände so kalt anfühlen konnten. Sie hob den Kopf, sah auf die Wanduhr. Drei Minuten …

Sie leckte ihre Lippen, holte tief Luft. Ihre Hände zitterten, als sie die Spitze des Stäbchens neben die Farbskala auf der Schachtel hielt.

Carson starrte auf das Stäbchen und spürte, wie das Blut aus ihrem Gesicht wich. Sie rutschte langsam auf den Boden, ihr war schwindelig. Immer wieder schrie ihr vernebeltes Gehirn, *Das muss ein Fehler sein.* Sie griff nach der Schachtel und las die Anleitung noch einmal. Dann schaute sie wieder auf das Stäbchen. Die zwei kleinen Striche waren strahlend, stur, höhnisch pink.

Carson lehnte sich an die Wand und sah auf einen langen, schmalen Riss im Porzellan der Duschwanne. Er teilte sich in der Mitte der Wanne und wurde zu zwei Rissen. Sie folgte dem Riss vor und zurück, ihr Gehirn war unfähig, weiter zu denken als bis zu der Wahrheit dieser zwei Linien.

Sie war schwanger.

18

CHARLESTON, SOUTH CAROLINA

Mamaw parkte den Camry vor der Medical University und reckte den Hals auf der Suche nach Lucille. Normalerweise war Lucille diejenige, die fuhr, während Mamaw es vorzog, Beifahrerin zu sein. Der Camry gehörte Lucille und Mamaw fühlte sich mit dem fremden Auto nicht wohl, aber da sie Carson den Blauen Bomber überlassen hatte, hatte sie keine »Karre« mehr, wie Carson sagte. Heute hatte sie Lucille zu einem weiteren von vielen Arztterminen in der letzten Zeit gefahren. Mamaw gefiel nicht, wie schlecht Lucille aussah und wie schwach sie war, und bestand darauf, sie in die Stadt zu fahren. Im Gegenzug hatte Lucille darauf bestanden, dass Mamaw nicht im Krankenhaus auf sie wartete. Stattdessen konnte Mamaw ein bisschen in der Stadt einkaufen gehen, wozu sie ansonsten im Moment sehr selten kam. Sie hatte versucht, auf der King Street in ihre alte Stimmung zu kommen, aber feststellen müssen, dass die meisten ihrer Lieblingsboutiquen von hippen, kleinen Cafés und trendigen Läden ersetzt worden waren.

Es gab einmal eine Zeit, als sie in eine Boutique gehen und voraussetzen konnte, dass die Verkäuferin eine Karte mit ihren Maßen besaß. Heute kannte niemand mehr ihren Namen. Sie hatte ihr ganzes Leben in dieser Stadt verbracht, war eine Charleston-Bewohnerin der sechsten Generation. Generationen ihrer Familie waren in dieser Stadt begraben – ihr Ehemann, ihr Sohn – und sie würde es eines Tages auch sein.

Und doch, als sie zwischen diesen enormen Krankenhausgebäuden saß und den Verkehr beobachtete und die Menschenmenge auf den Bürgersteigen, fühlte sie sich nicht mehr zu Hause.

Was hielt sie hier noch? fragte sie sich. Nur eine Minute später sah sie eine leicht gebeugte Frau in einem blau-weißen Hemdblusenkleid durch die Drehtür des Krankenhauses gehen. Sie blieb auf dem Bürgersteig stehen, stand da, umklammerte ihre Tasche und sah von links nach rechts, der Wind spielte mit dem Saum ihres Kleides.

»Lucille!«, rief Mamaw aus dem Fenster.

Lucille hob ihre Hand, um zu signalisieren, dass sie sie gesehen hatte.

Wann ist Lucille so alt geworden?, fragte Mamaw sich, während sie den Wagen anließ. *Und so gebrechlich?* Es schien über Nacht passiert zu sein. Sorgenfalten tauchten auf ihrer Stirn auf. Eine Grippe ließ einen Körper nicht so schnell gebrechlich werden. Ein Angstschauer überlief sie, als sie am Bürgersteig anhielt.

Lucille setzte sich mit einem leisen Stöhnen auf den Beifahrersitz. Sie hantierte mit dem Sicherheitsgurt. Nachdem Mamaw das Klicken gehört hatte, blinkte sie und fädelte den Wagen vorsichtig in den Verkehr ein.

»Entschuldige, dass ich dich habe warten lassen«, sagte Lucille. Ihre Stimme klang erschöpft und sie lehnte den Kopf an den Sitz und schloss die Augen.

Mamaw schaute zu der Frau neben sich. Lucille sah abgespannt aus, ihre sonst so prallen Wangen eingefallen. In der Hand trug sie eine große Papiertüte vom Krankenhaus. Medikamente, vermutete Mamaw. Sie fuhr aufmerksam durch den Verkehr auf den schmalen Stadtstraßen, bog auf den East Bay ab und fuhr dann in Richtung Brücke.

Einmal auf der breiten Ravenel-Brücke, die den Cooper River überspannte, atmete sie leichter. Sie schaute noch einmal zu Lucille. Sie saß ruhig da, den Kopf zur Seite und sah auf das Panorama des Cooper Rivers.

»Du hast mich wirklich warten lassen«, sagte Mamaw.

Lucille drehte sich zu ihr um. »Was ist?«

»Ich frage mich«, sagte Mamaw, den Blick auf die Straße geheftet, »wie lange du mich noch warten lassen willst.«

»Was meinst du?«

»Wann wirst du mir die Wahrheit sagen?« Sie schaute kurz zu Lucille. »Was ist los?«

Lucille wandte sich ab und schaute geradeaus durch die Windschutzscheibe.

»Ich dachte, wir wären Freundinnen«, sagte Mamaw.

Lucille sagte nichts.

Mamaw sah wieder von der Straße weg. Lucille umfasste ihre Tasche immer fester, aber ihr Gesichtsausdruck verriet nichts.

»Dass wir keine Geheimnisse voreinander hätten«, fuhr Mamaw fort.

»Du hast mir gesagt, du wolltest keine schlechten Nachrichten mehr hören«, sagte Lucille.

»Was? Wann habe ich das gesagt?«

»Vor einer Weile. In diesem Auto.«

Mamaw war durcheinander. »Ich erinnere mich nicht daran, das gesagt zu haben und selbst wenn, dann habe ich das sicher nicht wortwörtlich gemeint. Lucille, um Himmels willen, ich weiß, dass du keine Grippe hast. Bitte sag mir, was los ist.«

Lucille sah sie an. Dann sagte sie tonlos. »Ich habe Krebs.«

Mamaw spürte ihr Herz stolpern, ihr wurde flau im Magen. »Oh nein.« Sie schluckte fest, dann fragte sie: »Welchen? Was sagen die Ärzte?«

»Fahr langsamer«, sagte Lucille und klopfte auf das Armaturenbrett. »Du bringst uns noch beide um.«

Mamaw hatte gar nicht gemerkt, dass sie Gas gegeben hatte. Sie bremste bis zur erlaubten Höchstgeschwindigkeit ab. Sie nahm die Ausfahrt von der Brücke nach Sullivan's Island und fuhr den Coleman Boulevard entlang bis zum ersten Parkplatz, den sie sah. Sie lenkte den Wagen darauf und hielt an. Sie drehte sich zu Lucille um.

»Erzähl mir alles.«

Lucille sah sie mitleidig an. »Ich weiß, was du denkst. Du machst schon eine Liste, welche Ärzte wir anrufen, welche Behandlungen wir ausprobieren sollen. Miz Marietta, jetzt hörst du mir mal zu, ohne mich zu unterbrechen. Okay?«

Mamaw nickte und sagte vage: »In Ordnung.«

Lucille verlagerte ihr Gewicht in dem Sitz. »Vor einer Weile bekam ich diese Schmerzen. Ich habe versucht, sie zu ignorieren, aber als sie nicht besser wurden, bin ich zu meinem Arzt gegangen. Er hat mich zu einem anderen Arzt hier im Krankenhaus geschickt und sie haben Unmengen von Tests mit mir gemacht.«

Mamaw befürchtete das Schlimmste. »Was für …?«

Lucille hob die Hand, um Mamaws Frage aufzuhalten, und Mamaw hielt den Mund.

»Sie haben mir gesagt, dass ich Krebs habe. Bauchspeicheldrüsenkrebs.«

Mamaw schnappte nach Luft, dann atmete sie aus. »Oh Gott.«

»Heute haben sie mir gesagt, dass er auf meine anderen Organe gestreut hat. Deswegen habe ich so starke Bauchschmerzen.«

Mamaw musste fragen. »Welches Stadium ist es?«

»Sie nennen es Stadium vier.«

Mamaw krampfte ihre Hände zusammen. Bauchspeicheldrüsenkrebs war immer schlimm, aber Stadium vier war ein Todesurteil, und das wussten sie beide.

Lucille schaute nach unten. »Es gibt jetzt nichts mehr zu tun, außer zu warten«, sagte Lucille. Sie lächelte wehmütig. »Heute hat der Arzt mir gesagt, dass ich nicht mehr lange warten muss.«

»Nein!«, platzte es aus Mamaw heraus. Sie hatte versprochen, still zu sein, aber jetzt, wo die Geschichte erzählt war, konnte sie sich nicht mehr zurückhalten. Lucille erschien so geschlagen, so bereit, die Diagnose zu akzeptieren. Mamaw konnte Lucille nicht kampflos aufgeben, sie wollte es nicht.

»Das akzeptiere ich nicht. Es gibt verschiedene Behandlungen, die du ausprobieren kannst. Eine Freundin hatte Bauchspeicheldrüsenkrebs und sie wurde operiert, es hieß Whipple-Op oder so. Ich werde den Namen ihres Arztes herausfinden. Wir müssen etwas versuchen. Ich bin mir sicher, dass es eine Behandlung gibt.«

Lucille hob ihre Hand, um Mamaw zum Schweigen zu bringen. »Zuerst mal bin ich nicht versichert.«

»Das ist mir egal. Ich bezahle alles.«

»Miz Marietta, wir wissen beide, dass du dir das im Moment nicht leisten kannst. Und ich erlaube es dir auch nicht. Außerdem ist es zu spät. Für das, was ich habe, gibt es keine Heilung.«

»Vielleicht keine Heilung, aber wir können mehr Zeit kaufen. Es gibt Chemotherapie und Bestrahlung.«

»Nein.« Lucille schüttelte den Kopf, ihre Stimme fest. »Ich werde keine Chemo oder Bestrahlung machen. Ich werde meinen Körper nicht vergiften.«

»Du erwartest doch nicht, dass ich einfach dasitze und dich sterben lasse!«

Lucille lächelte traurig. »Doch, genau das erwarte ich von dir.«

Mamaw unterdrückte einen Aufschrei und legte eine Hand vor den Mund. »Das ist absurd! Das kann ich nicht.«

Lucilles Gesichtsausdruck wurde sanfter. »Du musst. Miz Marietta, die simple Wahrheit ist, es ist zu spät für alles. Der Krebs ist zu weit fortgeschritten. Ich habe mit den Ärzten gesprochen und mich entschieden.«

Mamaw legte eine Hand ans Gesicht und drehte den Kopf weg, während sie weinte und den Kopf schüttelte, sie wollte es nicht wahrhaben.

Lucille griff in ihre Tasche und nahm ein Taschentuch heraus. Sie reichte es Mamaw und sagte: »Hier. Nimm das. Deine Augen werden immer dick wie ein Seeigel, wenn du weinst.«

Mamaw lachte auf und nahm das Taschentuch. Nur Lucille konnte so etwas in einem solchen Moment sagen.

»Das ist so ein Schock. Ich habe es nicht kommen sehen. Ich bin älter als du. Ich sollte vor dir gehen.«

»Gott hat anscheinend andere Pläne.«

Mamaw putzte sich die Nase und sammelte sich. »Ich kann das nicht akzeptieren.«

»Miz Marietta, jetzt hör mir mal zu.« Lucille wartete, bis Mamaw sie wieder anschaute, dann sprach sie langsam und ernst. »Ich habe gesehen, wie stark du warst, als Parker starb, dann bei Mr Edward. Ich bitte dich darum, für mich stark zu sein.«

Erinnerungen überwältigten Mamaw – die Pflege, die Begleitung, die stetige Unterstützung, die anstrengenden Stunden und schließlich die unaussprechliche Trauer. Sie wusste, was auf sie zukam. Sie begriff genau, was Lucille sich von ihr wünschte.

Mamaw nickte fast unmerklich. »Das werde ich. Du weißt, dass ich es sein werde.«

»Und sei stark für die Mädchen.«

»Die Mädchen«, sagte Mamaw, sie fielen ihr plötzlich wieder ein. »Wann wirst du es ihnen sagen? Sie werden am Boden zerstört sein. Sie lieben dich so sehr.«

»Ich hatte gehofft, es ihnen nicht sagen zu müssen. Ich wollte ihnen nicht den Sommer mit dieser traurigen Sache verderben. Ich dachte, sie werden am Ende des Sommers verschwinden, wegfliegen wie die Zugvögel, wo auch immer ihr Leben sie hinführt. Ich hatte gehofft, dass ich genau wie eine von ihnen wäre. Wegfliegen. Ohne viel Aufhebens.«

»Wegfliegen und mich allein lassen!«

»Ich weiß. Aber das ändert nichts, oder? Du hast deine Pläne und ich habe jetzt meine.«

Mamaw legte ihre zitternde Hand an ihre Augen. »Lucille …«

»Ich habe keine Angst, zu gehen«, sagte Lucille in einem friedvollen Tonfall. »Diese Fesseln haben es mir ganz klargemacht. Wir sind alle für eine Weile an dieses Leben gefesselt. Wir haben alle unser Päckchen zu tragen. Zurückblickend habe ich ein gutes Leben gelebt. Ich bereue nichts. Ich sehe es so, dass es für mich an der Zeit ist, das Wasser zu überqueren. Mit gefällt die Vorstellung, dass ich die Überquerung mit demselben Mut angehe wie meine Vorfahren.« Sie sah auf und lächelte. »Ich werde frei werden.«

Mamaw kniff die Lippen zusammen.

»Ich habe nur vor einem Angst«, sagte Lucille leise und schaute auf die Tüte voller Medikamente auf ihrem Schoß.

»Wovor?«

Lucille hob die Tüte hoch. »Vor den Schmerzen. Man hat mir all diese Tabletten gegeben. Aber sie wirken nicht mehr so gut. Der Krebs ist zu weit fortgeschritten. Die Zeit für all diesen Krankenhauszirkus ist vorbei.« Sie schüttelte entschlossen den Kopf. »Ich will keine Behandlung. Das weiß ich. Aber … ich will es nicht allein durchmachen.«

Mamaw sah in Lucilles dunkle, feuchte Augen. Sie traten im kreidebleichen Gesicht etwas hervor. Mamaw sah ein gespenstisches Bild dessen, was vor ihnen lag. Sie nahm Lucilles Hand und hielt sie fest. »Ich werde da sein, die ganze Zeit über an deiner Seite. Du wirst nicht allein sein.«

Lucilles Lippen zitterten und sie hielt Mamaws Hand fest umklammert. »Mehr muss ich nicht wissen.«

19

Carson überquerte die Ben Sawyer Bridge über dem Intracoastal Waterway, als die Dämmerung über das Lowcountry fiel. Das Wasser glitzerte in schummrigen Rosatönen, und die dichten Palmenreihen am Straßenrand warfen dunkle Schatten.

Sie schaltete die Klimaanlage aus, öffnete das Fenster und ließ die schwüle Luft ins muffige Auto. Sie atmete den Duft von Schlamm und Salz tief ein, strich mit der Hand durch die Haare, löste das Haargummi und ließ ihr Haar im Wind fliegen. Sie näherte sich ihrem Zuhause.

Als sie letzten Mai in Sea Breeze angekommen war, ohne Job, ohne Wohnung, hatte sie gedacht, dass sie den tiefsten Punkt erreicht hätte. Sie war pleite und obdachlos gewesen. Rückblickend erschien ihr das im Vergleich dazu, wie sie sich jetzt fühlte, wie ein Spaziergang.

Auf der langen Fahrt von den Keys nach Hause hatte Nate die meiste Zeit geschlafen, erschöpft von einer vollen Woche, und sie hatte viel Zeit gehabt, über das neue Leben nachzudenken, das in ihr wuchs. Sie schwankte zwischen liebevoller Neugier, tätschelte locker ihren Bauch wie eine Katze, die mit einem Käfer spielt, und schrecklicher Panik vor dem fremden Leben, das in ihr wuchs. Sie musste zunächst entscheiden, ob sie es Blake erzählte. Ein Teil von ihr wollte Entscheidungen treffen, ohne ihn einzubeziehen. Es war schließlich nicht sein Körper.

Trotz ihrer Unabhängigkeit fühlte es sich jedoch egoistisch, sogar falsch an, es ihm nicht zu sagen. Blake war kein One-Night-Stand. Er war jemand, mit dem sie eine Beziehung führte, jemand, für den sie tiefe Gefühle hegte. Jemand, den sie vielleicht sogar liebte. Der Vater dieses ungeborenen Kindes. Hatte er nicht das Recht, es zu erfahren?

Sie war immer selbständig gewesen. Sie hatte den größten Teil ihrer Jugend damit verbracht, sich um ihren Vater zu kümmern, war mehr Dienstmädchen als Tochter gewesen. Als sie achtzehn war, war sie dann ausgezogen, um endlich allein zu leben, was ihr, wenn auch die meiste Zeit von der Hand in den Mund, gelungen war. Sie war nicht daran gewöhnt, Hilfe anzunehmen, geschweige denn darum zu bitten.

Carson fuhr sich mit der Hand über die Augen, müde und übernächtigt. Sie hatte dieses Problem seit zwölf Stunden gewälzt und war einer Entscheidung kein bisschen näher gekommen. Alles, was sie sicher wusste, war, dass sie erschöpft war und durstig und dass sie pinkeln musste. Und dass sich dieser Fötus in ihr wie ein ungebetener Gast anfühlte.

Sie schaute in den Rückspiegel auf den kleinen Jungen, der in seinem Gurt hängend schlief. Sein Kopf hing locker zur Seite und sein Mund stand offen, er schnarchte leise. Ihr Herz zog sich vor Zuneigung zusammen und Tränen füllten ihre Augen. Sie liebte diesen kleinen Jungen, und sie wusste, dass er sie liebte, auf seine Weise. Rückblickend hatte sie es wirklich genossen, mit Nate zusammen zu sein, sich um ihn zu kümmern, zuzusehen, wie er Fortschritte machte. Hätte sie diese Gefühle auch gegenüber ihrem eigenen Kind? Könnte sie eine gute Mutter sein?

Carson schaute auf die Straße und erkannte, dass sie sich der Abzweigung für Sea Breeze näherte. Ihre Hände umklammerten das Lenkrad und ihr Herzschlag beschleunigte sich, während sich ihre Urinstinkte regten. Alles, was sie tun wollte, war, Nate abliefern, dann Gas geben und aus der Auffahrt rasen. Weiterfahren. Weit, weit weglaufen.

Am nächsten Abend saß Carson am Holztisch in Blakes Wohnung und starrte auf einen Teller mit Shrimps und Grits, Maisbrei. Es war ein heißer, feuchter Abend, der den kommenden Sturm ankündigte, aber Blake hatte sich am Herd geplagt, um das Abendessen für ihre Rückkehr zu kochen. Donner grollte und wegen des Deckenventilators tropften die Kerzen Wachs auf die Tischdecke.

Ihr gegenüber saß Blake und schaute sie besorgt an. Shrimps und Grits war ihr Lieblingsgericht, aber sie konnte nichts essen. Sie hatte ein paar Bissen Grits geschafft, aber die üppige Buttersoße war zu viel für sie. Und beim bloßen Geruch der Meeresfrüchte wurde ihr übel. Mehr noch als die Gerüche war es die Neuigkeit, die sie ihm erzählen musste, die ihren Magen verkrampfen ließ.

Hobbs lag geduldig unter dem Tisch und wartete auf das Stück Shrimp, das sie in sein lauerndes Maul warf.

»Noch Wasser?«, fragte Blake und hob die Karaffe schon an.

»Ja, danke.« In ihrem Mund schienen sich die unausgesprochenen Worte aufzutürmen.

Carson betrachtete ihn schweigend, wie er eingoss, hörte das Eis klirren, als es in ihr Glas fiel. Sie wusste, dass sie mürrisch und verschlossen war. Im Gegenzug war er extrem aufmerksam und wuselte die ganze Zeit um sie herum.

Er stellte die Karaffe ab und sah auf ihren vollen Teller. »Hast du keinen Hunger? Du hast kaum was gegessen.«

»Nein«, sagte sie und schüttelte langsam den Kopf. Sie hatte ein schlechtes Gewissen, weil er sich umsonst so viel Mühe gegeben hatte. »Ich fühle mich nicht so gut.«

»Oh, Baby, das tut mir leid. Du hättest es mir sagen sollen. Du siehst auch ein bisschen grün um die Nase aus.«

Sie lachte schnaubend. »Tu ich das?«

»Du siehst immer noch toll aus«, beeilte er sich zu ergänzen. »Wunderschön. Wie immer.«

Carsons Gesicht glänzte vor Schweiß und sie wusste, dass sie gereizt reagierte. Es war nicht Blakes Schuld, dass sie schwanger war … wenigstens nicht ausschließlich. Sie legte ihre Serviette auf den Tisch und schob den Stuhl etwas zurück. Hobbs rutschte mit einem unzufriedenen Grummeln zurück.

»Blake, ich muss dir etwas sagen.«

Blake sah sie misstrauisch an. »Okay.«

»Ich bin schwanger.«

Blake saß reglos und mit großen Augen da. Nach einem Moment blinzelte er, und sie sah, dass er sich sammelte. »Bist du sicher?«

Sie wollte *Nein, ich denke mir das aus!* schreien. »Ja, natürlich bin ich sicher. Ich war überfällig und habe in Florida einen Schwangerschaftstest gemacht. Er war positiv. Ich habe dreimal getestet, um endgültig sicher zu sein.«

Er lehnte sich in seinem Stuhl zurück und sah zur Seite. Dann schaute er ihr in die Augen und lächelte sie mit einer Art Verwunderung an. »Du bist schwanger«, sagte er. »Das ist, also, wow … das ist toll.«

Carson blinzelte, sie war sich nicht sicher, richtig gehört zu haben. »Toll? Was meinst du damit, das ist toll? Es ist *nicht* toll.«

»Es ist besser als das, was ich erwartet hatte. Hör mal«, sagte er und legte seine Hände auf den Tisch. »Ich weiß, dass wir das nicht geplant haben, aber es ist nun mal passiert.« Er kippte auf die hinteren Stuhlbeine und kratzte sich am Kopf. »*Wie* ist es eigentlich passiert?«

Carson schnaubte noch einmal und sah ihn schief an.

Er kippte den Stuhl wieder vor und grinste frech. »Ich weiß, *wie* …« Sein Lächeln verschwand und er wurde ernst. »Aber wie bist du schwanger geworden? Wir haben verhütet.«

»Das würde ich auch gern wissen«, erwiderte sie und sah ihn anklagend an.

Wut blitzte in Blakes Augen auf. »Was? Auf keinen Fall. Wofür hältst du mich? Wenn ich dich hätte schwängern wollen, hätte ich dir das ehrlich und direkt gesagt.«

»Nun, du *hast* mich aber geschwängert!«, brüllte sie.

»Nun, entschuldige!«, brüllte er zurück.

Hobbs sprang auf und lief bellend zur Tür.

»Hobbs, ruhig«, warnte Blake.

Der Hund hörte sofort auf zu bellen und setzte sich grummelnd wieder neben Blakes Füße auf den Boden.

Blake und Carson schauten einander einen Augenblick an, die Stille lastete schwer auf ihnen.

Schließlich wischte Blake sich über die Stirn, sein Gesicht konzentriert zusammengekniffen. »Hör mal«, sagte Blake in ruhigerem Tonfall. »Anscheinend hat irgendetwas nicht funktioniert. Das ist selten, aber es passiert. Und du hast die Pille nicht genommen ...«

»Das wusstest du«, rechtfertigte sie sich und sah weg, es war ihr peinlich, die falsche Entscheidung getroffen zu haben. Sie hatte die Pille noch in Los Angeles abgesetzt. Sie wollte ihrem Körper eine Hormonpause gönnen und hatte nicht vorgehabt, eine Beziehung zu beginnen. Sie hatte geplant, die Pille nach ihrem Floridaaufenthalt wieder zu nehmen. Sie hatte gedacht, sie wären vorsichtig gewesen. Dumm, dumm, dumm.

»Ich meine ja nur ...«, sagte Blake besänftigend. »Wir stehen das gemeinsam durch, okay?« Er berührte ihre Hand, die flach auf dem Tisch lag. Als sie aufblickte, sah er ihr in die Augen.

»Okay?«

Carson nickte widerwillig.

»Wann hast du es erfahren?«

»Vorgestern. Es war so verrückt. Ich war im Wasser mit Delphine, und sie fing an, ihr Echolot auf meinen Bauch zu richten. Es stellte sich heraus, dass sie vor mir wusste, dass ich schwanger bin.«

»Ohne Witz?«, fragte er ungläubig.

»Ich kann dir sagen, ich bin komplett ausgeflippt. Sobald wir aus dem Resort gegangen waren, bin ich in eine Apotheke, um einen Schwangerschaftstest zu kaufen. Ich habe alle drei aus der Schachtel genommen und alle drei haben bestätigt, dass ich schwanger bin.« Sie strich eine störrische

Strähne aus dem Gesicht. »Als ich es herausgefunden habe, wurde ein verdammter Schalter in meinem Körper umgelegt. Plötzlich ist mir hundeelend. Ich würde gern glauben, dass es psychosomatisch ist, bloß, dass man sich eine solche Übelkeit nicht einbilden kann.«

»Okay«, sagte er und schob seinen halbleeren Teller weg. »Alles wird gut. Ich habe Geld gespart und ich habe eine gute Versicherung.«

»Mo-Moment mal!«, platzte Carson heraus und setzte sich alarmiert aufrecht hin. »Ich bin mir nicht mal sicher, ob ich es bekommen werde!«

Blakes Gesicht spannte sich an. »Nicht sicher, ob du es bekommen wirst?«

»Es ist eine große Entscheidung. Ich muss einen Schritt zurücktreten und darüber nachdenken.«

»Ich liebe dich. Du liebst mich. Worüber musst du noch nachdenken?«

Carson warf ihre Serviette auf den Tisch und stand auf. Sie hatte das Gefühl, von den Wänden erdrückt zu werden. »Ich muss gehen.«

Blake schob seinen Stuhl zurück und trat neben sie, fasste sie am Arm.

»Ich weiß, dass du Panik hast. Du hast Angst. Aber das musst du nicht. Ich bin hier.«

Er sagte genau die richtigen Dinge und sie wünschte, sie würde sich dadurch besser fühlen, aber das tat sie nicht.

»Carson, du weißt doch, dass ich dich liebe, oder?«

Sie schniefte, unfähig, ihm in die Augen zu sehen. »Ja.«

»Es gibt eine einfache Antwort. Wir könnten heiraten.«

»Nein …«, sagte sie kopfschüttelnd. »Nicht so.«

»Honey, ich möchte dich heiraten. Ich wollte dich vom ersten Augenblick an, als ich dich im Dunleavy's gesehen habe, heiraten.«

»Du würdest das nicht sagen, wenn ich nicht schwanger wäre.«

»Vielleicht nicht heute Abend. Aber ob es jetzt ist oder nächstes Jahr, ist egal, solange wir zusammen sind.« Er beugte sich vor und küsste sie auf den Kopf, dann legte er die Arme um sie und drückte sie fest an sich.

»Wir können sofort heiraten, es muss keine große Feier sein. Dann kannst du hierherziehen. Wir machen aus meinem Büro ein Kinderzimmer. Wenigstens bis wir eine größere Wohnung finden.«

Blake hatte anscheinend schon alles geplant. Bloß, dass Carson heute Abend nicht hergekommen war, um von ihm alle Antworten oder ihren Lebensplan zu erfahren. Sie wollte nur, dass er ihr zuhörte, dass er ihr Rückmeldung gab, so dass sie sich über ihre Entscheidung klar werden könnte. Stattdessen drängte er sie in die Richtung, in die er wollte. Er plante ihr Leben, so dass sie nur noch Ja sagen musste. Heiraten, ein Baby bekommen ... diese Dinge standen auf seinem Plan, nicht auf ihrem.

Carson spürte, wie sie vor Panik kurzatmig wurde. Seine um sie gelegten Arme fühlten sich wie eine Falle an. Sie spannte sich an und brach aus seiner Umarmung aus.

»Blake«, sagte sie mit zitternder Stimme und legte die Finger an ihre Schläfen. »Im Moment fühlt sich mein Kopf an, als würde er explodieren. Ich kann nicht übers Heiraten und Zusammenziehen reden. Ich weiß nicht, ob ich das Baby überhaupt bekommen will, geschweige denn, ob ich heiraten will! Das geht alles viel zu schnell. Wir kennen uns doch erst ein paar Monate!«

Er sah sie an, ließ die Arme hängen.

»Ich habe dich nicht gebeten, mich zu heiraten. Ich will nicht, dass du mir sagst, was ich tun soll. Deswegen bin ich heute Abend nicht hier.« Sie fing an, hin und her zu laufen und behielt die Tür im Auge. »Ich bemühe mich nur, das Richtige zu tun, dir zu sagen, dass ich schwanger bin. Das ist alles. Das ist für mich schon ziemlich viel. Ich bin nicht bereit, Mutter zu werden. Ich habe nicht mal einen Job! Wie soll ich mich um das Baby kümmern?«

»Ich kann dich und das Baby ernähren.«

»Das will ich nicht! Ich will nicht von dir abhängig sein. Verstehst du das nicht?«

Er schwieg, sah verletzt aus. »Ich fange langsam an.«

Sie hatte ihn nicht verletzen wollen. Jetzt war alles noch schlimmer. »Entschuldige«, sagte sie. »Es ist bloß so, dass ich Angst habe vor diesem ...« Sie verstummte, deutete mit einer Handbewegung auf ihren Bauch. »Diesem Ding.«

»Warum?«

»Alles wird sich verändern.«

»Nichts wird sich verändern. Nicht zwischen uns.«

»Natürlich wird es das. Weil ich mich verändern werde.«

»Wie wirst du dich verändern?«

»Das weiß ich nicht!«, schrie sie, sie wusste, dass sie irrational klang, aber auch, dass sie recht hatte.

»Carson ...«

»Nein! Ich bin nicht bereit, darüber zu reden. Über uns. Ich dachte, ich wäre stark genug, damit umzugehen, aber ich kann es nicht.«

Blakes Augen wurden matt, und er senkte den Kopf.

»Ich muss gehen.«

Blakes Arm schnellte hervor, um ihre Hand zu greifen, sie aufzuhalten.

»Carson. Lass es nicht abtreiben.«

»Blake …«

»Ich meine es ernst.« Seine dunklen Augen wurden düster.

Carson spürte instinktiv Wut aufkommen, trat zurück und riss sich aus seinem festen Griff. »Es ist mein Körper. Ich entscheide, was ich tun werde.«

»Ich liebe dich, Carson. Aber wenn du das tust, ist für mich Schluss.«

Ihr Atem stockte. Genau deswegen hatte sie es ihm nicht erzählen wollen. Sie war hierhergekommen in der Hoffnung, dass er sensibel und verständnisvoll wäre, der Mann, der ihr zuhörte, ihr half, eine Entscheidung zu treffen, ohne selbst zu urteilen. Aber warum hatte sie das geglaubt? Blake war einer der eigensinnigsten Männer, die sie je getroffen hatte.

Carson griff ihre Tasche vom Stuhl, während sie zur Tür ging. Sie öffnete sie, aber bevor sie ging, drehte sie sich um und sagte: »Bitte ruf mich eine Weile nicht an, okay?«

»Machst du mit mir Schluss?«

»Nein. Ja …« Sie seufzte laut. »Ich weiß es nicht«, sagte sie, schloss die Tür hinter sich und floh.

An diesem Abend lag Dora auf Devlins großem Holzbett, ihr Kopf auf seiner Schulter, in schläfriger Benommenheit nach dem Sex. Es war das erste Mal, dass sie auf seinem breiten Bett Sex gehabt hatten – und überhaupt an Land. Es schien luxuriös, geräumig nach dem engen Boot.

Es würde sich so oder so luxuriös anfühlen, dachte Dora, während ihr Blick durch das Zimmer schweifte. Sein Haus war groß, auf der Breach-Inlet-Seite von Sullivan's Island, ein Neubau im Südstaatenstil, mit vielen Veranden mit Schaukeln und Meerblick. Die Türen der Schlafzimmerveranda standen weit offen, so dass die Meeresbrise hineinwehen konnte. Diejenigen, die auf der Insel aufgewachsen waren, zogen die feuchte Luft einer Klimaanlage vor. Es war wirklich ein beeindruckendes Haus, dachte sie noch einmal, aber sie war sich nicht sicher, ob sie die gemütlichen Cottages im Marschland nicht vorzog.

Sie hatten die Decken zur Seite geschlagen und lagen in der kühlen Brise. Ihre Hände streichelten seine nackte Brust, ihre Finger in den weichen Locken. Devlins Hand streichelte ihre Schulter in trägen, kreisförmigen Bewegungen, während er das Lied mitsummte, das auf seinem CD-Spieler lief.

»Ich mag diesen Song«, sagte Devlin leise. »Er erinnert mich an uns.« Er sang den Refrain in einem schiefen Bariton mit.

»*I saw you last night and got that old feeling.*«

»Du kennst den Text«, neckte Dora. »Ich bin beeindruckt.«

»Ich tue alles, um dich zu beeindrucken.«

Dora kuschelte ihren Kopf an seine Schulter. Cal kuschelte nicht gern und ihr Sohn natürlich auch nicht. Bei Devlin brauchte sie diese zarte Intimität fast mehr als Sex, merkte sie. Der Sex war wunderbar, aber das hier … Dora seufzte. Sie hatte das Bedürfnis, festgehalten zu werden, sich begehrt zu fühlen.

Devlin fing wieder an, in seiner zittrigen Stimme zu singen: »*The spark of love is still burning.*«

»Schön …«, murmelte sie abwesend.

»Sag mal, hörst du überhaupt auf den Text? Ich versuche, dir was zu sagen.«

Dora wurde ganz still, plötzlich schätzte sie es, dass Devlin keine Scherze machte.

»So empfinde ich für dich, Dora. Für uns. Das alte Gefühl ist wieder da. Es ist, als bekämen wir eine zweite Chance.«

»Honey, wir haben gerade erst wieder angefangen. Lass uns nichts überstürzen.«

»Es ist egal, wie lange. Es ist, wie es in dem Song heißt. Ich habe dich gesehen und hatte wieder das alte Gefühl.«

»Dev, warte«, stotterte Dora, setzte sich auf und zog das Laken um sich.

»Was ist los, Honey?«, fragte Devlin, sein Lächeln verschwand. Er setzte sich auf, vollkommen nackt. Dora musste wegschauen, der Anblick war ihr immer noch peinlich. Sie hatte sich nackt noch nie wohlgefühlt, nicht mal als junge Frau und niemals vor Cal, der, wie sie rückblickend erkannte, prüde war.

Devlin nahm die Hand, die das Laken festhielt, und zog sie weg. Als sie wegrutschte, machte Dora einen Ruck, um sie zurückzuziehen, aber er griff nach ihrer anderen Hand und hielt beide. Verwirrt errötete sie.

»Du trägst deinen Ehering nicht«, sagte er und schaute auf die blasse Haut an ihrem Ringfinger.

»Nein.«

Er sagte nichts, nickte nur und rieb mit seinem Finger kurz über die leere Stelle an ihrem Ringfinger.

»Ich dachte, du würdest dich freuen, wenn du hörst, was ich für dich empfinde. Was ich immer für dich empfunden habe.«

Sie schaute ihm langsam in die Augen und die Aufrichtigkeit im strahlenden Blau bewegte sie.

»Du warst die Richtige, als wir Teenager waren, und du bist jetzt immer noch die Richtige. Ich glaube, ich war all die Jahre, die wir getrennt waren, verloren. Ich weiß jetzt, dass ich dich nie überwunden hatte. Ich hätte dich nie gehen lassen dürfen.«

Die Worte rührten Dora tief in ihrem Herzen. Sie war unfähig zu antworten. Unfähig, sich zu bewegen.

»Hast du gehört, was ich gesagt habe?«, fragte er.

»Ja.«

»Ich weiß, dass du das auch spürst«, sagte er. »Ich weiß es.«

»Das tue ich«, erwiderte sie. »Als ich dich nach all diesen Jahren wiedergesehen habe, habe ich mich wieder wie sechzehn gefühlt.«

»Das wirst du für mich immer sein.«

»Aber ich bin keine sechzehn. Ich bin sechsunddreißig. Und habe ein Kind.«

»Verdammt, das weiß ich. Was wichtig ist, ist, dass wir dasselbe füreinander empfinden. Genau hier, genau jetzt.«

»Genau jetzt«, sagte sie, »fühle ich mich nicht wie sechzehn. Dich sehe ich auch nicht mehr als Teenager.« Sie lachte über diesen merkwürdigen Satz. »Gott sei Dank! Ich habe diese Jahre gelebt, so viele Erfahrungen gemacht, so viel gelernt … ich möchte nicht mehr dieses junge, naive Mädchen sein. Formbar, gehorsam, sogar leichtgläubig. Ich bin gern die Frau, die ich heute bin, Devlin, durch dich fühle ich mich wieder schön. Fraulich. Sexy. Genau jetzt.«

Sie sah Devlin an und lehnte sich vor, um sein Gesicht zu streicheln. »Und ich mag es, wie *du* heute bist. Der Mann, der du geworden bist. Ich will nicht wieder wie diese Teenager sein.«

Devlin fasste sie an die Schulter. »Ich fühle dasselbe. Das habe ich auf meine ungeschickte Weise zu sagen versucht. Dora ...«, sagte er, seine Stimme ganz belegt. »Ich ... ich liebe dich. Das habe ich immer und das werde ich immer.«

Dora zog sich zurück und ihr Herz schlug schneller. »Dev ... das geht alles so schnell.«

Devlins Lächeln verrutschte und er ließ ihre Schultern los.

»Weil du nichts für mich empfindest? Liebst du mich nicht?«

Dora stöhnte tief. »Natürlich empfinde ich etwas für dich. Es geht tief und ist sehr real. Aber Liebe? Ich werde mich nicht drängen lassen, dieses Wort wieder zu benutzen. Ich bin ja noch nicht mal geschieden!«

»Also ich schon«, schoss er zurück. »Und lass mich dir sagen, ein Blatt Papier macht verdammt noch mal keinen Unterschied. Was hier drinnen ist, zählt.« Er machte eine Faust und klopfte auf sein Herz. Er wurde sehr still. Sein Tonfall klang jetzt entrüstet. »Eudora Tupper, liebst du deinen Ehemann noch?«

»Devlin, wie kannst du mich das fragen?«

»Ich kann das, weil du mir wegen dieses Mannes schon einmal das Herz gebrochen hast. Ich will es nicht noch einmal erleben.«

»Wann habe ich dir das Herz gebrochen?«

Er sah perplex aus, wie sie das nur fragen konnte. »Als du mit mir Schluss gemacht hast!«

»Ach, komm … Dev, ich war achtzehn!«

»Neunzehn. Wir waren noch das ganze erste Unijahr zusammen, als du in Converse warst und ich an der USC. Den ganzen Sommer und noch ein Teil des nächsten Jahres.«

Dora sah ihn an, erstaunt, dass er das noch wusste und über den starken Schmerz und die Verletzung, die so deutlich in seiner Stimme lagen.

»Dann hast du deinen großartigen Calhoun Tupper kennengelernt und mich gegen ein luxuriöseres Modell eingetauscht.«

»Das habe ich nicht!«, sagte sie, verärgert, dass er so etwas sagte. »Deswegen haben wir nicht Schluss gemacht.«

»Warum denn dann?«, fragte er mit blitzenden Augen. »Du hast es mir nie gesagt. Nicht richtig.«

Dora rutschte hin und her. »Ich … ich weiß nicht. Wir sind erwachsen geworden. Wir haben uns verändert. Ich habe mich in Cal verliebt«, stammelte sie.

»Oder deine Mama hat sich in ihn verliebt.« Er klang bitter.

»Sei nicht lächerlich.«

»Bin ich das? Du weißt, dass deine Mutter mich nie gemocht hat. Sie hat nie viel in mir gesehen.«

Dora verschränkte die Arme. »Was hat sie damit zu tun?«

»Alles! Du warst ein Mamakind. Sie hat gesagt, spring, und du hast gefragt, wie hoch. So war es immer mit ihr. Sie hat mich nie gemocht, aber ich kann mir gut vorstellen, wie sie dir jedes Mal, wenn ich angerufen habe, von Cal vorgeschwärmt hat. Ich bin mir verdammt sicher, dass sie dir nicht mal die Hälfte meiner unzähligen Nachrichten ausgerichtet hat, nachdem du mit Tupper zusammengekommen bist.«

Dora schaute weg.

»Du hast ihn geheiratet, weil deine Mutter es dir gesagt hat.«

»Hör auf, Dev«, sagte Dora und sah ihm in die Augen. »Das ist nicht fair. Ich habe Cal geheiratet, weil ich ihn geliebt habe.«

»Scheiße«, sagte er langgezogen und schüttelte den Kopf. Er zeigte mit dem Finger auf sie und verkündete: »Ich glaube dir nicht.«

Dora richtete sich mit offenem Mund auf.

Devlin schlug wütend die Decke zurück und stand aus dem Bett auf. Er durchquerte das Zimmer mit großen Schritten und knallte hinter sich die Badezimmertür zu.

Dora legte die Arme um sich und saß allein in dem riesigen Bett. Der Mond stieg wie ein prächtiger König am Himmel auf. Vor ein paar Minuten hatte sie sich genauso golden und voller Licht gefühlt wie dieser Mond. Jetzt fühlte sie sich finster und kalt. Sie zog die dicke Überdecke vom Fußende des Bettes hoch um ihre Schultern. Sie sah hinaus in die Nacht und fuhr mit den Fingern über das Zopfmuster der Wolle.

Muster, dachte sie – da war dieses Wort wieder. Dora fing langsam an zu begreifen, welche Macht Muster auf das eigene Verhalten hatten. Was Devlin gesagt hatte, stimmte. Winnie hatte kein Geheimnis aus ihrer Ablehnung gegenüber Devlin gemacht. War sie ein braves Mädchen gewesen und war dem Muster gefolgt, das ihre Mutter und deren

Mutter vor ihr vorgegeben hatten, als sie Cal geheiratet hatte? Sie dachte daran, wie Winnie Dora darauf hingewiesen hatte, dass Cal nicht viel trank, wie es ihr Vater oder Devlin getan hatten. Winnie hatte immer gegen das Übel Alkohol gewettert und ihren Vater als bestes Beispiel dafür genommen, wie es ein Leben zerstören konnte. Sie hatte Dora auch daran erinnert, dass Cal aus einer alten Familie Charlestons stammte und gute Verbindungen hatte. Er würde für den komfortablen Lebensstil sorgen, an den sie gewöhnt war.

Dora hatte Cal auf mädchenhafte Art geliebt. Sie hatte von Anfang an gespürt, dass sie mit Cal auf dem Weg Richtung Ehe war. Als er auf die Knie gefallen war und um ihre Hand angehalten hatte, konnte sie nur Ja sagen.

Sie hatten in einer traditionellen Zeremonie an einem sonnigen Junitag in der St. Philip's Episcopal Church geheiratet. Sie hatte weiße Spitze getragen, die Brautjungfern hellrosa Taft. Dora hatte ein Porzellanservice von Aynsley ausgewählt, wie ihre Mutter es besaß und dasselbe Silberbesteck wie das ihrer Großmutter.

War es gerechtfertigt, zu behaupten, dass sie Devlin nach den strikten Maßstäben ihrer Mutter beurteilt hatte? Dora schluckte. Sie musste zugeben, dass es gerechtfertigt war. Herr im Himmel, dachte sie und schämte sich.

Dora warf die Decke von ihren Schultern. Die dicke, feste Wolle kratzte auf ihrer zarten Haut. Während sie dasaß und Arme und Nacken kratzte, fragte sie sich, wie lange sie sich noch in alte Muster, die sie nur unglücklich gemacht hatten, hüllen würde.

Die Badezimmertür öffnete sich und Devlin kam heraus, er knotete den Gürtel eines teuer aussehenden Waffelpiquébademantels. Seine blonden Haare waren zerzaust und seine Füße nackt. Sein schwerer Gang zeugte von Selbstbewusstsein gemischt mit unterschwelliger Wut.

Wie die Zeiten sich geändert hatten. Sie fragte sich unwillkürlich, was ihre Mutter heute von Devlin halten würde. Das hier war nicht mehr der kluge, aber arme Inseljunge, mit dem sie aufgewachsen war. Devlin war ein Self-Made-Millionär. Er hatte sich quasi aus dem Nichts hochgearbeitet. Er war ein Mann geworden, hatte ein erfolgreiches Unternehmen, war verheiratet gewesen, jetzt geschieden, war ein Vater. Und trotz all der Veränderungen und vergangenen Jahre liebte er sie immer noch.

Er blieb an einem Tisch voller Alkoholflaschen stehen und goss sich einen Drink ein. Er drehte sich zu ihr um.

»Möchtest du einen Cognac?«

Sie hörte ihm an, dass er immer noch aufgebracht war, aber auch entschlossen, ein Gentleman zu sein. »Nein, danke. Ich hätte gern ein Wasser.«

Er hielt inne, dann drehte er sich wieder zum Tisch um und schloss die Kristallflasche mit einem Stöpsel. Dann öffnete er zwei Wasserflaschen und trug sie zum Bett.

Er reichte ihr eine Flasche und ließ sich neben sie auf die Matratze gleiten. Sie rutschte, um ihm Platz am Kopfteil zu machen. Er streckte seine Beine neben ihren aus, lehnte sich zurück und nahm einen großen Schluck.

Dora lehnte sich an seine Schulter, erleichtert, dass er ins Bett zurückgekommen und nicht demonstrativ beleidigt weggeblieben war. Nur ein Mann mit Selbstbewusstsein würde das tun, dachte sie. Sie griff nach seiner Hand in seinem Schoß. Sofort drückte er sie.

»Dev, wir haben noch gar nicht über *deine* Ehe gesprochen«, sagte sie, froh, dass sie sich beide an das Kopfteil lehnten und aufs Meer sahen, anstatt aufeinander. Es machte es irgendwie leichter, aufrichtig zu sein. »Hast du deine Frau geliebt?«

»Ich dachte es. Das werde ich nicht leugnen.«

»Darüber bin ich froh«, sagte Dora. Es hätte ihr nicht gefallen, zu glauben, dass er seine Frau nicht geliebt hatte.

»Ashley und ich haben lange nachdem wir beide uns getrennt hatten geheiratet«, stellte er klar.

»Warum habt ihr euch scheiden lassen?«

Ein tiefer Seufzer kam aus Devlins Brust. »Ich habe es vermasselt. Habe sie betrogen. Ich war zu jung, um zu heiraten, und zu dumm, um zu schätzen, was ich hatte. Wir sind länger zusammengeblieben als gut war. Ich glaube, keiner von uns wollte zugeben, dass wir einen Fehler gemacht hatten. Besonders nachdem Leigh Anne da war. Aber als Ashley schließlich den entscheidenden Schritt machte, habe ich mich nicht gewehrt. Das konnte ich nicht. Ich werde nicht lügen. Die Scheidung war sehr hart. Wir tragen beide noch die Narben davon. Aber ich kann zurücksehen und erkennen, dass es so am besten war.«

»Wie geht's ihr heute?«

»Ashley geht's gut. Sie heiratet wieder.«

Sie sah zu ihm. »Ist das okay für dich?«

»Klar«, antwortete er schnell. Dann, ehrlicher: »Ich freue mich für sie. Er ist ein guter Kerl. Er wird ein guter Vater für Leigh Anne sein. Aber sie wird immer mein kleines Mädchen bleiben. Ich würde alles für sie tun. Eine Scheidung ändert nichts an den Gefühlen eines Vaters für sein Kind.«

Dora dachte an Cal und glaubte, dass Devlin recht hatte, leider, musste man sagen, was Nate anging.

»Wo wohnen sie?«

»Drüben in Mt. Pleasant. Sie haben ein richtig nettes Haus am Fluss. Nicht weit weg.«

»Siehst du deine Tochter oft?«

»Jedes zweite Wochenende und die Ferien teilen wir uns. Ich habe noch keine Schulveranstaltung oder Tanzvorführung verpasst«, sagte er stolz.

Sie lächelte, froh, das zu hören.

Er rutschte am Kopfteil entlang, um ihr in die Augen zu sehen. »Honey, ich weiß, dass wir viel über die Vergangenheit reden und unsere Erinnerungen an damals, als wir sechzehn waren. Es gefällt mir, dass du mich wieder so fühlen lässt. Und dass ich dich daran erinnere.« Er machte eine Pause, spielte mit ihren Fingern.

»Aber ich weiß, dass wir keine Kinder mehr sind. Ich habe genug Wehwehchen, die mich daran erinnern.« Sein Lachen grummelte dunkel. »Ich bin nicht mehr der furchtlose Surfer, den du kanntest. Ich bin jetzt ein Mann. Aber dass ich erwachsen bin, bedeutet nicht, dass ich alt sein muss, oder?«

Sie schüttelte den Kopf und legte eine Hand auf seine. »Nein, gar nicht. Ich liebe es, dass du immer noch spontan und lustig bist. Du machst mich glücklich.«

Er legte den Kopf schief. »Ich höre ein ›Aber‹ kommen …«

Sie lächelte wehmütig. »Aber … wie du gesagt hast, ich mag ein ruhiges Leben, mein Zuhause und meinen Garten. Meinen Sohn. Ich bin abends gern zu Hause. Während du …«

Sie sah ihm in die Augen. »Du gehst die ganze Zeit aus. Du gehst in die Kneipe und Bill weiß schon, was du trinkst. Du nennst das Dunleavy's dein Büro.«

»Es gehört zu meinem Geschäft. Ich treffe mich mit den Kunden, wenn sie Zeit haben, was oft am Wochenende und abends ist. Ich führe sie in Restaurants, um über Verträge zu reden und ein bisschen Lokalkolorit zu bieten.«

»Ist es nur geschäftlich?«

»Nein, natürlich nicht.« Er hielt inne. »Was meinst du? Glaubst du, dass ich nicht häuslich werden kann?«

»Ich weiß nur, was ich sehe.«

Er schaute wieder auf ihre Hände. »Ist es dir nie in den Sinn gekommen, dass ich einsam sein könnte?«

Sie sah abrupt in sein Gesicht. Das Blau seiner Augen leuchtete wie Fackeln vor seiner rötlichen Sonnenbräune und brannte ein Loch in ihre Argumente. Sie konnte sich das eigentlich nicht vorstellen: Devlin Cassell – einsam?

Dora hatte diese Möglichkeit nie bedacht. Sie schüttelte den Kopf, dann legte sie ihn auf seine breite, starke, potente Schulter. Er umarmte sie fest.

»Dev«, sagte sie und bemühte sich, aufrichtig zu sein. »Es bedeutet mir so viel, dass du mich liebst. Hab Geduld mit mir. Ich kann die Worte nicht sagen. Noch nicht. Es ist vielleicht nur Papier, aber ich muss meine Scheidung erledigt haben, bevor ich weitergehen kann. Ich bin für mehr noch nicht bereit.«

Er seufzte, aber seine Hand klopfte sanft auf ihre Schulter. »Okay, Honey. Ich dränge dich nicht.«

»Danke.«

»Solange du mich nicht wieder zurückweist.«

»Das werde ich nicht. Versprochen.« Dora klopfte auf seine Brust. »Ich bin hier.«

Er beugte sich vor und küsste sie auf den Kopf. »Da sollst du auch bleiben.«

Dora erwachte am nächsten Morgen ganz von Licht erfüllt. Kaum dass sie den Strand erreichte, fing sie an zu rennen. Sie machte keine Stretchübungen. Sie lief einfach los, ihre Fäuste an ihren Seiten. Ihre Füße hämmerten auf den festen Sand, einer nach dem anderen. Das Meer rechts von ihr bildete eine Masse von bewegten weißen Wellen.

Du bist stark. Du kannst es. Du kannst dein eigenes Ziel erreichen.

Sie sagte sich die Worte immer und immer wieder im gleichen Takt, wie ein Metronom. Sie musste auch an die Worte glauben.

Schweiß floss über ihre Stirn, sie lief weiter, am Leuchtturm vorbei auf dem Weg nach Breach Inlet. Sie erinnerte sich daran, wie sie diesen Punkt das erste Mal erreicht hatte, am ersten Tag ihres Laufprogramms. Sie war müde, durstig, hatte es kaum noch geschafft, einen Fuß vor den anderen zu setzen. An dem Morgen hatte Devlin sie entdeckt. Sie hatte miserabel ausgesehen, und er hatte sie schön gefunden. Dora lachte laut auf, hörte das fröhliche Geräusch wie den Klang einer Glocke im frühen Morgenwind.

Sie erreichte den Meeresarm und kehrte um, hielt dabei das Tempo. Ihr Herz fühlte sich an, als würde es gleich platzen, aber Dora lief die letzte Runde weiter. Ihre Muskeln schrien, aber sie war zu weit gekommen, um vor ihrem Ziel aufzugeben. Keine Ausreden mehr. Heute würde sie es schaffen.

Sie rannte, ihr starkes Herz pochte, bis sie an den nördlichsten Punkt von Sullivan's Island kam. Schließlich blieb Dora stehen, keuchte heftig, die Hände auf den Hüften, Schweiß auf dem Gesicht. Sie war erschöpft, aber siegestrunken. Ein Grinsen breitete sich auf ihrem Gesicht aus. Sie hatte es geschafft!

Sie stand auf dem Sand, ließ den frischen Wind ihren Körper abkühlen, während ihr Blick über den Strand dieser kleinen, von ihr geliebten Insel glitt. Dahinter regte sich der riesige Atlantik wie ein großes Untier, das vom Sturm aufgeweckt wird, brüllend und spuckend.

Sie lachte laut, ihre Stimme vermischte sich mit dem Dröhnen der Wellen. Sie hatte einen weiten Weg hinter sich, um an diesem Morgen anzukommen. Ihre Namensvetterin Eudora Welty hatte recht gehabt, dachte sie. Die Liebe zu einem Ort kann die Seele heilen.

Dora drehte sich zum Inselinneren um, wo die Bucht mit den Gezeiten lag, wo das Schilfgras im Wind wogte, wo die Reiher fraßen. Oberhalb der Bäume konnte sie gerade noch die Dachterrasse von Sea Breeze ausmachen. Sie lächelte, als ihr Mamaws Worte in den Sinn kamen.

Finde dich selbst und du wirst deinen Weg nach Hause finden.

20

Dora duschte und zog ein leichtes Sommerkleid an, dann trug sie ihren Kaffee und ein Schälchen Vollkornmüsli auf die hintere Veranda. Die Sonne war ein gespenstisches Auge am Himmel, verborgen hinter einer Armada von grauen Wolken. Sie musste mehreren Kisten mit Setzlingen ausweichen auf ihrem Weg über die Veranda zu Mamaw und Lucille, die an ihrem üblichen Platz unter der Markise Karten spielten. Durch die Windböen ratterte die Markise.

Sie setzte sich an den Tisch neben Carson, die den *Island Eye* las.

»Guten Morgen«, sagte sie, als sie näher kam. »Der Sturm ist im Anmarsch.«

Die Frauen sahen auf und begrüßten sie herzlich.

»Du warst früh auf und unterwegs«, sagte Mamaw.

»Ich hoffe, ich habe dich nicht geweckt.«

»Ach Gott, nein«, sagte Mamaw. »In meinem Alter schläft man nie gut. Harper ist nur Minuten nachdem du gegangen warst aufgewacht.« Mamaw schaute in den Garten. »Die Liebe hat Kaffee gekocht, vollgetankt und sich dann sofort darangemacht, diese Blumenbeete zu bepflanzen.« Sie nippte an ihrem Tee und schaute zu, als sie ihre Tasse absetzte, sagte sie: »Meine Güte, seht nur, wie dieses Mädchen die Säcke voller Erde schleppt. Die müssen so viel wiegen wie sie selbst.«

Dora blickte in den Garten und sah, wie Harper riesige Säcke mit Kompost anhob und den Inhalt in zwei neue Hochbeete kippte.

Lucille kicherte. »Sie ist klein, aber sie ist resolut.«

»Dora, warum bist du nicht bei ihr im Garten?«, fragte Mamaw. »Ist das nicht auch dein Projekt?«

»Himmel, nein«, sagte Dora und kaute Müsli. »Harper hat diesen Garten übernommen. Ich stehe ihr nur im Weg.«

Carson senkte ihre Zeitung und lachte. »Das ist aber eine ganz schöne Veränderung.«

»Eigentlich nicht«, sagte Dora mit einem verträumten Gesichtsausdruck. »Sie ist nicht die bescheidene, kleine Maus, für die ich sie gehalten habe. Ich habe richtiggehend Angst vor ihr.«

Mamaw lachte, während sie eine Spielkarte aufnahm und in die Luft hielt, sie überlegte, ob sie sie behalten oder ablegen sollte. »Sie muss jedes Gartenbuch, das jemals erschienen ist, bestellt haben. Ihr Zimmer ist übersät damit. Ich wette, dass sie jedes einzelne auch liest.«

»Was ist das alles?«, fragte Carson und zeigte auf die Kisten.

»Gemüsesetzlinge«, erwiderte Dora.

»Genau, was wir brauchen«, murmelte Lucille und nahm eine Karte. »Noch mehr Gemüse. Ich wünschte, sie würde sich darauf verlegen, mir ein hübsches Schwein zu mästen. Oder ein paar Hühner.«

»Erwähne das bloß nicht ihr gegenüber!«, rief Mamaw aus. »Sonst bekommen wir morgen eine Ladung Hühner geliefert.« Sie legte eine Karte ab.

»Keine Sorge. In Sullivan ist Tierhaltung verboten«, sagte Dora.

»Das wird Miss Harper nicht abhalten, wenn sie es sich in den Kopf gesetzt hat«, sagte Lucille und nahm Mamaws Karte.

»Die Gute«, murmelte Mamaw. »Still, sie kommt.«

Die Frauen verstummten, während sie Harper beobachteten, die durch den Garten kam und den Dreck von ihren Kleidern klopfte. Das war eine vergebliche Geste. Sie war von Kopf bis Fuß voller Erde, die sich zusammen mit dem Schweiß schnell in Matsch verwandelte.

»Sie sieht nicht mal angestrengt aus«, sagte Dora ehrfurchtsvoll.

»Hi ihr«, sagte Harper als sie näher kam.

Die vier Frauen starrten sie mit großen Augen an, geschockt, dass ihre New Yorkerin sie mit Südstaatenakzent grüßte.

»Na das schlägt dem Fass den Boden aus«, sagte Lucille leise.

»Ich necke euch doch nur«, sagte Harper lachend. »Obwohl ich zugeben muss, dass man sich das ziemlich schnell angewöhnt.« Sie wandte sich Dora zu, während sie sich ein Glas Wasser aus der Thermoskanne eingoß. »Dora, ich bin froh, dass du wieder da bist. Ich könnte deine Hilfe gebrauchen.«

»Tut mir leid, Mrs Green Jeans«, sagte Dora, aber sie sah überhaupt nicht so aus, als täte es ihr leid.

Harper grummelte missbilligend und sah Carson bettelnd an.

»Carson …«

»Sieh mich nicht an«, sagte Carson. »Ich hasse Gartenarbeit.«

»Ach, komm schon«, stöhnte Harper. »Ich muss all diese Pflanzen in die Erde bekommen, bevor es regnet.« Ihre Augen strahlten vor Begeisterung, als sie über ihre Fortschritte berichtete. »Ich habe schon zu viel erreicht, um es jetzt zu ruinieren. Es gibt drei verschiedene Sorten Blattsalat, Kirschtomaten und oh, die Kräuter! Sie duften himmlisch. Petersilie, Thymian, Rosmarin, Salbei, Oregano, Dill und viel Basilikum. Sind sie nicht süß? So winzig und niedlich. Ich nenne sie meine Babys.« Sie wandte sich an Lucille. »Lucille, das wird dein ganz eigener Küchengarten«, sagte sie stolz. »In ein paar Wochen kannst du einfach hinausspazieren und pflücken, was immer du möchtest.«

Lucille lächelte. »Das ist lieb. Danke schön, Baby.« Sie warf Mamaw einen Blick zu.

»Ich würde dir ja wirklich helfen, Harper«, sagte Dora. »Aber ich unternehme was mit Nate. Wir haben heute Morgen eine Kayakstunde, obwohl …« Sie schaute nach oben zu den aufziehenden Wolken. »Ich hoffe, dass sie nicht wegen des Sturms abgesagt wird.«

Sie blickten alle zu den Wolken hoch, die den Tropensturm ankündigten, der von Süden her angerast kam.

»Er kommt wirklich näher«, sagte Mamaw. »Ihr solltet heute auf keinen Fall aufs Wasser.«

»Diese Wolken haben einen offiziellen Namen«, informierte Carson sie. Sie schaute zu Lucille. »Ratet, welchen.« Als Lucille mit den Schultern zuckte, sagte Carson: »Sie haben den Tropensturm Lucy genannt! Ist das nicht zum

Schreien? Ich finde, es ist sehr passend, dass sie einen Sturm nach dir benannt haben, du stürmischer Feger.«

Die jungen Frauen lachten über den Witz, während Carson Lucille auf die Wange küsste.

Lucille grummelte. »Ich bin in meinem ganzen Leben nicht Lucy genannt worden und werde es auch in Zukunft nie. Ich war immer Lucille.«

Mamaw lachte nicht. »Diese Mittsommerstürme können überraschend heftig sein. Sie können es in sich haben. Ich habe schon so viele erlebt, dass ich sie nicht auf die leichte Schulter nehme. Letzten Sommer hat Sturm Debby unsere Dünen weggeweht. Sie waren komplett fort.« Sie klatschte in die Hände, um die Gruppe zum Handeln anzutreiben. »Mädchen, Pläne oder nicht, wir müssen uns heute auf den Sturm vorbereiten. Wir müssen alle Kissen nach drinnen bringen, alles, was nicht niet- und nagelfest ist und vom Wind mitgerissen werden könnte, kommt in die Garage. Harper, all deine Gartengeräte müssen weggeräumt werden. Wir wollen doch nicht, dass etwas im Sturm zu einem Geschoss wird und ein Fenster einschlägt. Man kann nicht vorsichtig genug sein.«

»Mamaw, du bekommst bei jedem Sturm Panik«, sagte Dora. »Dieses Haus trotzt seit über hundert Jahren den Stürmen.«

»Weil ich mich vorbereite! Und ich kann dir sagen, junge Dame, dass dieses Haus zwar noch steht, aber ich habe über all die Jahre viele Reparaturen daran machen lassen. Hugo hat das Haus einmal fast komplett zerstört. Wenn man das mal erlebt hat, wendet man dem Meer nie mehr den Rücken zu.«

»Amen«, murmelte Lucille.

»Lucy wird ein echter Sturm«, sagt Carson und sah zum Himmel. »Ich spüre das immer in meinen Knochen. Es ist der veränderte Luftdruck.«

Dora blickte noch einmal zum Himmel und spürte die Vorahnung, die jeder Mensch im Lowcountry empfindet, wenn sich ein Sommersturm mit Namen nähert. »Wenigstens ist es kein Hurrikan.«

»Aber laut Wettervorhersage kommen starke Winde«, sagte Harper und sah skeptisch in den Himmel. »Ich mache mir Sorgen um meine Pflanzen.« Sie holte tief Luft. »Ich bin weg. Ich muss sie in die Erde bringen, bevor der Sturm da ist.« Harper schnappte sich eine Kiste mit Kräutern und wuchtete sie mit ihren dünnen Armen so locker hoch wie ein Bauarbeiter.

»Wer ist das Mädchen?«, fragte Carson und legte ihr Kinn in ihre Hand. »Und woher hat sie all diese Energie?«

»Das ist der Enthusiasmus einer Konvertitin«, erwiderte Mamaw. »Er ist unverwüstlich.«

»Apropos Energie«, sagte Dora zu Carson. »Mir ist aufgefallen, dass du heute Morgen schon wieder lang geschlafen hast. Seit du zurück bist, warst du noch nicht Surfen oder Kiteboarden. Bei den Wellen, die der Sturm aufpeitscht, hätte ich gedacht, dass du auf jeden Fall bei den anderen Verrückten wärst, die da draußen ihr Leben riskieren.«

»Ich bin einfach noch müde von der Reise. Ich fühle mich nicht so gut.« Sie sah zu Lucille. »Ich denke, ich habe, was du hast.«

Lucille schnaubte. »Honey, du hast nicht das, was ich habe.«

Carson lehnte sich an Lucilles Schulter und verkündete scherzend: »Nun, du hast ganz sicher nicht das, was ich habe.«

So wie Carson es sagte, schaute Mamaw schnell auf und zu Dora, dann zu Lucille. In diesem Augenblick wechselten die drei Frauen einen wissenden Blick. Völlig synchron drehten sich alle Köpfe zu Carson und sahen sie mit schmalen Augen an.

Dora beugte sich zu ihrer Schwester. »Carson, bist du schwanger?«

»Die Luft ist so feucht, dass ich sie trinken könnte«, sagte Mamaw. Schweißperlen standen auf ihrer Stirn und ihre Haare wurden kraus.

Der Tropensturm Lucy wurde stärker, während er die Küste entlangwanderte. Die See brüllte bereits in seiner Erwartung und der Lärm hallte über die ganze Insel wider. Eine schwere Feuchtigkeit lag wie ein Sargtuch über dem Lowcountry. Sie hatten alle mit angepackt, um sich für den Sturm zu rüsten, der am Abend auf die Insel treffen sollte.

Mamaw sah sich ein letztes Mal auf dem Grundstück um, um sicherzugehen, dass alle Blumentöpfe, Gartengeräte, Kissen und aller Krimskrams sicher drinnen verstaut waren.

»Hier sind wir fertig. Und uns ist heiß und wir sind verschwitzt«, sagte Carson, die Arme überm Kopf, um den Pferdeschwanz zu richten. »Wir gehen an den Strand.«

Mamaw war froh, heute Morgen etwas mehr Farbe in ihrem Gesicht zu sehen. Sie trug ein Bikinioberteil und eine Sporthose, die tief auf ihren Hüften saß. Mamaw sah auf ihren flachen Bauch und konnte kaum glauben, dass dort neues Leben wuchs. Carson weigerte sich, über ihre Schwangerschaft zu reden, sogar mit ihr. Nachdem sie die Wahrheit zugegeben hatte, war sie in ihr Zimmer gestürmt und hatte die Tür geschlossen. Mamaw hatte gedacht, sie würde ein Klopfen an ihrer Schlafzimmertür hören und dann käme Carson wie sonst auf ein Gespräch zu ihr. Doch Carson schwieg eisern.

Harper kam in einem schwarzen Badeanzug und einem Sarong, auf dem Kopf trug sie einen großen, weichen Hut. Unter ihrem Arm klemmten Strandtücher.

»Willst du mitkommen?«, fragte sie Mamaw.

»Oh, ich glaube nicht, Liebes. Nicht heute.«

Hinter ihr trug Dora eine große Segeltuchtasche. In Nates Gesicht befanden sich Streifen weißer Sonnenmilch.

»Warum kommst du denn nicht, Mamaw?«, fragte Dora. »Du warst diesen Sommer nicht oft am Strand. Es wäre wie früher.«

»Ich möchte Lucille nicht allein lassen«, erwiderte Mamaw. »Außerdem muss ich noch ein paar Dinge vor dem Sturm erledigen. Geht ihr Kinder nur und amüsiert euch. Aber Carson«, sie warf ihrer Enkelin einen ernsten Blick zu, »du gehst nicht in dieses Meer, verstanden? Hör doch, wie es brüllt. Diese tiefen Strömungen sind tödlich.«

Carson verzog nur das Gesicht und antwortete nicht. Mamaw wusste, dass gute Wellen im Meer bei Charleston die örtlichen Surfer magisch anzogen. Sie wusste auch, dass Carson, wie sonst auch immer, tun würde, was Carson wollte.

»Das gilt auch für dich, Nate«, sagte sie und wandte sich an Dora. »Lasst ihn bloß nicht ins Wasser.«

»Keine Sorge. Mamaw. Das werden wir nicht.«

Mamaw beobachtete die Gruppe, wie sie davonmarschierte, ihre Finger tippten auf ihre Oberschenkel. Sobald sie um die Hecke verschwunden waren, sah Mamaw auf die Uhr und stieg schnell die Treppe hinauf ins Haus. Sie ging schnurstracks zum Küchentelefon und wählte eine Nummer, die sie sich auf einem Post-it-Zettel notiert hatte. Nach zweimaligem Klingeln antwortete ein Mann.

»Devlin Cassell.«

»Devlin, hier ist Marietta Muir.«

»Mamaw!« Die Antwort klang warmherzig.

Mamaw konnte einen Augenblick nicht antworten, geschockt, dass Devlin sie Mamaw nannte.

»Entschuldigen Sie diese Vertraulichkeit, Mrs Muir. Alte Gewohnheiten verliert man nicht so leicht.«

»Das ist richtig. Aber vielleicht passt *Mrs Muir* besser, angesichts der Art unseres Geschäfts.«

»Ja, Ma'am, Mrs Muir.«

»Die Mädchen sind an den Strand gegangen. Hättest du jetzt Zeit?«

»Für Sie? Natürlich. Ich bin sofort da.« Er kicherte auf diese lockere Art, an die sie sich von ganz früher erinnerte. »Ich kenne ja den Weg.«

Mamaw öffnete einem breitschultrigen, gut gekleideten Mann mit dunkler Sonnenbrille die Tür. Er nahm die Brille ab und lächelte und sie erkannte seine erstaunlichen blauen Augen wieder.

»Devlin Cassell. Ich erkenne dich kaum wieder!«

Er war größer und breiter als in ihrer Erinnerung. Seine

blonden Haare waren ordentlich geschnitten, aber immer noch wild. Sie verliehen ihm ein jugendliches Aussehen, selbst in seiner schicken, gebügelten Khakihose und dem strahlend blauen, teuren Polohemd.

»Mrs Muir, Sie haben sich kein bisschen verändert«, sagte er mit einem breiten Lächeln.

»Bitte komm rein.« Sie ließ ihn eintreten. »Du musst entschuldigen, wie's hier aussieht. Die Mädchen und ich haben das Haus den ganzen Tag über auf den Kopf gestellt, um uns auf den Sturm vorzubereiten!«

Devlins Kopf bewegte sich von links nach rechts, als er eintrat, sein Blick schweifte durch die Zimmer. Sie wünschte, die Sonne würde scheinen. Sea Breeze zeigte sich von seiner besten Seite, wenn Sonnenlicht durch die Fenster fiel, aber mit dem drohenden Sturm wirkten die Zimmer düster. Mamaw hatte in jedem Zimmer das Licht angeschaltet. Während sie durch das Haus gingen, verlieh das goldene Licht dem Holzboden einen besonderen Glanz. Devlin achtete genau auf die historischen Details, sie wussten beide, dass die dem Haus zusätzlichen Wert verliehen. Ab und zu blieb er stehen, um etwas in sein Notizbuch zu schreiben oder einen Kommentar loszuwerden. *Solche Zierleisten sieht man nicht jeden Tag.* Als sie auf die hintere Veranda traten, blieb Devlin stehen, stemmte die Hände in die Hüften und sah auf das breite Panorama der Bucht. Es war Flut und ein silbriger Dunst vom ankommenden Sturm hing tief über der Marsch, wodurch die Szene wie aus einer anderen Welt wirkte.

»Deswegen werden sie kommen. Für den Eine-Million-Dollar-Blick«, sagte er nach einer Weile. »Oder in diesem

Fall für den Multi-Millionen-Dollar-Blick.« Er pfiff leise. »Ich hatte vergessen, wie gut die Lage des Hauses ist.«

»Ja, nun, ich glaube, damals hattest du nur Augen für Dora.«

Er sah sie an und kicherte. »Das hatte ich sicherlich. Und habe es immer noch.« Er machte eine Pause, dann fragte er: »Stört es Sie?«

Sie war gerührt, dass er ihre Meinung so sehr schätzte, dass er sie darum bat. »Das hängt davon ab, wie ehrlich du es meinst.« Sie legte den Kopf schräg, faltete die Hände und wählte sorgfältig ihre Worte: »Sie ist eine tradionelle Frau mit traditionellen Werten. Diese Scheidung nimmt sie sehr mit.«

»Das weiß ich.«

Mamaw legte die Arme um sich, überrascht, wie kühl es geworden war.

»Ich fand immer, wenn ein Mensch wirklich Teil deines Lebens sein möchte, dann wird er sich darum bemühen.« Sie wandte sich Devlin zu, sah ihn direkt an. »Seit Dora aus dem Krankenhaus zurückgekehrt ist, haben wir von Calhoun Tupper nichts gehört oder gesehen. Aber ich glaube, dass sie dich in den letzten Wochen ziemlich oft gesehen hat.«

Er nickte.

»Hast du Nate schon getroffen?«

»Noch nicht. Ich würde es gern. Aber Dora möchte warten.«

»Sie beschützt diesen Jungen. Vielleicht zu sehr, aber sie hat gute Gründe.«

Devlin drehte sich mit einem ehrlichen Blick wieder zu ihr um. »Ich möchte sie nicht drängen. Sie hat mich darum gebeten. Aber«, sagte er ernst, »ich möchte, dass Sie wissen, dass meine Gefühle für Dora aufrichtig sind. Und tief. Ich werde sie nicht verletzen. Oder Nate. Eigentlich bin ich in dieser Geschichte derjenige, der am ehesten verletzt werden wird.«

Mamaws Gesicht erhellte sich durch ein Lächeln. Zu was für einem netten, aufrichtigen Mann Devlin doch geworden war.

»Ich glaube, in diesem Fall muss sich keiner von uns Sorgen machen. Lass uns hineingehen, ja? Die Temperatur muss seit deiner Ankunft um fünf Grad gefallen sein und der Regen wird nicht mehr lange auf sich warten lassen.«

Sie kehrten zur Vorderseite des Hauses zurück. Devlins Blick fiel auf das Cottage, und er blieb davor stehen, betrachtete das altmodische Haus. »Können wir einen Blick hineinwerfen?«

»Heute nicht. Lucille geht es nicht gut, und sie ruht sich aus. Ich möchte sie nicht stören. Und ich befürchte, wo sich das Wetter so geändert hat, werden die Mädchen gleich zurückkommen. Das Cottage ist so ordentlich und eng wie ein Schiff.«

»Und die Garage?«

»Staubig und voller Spinnweben und Müll, aber solide.«

»Gut. Also, dann. Ich gehe ins Büro und rechne ein bisschen, damit wir danach über den Preis diskutieren können.« Seine Augen strahlten. »Aber ich kann Ihnen gleich sagen, dass im Moment nichts Vergleichbares auf dem Markt ist. Historisch und mit Hammeraussicht …«

»Du glaubst also, dass es schnell verkauft werden könnte?«

Er lächelte. »Ich habe Leute auf meinem Rolodex, die ich

sofort anrufen könnte und die nur darauf warten, dass ein Haus wie Ihres auf den Markt kommt. Ja, Mrs Muir. Ich glaube, ich könnte es sehr schnell verkaufen.«

Mamaw spürte große Erleichterung und Dankbarkeit ihm gegenüber. Sie schaute zum Cottage, stellte sich vor, wie Lucille darin lag. Mamaw hatte vor, ein paar Ärzte anzurufen und zu fragen, ob man nicht irgendeine Behandlung einleiten könnte. Mit Geld in der Hand könnte sie gegen den Krebs kämpfen.

»Ich bin so froh, das zu hören.«

»Wann möchten Sie es denn gern auf den Markt bringen?«

»So bald wie möglich.«

Devlin zog die Augenbrauen hoch. »Wirklich? Ich dachte, Dora hätte gesagt, Sie wollten bis zum Herbst warten.«

»Das war der ursprüngliche Plan. Aber durch neue unvorhergesehene Ereignisse habe ich meine Meinung geändert. Obwohl ich Sea Breeze nicht vor Ende des Sommers verlassen möchte.«

»Ja, Ma'am. Ich denke, ich habe jetzt meinen Marschbefehl. Ich melde mich so bald wie möglich bei Ihnen.« Er drehte sich um und ging zu seinem Wagen. Es war ein großes deutsches Auto, schwarz, poliert und teuer. Er beugte sich, um die Tür zu öffnen, dann blieb er stehen und sah zur Straße.

Mamaw hörte die Stimmen auch und ihr Magen zog sich zusammen. Sie hatte gehofft, ihr Geschäft erledigt zu haben, bevor die Mädchen nach Hause kamen. Es donnerte und eine Windbö wirbelte trockene Erde auf. Dora und Nate tauchten zwischen den hohen Hecken am Rand des Grundstücks auf. Dora redete mit Nate, hielt jedoch inne, als sie

Devlin sah. Harper folgte kurz dahinter, dann Carson, die lächelte und winkte, als sie Devlin sah.

»Na, hallo, Dev!«, rief Carson und trat neben Devlin. »Ich habe mich schon gefragt, wann du mal herkommen würdest. Wie geht's dir?«

»Gut. Richtig gut«, erwiderte er jovial und sah besorgt zu Dora.

Dora sagte nichts. Sie stand schweigend neben Nate.

»Mann, du siehst aber gut aus, so herausgeputzt«, neckte Carson. »Bist du hier, um unser Mädel zum Abendessen zu entführen?« Sie sah über ihre Schulter zu Dora und warf ihr einen fragenden Blick zu.

»Ich, äh …«, Devlin zögerte und blickte hilfesuchend zu Mamaw.

Mamaw trat vor. »Ich habe Devlin hergebeten. Er ist hier, um den Wert des Hauses zu schätzen.«

Carson sah erschüttert aus. »Du verkaufst das Haus *jetzt*?«

»Ich hole nur Informationen ein, also keine Aufregung. Lasst den armen Mann nach Hause fahren, bevor der Sturm anfängt.«

»Devlin, warte«, sagte Dora und trat näher. »Da du nun schon einmal hier bist, würde ich dir gern meinen Sohn vorstellen.« Sie winkte Nate zu sich. »Nate, komm und lerne meinen guten Freund Mr Cassell kennen.«

Devlins Augen wurden größer, genau wie sein Lächeln. »Hallo, Nate. Ich bin froh, dich endlich kennenzulernen. Deine Mama hat mir schon viel von dir erzählt. Sie kann eigentlich gar nicht aufhören, über dich zu reden.« Er streckte seine Hand aus.

Dora zuckte zusammen, sie wusste, dass Nate sie nicht schütteln würde.

»Hi«, sagte Nate und sah zum Haus.

Man musste es Devlin zugutehalten, dass er nicht beleidigt war und seine Hand einfach auf die Hüfte legte. »Ich hoffe, du kommst mal mit auf mein Boot. Ich kenne Stellen, an denen viele Delfine zu sehen sind und wo sie gemeinsam jagen. Weißt du, wie sie das tun?«

Nate schüttelte den Kopf.

»Dann zeige ich es dir. Deine Mama hat mir gesagt, dass du Delfine magst.«

Nate schaute den Mann an, nickte abrupt, dann wandte er sich an Dora. »Darf ich jetzt reingehen? Mir ist kalt.«

»Ich bringe ihn rein«, sagte Harper. »Hi, Devlin«, sagte sie im Vorbeigehen.

»Bis dann, Dev«, sagte Carson, winkte kurz und folgte Harper. »Du solltest dich beeilen. Der Himmel sieht aus, als würde es gleich losgehen.«

Mamaw reichte ihm die Hand. »Ich freue mich auf deinen Bericht«, sagte sie und ohne ein weiteres Wort drehte sie sich um und ging schnell die Treppe hinauf.

Dora wartete, bis alle drinnen waren. Ein Blitz zuckte am Himmel und als die Haustür geschlossen wurde, krachte ein enormer Donner. Dora trat näher zu Devlin, und er umarmte sie, drückte sie fest an sich. Sie sah mit einem schüchternen Lächeln auf und überraschte ihn mit einem langen, langsamen Kuss.

»Womit habe ich das verdient?«, fragte er langsam, nicht bereit, aufzuhören.

»Du warst nett zu meinem Sohn. Und du hast mir gefehlt.«

»Ich bin *hier*«, sagte Devlin. Dann sah er ihr in die Augen und sagte: »Jeden Tag und jede Nacht. Und ich gehe nirgendwohin.«

21

An diesem Abend tobte Lucy wie vorhergesagt ums Haus und riss an den Fenstern. Regen trommelte aufs Dach. Aber innen in Sea Breeze leuchteten die Lampen fröhlich. Die Frauen hatten beschlossen, den Sturm zu verspotten, indem sie ein Picknick im Haus abhielten. Sie hatten die Möbel im Wohnzimmer zur Seite geschoben, Decken auf dem Boden ausgebreitet und Essen aus dem Kühlschrank geholt.

Mamaw saß in ihrem Stuhl und hörte ihren Enkelinnen zu, die ausgestreckt auf den Decken wie Gänse schnatterten. Wenn die zusammen waren, dann war es, als wäre sie unsichtbar. Es war eine Offenbarung für sie, ihren Geschichten zuzuhören, vom schlimmsten Date, Diäten, die sie ausprobiert hatten, Moden, die sie bewundert hatten und ihren Lieblingskindheitserinnerungen an Sea Breeze. Je später der Abend wurde, desto ernster wurden die Geschichten. Ab und zu erwischte sie Harper dabei, wie sie etwas in ihrem stets präsenten Computer notierte.

Während sie redeten, genossen sie kaltes Huhn und Shrimps. Würzige Cracker und verschiedene Käsesorten, Eingelegtes und Oliven, reife Avocados und so viel Eiscreme, wie sie essen konnten. Mamaw hatte Angst, der Strom könne ausfallen und sie würde schmelzen.

Um neun Uhr wurde der Sturm etwas stärker. Der Wind heulte wie eine Hexe und der Regen traf horizontal auf die Fenster. Plötzlich flackerte das Licht, dann wurde alles dunkel. Mamaw griff nach Lucilles Hand neben ihr, hörte, wie die Frauen alle nach Luft schnappten und Nate aufschrie.

Carson griff nach der Taschenlampe neben sich. Mit einem Klick ließ der lange Lichtstrahl sofort wieder Ruhe im Zimmer einkehren. »Keine Sorge«, rief sie. »Auf dem Tisch liegen Kerzen und Streichhölzer.«

Bald tanzte überall im Zimmer Kerzenschein auf den Wänden und der Decke.

»Das ist wie Camping.« Dora wandte sich Nate zu. Er saß kerzengerade da, die Knie nah an den Wangen und Augen weit aufgerissen. Sie lächelte ihn aufmunternd an. »Findest du nicht?«

Er antwortete nicht, aber rutschte näher zu ihr.

»Der Sturm wird ganz schön heftig«, sagte Harper. Sie sah mit sorgenvoll gerunzelter Stirn zu den Fenstern. »Seid ihr sicher, dass es kein Hurrikan ist?«

»Nein, Kind, das ist kein Hurrikan«, sagte Lucille mit einem leichten, rauen Lachen. »Du wüsstest es, wenn's einer wäre. Dann würde das ganze Haus wackeln, nicht bloß die Fenster. Und wir würden nicht hier sitzen. Wir wären runter von der Insel und würden irgendwo im Norden darauf warten, dass er vorüberzieht. Nach Hugo werde ich bei keinem Hurrikan mehr auf der Insel bleiben. Oh ja«, sagte sie kopfschüttelnd. »Also, mach dir keine Sorgen. Das hier ist nur ein guter Sommersturm.«

Plötzlich waren die Lichter wieder an.

Alle atmeten erfreut auf.

»Siehst du?«, sagte Lucille und lächelte zufrieden. »Was habe ich dir gesagt? Bloß Sommerwind.«

Mamaw hatte eine Idee, von der sie hoffte, dass sie alle vom schlechter werdenden Wetter ablenken würde. Sie ging zur Stereoanlage und durchsuchte ihre CD-Sammlung. Ihre Finger fuhren über die Hüllen, bis sie Frank Sinatra gefunden hatte. Sie nahm die CD heraus, legte sie in den Spieler und drückte auf Play. Es klickte und summte, dann erklang Frank Sinatras Samtstimme.

The summer wind came blowin' in from across the sea.

»Edward und ich haben während Stürmen immer getanzt«, sagte Mamaw in einem wehmütigen, nostalgischen Tonfall.

»Ich erinnere mich«, sagte Carson und stand auf. »Im großen Haus in East Bay. Einmal habe ich mich auf der Treppe versteckt und euch beobachtet.« Sie streckte die Arme aus. »Mamaw, tanz mit mir.«

Mamaw nahm Carsons ausgestreckte Hand. »Liebend gern«, sagte sie, dann lachte sie leise, als Carson sie im Tanz führte. Sie waren beide groß und glitten elegant über den Boden.

Dora stand auf und streckte die Hände zu Nate aus. »Komm schon, Nate. Du bist der Mann im Haus. Du musst mit den Damen tanzen.«

Zur Überraschung aller stand Nate auf. Sie feuerten ihn alle an, als er die Hände seiner Mutter nahm und einen ungelenken Two-Step tanzte.

»Ich glaube, diesen Tanz wird sie nie vergessen«, flüsterte Carson Mamaw zu.

»Ich auch nicht.«

»Ich liebe dich, Mamaw.«

»Das weiß ich. Ich liebe dich auch. Meine Liebe ist bedingungslos. Das weißt du doch, oder?«

Carsons Augen füllten sich mit Tränen, sie nickte und biss die Lippen fester zusammen.

Harper sprang auf. »Komm, Lucille. Wir können doch nicht außen vor bleiben!«

Harper half Lucille auf und nahm ihre Hände, während sie langsam und leicht zu tanzen begannen.

Mamaw strahlte, als sie sich im Kerzenschein im Zimmer umschaute und alle tanzen sah. Niemand lief zur Tür hinaus, um ein Flugzeug zu erwischen oder in seinem Zimmer Trübsal zu blasen. Sie waren alle hier, ihre Sommermädchen, alle zusammen, wie sie es sich immer erhofft hatte. Sie schickte ein Stoßgebet als Dank für diesen Mittsommersturm gen Himmel, der sie alle in dieser ganz besonderen Nacht zusammengebracht hatte.

Sie spielten den Song noch einmal und tauschten die Partner, tanzten ein weiteres Mal zu dem schweren Rhythmus. Nate wollte mit niemandem außer Dora tanzen, so dass sich Carson dieses Mal mit Harper zusammentat. Mamaw nahm Lucilles Hand und führte sie sanft hin und her, vor und zurück und summte die Melodie mit.

Plötzlich keuchte Lucille und krümmte sich vor Schmerzen.

Alle erstarrten.

Mamaw packte Lucilles Arme und hielt sie fest, während sie Befehle abfeuerte. »Carson! Hilf mir, sie aufs Sofa zu bringen. Dora, ihre Tabletten stehen in meinem Badezimmer. Lauf und hol sie. Harper, bring ein Glas Wasser.«

Die jungen Frauen liefen los. Innerhalb von Minuten lag Lucille auf dem Sofa, Mamaws Arm immer noch um ihre Schulter. Carson, Dora und Harper um sie herum versammelt, verunsichert und ängstlich. Nate saß ruhig auf der Decke.

»Das ist keine Grippe.« Carson sah zur Bestätigung zu Mamaw.

Mamaw schüttelte den Kopf. »Es ist nicht an mir, darüber zu sprechen.« Sie schaute Lucille an.

Es herrschte völlige Stille im Zimmer, abgesehen vom heulenden Wind hinter den Fenstern. Lucille richtete ihren Blick langsam auf Carson. Dann sah sie Harper und Dora an. Die Schmerzen hatten ein wenig nachgelassen und obwohl sie immer noch ihren Bauch hielt, wirkte ihr Gesicht heiter.

»Jetzt seht doch nicht so besorgt aus«, sagte Lucille mit schwacher Stimme. »Was geschieht, ist so natürlich wie der Wind, der hinter diesen Fenstern bläst. Ich bin krank, das ist alles.«

»Was für eine Krankheit ist es denn?«, fragte Dora.

Lucille seufzte resigniert. »Krebs.«

Ein geschocktes Schweigen folgte, dann fiel Carson auf die Knie und legte ihren Kopf auf Lucilles Schoß. »Oh, Lucille.«

»Welche Art Krebs?«, wollte Harper wissen.

Die jungen Frauen sprangen alle darauf an, mit einem Redeschwall weiterer Fragen, Vorschlägen und Empfehlungen der besten Krankenhäuser, in die Lucille zur Behandlung gehen sollte.

»Hört mit diesem Gequassel auf«, sagte Lucille und hielt die Hände hoch. »Ich bin das alles schon mit eurer Großmutter durchgegangen, und ich habe nicht die Energie, es noch einmal zu besprechen. Ich habe eine Entscheidung getroffen, hört ihr?«, sagte sie bestimmt und brachte alle zum Schweigen. »Ich habe mein Leben mit Würde gelebt. Ich habe vor, mit Würde zu sterben.«

»Ich weiß, wie schwer es ist, das zu akzeptieren«, sagte Mamaw ihren Enkelinnen. »Aber Lucille hat ihre Entscheidung getroffen. Es liegt jetzt an uns, sicherzustellen, dass sie sich wohlfühlt.«

»Ich hasse es, eine Party zu ruinieren«, sagte Lucille, »aber ich bin müde und muss ins Bett. Gib mir deine Hand, Mädchen«, sagte sie zu Carson. »Hilf einer alten Frau auf.«

Mamaw und Carson nahmen jeweils einen Arm und halfen Lucille langsam auf die Beine. Sie stöhnte leise und verzog das Gesicht, es war offensichtlich, dass sie Schmerzen hatte. Dora und Harper reichten sich die Hände, um Halt zu finden.

»Bring sie in mein Zimmer«, sagte Mamaw.

»Was? Nein, nein. Ich will in meinem eigenen Bett liegen«, sagte Lucille.

»Später, wenn der Sturm nachgelassen hat. Jetzt ruh dich einfach eine Weile in meinem Bett aus.«

Trotz ihres Protests wurde Lucille in Mamaws großes Himmelbett gebracht. Dora und Harper schüttelten die Kissen hinter ihr auf.

»Geht wieder zurück zu eurer Party.« Lucille winkte sie weg. »Das hier ist keine Totenwache. Ich bin einfach nur müde. Geht schon.« Sie fügte hinzu: »Meine lieben Mädchen.«

Carson, Harper und Dora küssten Lucille nacheinander,

wünschten Gute Nacht und verließen das Zimmer. Mamaw scheuchte sie aus der Tür. »Sie kommt schon klar. Sie braucht Ruhe. Ich gehe auch ins Bett. Wir sehen uns morgen früh. Denkt daran, die Kerzen auszupusten, bevor ihr in eure Zimmer geht.«

Sie schloss die Schlafzimmertür mit einem erleichterten Seufzer. Was war das für ein Abend gewesen. Sie fühlte sich von allem ganz erschöpft. Sie zog schnell ihr Nachthemd an, putzte die Zähne und lauschte dem Sturm, der immer noch auf das Hausdach pochte wie auf eine Trommel. Sie schaltete das Licht aus und betrat das Schlafzimmer, das nur vom gespenstisch blauen Licht ihrer Nachttischlampe erleuchtet wurde.

»Ich kann jetzt in mein eigenes Bett gehen«, sagte Lucille und schlug die Decke zurück.

»Oh nein, das tust du nicht«, sagte Mamaw, sie trat schnell an Lucilles Seite und strich die Decke über ihrer Brust wieder glatt. »Da draußen stürmen so schlimme Windböen, wie wir sie schon lange nicht mehr hatten. Ich will nicht, dass du allein im Cottage bist. Leg dich nur hin, liebe Freundin, denn du wirst in diesem Haus schlafen, bis es vorbei ist.«

»Aber es gibt kein Gästebett!«

»Deswegen schläfst du ja auch hier.«

»Wo schläfst du denn?«

»Direkt neben dir.«

»Ich kann nicht …«

»Jetzt streite nicht mit mir. Ich bin zu müde dazu. Ich bezweifle sowieso, dass wir viel schlafen werden, so wie der Wind heult und der Regen aufs Dach prasselt.«

Lucille sah zum Fenster. »Es regnet wie bei einer Sintflut.«

»Ich hoffe, Harpers arme, kleine Pflanzen überleben es. Sie hat so schwer gearbeitet …« Mamaw seufzte, während sie sich neben Lucille ins Bett legte. Sie bemühte sich, sich langsam zu bewegen, damit die Matratze nicht wackelte. Lucille hatte ihr gesagt, dass die Schmerzen schlimmer wurden, und das lag Mamaw schwer auf dem Herzen. Mamaw wusste, dass es nicht mehr lange dauern würde, bis sie das Hospiz anrufen müsste.

Mamaw lag auf dem Rücken und zog ihre Decke bis ans Kinn. Sie schaute zur Seite und sah Lucille neben sich, auf Kissen gebettet lag sie absolut still, als habe sie Angst, sich zu bewegen.

»Das ist eine Premiere«, feixte Mamaw.

Lucille kicherte leise. »Dass ich das noch erleben darf.«

Mamaw giggelte. Vor fünfzig Jahren hätte sie sich ganz sicher nicht vorstellen können, mit ihrem Dienstmädchen in einem Bett zu liegen. »Wir haben viele Jahre zusammen verbracht, meine Freundin. Haben viele Veränderungen mitgemacht.«

»Vielleicht nie so viele wie gerade diesen Sommer.«

Mamaw lachte müde.

Lucille schmatzte etwas.

»Möchtest du ein Glas Wasser?«, fragte Mamaw.

»Nein. Diese Medikamente machen meinen Mund trocken, das ist alles.«

»Dann vielleicht ein bisschen Eis? Du könntest es kauen.«

»Ich brauche nichts.«

Sie lagen schweigend da und lauschten dem Sturm.

»Ich bin froh, dass du es ihnen gesagt hast. Sie mussten es wissen. Um sich vorzubereiten.«

»Vermutlich.«

»Sie lieben dich so sehr.«

»Das weiß ich.« Lucille drehte den Kopf zu ihr. »Das ist ein Trost.«

»Du wirst mir fehlen«, sagte Mamaw mit belegter Stimme.

»Das weiß ich auch«, sagte Lucille. »Aber ich werde dich im Auge behalten, wie immer.«

»Es wird nicht dasselbe sein. Wer wird mir die Leviten lesen, wenn du nicht mehr da bist? Du bist die Einzige, die mir den Kopf wäscht.«

Lucille lachte leise in der Dunkelheit. »Ach, ich glaube, damit werden die Mädchen schon weitermachen.«

Mamaw seufzte. »Ich denke, du hast recht.«

Mamaw und Lucille hörten das Geräusch von drei Frauen, die im Wohnzimmer redeten.

»Ich mache mir Sorgen um sie«, sagte Mamaw sanft.

»Mmm-hmm.«

»Harper wirkt so einsam. Sie trägt so viele Erwartungen von ihrer Familie mit sich herum. Ihrer Mutter … Wie soll sie jemals herausfinden, was sie tun möchte? Oder einen Ehemann finden, der den Standards der James entspricht?«

»Du machst dir Sorgen wegen *Harper*?« Lucille schnaubte. »Also, um sie mache ich mir die *wenigsten* Sorgen.«

»Warum sagst du das?«

»Zuerst mal, weil sie die Jüngste ist. Erst achtundzwanzig. Wieso machst du dir Sorgen, ob sie einen Kerl findet oder nicht? Sie hat noch viel Zeit.«

»Zu meiner Zeit waren die meisten jungen Frauen mit achtundzwanzig verheiratet«, sagte Mamaw pikiert.

»Na, diese Zeit ist schon lange, lange vorbei. Zweitens ist sie so reich wie Krösus. Oder ihre Mutter ist es. Dieses Kind braucht keinen Ehemann oder Beruf, um zu leben. Und stolz zu leben.« Sie riss ihr Kinn hoch, um diesen Punkt zu unterstreichen. »Ich habe nie geheiratet, weil ich nie wollte, dass mir ein Mann sagt, was ich tun und lassen soll. Ich lebe gern allein. Wer sagt, dass es Harper nicht genauso geht?« Ein Grinsen entspannte Lucilles Gesicht. »Hätte ich Geld wie Harper. Mein Gott …« Sie verdrehte die Augen und grinste.

»Was würdest du tun?«, fragte Mamaw neugierig.

»Was würde ich *nicht* tun?«

Die Frauen lachten zusammen, wie es alte Freundinnen tun, geborgen in ihrer jahrzehntelangen Freundschaft.

»Über unsere Dora musst du dir auch keine Sorgen machen«, setzte Lucille hinzu.

»Nicht? Sie muss noch so viele Entscheidungen treffen. Die Scheidung ist noch nicht durch … wenn es überhaupt zur Scheidung kommt.«

»Oh, es kommt sicher zur Scheidung.«

»Woher weißt du das?«, fragte Mamaw.

»Keine Ahnung. Es ist bloß so, dass sie nicht mehr von Calhoun Tupper träumt.«

Mamaw lächelte halb, da sie denselben Schluss gezogen hatte.

»Es ist die andere, wegen der ich nachts wach liege.« Lucille schüttelte den Kopf.

»Carson …«

»Was machen wir nur mit dem Mädchen?«

»Ich weiß es nicht«, gab Mamaw zu.

»Ich dachte, wir hätten sie in die richtige Richtung gebracht. Jetzt dieses Baby. Was ist mit dem jungen Mann? Ich habe ihn schon eine Weile nicht mehr hier gesehen.«

»Blake? Ich habe gehört, sie hat Schluss gemacht.«

»Herr im Himmel. Sie läuft schon wieder vor einem weg?«

Mamaw seufzte. »Sie braucht uns jetzt mehr denn je.«

»Sie braucht dich«, korrigierte Lucille. »Ich werde nicht da sein.«

»Sag das nicht! Natürlich wirst du das.«

Lucille antwortete nicht.

»Gott sei Dank, dass sie aufgehört hat zu trinken«, grübelte Mamaw. »Stell dir mal vor, sie hätte zu Anfang der Schwangerschaft noch getrunken. Das ist ein kleines Wunder. Das arme Mädchen leidet am Fluch ihres Vaters, und ich bin stolz darauf, wie sehr sie sich anstrengt. Aber solange sie schwanger ist, darf sie keinen Tropfen trinken.«

»Wird sie das Baby denn überhaupt bekommen?«, fragte Lucille.

»Natürlich wird sie das.«

»Am besten, wir warten ab und sehen, was geschieht.« Sie sah Mamaw lange an. »Keine Einmischung.«

»Ich habe das Recht, mir Sorgen zu machen.«

»Sorgen ja, einmischen nein.«

»Hör auf, mich so anzusehen, du altes Huhn.«

Lucille lachte zur Antwort nur heiser.

»Wir erziehen unsere Mädchen zu starken und unabhängigen Frauen«, sagte Mamaw in einem ernsteren Tonfall. »Und das sind sie. Aber Gott, ich schäme mich zuzugeben, dass sie für mich immer noch meine kleinen Mädchen sind.

Ich will sie alle in geordneten Verhältnissen sehen. Verheiratet. Bin ich zu altmodisch? Die Mädchen finden das ...«

»Du und ich, wir stammen aus einer anderen Ära. Heute sind die Dinge anders. Diese Mädchen wollen mehr, erwarten mehr, fordern sogar mehr. Wer sagt denn, dass die Ehe die Antwort ist? Sieh dir Dora an! Sie hat alles richtig gemacht. Hat sehr jung einen anständigen Mann geheiratet, auf dieser riesigen Hochzeit, die du und Mr Edward bezahlt haben. Sie ist in ein großes Haus gezogen, hat ein Kind bekommen. Ist dem Lied gefolgt, das ihr alle ihr seit ihrer Geburt vorgesungen habt. Und was ist jetzt?«

Mamaw schwieg.

»Ich sage dir was«, sagte Lucille. »Unsere Dora rappelt sich auf, strafft die Schultern und fängt von vorne an. Sie ist ein gutes Beispiel für ihre jüngeren Schwestern. Ich bin so stolz auf sie, dass die Knöpfe von meiner Bluse springen.«

Mamaw griff nach Lucilles Hand. »Dank dir, Lucille. Das brauchte ich jetzt. Siehst du? Das meine ich«, sagte sie schniefend. »Du bist meine beste Freundin. Was soll ich nur ohne dich tun?«

»Du wirst älter und weiser werden. Das ist der Lauf der Welt.« Sie hielt inne. »Wir hatten Spaß heute Abend, nicht wahr?«

»Das hatten wir«, sagte Mamaw mit einem angedeuteten Lächeln.

»Dieser Sommerwind stürmte, aber wir haben getanzt. Du musst dich an heute Abend erinnern, Marietta. Wenn es schwer wird, dann tanz einfach.«

22

Dora saß im Schneidersitz neben Harper auf dem großen Messingbett. Der Sturm und die fortgeschrittene Nachtzeit hatten Kühle und Feuchtigkeit gebracht und sie hatten sich in Decken gewickelt. Sie ließ den Blick über die Veränderungen in ihrem Schlafzimmer schweifen, die rosa-weiße Blümchentapete, die Frisierkommode mit Messingspiegel, der Aubusson-Teppich. Die konkreten Veränderungen im Raum spiegelten Doras Geschmack und waren ein äußerliches Zeichen der Veränderungen, die in diesem Sommer in ihr geschehen waren.

Und in ihren Schwestern ebenfalls. Harpers Zimmer war heiterer und klassisch. Carsons war typisch fürs Lowcountry und shabby chic. Indem Mamaw jeder ihr eigenes Zimmer gegeben hatte, hatte sie ihren Enkelinnen jeweils einen sicheren Hafen in Sea Breeze geschenkt, vor den Stürmen, die sie alle durchleben mussten.

Dora blickte auf und sah Carson am Fenster stehen, ihre Arme wie einen Schild vor sich verschränkt, blickte sie nach draußen auf die Palmwedel, die im Wind schwankten. Das unnachgiebige Donnern der Brandung war zu hören, und Dora staunte über die Veränderungen, die sie am Morgen am Strand gesehen hatte.

»Carson, komm zu uns«, rief Dora.

Carson kam zu ihren Schwestern aufs Bett. Harper rutschte zur Seite und zog an der Decke, um einen Teil davon auf Carson zu legen.

»Es ist schön, wie wir hier alle zusammen kuscheln und reden«, sagte Dora.

»Wie früher«, stimmte Harper zu.

»Aber es wird nicht immer so sein, nicht wahr?«, fragte Carson in einem deprimierten Tonfall. »Die Vorstellung, Sea Breeze zu verlieren, ist schon schwer genug. Aber jetzt auch Lucille?« Sie schüttelte den Kopf. »Unerträglich.«

»Aber das bedeutet nicht, dass wir nicht trotzdem weiter zusammen sein können«, sagte Dora. »Irgendwo.«

»Nicht?«, fragte Carson.

»Das liegt an uns«, antwortete Harper. »All die Jahre war Sea Breeze da, und niemand von uns ist gekommen. Wir müssen uns bewusst darum bemühen.«

»Na ja, vergessen wir nicht, dass es Mamaw war, die uns wieder hierhergebracht hat«, sagte Carson. »Was geschieht, wenn sie nicht mehr da ist? Wenn es Sea Breeze nicht mehr gibt?«

»Sei nicht so morbide«, sagte Dora.

»Das bin ich nicht. Ich sehe nur der Realität ins Auge. Ich muss mir einfach Sorgen machen, was mit ihr passieren wird. Sie ist achtzig. Was wird sie ohne Lucille tun?«, fragte Carson. »Besonders, wenn wir alle wieder abfahren?«

Carson sah auf die Tropfen am Fenster und dachte, dass es aussähe, als würde sogar das Haus weinen.

»*Deswegen* hat Mamaw uns hierhergebracht«, sagte Dora. »Sie wusste, dass dieser Tag kommen würde und wollte, dass wir uns wieder so nahekommen, wie Schwestern es sein sollten.«

»Auch wenn ihre Methoden etwas von Machiavelli hatten.« Harper lächelte ironisch.

»Ich habe das Gefühl«, sagte Carson, ihre Stimme leise und zitternd, »als würde mir alles, was ich liebe, durch die Finger gleiten.«

»Dieser Ort war für uns alle immer eine Art Prüfstein«, sagte Dora, die sich ihrer Rolle als älteste Schwester bewusst war. »Wir sind alle erschüttert. Ich gebe zu, auch wenn Mamaw davon gesprochen hat, Sea Breeze zu verkaufen, hat es sich nie real angefühlt. Bis heute, als ich gesehen habe, dass Devlin für eine Schätzung gekommen ist. Ich weiß nicht, wie es euch geht, aber dadurch ist es mir erst richtig bewusst geworden. Mamaw macht keine Scherze. Sie wird dieses Haus verkaufen, und wir werden nie wieder zu Sea Breeze zurückkehren können.« Sie sah Harper und Carson an. »Was werden wir also tun, wenn Sea Breeze verkauft ist? Werden wir in Kontakt bleiben?«

»Ja«, stimmte Harper spontan zu. »Obwohl ich nicht weiß, wo ich sein werde oder was ich tun werde. Ich habe noch einen Monat, um mir zu überlegen, wohin ich von hier aus gehen werde.«

»Gehst du nicht zurück nach New York?«, fragte Dora.

»Vielleicht. Aber ich werde ganz sicher nicht mehr bei meiner Mutter wohnen.« Sie schüttelte den Kopf und strich eine kupferfarbene Haarsträhne aus dem Gesicht. »Das kann ich nicht mehr. Ich habe daran gedacht, nach England zu gehen«, setzte sie hinzu. »Vielleicht nur für eine Weile. Um mich ein bisschen umzusehen, auszuprobieren, wie es sich anfühlt. Ich würde Granny James gern besuchen. Ich dachte, ich wäre nervös und hektisch und würde mich bei Trilliarden Unternehmen bewerben. Aber das bin ich nicht. Ich habe keine Eile.« Harper zog die Decke fester um sich. »Ich weiß, dass das ein bisschen merkwürdig klingt, aber ich habe das Gefühl, dass noch irgendetwas passieren wird, wodurch alles klar wird.«

»Zum Beispiel?«, fragte Dora neugierig.

»Ich weiß nicht«, sagte Harper mit einem kleinen Lächeln. »Ich sitze nicht bloß herum«, beeilte sie sich zu ergänzen. »Ich schaue mir meine Möglichkeiten an. Liste ein paar Dinge auf. Aber ich bin auch irgendwie am … Warten.«

»Warten?«, fragte Dora skeptisch. »Das klingt gar nicht nach dir.«

Harper zuckte mit den Schultern und sah ein bisschen verlegen aus. »Ich werde es wissen, wenn es passiert. Aber wo auch immer ich landen werde, ich verspreche, dass ich in Kontakt bleiben werde.«

»Das ist für uns alle die große Frage, nicht wahr? Es ist, als wären wir auf einem Schiff und warteten darauf, dass es anlegt. Ich bin mir auch nicht sicher, wo ich landen werde«, sagte Dora. Sie verzog das Gesicht. »Am Ende des Sommers werde ich mitten in einer Scheidung stecken. *Und* mein Haus verkaufen.« Sie legte ihre Hände betend zusammen. »Bitte, lieber Gott, lass es einen Käufer finden.« Sie ließ die Hände sinken und zählte an ihren Fingern ab. »*Und* ich muss eine neue Wohnung finden. Einen Job. Eine neue Schule für Nate.« Dora pfiff beim Ausatmen leise. »Ich habe mir mehr aufgeladen, als ich schaffe, das ist sicher.«

»Du hast Devlin zur Unterstützung«, erinnerte Harper sie.

»Dev … Er ist ein guter Kerl, der mit einem Auge immer auf die Brandung schielt. Das mag ich am meisten an ihm. Er ist entspannt, wo ich angespannt bin. Aber er ist auch klug und erfolgreich. Er hält mich auf dem Boden der Tatsachen. Und Mann, er weiß, wie er mich auf gute Art aufregt.« Sie lächelte ein wenig verlegen. Dora sah auf die leere Stelle an ihrem Ringfinger. Die Haut war nicht mehr gereizt, aber die Stelle, wo der Ring früher gesessen hatte, war noch blass.

»Ich habe eine Entscheidung getroffen. Eine große.« Sie schaute auf und sah, dass Carson und Harper ihre Blicke auf sie gerichtet hatten. »Ich werde meine Scheidung vorantreiben. Ich kann nicht zurück zu Cal. Es macht mich traurig«, gab sie zu. »Es ist schwer, eine Familie aufzulösen. Aber wir waren eigentlich schon lange keine Familie mehr, und ich weiß, dass ich nicht mehr so leben kann. Wir werden beide getrennt glücklicher sein, als wir es zusammen waren.«

»Ich bin froh, dass du diese Entscheidung getroffen hast«, Harper legte eine Hand auf ihre Schulter. »Mir ist klar, dass es dir nicht leichtgefallen ist.«

Carson sah Dora von der Seite an. »Ist es wegen Devlin?«

Doras Wangen wurden rot. »Meine Gefühle für Devlin haben mir sicher dabei geholfen, die Entscheidung zu treffen. Aber es war nicht der entscheidende Faktor. Cal hatte die Ehe ja schon verlassen, vergiss das nicht. Wir waren auf dem Weg zu einer hässlichen Scheidung, als ich diesen Herzanfall hatte. Liebe Schwester, wenn ich diesen Sommer eines gelernt habe, dann dass ich nicht mehr in eine Ehe ohne Liebe zurückkehren werde. Das genügt mir nicht.«

Carson legte den Kopf schief und betrachtete Dora, ein Lächeln breitete sich auf ihrem Gesicht aus. »Gut für dich.«

»Aber ich will mich jetzt auch nicht direkt wieder an einen Mann binden«, fuhr Dora fort. »Ich glaube, ich will für eine Weile eine unverheiratete Frau sein.« Sie sah auf. »Dieser Sommer ist meine Zeit. Ich habe immer gedacht, es sei egoistisch, sich nur auf die eigenen Bedürfnisse und Wünsche zu konzentrieren. Ich habe mich mein gesamtes Leben um die Bedürfnisse anderer Leute gekümmert, habe mich bemüht, sie glücklich zu machen, habe nach Bestätigung gesucht. Ich gehe auf die vierzig zu. Es ist höchste Zeit, dass ich anfange, darüber nachzudenken, wie ich die nächsten vierzig Jahre meines Lebens verbringen möchte.« Sie setzte sich aufrechter hin, dabei rutschte die Decke von ihrer Schulter. »Wisst ihr, ich habe noch nie allein gewohnt.«

Harper schüttelte ungläubig den Kopf. »Noch nie?«

»Nein«, erwiderte Dora und zog die Decke über ihre Schulter. »Ich bin vom Haus meiner Mutter direkt in Cals Haus gezogen.« Sie wedelte mit der Hand. »Ich zähle das College natürlich nicht mit. Weil ich auf dem Campus mit einer Unmenge von Mitbewohnern gelebt habe. Das gilt nicht.« Sie seufzte. »Ich habe immer da gewohnt, wo man mich hingeschickt hat. Ich habe nie eine eigene Wohnung gemietet. Ich freue mich irgendwie darauf.«

»Wo?«, fragte Carson.

Dora dachte darüber nach. »Ich werde nicht so weit weggehen wie nach New York oder England, das ist sicher«, fügte sie mit einem kurzen Lächeln zu Harper hinzu.

Devlins Gesicht tauchte vor ihr auf, die Zeit zusammen auf dem Boot, Krebse kochen, Bier trinken, Sonnenuntergänge betrachten. Sie dachte an das Hochgefühl, das sich einstellte, wenn sie am Strand lief, die Gezeiten beobachtete, mit Nate Muscheln sammelte.

»Ich werde definitiv in South Carolina bleiben. Ich möchte ein kleines Haus, mit einem kleinen bisschen Land, auf dem ich ohne oder mit nur wenig Aufwand gärtnern kann. Ich sehe jetzt, wie ich mich isoliert habe. Und gegessen habe, um die Leere zu füllen, die ich empfunden habe. Dieses Mal werde ich mich bei ein paar alten Freunden melden, neue Freundschaften schließen, wieder in meine Gemeinde gehen. Ich denke, ich bleibe genau hier, im Lowcountry. Ich liebe es hier«, gab sie von ganzem Herzen zu. »Nate auch.« Sie sah das lächelnde Gesicht ihres Sohnes vor sich. »Es geht ihm besser, wenn er am Meer ist.« Sie atmete tief ein und sah Carson und Harper an.

»Wohin auch immer es mich verschlägt, ich werde Kontakt halten. Versprochen. Ich werde meine Schwestern brauchen, um das durchzustehen.«

Dora und Harper drehten sich zu Carson um.

»Was ist mit dir, Carson?«, stupste Harper sie an.

Carson sah nur nach unten und zuckte nichtssagend mit den Schultern.

»Bist du in Ordnung?«, fragte Dora.

»Nein. Ich bin nicht in Ordnung«, schoss es anklagend aus ihr heraus. »Ich bin überhaupt gar nicht in Ordnung.« Sie schaute ihre Schwestern an, ihre Augen blitzten. »Ihr habt beide Unterstützer, auch wenn sie nicht perfekt sind. Ihr habt Familien im Rücken. Für mich gibt's nur Lucille und Mamaw. Dieses Haus. Und jetzt wird all das weggepustet, wie der Wind da draußen den Sand wegbläst. Es scheint verdammt unmöglich, vorherzusagen, was ich im Herbst tun werde. Verzeiht mir, wenn ich nicht über die nächste Woche hinausdenken kann.«

Dora legte eine Hand auf Carsons Schulter. »Du hast doch auch uns. Harper und ich sind direkt hier. Ach, Honey, wir wissen, dass du eine schwere Zeit durchmachst. Aber wir werden den ganzen Weg über bei dir sein. Hey, du kannst bei mir wohnen«, sagte sie aufmunternd. »Es wird nichts Großartiges sein, aber ich kann dir mit dem Baby helfen.«

Carson zog sich von Doras Hand zurück. »Baby? Ich bekomme kein Baby.«

Dora sah verwirrt aus. »Aber ich dachte …«

Carson spannte sich an und ihre Stimme wurde kalt. »Dann hast du falsch gedacht.«

Dora begriff schließlich. »Du denkst an eine Abtreibung?«

»Natürlich tue ich das«, sagte Carson und ballte unter der Decke die Fäuste. »Ich bin unverheiratet, arbeitslos, obdachlos …«

»Carson«, sagte Dora, sie lehnte sich vor und die Decke rutschte ab. »Was ist mit Blake?«

Carsons Stimme zitterte vor lauter Aufregung. »Nicht das Thema.«

»Carson, ich …«

»Dora«, sagte Harper warnend. »Siehst du nicht, dass sie kämpft? Es ist nicht deine Entscheidung. *Lass es geschehen.*«

Dora starrte Harper an, ließ ihre Worte wirken. *Lass es geschehen.* Etwas ohne Kampf geschehen zu lassen, darum hatte sie sich den ganzen Sommer bemüht. Aber das hier war so wichtig. Sie könnte Dinge sagen, die Carson davon abhalten könnten, eine Entscheidung zu treffen, die sie vielleicht bereuen würde. Zum Beispiel, wie schwer es für sie gewesen war, mit Nate schwanger zu werden. Wie sie eine Fehlgeburt nach der anderen erlitten hatte, Monate im Bett gelegen und dabei fünfundzwanzig Kilo zugenommen hatte. Dass Carson das Baby behalten sollte.

Dora sah zu Carson, die aufrecht dasaß, bereit für einen Kampf, Tränen standen in ihren blauen Muir-Augen. Dann wurde ihr alles klar. Sie dachte an ihre Mutter und wie sie in solchen Momenten immer ein *»sollte«* zur Hand hatte, um ihre Tochter auf dem Weg zu halten. Dora wollte Carson nicht erzählen, was sie tun *sollte*. Das hatte in der Vergangenheit nie funktioniert.

Dora wollte eine Beziehung zu ihrer Schwester, die auf Liebe und Vertrauen gründete. Sie dachte wieder an all die Telefonate zwischen ihnen, als Carson in Florida gewesen war und wie sie über alles und nichts geredet hatten. Dora wollte, dass ihre Schwester sie auch noch anrief, wenn sie Sea Breeze verlassen hätten.

Dora legte ihre Finger auf ihre Augenlider. Harper hatte recht. Ihre Meinung nutzte Carson im Moment nichts. Doras Leben war zurzeit vielleicht ein stürmisches Chaos, aber sie fing an, ein bisschen Licht durch die Wolken brechen zu sehen. Das brauchte Carson jetzt. Nur einen kleinen Lichtschimmer, um ihr Hoffnung zu geben.

Dora sah Carson an und sprach ruhig und ohne Vorwurf. »Vor ein paar Monaten hätte ich dir wahrscheinlich gesagt, was ich denke, was du tun sollst.« Sie lachte selbstironisch. »Ich wäre dabei auch nicht zurückhaltend gewesen.«

»Ich denke, ich kann mir vorstellen, wie das geklungen hätte«, sagte Carson tonlos.

»Wahrscheinlich. Das ist meine Meinung«, sagte Dora ehrlich. »Wir sind so unterschiedlich. Wir haben denselben Vater, aber wir haben nicht dieselbe Erziehung genossen, nicht dieselben religiösen Überzeugungen, nicht dieselbe Kultur oder denselben Lebensstil. Die Liste geht ewig weiter.«

»Selbst wenn wir im selben Haus aufgewachsen wären«, sagte Harper, »wären wir alle unterschiedlich.«

»Ja«, räumte Dora ein. »Honey, ich stecke gerade in meinem eigenen Schlammhaufen. Ich muss wirklich nichts davon abgeben. Ich bin die Letzte, die dir Ratschläge erteilen sollte.«

Sie hielt inne, als sie die erstaunten Gesichter von Carson und Harper sah. Es war ein bisschen ärgerlich und gleichzeitig erfreulich. Ihr schockiertes Aussehen bestätigte Dora, dass sie das Richtige getan hatte.

»Was ich sagen möchte«, machte Dora weiter, sie musste es aussprechen, »ist, dass ich eigentlich nicht weiß, was du durchmachst. Als ich schwanger wurde, musste ich keine Entscheidung treffen. Ich war verheiratet. Ich wollte ein Baby. Und ich hatte trotzdem Probleme.«

Carsons Gesichtsausdruck verlor jede Streitlust, und Dora erkannte, dass sie zuhörte.

»Ich hatte eine Fehlgeburt nach der anderen. Jede hat mir das Herz gebrochen. Ich habe mir so sehr ein Baby gewünscht und konnte einfach keines austragen. Ich fühlte mich, als hätte ich versagt. Und dann bekam ich Nate. Meinen süßen, lieben Jungen.«

Tränen traten ihr in die Augen und Dora wischte sie weg. Sie wollte jetzt nicht emotional werden, nur aufrichtig.

»Mutter sein ist schwer.« Sie holte tief Luft und atmete aus. »Okay, ich werde es einfach sagen. Ich habe es noch nie gesagt, jedenfalls nicht laut.« Sie wickelte die Decke fester um ihre Schultern. »Ich war am Boden zerstört, als bei Nate Autismus diagnostiziert wurde. Zu Anfang wusste ich nicht, wie schlimm es werden würde, ob er sprechen lernen würde, überhaupt kommunizieren können würde oder auch nur aufs Klo gehen. Mir wurde gesagt, ich sei egoistisch, dass ich an mein Kind denken müsse, nicht an mich. Ich habe es versucht. Das habe ich wirklich.« Dora schluckte fest, sie spürte, wie die alten Gefühle wieder hochkamen.

»Aber tief innen habe ich den Verlust des Kindes betrauert, das ich hatte bekommen wollen. Das perfekte Kind ...« Sie schüttelte den Kopf. »Ich weiß, das klingt schrecklich. Deswegen habe ich nie mit jemandem über diese Gefühle gesprochen. Nicht mal mit Cal.« Sie schnaubte. »Besonders nicht mit Cal.«

Dora hob den Blick, um nach den Reaktionen ihrer Schwestern zu sehen, sie suchte nach Kritik oder Verurteilung in ihren Augen. Da sie nichts entdeckte, fuhr sie fort. »Seitdem habe ich einen weiten Weg zurückgelegt. Ich weiß jetzt, dass es kein perfektes Kind gibt. Ich liebe Nate, weil er ist, wie er ist. Ich musste ihm wohl beibringen, Gefühle bei anderen zu erkennen, aber er hat mir auch einiges beigebracht. Sicher, ich weiß, dass es mir immer wehtun wird, wenn ich meinen Sohn in der Schule besuche und sehe, dass er alleine isst oder dass er nicht zu Geburtstagspartys eingeladen wird. Oder dass ich ihm seinen Kummer nicht nehmen kann, wenn er in einem Wutanfall feststeckt. Aber jede Mutter fühlt so, wenn sie das Leben nicht perfekt für ihr

Kind gestalten kann.« Sie lächelte zögerlich und zuckte mit den Schultern. »Es ist nicht leicht, Mutter zu sein. Aber ich möchte, dass du das Folgende weißt. Ich bin jeden Tag dankbar, weil ich dachte, dass ich niemals ein Kind haben würde und jetzt dieses wunderbare Geschenk habe.«

Dora betrachtete Carsons Gesicht und sah die Verletzlichkeit in ihren Augen. Sie wusste, dass da noch so viel mehr war, als sie sagen konnte. Sie spürte, wie die Worte in ihrer Brust brannten. Aber Carson war zu zerbrechlich. Dora musste behutsam vorgehen.

»Es wird nicht leicht, egal, wofür du dich entscheidest. So oder so wird dein Leben nie wieder dasselbe sein.« Sie legte eine Hand auf Carsons Schulter. »Du bist meine Schwester, und ich liebe dich. Wofür auch immer du dich entscheidest, ich werde für dich da sein.«

Carson lehnte sich vor und umarmte Dora.

»Danke«, wisperte Carson zittrig.

»Ich bin auch hier«, sagte Harper und legte ihre schmalen Arme um beide Schwestern.

Carson lag auf der Seite, ihre Hände unter dem Kopf und die Augen weit offen. Sie hatte im Bett gelegen und zugehört, wie der Sturm langsam nachließ, während er von der Insel wegwanderte. Draußen wie auch drinnen im Haus war zeitweilig Frieden eingezogen. Sie sah das erste, schwache graue Licht der Morgendämmerung durch die Jalousie fallen. Sie hörte das Morgenlied der Vögel in den nahen Bäumen, die lautstark den neuen Tag begrüßten.

Die Morgendämmerung hatte Carson immer angezogen. Sie stand aus dem Bett auf und schlüpfte in einen Seidenkimono. Sie verknotete den Gürtel und ging in den Flur, wobei sie darauf achtete, ihre Schwestern, die nebeneinander auf Doras Bett schliefen, nicht zu wecken. Sie hatte sie bis in die frühen Morgenstunden reden gehört.

Sie öffnete die Haustür und zuckte zusammen, als die in der Stille laut quietschte. Sie trat ins Freie und bemerkte sofort die süße Feuchtigkeit, die nach Sommerstürmen stets in der Luft lag. Auf den Blättern der Eiche lagen Regentropfen, der Boden war mit Pfützen übersät. Diesiger Dunst hing über der Insel, und als sie die Treppe hinunterstieg, fühlte sie sich, als beträte sie eine andere Welt.

Ein Geräusch weckte ihre Aufmerksamkeit, und sie folgte ihm, drehte ihren Kopf in Richtung Cottage. Sie sah Lucille in ihrem Morgenmantel und Pantoffeln, wie sie langsam die Treppe zu ihrer vorderen Veranda hochstieg. Carson lief über den kalten Kies zu ihr hin.

»Lass mich dir die Treppe hinaufhelfen«, sagte sie und nahm Lucilles Arm. Die Knochen der alten Frau fühlten sich so leicht und hohl wie die eines Vogels an. Sie erreichten die Veranda und blieben stehen, während Lucille nach Luft schnappte. Carson konnte sich nicht daran erinnern, Lucille jemals so erschöpft gesehen zu haben, und es machte ihr Angst.

»Ich möchte in meinem eigenen Bett liegen«, sagte Lucille zu ihr.

»Natürlich. Ich öffne dir die Tür und mache das Licht an. Nicht dass du in der Dunkelheit noch hinfällst.«

»Ich könnte auch mit geschlossenen Augen durch mein Haus gehen«, murmelte Lucille, aber sie wartete, während Carson die Lichter anschaltete und ihr dann die Tür aufhielt.

Carson folgte Lucille ins Cottage. Alles war picobello sauber. Die Wände strahlten knallweiß, aber die daran angebrachten Gemälde von beliebten afroamerikanischen Künstlern aus Charleston waren von lebhafter Farbigkeit. Wo auch immer ihr Blick hinfiel, entdeckte sie Zeichen von Lucilles Persönlichkeit und Kreativität – die Körbe aus Schilfgras, die bestickten Kissen, die gestrickte Decke. Es war deutlich, dass Lucille ihr Cottage liebte und dort glücklich war.

Doch als Carson Lucilles Schlafzimmer betrat, bemerkte sie den abgestandenen Geruch von Krankheit und Medikamenten. Sie half Lucille, den Morgenmantel auszuziehen und sich ins schwarze Eisenbett zu legen. Lucille war kleiner geworden und ihre Robustheit war zusammen mit den Kilos verschwunden. Sie sah aus wie ein Kind mit ihren großen, dunklen Augen, ihren grauen Haaren, die wie ein Heiligenschein um ihren Kopf abstanden, sie versank geradezu in dem knallbunten Crazyquilt. Carson ließ ihren Blick durch das Zimmer schweifen, sah Lucilles Morgenmantel auf dem kleinen Salonstuhl für Damen liegen, den großen Strauß Sommerblumen und den Nachttisch voller Medikamentenflaschen.

»So, das ist besser«, murmelte Lucille. »Ich liege gern in meinem eigenen Bett, unter meinem eigenen Dach.« Sie blinzelte ein paar Mal schwerfällig, scheinbar erschöpft. Dann suchte ihr Blick Carson, Lucille lächelte sie schwach an und klopfte auf die Matratze. »Komm näher, Kind.«

Carson setzte sich auf die Bettkante, achtete darauf, Lucille nicht zu sehr durchzuschütteln. Es war herzzerreißend, die alte Frau so schwach und zerbrechlich zu sehen. Für sie war Lucille immer der starke, eigensinnige, unerschütterliche Fels in der Brandung gewesen. Diese Frau hatte sie aufgezogen. Sie war ihr genauso sehr eine Mutter gewesen wie ihre Großmutter. Carson hielt die Luft an, versuchte vergeblich, die Tränen zurückzuhalten.

»Warum weinst du?«, fragte Lucille.

Carson schniefte und schüttelte den Kopf. »Ich weiß nicht«, stieß sie hervor.

»Es muss was Ernstes sein, weil du praktisch nie weinst. Erzähl es mir.«

Carson wollte ihr nicht erzählen, dass sie weinte, weil sie nicht ertragen konnte, sie so schwach und krank zu sehen. Dass sie sich ein Leben ohne sie nicht vorstellen konnte. Deswegen erzählte sie ihr von einem anderen Grund für Tränen, da sie wusste, dass Lucille wahrscheinlich der einzige Mensch war, der ihr zuhören und nicht über sie urteilen würde.

»Ich fühle mich so verloren. Und habe Angst.«

»Wegen des neuen Lebens, das in dir wächst?«

Carson holte tief Luft und nickte. »Ich weiß nicht, was ich tun soll.«

»Du musst gar nichts tun.«

Carson konnte sie nicht ansehen. »Ich glaube doch.«

»Ich verstehe.« Lucille schwieg.

»Findest du nicht, dass ich ein schrecklicher Mensch bin?«

Lucille schnaubte und schüttelte den Kopf. »Du bist in Schwierigkeiten. Und du hast Angst. Das sehe ich.«

»Ich überlege, wegzugehen.«

»Natürlich tust du das.«

Carson runzelte die Stirn und sah auf. »Warum sagst du das?«

»Weil du immer wegläufst, wenn es Schwierigkeiten gibt.«

»Nein, das tue ich nicht!«

Lucille klopfte ihr auf die Hand, ihre dicken Knöchel und kurzen Fingernägel erschienen Carson wunderschön. »Doch, Kind, das tust du. Immer schon. Ich kenne dich seit deiner Geburt. Wenn dir jemand zu nah kommt, haust du ab. Carson, du kannst vor der Art von Angst, die sich in dir angestaut hat, nicht davonlaufen. Du denkst, wenn du nichts und niemanden zu nah an dich ranlässt, wirst du nie wieder so verletzt werden wie damals, als deine Mama gestorben ist oder als dein Daddy dich von uns weggenommen und nach Kalifornien gebracht hat. Ich habe immer gefunden, dass deine Mamaw das nicht hätte zulassen dürfen. Du hast geweint, wie du jetzt weinst.« Sie seufzte tief. »Und jetzt bist du aufgebracht, weil ich dich auch verlassen werde. Jetzt leugne es nicht«, sagte sie und wedelte mit der Hand vor Carsons offenem Mund herum. »Die simple Wahrheit ist, ich werde sterben, und du kannst nichts dagegen tun, und das macht dir Angst. Ich sehe es in deinen Augen. Und du hast Angst, dass deine Mamaw auch sterben wird. Nun, Kind, eines Tages wird sie das!«

»Nein«, rief Carson, ihre Schultern zitterten, während die Tränen flossen. Sie senkte ihren Kopf auf Lucilles Schulter wie früher, als kleines Mädchen. »Verlass mich nicht. Ich will nicht, dass du gehst.«

Lucille tätschelte Carsons Hand, während die zu lange zurückgehaltenen Tränen flossen. Tränen des Kummers wegen Lucilles Krankheit, der Schwangerschaft, weil sie mit Blake Schluss gemacht hatte, sich wegen Delphine schuldig fühlte, wegen all des Kummers, der noch kommen würde, wie sie wusste.

Als sie fertig war, richtete Carson sich wieder auf und griff nach einem Taschentuch.

»Fühlst du dich besser?«

Carson zuckte mit den Schultern. »Ich fühle mich ausgelaugt.«

»Ordentlich zu weinen ist wie Dampf aus einem Rohr zu lassen. Man muss es tun, bevor es platzt.«

Carson schnäuzte sich. »In letzter Zeit weine ich oft.«

»Die Hormone.«

»Oh Gott …«, sagte Carson mit einem langen Seufzer.

»Du und ich, wir sind beide Teil des Lebenskreislaufs. Der Anfang und das Ende. Ich finde das irgendwie beruhigend, du nicht?«

Carson sah aus dem Fenster.

»Wir alle betreten und verlassen diese Welt alleine.« Lucille klopfte auf Carsons Hand, um ihre Aufmerksamkeit zurückzuerlangen. »Aber unser Leben mit anderen zu teilen ist das, was das Leben lebenswert macht. Und es macht das Gehen leichter. Wenn deine Zeit kommt, weißt du, dass du einen Teil von dir zurücklässt, bei ihnen.«

Lucille rutschte hoch, um aufrechter in den Kissen zu sitzen, ihr Gesicht schmerzverzerrt durch die Anstrengung. Als sie wieder ruhig saß, schaute Lucille Carson wieder mit dem durchdringenden Blick ihrer dunklen Augen an.

»Was plagt dich wirklich, Kind?«

Carson senkte den Kopf. Ihre Verwirrung und Verzweiflung waren wie ein Schwarzes Loch, das das Licht aus ihrem Leben saugte. Sie presste ihre wild wuchernden Gefühle in drei kleine Worte: »Ich habe Angst.« Sie wischte sich rasch über die Augen. »Du hast recht. Ich habe nicht gern Angst. Ich fühle mich erstarrt, wie damals, als ich auf dem Meer trieb und in die tödlichen Augen eines Hais blickte. Ich konnte mich nicht rühren. So fühle ich mich jetzt. Mein Verstand kann keine Entscheidung treffen.«

Lucille verzog das Gesicht und schnaubte höhnisch bei dieser Vorstellung. »Aber du bist davongekommen! Du hast es an den Strand geschafft. Siehst du? Davon rede ich. Mädchen, du hast gute Instinkte. Ich habe dich immer beobachtet, wenn du raus aufs Meer bist und diese Wellen geritten bist, und habe mich gefragt, wie sich das anfühlen muss.«

»Ich wusste nicht, dass du mir beim Surfen zugesehen hast.«

»Nun, das habe ich. Deine Mamaw und ich, beide. Du weißt, wie du deine Füße und deine Beine bewegen musst, wann du ein bisschen nach links oder rechts rücken musst, wie du auf der Welle bis an den Strand reitest.« Sie lachte leise. »Du siehst da draußen vielleicht wie ein Naturtalent aus, aber ich weiß, wie du Tag für Tag früh aufgestanden und rausgegangen bist, egal, wie das Wetter war. Nach all den Jahren weiß dein Körper einfach, was er zu tun hat. Und *jetzt* zweifelst du an dir? Mädchen, hör auf zu grübeln! Wir feuern dich vielleicht alle vom Strand aus an, aber es ist, wie ich schon gesagt habe. Da draußen, auf dem Wasser, bist du allein. Du musst auf deine Instinkte vertrauen, dass sie dich dorthin bringen, wo du hinwillst.«

»Das hier ist nicht das Meer. Das ist das Leben. Das ist anders.«

»Nein, ist es nicht.« Lucille sah sie streng an, ihre schönen, intelligenten Augen strahlten Vertrauen und Ermutigung aus. »Carson, Honey, das Leben ist wie dieses Meer da draußen. Es ist tief und vielfältig, und die Wellen kommen stetig. Manchmal sind die Wellen rau, manchmal sind sie glatt. Du musst sie einfach reiten, Carson, so wie du es immer getan hast.«

Lucilles Lächeln verschwand, ihre Stimme wurde schwächer. »Was auch immer du entscheidest, hab keine Angst. Ich will nie wieder hören, dass du diese Worte sagst. Hörst du?«

Carson nickte.

»Du hast gute Instinkte. Hör auf sie. Du wirst wissen, was du tun musst.« Ihre Augenlider senkten sich und sie tätschelte Carsons Hand ein letztes Mal. »Jetzt bin ich müde. Ich habe im Bett deiner Mamaw kein bisschen geschlafen. Geh und lass mich ruhen, ja? Nur eine Weile.«

Carson beugte sich hinunter und küsste Lucilles Wange. Sie roch nach Vanille.

»Träum schön, Lucille«, flüsterte sie.

Carson trat aus dem Cottage und schloss die Tür leise hinter sich. Sie stand am Rand der Veranda und hob ihr Gesicht in die Wärme der Morgensonne. Der Nebel hatte sich verzogen, aber es nieselte noch. Die Büsche, Blumen und Gräser wurden nicht mehr vom prasselnden Regen niedergedrückt und richteten sich auf, schüttelten die Regentropfen ab. Blätter und etwas Abfall lagen auf dem Kies, Überreste des Sturms. Als sie aufblickte, sah sie, wie die Sonnenkugel goldene Strahlen durch die treibenden Wolken schickte. Dahinter breiteten sich bereits sanfte Rosa- und Blautöne am Morgenhimmel aus.

In der Höhe wurden die Vogelschreie immer schriller und in der Ferne hörte sie das Rauschen des Ozeans. Wie immer folgte sie seinem Ruf. Carson ging über den Kies zum Strand, die Augen gen Himmel gerichtet.

23

Mamaw wurde langsam wach. Sie schlug ein Auge auf, gähnte, dann sammelte sie sich nach der langen bangen Nacht. Plötzlich erinnerte sich Mamaw und drehte sich zum Kissen neben sich um.

Lucille war weg.

Natürlich war sie das, dachte sie mit einem müden Seufzer. Lucille war sicher beim ersten Anzeichen, dass der Sturm nachließ, hinausgeschlüpft. Sie liebte ihr eigenes Bett.

Die Schiebetür zu ihrem früheren Wohnzimmer, jetzt Harpers Zimmer, stand offen. Mamaw stützte sich auf einen Ellbogen, reckte den Hals und spähte hinein. Sie sah, dass niemand in dem Bett geschlafen hatte. Sie hatte die Mädchen im anderen Zimmer unablässig reden gehört, bis sie eingeschlafen war. Sie fragte sich, wie lange sie aufgeblieben waren. Sie hoffte, dass diese Nacht eines dieser verbindenden Erlebnisse war, die noch lange nachdem der Sommer vorüber war in ihrem Gedächtnis blieben und durch die sie sich einander trotz der Entfernung nah fühlten.

Das Haus war still. Mamaw schlüpfte in ihren rosa Seidenmorgenmantel und ihre Pantoffeln, dann ging sie in ihr Badezimmer und ließ sich Zeit mit ihrer Toilette, wusch sich das Gesicht, putzte die Zähne, legte Feuchtigkeitscreme auf und kämmte die Haare. Sie öffnete das Fenster und spürte die Brise, die den Geruch von Schlick und eine erdige Süße vom Sturm mit sich führte.

Sie zog Unterwäsche an, eine weiche Hose und eine Tunika, dann ging sie ins Wohnzimmer, dort genoss sie den Anblick von Sonnenlicht, das durch die Fenster hereinfiel. Sie sah hinaus, suchte nach Sturmschäden. Sie machte sich besonders Gedanken wegen der uralten Lebenseiche, die vor dem Haus stand. Diese riesigen Äste, die über dem Haus hingen, waren immer ein Grund zur Sorge. Sie lächelte erleichtert, als sie sah, dass der alte Baum mal wieder dem starken Wind standgehalten hatte. *Guter, alter Baum*, dachte sie liebevoll.

Es würde ein guter Tag, dachte sie und ging heiter in die Küche. Die Uhr schlug acht Mal. So spät? Merkwürdig, dass das Haus immer noch so still war. Sie füllte Kaffeepulver in die Maschine und Wasser in den Kessel. Dann steckte sie zwei Scheiben Vollkornbrot in den Toaster. Mamaw summte ein namenloses Lied, zog das Blumentablett heraus, das Lucilles Liebling war, und stellte eine Porzellanschale von Limoges, eine passende Teetasse samt Untertasse und Silberbesteck darauf. Sie setzte den Kessel auf und ging rasch zur Haustür, um die Zeitung zu holen. Die Pflastersteine waren klatschnass, und auf dem Boden lagen abgerissene Blätter von Bäumen und Büschen wie tote Soldaten nach einer Schlacht. Später würden sie noch aufräumen müssen, dachte sie. Als sie zum Cottage sah, war alles ruhig. Sie war froh, dass Lucille noch schlief.

Der Kessel pfiff, als sie in die Küche zurückkam und das üppige Aroma von frischem Kaffee erfüllte die Luft. Sie goss sich eine Tasse ein, dann bereitete sie Lucilles Frühstück vor. Sie aß jetzt so wenig, Mamaw musste sie mit Lieblingsgerichten und schönem Geschirr locken. Wenn sie ihr mehrmals täglich ein paar kleine Mahlzeiten servierte, aß Lucille mehr. Mamaw wollte nicht, dass sie noch mehr abnahm. Sie nahm ein heißes Toastbrot aus dem Toaster, ließ die Butter weg, die Lucilles Magen nicht mehr vertrug, und strich eine dicke Schicht ihrer Lieblingsbrombeermarmelade aufs Brot. Dann füllte sie eine Schale mit Blaubeeren, schenkte den Tee ein und arrangierte alles hübsch auf dem Tablett. Obwohl Lucille immer so barsch-sachlich tat, mochte sie schöne Dinge.

Sie summte wieder, hob das Tablett an, spürte das Gewicht und verlor fast die Balance. Sie fühlte sich vielleicht wie ein Mädchen, aber sie hatte nur die Kraft einer alten Frau, rügte sie sich selbst. Trotzdem ging sie durch das Haus, durch Türen, über Stufen, Pflastersteine und Kies bis zu Lucilles Cottage. Sie stellte das Tablett auf den Tisch auf der Veranda, klopfte höflich und öffnete dann die Tür.

»Lucille! Ich bin's!«

Sie nahm das Tablett, betrat das Cottage und summte fröhlich. »Frühstück«, rief sie, während sie durch den Flur zu Lucilles Schlafzimmer ging. Die Vorhänge waren zugezogen und im Zimmer herrschte ein seltsam dämmriges Licht.

Sie drückte die Schlafzimmertür mit der Schulter auf. »Der Sturm ist vorbei und die Sonne ...«

Mamaw verstummte, als sie sah, dass Lucille immer noch im Bett lag und schlief. Die Arme, dachte sie. Sie musste nach den Aufregungen des letzten Abends völlig fertig gewesen sein. Mamaw stellte das Tablett auf dem Schreibtisch ab, froh, das Gewicht los zu sein, und drehte sich zum Bett um.

Sie blieb abrupt stehen. Plötzlich verschwand all ihre Freude und wurde jäh von einem Gefühl der Furcht ersetzt. Im schattigen Licht lag Lucille auf dem Rücken, die Arme an der Seite, den Kopf zum Fenster gewandt. Mamaws Blut gefror. Lucille schlief nicht. Sie schien zur Morgensonne zu sehen. Nur dass Mamaw wusste, dass ihre Augen nichts mehr sahen.

Mamaws Herz pochte wie das eines Vogels im Käfig, als sie näher ans Bett trat. Sie streckte zögernd den Arm aus und legte eine Hand auf Lucilles Brust. Kein Herzschlag. Sie lag still, ihr Blick ausdruckslos und leer. Mamaw griff nach Lucilles Hand. Ihr Körper war noch nicht kalt. Sofort überkam Mamaw Verzweiflung.

Habe ich ihren Tod knapp verpasst? Wenn ich doch nicht getrödelt hätte. Wenn ich mich doch beeilt hätte, wenn ich doch nur etwas früher aufgewacht wäre … Sie war allein gestorben. Mit einem unterdrückten Schrei legte Mamaw Lucilles Hand an ihren Mund und küsste sie, dann hielt sie sie fest an ihre Brust. *Ich konnte mich nicht mehr von ihr verabschieden.*

Nachdem sie eine Weile neben Lucilles Bett gesessen hatte und abwechselnd bittere Tränen geweint und leer auf die Hülle gestarrt hatte, die ihre liebste Freundin beherbergt hatte, verließ Mamaw das Cottage. Sie blieb an der Schwelle zur Veranda stehen, lehnte sich an die weiße Säule. Sie sah auf eine Welt, die sich jetzt irgendwie vollkommen verändert hatte, obwohl es dieselbe Welt wie heute Morgen war.

Lucille war nicht mehr da. Sie konnte es nicht begreifen.

Sie wusste, dass Lucille sterben würde, ihr war bewusst, dass das Ende kommen würde – aber doch nicht so bald. Nicht heute. Sie hatten den ganzen Abend über geredet. Es schien immer noch unmöglich, dass sie nie wieder miteinander sprechen würden.

Sie legte ihre Hand an den Hals, als ihr Pragmatismus die Oberhand gewann. Es waren Dinge zu tun, Anrufe zu erledigen. Sie hatte, traurig genug, Erfahrung mit dem Tod. Sie sollte ins Haus gehen und anfangen, dachte sie. Aber sie konnte keinen Muskel bewegen. All die Energie, die sie noch vor kurzem gespürt hatte, als sie in der Küche gearbeitet hatte, war fort, und sie fühlte sich sehr alt. Wie betäubt.

Ihr gefühlloses Herz wog schwer und machte sie müde. Sie ging langsam zum Schaukelstuhl. Auf dem Sitz hatte sich Wasser gesammelt. Es war ihr jetzt egal. Sie setzte sich und spürte die kalte Nässe durch ihren Seidenmantel dringen.

Mamaw war Trauer nicht fremd. Es konnte keine schlimmere Trauer geben als den Tod des einzigen Kindes. Und doch hatte sie überlebt. Als Edward ein Jahr nach Parker gestorben war, hatte sie gedacht, sie würde den Verstand verlieren. Sie hatte geglaubt, nicht mehr weitermachen zu können. Oder hatte nicht mehr gewollt. Es war Lucille, die sie wieder zurückgebracht hatte, die ihr nicht erlaubt hatte, sich in der Trauer zu suhlen. Und wieder hatte sie es geschafft.

Aber jetzt? Lucille war nicht da. Ihre Lieben waren fort. Welchen Sinn hatte es noch, weiterzukämpfen?

Eine Windbö wehte Regentropfen von den Baumblättern in ihr Gesicht. Mamaw schnappte nach Luft, so kalt waren sie. Sie wandte ihr Gesicht vom Regen ab und sah Lucilles Stuhl, der neben ihr hin und her schaukelte. Mamaw stockte der Atem. Sie spürte Lucilles Anwesenheit, sehr real und sehr nah. So nah, dass sie ihren Namen rief.

»Lucille?«

Keine Antwort. Nur die Schreie der Vögel und das Rauschen der Blätter. »Du alte Närrin«, murmelte sie. Es war nur der Sommerwind. Und doch, wenn sie die Augen schloss, spürte sie Lucilles Anwesenheit.

In der Ferne donnerte es leise. Mamaw schlug die Augen auf und sah, dass die Sonne hinter den Wolken hervorgekommen war. Sie stützte sich auf die Armlehne ihres Schaukelstuhls und stellte sich wieder an den Rand der Veranda. Als sie in den Dunst trat, spürte sie die kühle Feuchtigkeit auf ihrer Haut. Mamaw betrachtete die taufrische Umgebung und erinnerte sich an Lucilles Worte. *Wenn es schwer wird, dann tanz einfach.*

Sie breitete die Arme aus und hob ihr Gesicht, um die Sonne und den Regen zu begrüßen. Sie wirbelte auf Zehenspitzen herum. Sie lebte! Die Nacht war voller Schrecken gewesen, aber die Morgensonne war für einen weiteren Tag aufgegangen. Lucille würde wollen, dass sie in diesem Augenblick dankbar, ja sogar fröhlich war, trotz der Trauer und des Schmerzes.

Mamaw senkte die Arme und ging zurück zu Sea Breeze, dabei ließ sie sich Zeit, den Blick über ihr Haus und die Landschaft, die sie liebte, schweifen zu lassen. Das alte Haus mit seinen unterteilten Fenstern, den elegant geschwungenen Treppen und Giebeln, die auch diesen Sturm überlebt hatten. Sie wollte noch nicht hineingehen. Im Haus schliefen die Mädchen noch. Mamaw wollte noch ein paar Augenblicke lang allein mit ihren Erinnerungen sein.

Sie betrat den Kiesweg an der Seite des Hauses. Sie ging an der Gartendusche vorbei und entdeckte Harpers Hochbeete nahe der Veranda. Die kleinen Stiele der Setzlinge waren von Regen und Wind des Sturms gebeugt. Manche der winzigen Blätter klebten voller Dreck. Aber ein paar kräftige hatten sich bereits aufgerichtet und nach und nach würden sich die meisten von ihnen gen Sonnenschein recken.

Sie trat aus dem gefleckten Schatten ins Licht. Die Sonne fühlte sich auf ihrer feuchten Haut warm an. Die Nässe vom Gras drang in ihre Pantoffeln, aber sie ignorierte es und ging auf die Bucht zu. In der Luft lag der schwere Duft von Schlick und diese kraftvolle Süße, die nach dem Regen kam und die sie das Parfüm des Lowcountry nannte. Sie atmete tief ein, fühlte sich gereinigt und schaute auf das erfrischte Grün des Schilfgrases. Sie ging mit schwingenden Armen über den regennassen Boden zu Harpers Garten.

Wer hätte gedacht, dass Harper einen grünen Daumen hat? Das süße Stadtmädchen schlug Wurzeln im Lowcountry, dachte sie, während sie die frisch gepflanzten Blumen betrachtete. Fette Tropfen hingen schwer an den Rosen, die extra für sie gesetzt worden waren, das wusste sie. Sie beugte sich vor und nahm die schönste auf die Hand. Sie war knallrosa und öffnete ihre Blütenblätter gerade erst zur Sonne. Sie hielt sie an die Nase. Die Knospe duftete kaum, aber sie erfreute sich daran, dass es die erste Rose war, die sie seit Jahren in diesem Garten gepflückt hatte.

Sie hörte den durchdringenden Schrei eines Fischadlers von der Bucht her. Sie schaute auf und suchte nach dem großen Raubvogel. Sie hatte diese mutigen Vögel immer geliebt. Sie legte die Hand schützend über ihre Augen und entdeckte ihn, er kreiste elegant über das Wasser, auf der Jagd. Zu dieser Zeit des Jahres hätte er sicher Küken im Nest, die nach Frühstück kreischten.

»Da ist sie!«, kam ein Ruf von der Veranda.

Sie drehte sich zum Haus um und sah ihre Enkeltöchter im Licht auf sie zukommen. Ihre Sommermädchen. Dora in einem fließenden Blumenmorgenmantel, Harper in einem glänzenden Seidenmantel, Carson schon in Badeanzug und Shorts. So unterschiedlich und doch durch Blutsbande verbunden. Zusammen … Mamaws Brust schwoll vor Stolz an, sie wusste, dass sie und Lucille das Richtige getan hatten, als sie die drei Frauen für diesen letzten Sommer zurück nach Hause, nach Sea Breeze gebracht hatten. Das war ihr gemeinsamer Triumph. Diese jungen Frauen waren ihr Vermächtnis.

Mamaw spürte ihr Herz warm und voller Liebe in ihrer Brust. Trotz all der noch offenen Fragen, trotz der vielen Entscheidungen, die noch getroffen werden mussten, an diesem sorgenschweren Morgen, fand Mamaw im Blick auf ihre Enkelinnen den Sinn ihres Lebens wieder.

Ja, sie brauchten sie, jetzt vielleicht mehr denn je. Jedoch nicht, das wusste sie, so sehr, wie sie sie brauchte.

Sie hob ihren Arm über den Kopf zu einem breiten Winken.

Sie kamen zu ihr.

Mamaw öffnete die Arme.

»Ich bin hier!«

DANKSAGUNG

Ich bin Dr. Pat Fair vom NOAA zu großem Dank verpflichtet, für ihre Unterstützung und Freundschaft, außerdem Stephen McCulloch von der Florida Atlantic University und Lynne Byrd vom Mote Marine Cetacean Hospital. Einen herzlichen Dank an das engagierte Team vom Dolphin Research Center, besonders an Joan Mehew, Mandy Rodriguez, Linda Erb, Rita Irwin, Mary Stella, Becky Rhodes und Sheri Peiloch. Ein lautes Hurra als Glückwunsch an Joan Mehew, weil sie mit ihrem *Wounded Warrior Project's 2013* den Carry Forward Award gewonnen hat! Manche Leser werden das Dolphin Research Center und das Mote Marine Cetacean Hospital im Buch wiedererkennen, aber die beschriebenen Kurse, Charaktere und Dialoge entstammen ganz meiner Fantasie und wurden mit Erlaubnis der Einrichtungen geschrieben.

Wie immer meinen aufrichtigen Dank und Zuneigung an Marguerite Martino, Angela May, Kathie Bennett, Buzzy Porter, Ruth Cryns und Lisa Minnick für all ihre unschätzbare Unterstützung.

Herzlichen Dank an das fantastische Team von Gallery Books: Lauren McKenna, Louise Burke, Jennifer Bergstrom, Elana Cohen, Jean Anne Rose, Ellen Chan, Natalie Ebel, Liz Psaltis und allen dort, die sich immer für meine Bücher engagiert haben.

Herzlichen Dank meinen Agenten bei der Trident Media Group: Robert Gottlieb und Kimberly Whalen, Sylvie Rosokoff, Adrienne Lombardo und Tara Carberry. Vielen Dank auch an Joseph Veltre von Gersh.

Das Kinderbilderbuch *Shackles* von Marjory Wentworth (Legacy Publications) verdient eine besondere Erwähnung. Ihre wunderschöne Geschichte, wie in einem Garten auf Sullivan's Island Handfesseln für Sklaven gefunden werden, hat mich inspiriert.

Schließlich Liebe und Dank meinem Ehemann, Markus, für all die Tassen Kaffee, Gläser Wein, Hände voller Mandeln und ermutigende Worte zu allen Tages- und Nachtzeiten.